O Rei Indomável

KENNEDY RYAN

O Rei Indomável

Tradução
Dandara Morena

Rio de Janeiro, 2025

Título original: The Rebel King

Produção editorial	Cristhiane Ruiz
Copidesque	Bruna Miranda
Revisão	Pedro Staite e Rachel Rimas
Design de capa	Stephanie Gafron/Sourcebooks
Diagramação	Dougal Waters/Getty Images
Imagem de capa	Abreu's System

Dados Internacionais de Catalogação na Publicação (CIP)
(Câmara Brasileira do Livro, SP, Brasil)

Ryan, Kennedy
O rei indomável / Kennedy Ryan; tradução Dandara Morena.
– Rio de Janeiro : Harlequin, 2025. – (Criadora de reis; 2)

Tradução de: The rebel king
ISBN 978-65-5970-505-4

1. Romance norte-americano I. Título. II. Série.

25-256489 CDD-813.5

Índice para catálogo sistemático:
1. Romances : Literatura norte-americana 813.5
Bibliotecária responsável: Eliete Marques da Silva – CRB-8/9380

Rua da Quitanda, 86, sala 601A - Centro,
Rio de Janeiro/RJ - CEP 20091-005
Tel.: (21) 3175-1030
www.harpercollins.com.br

Dedicado às irmãs que não escutamos
que nunca procuramos
que nunca encontramos

NOTA DA AUTORA

Lennix, a heroína desta história, faz orgulhosamente parte da nação yavapai-apache, um povo indígena na América do Norte. Alguns povos marcam a transição de menina para mulher por uma cerimônia de puberdade conhecida por vários nomes. Minha trama se baseia na versão Apache do Oeste desse ritual de passagem, em geral conhecido como Cerimônia do Nascer do Sol ou Dança do Nascer do Sol. Na'ii'ees, que significa "preparar ela", transmite às meninas as qualidades consideradas importantes para a fase adulta. A conclusão do ritual traz consequências para toda a comunidade — bênçãos, saúde e longevidade. Durante os quatro dias da cerimônia, acredita-se que a jovem carregue consigo o poder da Mulher que Muda, a primeira mulher de acordo com a história de origem do povo.

Banidas no final do século XIX pelo governo dos Estados Unidos em uma tentativa de ocidentalizar e assimilar os povos originários, tais cerimônias se tornaram ilegais, criando a necessidade de que fossem praticadas em segredo até 1978, quando o Ato de Liberdade Religiosa Indígena foi aprovado. Esse ritual de passagem é sagrado e essencial na vida e no desenvolvimento de muitas jovens yavapais-apaches. Abordei a escrita desse ritual com respeito e reverência, sob a orientação de muitas mulheres indígenas para assegurar que eu não representaria indevidamente essa e outras tradições. Também consultei um curandeiro que supervisiona essas cerimônias para garantir sua integridade ao retratá--las. Qualquer erro foi cometido por mim, não por eles.Também gostaria de amplificar vozes indígenas que escrevem ficção. Por favor, considere apoiar os autores indígenas evidenciados aqui:

https://bookriot.com/romance-novels-by-indigenous-authors/
https://bookshop.org/lists/romances-by-indigenous-authors

Além disso, essas mulheres abriram meus olhos para a epidemia de desaparecimento e assassinatos de mulheres indígenas, que é abordada nesta história. Por todo o auxílio, sou muito grata a:

Sherrie — yavapai-apache
Makea — yavapai-apache
Andrea — yavapai
Nina — nação apsáalooke
Kiona — povo hopi, Liswungwa (Clã Coyote)

PARTE 1

"Me conte uma história.
Faça dela uma história de longas jornadas e luz das estrelas."

— Robert Penn Warren, Tell Me a Story

CAPÍTULO 1
LENNIX

Estou correndo.

O vento do deserto silva por meus ouvidos e chicoteia meu cabelo. Meus pés são penas, leves, rápidas, mas meus braços e pernas são chumbo, os músculos doem e queimam. Os gritos de incentivo do meu povo instigam meu espírito quando temo que meu corpo vá falhar.

Corra.

Nistan.

A palavra apache pulsa com meu coração e corre por minhas veias enquanto corro para as quatro direções.

Leste.

Sul.

Oeste.

Viro para o norte, mas hesito, parando ao ver a linda e solene mulher de pé no meio da multidão empolgada. O vento levanta seu cabelo escuro dos ombros, e os olhos estão fixados em mim.

— Mamãe? — O sussurro abafado fica preso na minha garganta.

Vou até ela tropeçando, esquecendo a cerimônia. Abandonando a corrida. Lágrimas escorrem pelo meu rosto, e estendo as mãos. Suplicando. Implorando pelo toque da minha mãe só mais uma vez.

A mistura singular de seu sabonete, xampu e perfume natural flutua até mim. A saudade, desesperada e afiada, me perfura com uma familiaridade dolorosa. Estou quase lá, quase consigo tocá-la, mas ela aponta por sobre meu ombro. Aponta para a direção para a qual ainda não corri.

Norte.

— Termine, Lennix — pede ela, as palavras firmes e inflexíveis.

— O quê?

Ela aperta os lábios. Seus olhos estão semicerrados. Ela é a guerreira feroz que mora dentro da mãe gentil, e grita:

— *Corre!*

Acordo de repente num completo breu, assustada, desorientada.

O pânico arreganha minha boca num grito, e o som se estilhaça, tomando conta dos meus ouvidos. Não consigo mover os braços. Cordas mordem minha pele, meus punhos atados diante de mim.

Ah, meu Deus. Onde estou? O que está acontecendo?

Quero ser forte, mas um choramingo se dissolve nos meus lábios.

— Lenny — diz uma voz à minha direita.

Conheço essa voz.

— Wall? — A palavra raspa de forma dolorosa na minha garganta. — É você?

— Sim. Graças a Deus você acordou.

— Não consigo enxergar — digo, segurando as lágrimas.

— Colocaram um saco na sua cabeça. Na minha também.

Eu me viro para o som da sua voz, e um tecido áspero toca minha bochecha. Um cheiro de mofo obstrui minhas narinas. Estou presa em um saco.

— Merda, Lenny! — exclama Wallace, com alívio e aflição na voz. — Achei que ele fosse te jogar.

Me jogar?

A lembrança me atinge como o chão quando você cai, inevitável e impactante. O horror de um louco mascarado me balançando na beira de uma montanha. A sensação de seus dedos deslizando pelo meu pescoço. A visão dele se esforçando e lutando para me manter no ar. A completa indiferença pela minha vida ou morte em seus olhos.

As imagens incendeiam meu coração, fazendo o músculo ardente e retumbante bater tão rápido que minha cabeça começa a girar.

— Fiquei apagada por quanto tempo? — pergunto.

— Não sei. Bateram na gente com algo que nos fez desmaiar. Acordei só alguns minutos antes de você.

— Então não tem ideia de por quanto tempo viajamos? De onde podemos estar?

— Não.

— Ahh, estão acordados — declara uma voz, se aproximando de mim de repente, uma intrusão imprevista na escuridão que cobre meus olhos e ouvidos.

Ouço um rangido de passos de botas, sinto uma presença na minha frente e me tensiono, os músculos se preparando para um golpe ou uma bala. Não faço ideia de qual dos dois.

Arrancam o saco da minha cabeça. Estamos em uma espécie de caverna, e a luz que vem da abertura, embora fraca, machuca meus olhos. Somos só eu, Wallace e o louco que nos trouxe para cá. Semicerro os olhos para ele, que usa uma máscara de Abraham Lincoln, o monstro sorridente com cachos loiros bagunçados que me pendurou na beira de uma montanha como um inseto preso entre os dedos.

— Achei que um cochilo durante a viagem seria legal — afirma ele. — Para o conforto de vocês, é claro.

— O que quer com a gente? — pergunta Wallace, agora também sem o saco.

— Você criou uma coisa extraordinária, dr. Murrow — responde Lincoln.

Wallace franze a testa, confuso.

— Extraordinária? Como assim?

— Ah, não seja modesto. — Lincoln coloca o cano do rifle no chão e apoia o cotovelo na coronha. — Você criou uma coisa linda no seu laboratório, e tem muitas pessoas que pagarão muito caro por ela.

— Wall, do que ele está falando?

Wallace me olha, com medo e terror surgindo em seu rosto, e balança a cabeça.

— Meu Deus, Lenny. Me perdoe por ter te colocado nisso.

— Colocado em quê? Que merda é essa? O que está acontecendo?

— O que está *acontecendo,* moça bonita — interrompe Lincoln —, não é da sua conta, já que não tem nada a ver com você.

— Se não tem nada a ver comigo, então não vai se importar em me soltar.

Sua risada baixa retumba, e interesse cintila em seus olhos.

— Gosto de mulher espirituosa. — Sua risada morre de repente. — Mas não tanto assim. Continue com essa atitude e vai morrer até mais cedo do que planejei.

— Planejou? — repete Wallace, com os olhos arregalados, as sobrancelhas curvadas.

— Ah, sim. Está tudo planejado — responde Lincoln, com prazer. — Na verdade, não tem como sair dessa viva, moça, mas você só vai morrer quando eu quiser.

Suas palavras são como uma arma carregada mirando na minha cabeça, à espera do disparo. A pressão é tão real quanto o cano na minha têmpora.

— Maaaas, primeiro — fala Lincoln, seus olhos brilhando de expectativa —, vamos nos divertir um pouco. — Ele aponta a arma para nós de novo. — Levantem. Está na hora do show.

CAPÍTULO 2
MAXIM

Odeio política.

Política e petróleo são as coisas que mais detesto. Meu irmão é um dos candidatos à presidência, e meu pai é um barão do petróleo, caso ainda se usem palavras como "barão".

Então foda-se a minha vida.

— Você me ouviu, Maxim? — pergunta Kimba, sentada na minha frente no meu escritório. — Isso é importante. Não ache que só por ser o *The View* vão pegar leve com você. Essas moças acabam com os candidatos.

Viro a cadeira para ver a cidade de Washington, DC, pela janela, procurando pelos ecos da arquitetura parisiense — o que é irônico, porque as duas cidades não poderiam ser mais diferentes.

— Não sou candidato — eu a lembro. — E meu irmão não fez o anúncio oficial ainda.

— Você vai ser um dos representantes do candidato número um do Partido Democrata. — Ela se inclina, apoiando os cotovelos na mesa. — E acabou de ser eleito um dos solteiros mais cobiçados dos Estados Unidos. Use essa entrevista para dar um pouco de credibilidade para o seu irmão. Elas vão mencioná-lo.

Seria imaturo enfiar o dedo na garganta e vomitar meu almoço? Não comi muito. Torrada com abacate ou sei lá o que que Jin Lei trouxe. Mal mancharia o tapete.

Há anos sou eleito um dos solteiros mais cobiçados dos Estados Unidos e *nunca* fui ao *The View* nem fiquei grato por essa... honra duvidosa. Mas, por causa de Owen, Kimba está me obrigando a fazer isso. Será que eu deveria me decorar como um carro alegórico na Parada de Ação de Graças também? É só um *pouquinho* menos pomposo do que essa aparição no *The View*.

— Você precisa se acostumar a representar seu irmão em programas desse tipo. — Kimba ainda está falando. — Tem que relembrar o que *ele* acha de assuntos como mudança climática.

Ah, isso atrai minha atenção.

Eu me volto para ela.

— Está falando do fato de eu defender um plano muito mais agressivo em relação a mudanças climáticas do que Owen? — pergunto, fingindo gentileza.

— Estou. É só oscilar um tiquinho para a direita nesse assunto.

— Eu não oscilo.

— Todo mundo oscila para a direita quando está concorrendo numa eleição.

— Não estou concorrendo a nada, mas, se estivesse, com certeza não oscilaria. Até os cachorros da rua sabem o que penso sobre a crise climática. Acha que eu mentiria sobre isso?

— Eu nunca te pediria para mentir — responde Kimba, em um tom severo. — Só estou pedindo para você explicar a posição do seu irmão.

— Ficarei feliz em fazer isso — concordo, com um aceno de cabeça — e dizer que acho que a posição dele deveria ser mais forte.

— Maxim, por favor.

— As pessoas não são idiotas, e suas memórias não são tão curtas assim. Todos sabem que meu irmão e eu não temos as mesmas opiniões sobre a crise climática. Não tem problema um pouco de distância entre a gente nessa questão. Não vamos consertar problemas ignorando ou focando nas nossas diferenças. O povo está cansado de picuinhas. Está cansado de políticos discutindo, medindo forças e não resolvendo nada.

Quer líderes que vão colocar as diferenças de lado por tempo o bastante para realmente ajudar alguém.

— Quer saber? — Kimba franze o cenho e inclina a cabeça. — Até que isso fez um pouco de sentido.

— Claro que fez. — Sorrio e pisco. — Só porque não gosto dessas coisas não quer dizer que não sou bom nelas.

Nós dois rimos, e Kimba volta a atenção para a lista de "coisas engraçadas" que deseja que eu decore.

— É só isso? — pergunto, depois de vinte minutos revisando a posição de Owen em vários assuntos. — Acabamos?

— Acabamos. — Kimba coloca o iPad e o notebook na bolsa. — Muito bem. Vou enviar para você as anotações e ponderar mais sobre a aparição no *The View*.

— Vou tentar conter a empolgação enquanto isso.

— Olha, sei que seu irmão está grato pelo seu engajamento. Ter um representante tão respeitado e popular como você facilita muito o trabalho para mim e Lenn.

Quando Kimba menciona Lennix, checo automaticamente o celular como venho fazendo nos últimos dois dias. Ainda nada.

— Teve notícias dela? Da Lennix.

— Não, mas isso não é incomum quando ela vai para essas viagens a trabalho. O sinal em geral é ruim, e o Wi-Fi é irregular. Ela vai ligar quando puder.

— Sim, claro, você tem razão.

— E Wallace está lá com ela.

— Isso deveria fazer eu me sentir melhor? — Levanto e dou a volta para me apoiar no canto da mesa. — Ela numa selva com o ex?

Kimba ajusta a bolsa no ombro e me lança um olhar ao mesmo tempo brincalhão e exasperado.

— Está de sacanagem, não é? Sabe que ela e Wallace são...

— Sei que eles namoraram. Não um namoro falso como ela me fez acreditar dessa vez, mas um namoro de verdade.

— Isso foi há anos, e não durou muito.

— É, tem razão. — Balanço a cabeça. — Talvez eu só esteja paranoico. Algo parece… errado.

Quando você se coloca em situações perigosas com bastante frequência, seus instintos de sobrevivência se tornam mais afiados, e você aprende a confiar neles.

— Bem, não há nada errado — afirma Kimba. — Acredite em mim. Já fiz sete viagens dessa com Wallace e Lennix. Eles estão bem. Ah! Tem uma última coisa que esqueci de te contar.

Seu celular toca, e Kimba olha para a tela.

— Só um segundo. É a Viv. — Ela atende. — Oi, Viv. Estou numa reunião. Deixa eu te ligar… — Suas sobrancelhas se unem, mas ela ri. — Caramba, Viv. Vai com calma. Não consigo entender nada.

O franzido da testa de Kimba se aprofunda, e sua expressão muda de divertida para confusa e apavorada em questão de segundos. Ela arfa e tenta inspirar, trêmula.

— Quem? Quem está com Wallace?

A sensação irritante que vinha me incomodando há dias se irrompe numa náusea esmagadora. Eu me apresso para ficar ao seu lado. Sei que estou perto demais, grudado, mas preciso ouvir o que exatamente está sendo dito.

— Quem está com ele? — pergunto. — Lennix está bem?

— Eu… eu… — Kimba fecha os olhos e pressiona a mão na testa. — Viv, não estou entendendo.

— Kimba, o que aconteceu? Nix está bem?

— Viv, vou te colocar no viva-voz. — Kimba tira o celular da orelha, toca na tela e a coloca para cima. — Maxim está aqui comigo.

— Oi, Maxim. — A voz hesitante de Vivienne sai no viva-voz. — Me desculpe estar toda atrapalhada. Eu só… — Sua voz se quebra num soluço.

— Vivienne, pode me contar o que aconteceu? — Tento manter a voz firme. — Quem está com Wallace? O que está acontecendo?

— Meus… meus pais receberam uma ligação uma hora atrás da CamTech.

— Quem são esses?

— É o laboratório onde Wallace trabalha — explica Kimba.

— Sim, eles ligaram para dizer que receberam um vídeo — continua Vivienne, com a respiração fraca e irregular.

— Que tipo de vídeo?

— Um vídeo de resgate — responde. — Um grupo na Costa Rica sequestrou o Wallace.

— E Lennix? — Me forço a perguntar.

Há uma boa chance de que ela não estivesse com Wallace na hora. Pode estar em segurança.

Deus, por favor, faça com que ela esteja em segurança.

Mas algo dentro de mim se revira como se já soubesse a resposta.

O sofrimento de Vivienne é visível mesmo pelo telefone, mesmo antes de ela responder.

— Estão com ela também.

Raiva, frustração, medo: um coquetel tóxico de emoções se agita dentro de mim. Sei que não é possível soltar fogo pelo nariz, mas é como se minha cabeça fosse um vulcão em erupção. Sede de sangue, assassinato, vingança — essas coisas estão todas explodindo dentro de mim.

— Quem está com ela, porra?

Kimba olha para mim, assustada.

— Ele está usando uma máscara, então não sabemos — responde Vivienne. — O cara no vídeo está de máscara.

— Tem um vídeo? Preciso dele.

Corro para a porta do escritório. Minha assistente está na sua mesa, debruçada sobre relatórios que estávamos discutindo antes de Kimba chegar.

— Jin Lei, ligue para o CEO da… — Me viro de volta para Kimba. — Qual o nome da empresa mesmo? CamTech?

— Hum, sim — responde Kimba, piscando rápido, ainda segurando o telefone.

— Ligue para o CEO da CamTech agora — peço para Jin Lei. — E para Grim. Ligue para Grim. Seja lá onde ele estiver, o que estiver fazendo, coloque-o num avião. Ele pode me ligar depois para obter explicações, mas diga para não esperar.

— Deixa comigo.

Jin Lei assente e pega o telefone.

Volto para Kimba e Vivienne, ainda no viva-voz.

— O que mais pode me contar? — pergunto. — Você disse que eles falaram com seus pais, Viv. Sabe se falaram com o sr. Hunter?

— Hum, sim. Acho que sim — responde Vivienne. — Ele estava conversando com a CamTech.

— Droga. — Balanço a cabeça. — Preciso ir até ele. Não quero que ele lide com esses parasitas farmacêuticos. Não vão jogar limpo. Chuto que seja uma situação de S&R.

— S&R? — pergunta Kimba, baixinho. — De seguro de sequestro e resgate?

— Não falaram de seguro — diz Vivienne, em dúvida.

— Não falariam. Assim que uma pessoa explana que tem S&R, ele se anula. Na maioria dos casos, os empregados nem sabem que a empresa tem uma apólice de S&R para eles. Do contrário, alguns poderiam criar uma situação de resgate para pegar o dinheiro para si. Alvos valiosos como CEOs precisam ter isso. A empresa paga o resgate, e então o seguro reembolsa o pagamento. Não se pode falar disso, mas os sequestradores sabem como funciona.

Kimba morde o lábio.

— O sr. Hunter deve estar surtando.

— Ligue para ele — peço. — Precisamos saber tudo que a CamTech disse e o que falaram para os sequestradores. E preciso do vídeo, Vivienne.

— Hum, não tenho o vídeo — responde ela. — Falaram para meus pais não compartilharem com ninguém, e eles querem seguir cada instrução ao pé da letra. Então eu assisti por chamada de vídeo com eles.

— Sem problema. Vou consegui-lo. Preciso ligar para o pai de Nix agora, mas nos mantenha atualizados.

— Tá bom — fala Vivienne, com um tremor na voz. — Você acha mesmo que vamos trazê-los de volta?

— Pode apostar que vamos. E o filho da puta que os pegou é quem vai pagar.

— Aguente firme, amiga — diz Kimba. — Te amo.

Ela desliga a chamada com Vivienne e segura o celular contra o peito.

— Meu Deus, estou com medo dessa ligação — admite Kimba, os olhos castanhos muito sérios. — Não acredito que isso está acontecendo com o sr. Hunter de novo. É exatamente isso que ele teme desde que a mãe dela desapareceu.

— Nada está acontecendo de novo. — Eu me recuso a sequer considerar que o sr. Hunter nunca mais verá Lennix. Que *eu* não a verei. — Ligue pra ele. Preciso do máximo de informação o mais rápido que conseguir.

Ela assente, mantendo o celular no viva-voz.

— Kimba? — O tom de voz do homem do outro lado da linha é pesado. — Eu estava para te ligar. Pegaram a Lennix.

— Viv nos contou — responde Kimba, tentando conter as lágrimas. — O que você sabe?

— Não muito. A CamTech ligou para dizer que tinham sido contatados por um grupo na Costa Rica mantendo Wallace refém, e que estavam também com Lennix.

— Disseram o nome do grupo? — pergunto.

A linha fica em silêncio, e praticamente ouço as engrenagens se mexendo na mente rápida do professor.

— Desculpe, sr. Hunter — diz Kimba, às pressas. — Eu devia ter avisado. O senhor está no viva-voz, então Maxim pode ouvi-lo também.

— Maxim? — pergunta. — Quem é Maxim?

— Hum, Maxim Cade, senhor — respondo.

— O ambientalista? — indaga, claramente confuso.

— Hum... isso.

— Como você está envolvido com o caso da minha filha, sr. Cade?

Ele não me conhece. Por um instante me fere saber que conheci Lennix quando ela tinha 17 anos e *nunca* fui mencionado numa conversa dela com o pai.

— Eu sou...

— Ele é nosso amigo — interrompe Kimba, arregalando os olhos para mim, uma advertência. *Depois*, sussurra.

— Ah, sim — diz o sr. Hunter, uma nota de compreensão na voz. — Lembro de ela dizer que estava coordenando a campanha do seu irmão, mas que só seria anunciada ao público em fevereiro.

Meu irmão. Uau.

— Isso, senhor. Nix é, hum, uma amiga próxima, e quero ajudar.

— Nix? — Ele dá uma risada fraca. — Nunca ouvi ninguém a chamar assim antes.

Bom. Isso é meu. Ela é minha.

— E o grupo? — pressiono. — Eles deram um nome?

— Não, no vídeo…

— Pode enviar o vídeo?

— Bem, o representante da CamTech disse que eu não podia compartilhar com ninguém — declara o sr. Hunter, arrastando as palavras como se não tivesse certeza do que fazer.

— Maxim tem muitos contatos, como o senhor pode imaginar — disse Kimba. — Claro que não vamos compartilhar com a mídia ou mais ninguém, só que precisamos dele para ajudá-la.

— Certo. — Uma obediência às regras ainda perdura em sua voz. — Vou enviar, mas preciso avisar a vocês. O vídeo… é ruim. Eles a machucaram.

O sangue congela nas minhas veias.

— Como assim a machucaram? — pergunto, minhas palavras duras e incisivas.

— Você vai ver no vídeo — diz o sr. Hunter. — O pescoço dela… Nossa, e se eles… se ela…

— Vou trazê-la de volta. — Inflo a voz com uma confiança falsa. Nunca senti tanto medo na vida.

— Você ainda tem meu e-mail, sr. Hunter? — pergunta Kimba, pegando o iPad na bolsa. — Só o envie para lá.

— Tenho — responde ele. — O vídeo não é longo. Vou ficar na linha enquanto vocês assistem e vocês me dizem o que fazer depois.

Em instantes, Kimba recebe o e-mail e clica no link do vídeo.

Um rosto — ou melhor, uma máscara — aparece. Um homem alto, musculoso, com camiseta do Kurt Cobain e uma máscara de Abraham Lincoln ajusta a câmera. Estão em algum lugar escuro, iluminados por algumas luzes fracas penduradas na parede dos fundos.

— Oi — diz ele, com a voz tão americana quanto o presidente que usa como disfarce. Ele acena, e a máscara se mexe com seu sorriso. — Não fiquem confusos com a máscara. Sei que ela é um pouco... — ele toca o queixo como se estivesse pensando —... cômica, mas, garanto a vocês, estou falando bem sério.

Ele inclina a cabeça, sinalizando para alguém fora da câmera se aproximar. Wallace aparece no vídeo, com os passos relutantes e os olhos se movendo tensos da câmera para o homem grande e armado.

— Diga o seu nome — manda Lincoln.

Como Wallace não responde na hora, Lincoln bate na sua cabeça com a coronha de uma arma semiautomática. Wallace se retrai.

— Nome — manda Lincoln de novo.

Wallace olha para a câmera sob um franzido profundo, seus olhos ansiosos e vazios.

— Wallace Murrow.

— Como a equipe da CamTech sabe — diz Lincoln —, o dr. Murrow aqui tem feito algumas coisas revolucionárias com aquela vacina.

Kimba e eu trocamos um rápido olhar. Ergo as sobrancelhas, perguntando em silêncio que merda de vacina é essa. Ela balança a cabeça, dando uma rápida negativa, e retorna a atenção para o vídeo.

— É bem simples — declara Lincoln. — Para ter o garoto maravilha de volta, vocês vão ter que pagar dez milhões de dólares e liberar a fórmula da vacina que ele está desenvolvendo.

— O que acha que vai conseguir fazer com ela? — pergunta Wallace, com a voz estridente, os olhos bem arregalados.

Lincoln bate na lateral da cabeça de Wallace com a coronha da arma. Wallace grunhe de dor e cambaleia para trás, e outro homem, esse usando uma máscara do Richard Nixon, o arrasta para fora do quadro.

— Como podem ver… — Lincoln suspira, dramático. — Ainda estou ensinando o dr. Murrow a se comportar, mas tenho outro refém. Ele conhece o esquema.

Ele inclina a cabeça para a câmera, e Nixon retorna, conduzindo uma figura curvada com um saco preto cobrindo a cabeça para o enquadramento.

— Este é Paco — afirma Lincoln, arrancando o saco da cabeça do homem. — Paco, diga oi para a plateia em casa.

O tempo talhou linhas profundas ao longo da boca do homem até sua testa. Sua pele marrom-escura cai ao redor do maxilar, e o cabelo, que já foi escuro, está mais para grisalho. Quando encara a câmera, há medo e uma resignação séria no seu olhar.

— *Eu mandei* — enfatiza Lincoln — dar oi para a plateia em casa, Paco.

Ele permanece em silêncio.

Lincoln se curva e sussurra alto:

— Você está me deixando mal, parça.

— Oi — cumprimenta Paco, a palavra parecendo forçada e estrangeira em seus lábios.

— O Paco aqui — diz Lincoln — é o que gosto de chamar de descartável. Hora errada, lugar errado. Não preciso dele. Só preciso do dr. Murrow, mas não chorem! Paco tem, sim, um propósito.

Lincoln tira um revólver de calibre 357 da cintura da calça camuflada e o pressiona na têmpora de Paco. O homem começa a chorar, de olhos fechados. Ele ergue os punhos com algemas de plástico e junta as palmas para rezar. Consigo identificar *dios* e *ave maría* enfileirados num rosário de medo e súplica.

A voz de Lincoln fica sem vida, seus olhos parecem mármore.

— Paco vai mostrar que estou falando sério.

Ele puxa o gatilho sem mais avisos, com a bala explodindo na têmpora de Paco e espirrando sangue e brutalidade. Paco cai como uma peça de dominó, disparando um bilhão de coisas dentro de mim.

— Meu Deus.

Kimba solta o iPad na mesa como se sangue e pedaços de cérebro pudessem ter espirrado nas suas roupas. O aparelho cai com a tela para baixo, e eu estabilizo as mãos para virá-lo de volta e continuarmos assistindo.

— Viram? — O tom irreverente de Lincoln está de volta, a máscara manchada com o sangue de Paco. — Não faço ameaças superficiais, sr. Vale.

— Quem é o sr. Vale? — pergunta Kimba, com a voz e as mãos trêmulas.

— CEO da CamTech — responde Jin Lei da porta. — Ele está no telefone.

Não respondo, mas ergo um dedo para deter Jin Lei e poder assistir ao restante do show macabro desse lunático.

— Você já é responsável pela morte de uma pessoa inocente — declara Lincoln, e se vira para Nixon. — Traga-a.

Kimba e eu nos encaramos num silêncio tão tenso que os músculos do meu pescoço e costas gritam, enrijecidos e preparados para o que vai acontecer a seguir.

O homem com a máscara do Nixon guia uma mulher usando camiseta e calça jeans e com um saco preto na cabeça. Lincoln a puxa para ficar bem na sua frente.

— Essa segunda refém, embora tão descartável e inútil para mim quanto o bom e velho Paco... — Ele para e faz o sinal da cruz com a arma. — Descanse em paz, Paco. — Ele ri de forma maníaca. — Onde eu estava? Ah, sim. Minha outra refém. Talvez ela valha mais do que o querido Paco. Soube que é bem importante em casa. Permitam-me apresentar a próxima pessoa a morrer se eu não receber minha vacina em quarenta e oito horas.

Ele arranca o saco da cabeça da mulher, e um rio de cabelo preto cai sobre seus ombros. Lincoln pressiona a arma na sua têmpora, e tudo fica em câmera lenta. O mundo para completamente, e a única coisa em movimento é o sangue galopando nas minhas veias como um cavalo selvagem, um mustangue. Mesmo com o caos de emoções, uma calma gelada sobrenatural cai sobre mim. Neste momento, sei de duas coisas com tanta certeza quanto sei meu próprio nome.

A primeira é que não posso mais chamar o que sinto por Lennix de obsessão, pura atração ou algo menos do que é. Estou completa e irrevogavelmente apaixonado por ela. Sei disso porque parece que Lincoln está pressionando aquela arma na *minha* cabeça. Sei que, caso a vida dela acabe, a minha também acabará. Estamos ligados de forma inextricável, mesmo separados por milhares de quilômetros. Queria ter sido atento e corajoso o bastante para lhe dizer isso antes que partisse. Queria que ela já tivesse ali, sob as garras desse lunático, a segurança dessas palavras — a certeza de que eu a amava tão profundamente e que não pararia de lutar, de buscá-la até que estivesse segura. Até que estivesse em casa.

A segunda coisa que sei com certeza absoluta é que eu mesmo vou matar esse homem mascarado. *Pessoalmente.*

O único som que ouço é meu coração batendo num ritmo letal.

Morra. Morra. Morra. Morra.

Hematomas pretos e roxos circundam a garganta de Lennix como se alguém tivesse tentado estrangulá-la. Ela olha para o homem morto no chão e arfa, fechando os olhos só por um instante.

— Olhe para a câmera, moça bonita — pede Lincoln, com a voz agradável, mas ainda assim dura, fria e instável como um bloco de gelo. — Agora diga seu nome.

Como ela não fala, ele agarra um pouco de seu cabelo e o puxa, forçando-a a olhar para a câmera. E basta esse olhar para me levar de volta à Antártica, com um horizonte prevendo tempestades à frente. Os olhos azul-água de Lennix, seus olhos de guerreira, me avisam que ela não desistiu ainda.

Ele pressiona mais o cano da arma na sua têmpora até ela se retrair. Lennix respira fundo e ergue as mãos, atadas nos pulsos por algemas de plástico, para afastar o cabelo do rosto. O bracelete de bússola que lhe dei cintila na luz.

É porque achamos o caminho de volta um para o outro.

Minhas palavras da noite que lhe dei o bracelete me assombram. Será que nos reencontramos só para termos nossa segunda chance arrancada? Eu devia ter dito que a amava naquele momento. Devia tê-la envolvido de amor — devia tê-la mantido comigo e ordenado que não fosse. O que não teria acabado bem, mas meu instinto sentiu o perigo. Mesmo quando Wallace me garantiu que era seguro. Mesmo que ela já tivesse feito várias viagens e nada tenha dado errado. Eu devia tê-la impedido.

Falhei.

— Mandei dizer seu nome. — Lincoln rosna as palavras severas até cuspi-las no ouvido dela.

Lennix ergue o queixo da mesma forma desafiadora que a vejo fazer desde o dia que nos conhecemos, e eu lhe imploro em silêncio para obedecer, para cooperar até eu conseguir chegar lá. Até eu poder encontrá-la e matar esse filho da puta por ela.

— Me chamo Lennix Moon Hunter.

— E ela... — começa Lincoln.

— Lennix Moon Hunter, do povo yavapai-apache — declara ela, com a voz feroz, os olhos prontos para a batalha. — Os últimos guerreiros a se render. E eu sou a garota que persegue as estrelas.

Ela vira a cabeça para encarar os olhos azuis brilhantes pelas fendas da máscara, e cada linha de seu corpo é uma declaração de guerra. Meu coração se contrai de medo por ela. Lennix está completamente vulnerável. Ele pode atirar agora mesmo. Pode estuprá-la. Cortar sua cabeça. Tirá-la de mim para sempre, e, se ela não está assustada, estou apavorado o bastante por nós dois.

Um longo momento se estende entre os dois, e não fica claro quem é o conquistado e quem é o conquistador, mas sei quem está com a arma.

— Vocês têm quarenta e oito horas... — repete Lincoln, sustentando o olhar por mais um instante antes de encarar a câmera e soltar suas palavras finais. — E então ela morre.

CAPÍTULO 3
MAXIM

Meu escritório fica em um silêncio sinistro por alguns instantes quando a tela escurece. Me deixo sentir todo o peso e o perigo da situação, e então encaro esse desafio do mesmo jeito que faria com qualquer outro. Focado, metódico e considerando apenas um resultado favorável.

— Ainda está aí, sr. Hunter? — pergunto.

— Estou. — Ele pigarreia, mas o medo é teimoso e perdura na sua voz. — Estou aqui.

— Quando mandaram esse vídeo?

— Hum… há menos de uma hora. Cinquenta e sete minutos. Coloquei o cronômetro no meu relógio.

Faço o mesmo, com o coração martelando com os segundos velozes quando pressiono o botão da contagem.

— O que a CamTech falou para o senhor?

Ergo o olhar para Jin Lei, parada no batente da porta, e articulo: *Já vou falar com o Vale.*

— Disseram que eles têm um negociador lidando com os sequestradores — responde o sr. Hunter. — E que ele não tem demandas para Lennix a não ser a vacina.

— Como assim? — pergunta Kimba.

— Foi o que ele quis dizer com "descartável" — explico, com um tom sombrio. — Eles vão usá-la para pressionar a CamTech e conseguir o que querem, mas não estão pedindo nada para libertar a Lennix. Só os dez milhões e a vacina em troca de Wallace.

— Então o que fazemos? — indaga o sr. Hunter, o pânico impregnado na sua voz.

— Me deixe resolver isso, senhor. — Aceno com a cabeça para Jin Lei, indicando que estou pronto para falar com o CEO da CamTech. — Enquanto isso, gostaria que o senhor pegasse um avião aqui para DC. Posso mandar um avião buscá-lo em algumas horas.

— Ir pra aí? — pergunta. — Por quê?

— Porque vou assumir isso. E preciso que o senhor confie em mim. Não podemos deixar a segurança de Lennix nas mãos da CamTech. Eles não têm interesse em salvá-la. Precisamos estabelecer nossa própria linha de comunicação com os sequestradores. Entendeu?

— Acho que entendi, sr. Cade — replica o pai de Lennix, baixinho. — E acho que você é mais do que só um amigo.

Fico tentado a declarar exatamente quem sou para sua filha, porém, se ela não lhe contou, não cabe a mim fazer isso.

— Minha assistente, Jin Lei, vai pegar seus dados e mandar os detalhes — respondo, por fim.

— Ela vai… — Sua voz falha, lágrimas a embargando. — É a minha garotinha, sr. Cade. Você entende? Não posso… não posso perdê-la.

Eu também não!

Quero gritar isso. Gritar que estou usando toda a minha disciplina para permanecer focado e continuar avançando quando o que meu cérebro quer é pensar em tudo de ruim que pode acontecer.

— Prometo que vou dar um jeito de trazê-la de volta.

É uma promessa que faço para ele e para mim.

— Obrigado. — Ele funga e pigarreia. — Me desculpe. Eu…. Eu estarei aí assim que puder.

Quando ele desliga, Kimba e eu nos encaramos, tensos, por alguns segundos.

— Maxim — diz ela, apertando os lábios e piscando várias vezes. — Sei que vai fazer tudo que é possível, mas e se…

— Não diga. — Pego o telefone, a luz do aparelho piscando na minha mesa. — Nem pense nisso.

Ela mantém seu olhar triste em mim por um instante antes de assentir, soltar um longo suspiro e se recostar na cadeira. Pressionando o fone no ouvido, toco o botão e trago o CEO da CamTech que estava esperando na linha.

— Senhor Vale, obrigado por esperar. Desculpe ter demorado tanto.

— Senhor Cade. — Uma voz refinada sai do outro lado da linha. Dá para reconhecer a Ivy League nela na mesma hora. — Fiquei surpreso com sua ligação, mas contente, claro.

Claro.

— Estou ligando por causa da sua situação com reféns na Costa Rica. Sua pausa mostra surpresa e cautela.

— Como… hum, o que você sabe da nossa situação?

— Sei que seu funcionário, dr. Murrow, está sendo feito refém com Lennix Hunter. Sei que um refém já foi executado e que os sequestradores estão ameaçando matar a srta. Hunter em quarenta e oito horas a não ser que sua empresa atenda às demandas deles.

— Só a família e os parceiros deveriam ter essa informação.

— Eu *sou* o parceiro — respondo, lutando para não demonstrar raiva na voz. — Me diga com o que estamos lidando.

— Tenho certeza de que você, um CEO como eu, compreende a natureza confidencial de uma operação delicada como essa.

— Não sou um CEO como você. Posso comprar vocês mil vezes, e você sabe disso, por isso aceitou minha ligação. Quero saber em que pé estão as negociações e agradeceria se parasse de falar bobagens.

— Olhe, Cade — falou, sua voz agora dura como cimento. — É um assunto confidencial da empresa e não é da sua conta.

— A srta. Hunter é da minha conta. Quer me contar o que tem de tão especial nessa vacina que estão exigindo? Ou gostaria que minha equipe começasse a investigar? Porque, se começarmos a fazer isso, ninguém sabe o que vamos achar, e não vou hesitar em entregar tudo para o FBI e o Centro de Controle e Prevenção de Doenças, o que imagino que você já deveria ter feito a essa altura.

Ele fica quieto do outro lado da linha, confirmando que meus instintos não estavam errados.

— Acertei, Vale? Essa vacina deve ser bem especial e, se não a levou para o CDC ainda, e parece que não o fez, você ainda está tentando mantê-la em segredo. Eu juro que, se não me contar tudo, vou dedurar as suas merdas tão rápido que o FBI vai bater na sua porta em menos de uma hora. Fui claro?

Ele pigarreia.

— Sim, foi.

— Então fale.

— Existe uma organização humanitária internacional que criou certos... incentivos para empresas farmacêuticas encontrarem formas de aumentar a efetividade de vacinas em países em desenvolvimento — explica ele. — E, antes que pergunte, não posso dizer o nome dessa organização.

— Continue.

— O dr. Murrow lidera a equipe da CamTech que passou os últimos dezoito meses focada na eficácia de uma cepa da vacina contra tuberculose.

— E?

— E ele fez um grande progresso. Peço que o que estou prestes a dizer fique entre nós.

— Tenho um especialista em segurança que pode se envolver no processo de negociação de libertação da srta. Hunter. Talvez ele precise saber, mas posso garantir seu silêncio e confiança.

O suspiro frustrado de Vale soa do outro lado da linha.

— Se isso vazar...

— Cada minuto que você desperdiça é um minuto que a srta. Hunter perde. Me diga o que preciso saber. Agora, e chega de enrolação.

— O dr. Murrow desenvolveu uma espécie de supervacina. Você deve saber como as vacinas funcionam. Elas contêm uma dosagem suficiente da doença para ativar o mecanismo de defesa do corpo. Quando nos deparamos com a infecção pela primeira vez, temos células que aprendem a combatê-la. — Ele pigarreia, um som de hesitação e desconforto. — Ao tentar criar uma vacina para tuberculose mais forte e efetiva para uso em países em desenvolvimento, o dr. Murrow criou algo tão forte que essencialmente "engana" o mecanismo de defesa do corpo a acreditar que ele aprendeu a combater a infecção, mas na verdade intensifica os sintomas até a pessoa morrer.

Merda.

— Morrer?

— Todos os testes com animais que realizamos até agora — continua Vale — mostram os marcadores de algo bem inovador.

— E perigoso. Você ainda não alertou o Centro de Controle sobre isso? Com certeza existem regras que exigem que faça isso.

— Senhor Cade, nosso plano era notificar o CDC quando ficasse mais claro o que temos e como poderia ser usado. Era algo altamente confidencial. Alguém a par dos detalhes deve ter vazado o projeto. Estamos tentando encontrar o informante agora.

— E como esse sequestrador quer usá-la?

— Estou especulando, claro, mas acredito que ele já tenha... clientes que veem o potencial de transformar a vacina numa arma.

— Uma arma biológica, você quer dizer.

— Acredito que sim.

Solto o ar ao perceber o impacto assustador que isso pode causar.

A CamTech nunca vai entregar essa vacina. Não podem fazer isso.

Dou um suspiro profundo para me impedir de arremessar o telefone pela janela do escritório.

— Então qual é o seu plano?

— Abrimos negociações com os sequestradores — responde Vale. — Tenho certeza de que sabe como isso funciona. O governo dos Estados Unidos não negocia com terroristas e raramente interfere em situações de refém privadas que acontecem no exterior. Se descobrirem sobre a vacina neste cenário, vão confiscá-la e levar todos os registros pertinentes. Se o informante descobrir que não *temos* mais a vacina e avisá-los...

— Vocês não terão mais vantagem sobre o sequestrador.

— Não se iluda, Cade, nunca vamos entregar a vacina. Nossa única esperança é convencer o sequestrador a aceitar apenas o dinheiro. Consegue imaginar isso sendo vendido como uma arma em um leilão no mercado clandestino? Jamais deixaríamos que fosse rastreado até nós. Seria um pesadelo para nossa imagem.

— Sem falar em todas *as pessoas* que poderiam morrer se isso caísse nas mãos erradas — falei. — Ou se esqueceu disso?

— Claro, é a nossa maior preocupação.

— Claro que é — repliquei com um tom sarcástico. — Então, de novo, qual o plano?

— Temos S&R para o dr. Murrow. Nosso seguro fornece um negociador para intervir e abaixar o valor do resgate o máximo possível.

— O que normalmente leva semanas, às vezes meses. — Fecho o punho da mão parada ao lado do corpo. — Aquele filho da puta vai matar Lennix em quarenta e oito horas.

— Nós vamos... fazer o melhor possível para incluir a segurança da srta. Hunter nos termos.

— Ele é um lunático, Vale. Pode querer seu dinheiro para bancar qualquer objetivo dele, mas não é só isso que o *estimula*. Dinheiro não vai ser o bastante.

— Bem, não podemos entregar a vacina. Sabe disso. O que sugere?

— Como disse, tenho meu próprio especialista em segurança, Brock Grimsby. Autorize o seu negociador a manter o meu a par da situação. Vou determinar o que fazemos a partir daí.

— *Você* vai determinar? Não ache que pode chegar e assumir tudo. Ainda estou no comando dessa operação. Temos um plano para crises.

— Ele deu quarenta e oito horas de vida para Lennix. Pelo que ouvi, seu plano não inclui um jeito de impedi-lo, então pode apostar que vou assumir, sim. Se você entrar no meu caminho, vai ser atropelado, Vale. Você e essa farmácia metida a besta que gerencia.

— Metida...

— Não tenho tempo pra te adular. Não tenho tempo pra massagear seu ego. Só me importo com uma coisa agora, que é trazer Lennix para casa.

— E o dr. Murrow?

— Sim, ele também, mas talvez o sequestrador ainda negocie por ele. É a Lennix que ele considera descartável. — A imagem horrível da execução de Paco lhe volta à mente. — E já vimos como ele trata reféns descartáveis. Acabam mortos.

CAPÍTULO 4
MAXIM

— A CamTech não pode nos ajudar, King.

A afirmação sincera de Grim é como um peso me esmagando. Passei o dia tentando lidar com uma coisa de cada vez em meio ao caos. Não me deixei pensar no que estaria acontecendo com Lennix naquele momento nem sequer considerar que ela não voltará para casa.

No entanto, as palavras de Grim, ditas de maneira sincera e deliberada, me fazem cair, de joelhos fracos, na minha cadeira. Descanso os cotovelos na mesa e ponho as mãos na têmpora, pressionando a testa com a ponta dos dedos.

— O que disseram? — Minha voz parece calma, mas há um turbilhão na minha cabeça, um motim raivoso arremessando pedras e incendiando ruas.

— Primeiro, eles não fazem ideia de onde é o cativeiro — responde Grim, sentado do outro lado da mesa, provavelmente procurando por sinais de detonação em mim. Foi ele quem vigiou Lennix por uma década. Ele sabe o que ela significa para mim. — Foram vistos pela última vez na reserva Bribri, onde estavam hospedados, mas Talamanca é feita de montanhas e selvas tão densas e selvagens que é possível passar anos escondido caso alguém se esforce o bastante, e ninguém te encontraria. Não tem como ficar mais isolado da sociedade.

Uma imagem de Nix no vídeo me vem à mente. Botando o cabelo para trás, o bracelete que lhe dei cintilando na luz.

— O bracelete — digo, com um pouco de esperança irrompendo em meio às notícias deprimentes. — Podemos usá-lo para encontrar Lennix?

— Mesmo você não tendo ativado o rastreador geográfico *no* bracelete? — pergunta Grim, com uma sobrancelha erguida.

— O que eu ia dizer? "Nix, sei que é nosso primeiro encontro em, ah, uns dez anos, mas você poderia usar esse rastreador para eu poder monitorar cada passo seu? Valeu."

— Sim, você poderia ter explicado que é um procedimento padrão para pessoas na sua posição fornecer rastreadores para seus parceiros. Exatamente por esse motivo.

— Não era esse tipo de noite.

— Bem, espero que tenha tido uma boa trepada romântica, mas agora seria bem útil se você tivesse ativado o chip.

— Soluções, Grim — respondo, entre dentes. — Consegue ativá-lo remotamente? Ou é tarde demais?

— Não sei. Até onde sabemos, eles podem estar em um subsolo. Debaixo d'água. Não temos como saber as condições de onde estão sendo mantidos. Em um lugar tão remoto sem Wi-Fi, satélite ou eletricidade, achar esse sinal seria como encontrar uma agulha na floresta tropical.

— Mas é exatamente isso que preciso que você faça. Se alguém consegue, é você.

Grim assente e esfrega a nuca.

— Tive uma conversa inicial com o negociador da CamTech.

— E aí?

— Como disse, não gostei.

— Já esperava por isso. Qual é a posição deles?

— Eles não têm uma. O sequestrador quer dez milhões de dólares e a vacina. Nós dois sabemos que nunca vão entregar a vacina. A única esperança deles é conseguir que ele aceite só o dinheiro. Na verdade, estão dispostos a pagar os dez se precisarem, porque o S&R vai reembolsar o valor. E, pelo visto, o dr. Murrow é bem importante. Ele é o cérebro por trás da vacina que desenvolveram, e a CamTech reconhece o potencial do que Wallace desenvolveu.

— Quer dizer, o potencial para matar milhões de pessoas?

— A guerra é um negócio sujo, mas ainda é um negócio. Pode ser que eles precisem reportar para o CDC antes de lançarem como um remédio, mas em certo momento poderiam *vender* para o nosso governo, mesmo que fosse apenas para manter isso longe das mãos de outro governo, e eles sabem disso. Trazer o dr. Murrow para casa é a prioridade deles.

— E Lennix? E trazê-la pra casa?

Ele balança a cabeça com o semblante sério.

— O sequestrador os deixou de mãos atadas. Talvez consigam convencê-lo a diminuir o prejuízo, aceitar o resgate e fugir sem a vacina, mas não sei se vamos chegar a esse ponto em quarenta e oito horas.

Ele para e me lança um olhar cauteloso.

— O que podemos fazer é torcer para que, nesse prazo apertado, o sequestrador prolongue a ameaça de matar Lennix.

— Prolongar? Como assim?

— Em vez de matar o refém na hora, é uma prática comum dos sequestradores… colocar mais pressão enviando dedos das mãos, dos pés…

— Merda!

Puxo o cabelo até doer e ando de um lado para outro do escritório como um animal enjaulado.

— Não vou aguentar, Grim. — Consigo me recompor para falar. — Recebê-la em pedaços… — Fecho os olhos e inspiro um ar carregado de medo e raiva. — O que você recomenda?

— *Se* conseguirmos ativar aquele dispositivo rastreador remotamente, talvez dê para tentar um resgate, mas devíamos conversar com esse cara primeiro.

— Conversar? Com o homem que manteve uma arma na cabeça dela? Não quero conversar com ele. Quero que saiba como é ter uma arma apontada para a cabeça dele… por uns trinta segundos antes de eu explodir os miolos dele.

— King…

— Estou falando sério, Grim. Não quero negociar com esse cara. Ele matou um idoso só para mostrar que estava falando sério. Ele vai matar a Nix, então vou matá-lo primeiro.

Grim fecha a cara, exasperado.

— Não dá para fazer uma marmita e partir selva adentro. Uma missão de resgate nessas condições demandaria um extenso planejamento tático, uma estratégia e a convocação da melhor equipe possível. Exige tempo.

— Não temos tempo. Temos que tirá-la de lá.

— Na metade dos resgates de S&R, alguém morre. Na maioria das vezes é o refém.

Absorvo aquela verdade alarmante assim como as alternativas igualmente alarmantes.

— Me deixe pelo menos tentar falar com ele — sugere Grim. — Pedi ao negociador da CamTech para sondar e ver se esse cara aceitaria falar com a gente.

— E?

— Ele aceitou.

— Quando?

— Hoje. Se você concordar, vamos tentar assim que possível.

— Não temos tempo a perder, Grim.

— Acredite, eu sei.

— Você tem que me deixar cuidar disso.

Eu assinto e mantenho o rosto neutro quando Grim diz isso. Se ele desconfiar do quão perto estou de enlouquecer, tentará me trancar para fora da sala. E me recuso a perder um segundo sequer dessa ligação. Mergulho todo o meu ser em uma mentalidade zen e torço para que Grim não perceba o demônio preso sob o terno caro.

— Maxim, licença — pede Jin Lei da porta do escritório. — Kimba chegou e está com o sr. Hunter.

Achei que conheceria o pai de Nix numa ceia de Natal ou em alguma ocasião especial. Ela me apresentaria. Seu pai e eu iríamos nos conhecer bebendo cerveja ou vendo futebol americano. Eu ficaria nervoso do jeito que um homem fica quando conhece o pai da mulher que ama. Teria tempo para convencê-lo de que eu era digno da sua filha, mesmo que soubesse que nunca seria bom o bastante para Lennix.

Agora, estou pouco me lixando. Quando a conseguir de volta, vou mantê-la por perto. Estou nervoso com meu primeiro encontro com o pai dela, mas tem muito mais em jogo do que só sua bênção.

— Senhor Hunter — cumprimento, dando um passo à frente com a mão estendida. — Obrigado por vir imediatamente.

— Claro. Obrigada pelo... hum... avião.

Seu sorriso inseguro me lembra que não sou o tipo de cara que a maioria das garotas leva para casa. De certa forma, há menos mistério porque ele acha que já me conhece, mas a maior parte do que ouviu deve ser besteira, então sabe menos do que pensa saber. Vai levar um tempo para ele separar o verdadeiro eu das fofocas e especulações. E, neste momento, não temos tempo.

— Fico feliz que tenha vindo — respondo ao sr. Hunter, alternando meu olhar entre ele e Kimba. — Grim está prestes a falar com Lincoln.

Kimba franze o cenho.

— Lincoln?

— De que outro jeito deveria chamá-lo? Talvez covarde? Por se esconder atrás daquela máscara.

Grim se aproxima para apertar a mão do sr. Hunter e de Kimba.

— Estamos esperando a ligação em mais ou menos um minuto. — Grim gesticula para uma mesa no meio do escritório. — Vocês vão nos ouvir pelo viva-voz, mas vou usar um fone de ouvido para que ele fale apenas comigo. Também vamos gravar a conversa para revisar depois, caso ele dê alguma dica da localização ou outro detalhe pertinente.

— Então vocês não tem nenhuma pista de onde eles possam estar? — A voz do sr. Hunter está cheia de ansiedade.

Grim e eu nos olhamos, perguntando um ao outro, em silêncio, o quanto deveríamos compartilhar. Caramba, se Nix fosse minha filha, eu iria querer saber tudo.

— Estamos trabalhando numa pista — respondo. — Eu, hum, dei um bracelete a Nix antes de ela partir.

— Eu vi — declara Kimba com um sorriso. — Era lindo.

— Tem um rastreador nele — explico, me recusando a desviar o olhar quando ela arregala os olhos e depois os semicerra.

— Ela sabe? — O tom de Kimba se torna rígido.

— Não, eu não o ativei. Queria discutir isso com ela antes.

— Quanta consideração da sua parte — diz ela, irritada.

— É uma prática padrão que companheiras, esposas e namoradas de homens como Maxim usem esses dispositivos — explica Grim, distraído, checando as configurações de comunicação sem olhar para nós.

— Namorada? — pergunta o sr. Hunter, com as sobrancelhas erguidas.

— Ah. — Grim ergue o olhar para mim e o sr. Hunter. Então dá de ombros. — Foi mal.

Valeu, Grim.

— Aqui vamos nós. — Grim aperta um botão, que ativa uma luz verde e pega o telefone. — Alô.

— Olá — diz a pessoa. Reconheço a voz zombeteira. — Soube que você quer conversar sobre a minha indiazinha.

Quase me atiro para pegar o telefone. *Filho da puta.*

Controlo minha frustração, deixando que estoure na minha boca como uma pílula amarga. Fecho as mãos em punhos nos bolsos. Acho que estou conseguindo disfarçar minha raiva até erguer o olhar e ver que o sr. Hunter está observando meu maxilar apertado e os punhos fechados que estou escondendo. Como resposta, uma indignação lampeja em seus olhos, e acenamos com a cabeça um para o outro reconhecendo o fato: perder a cabeça não vai ajudar Lennix.

— Isso, estou autorizado a negociar pela liberdade de Lennix Hunter — responde Grim, com o tom sério e profissional.

— Liberdade? — A risada de Lincoln ecoa de modo áspero pelo escritório. — Quem falou em liberdade? Aceitei esta ligação para avisar ao babaca arrogante que acha que pode comprar minha boa vontade... que ele não pode.

— É do seu interesse...

— Não presuma saber meus interesses — rebate Lincoln, sem nenhum traço de falsa simpatia na voz. — Pode avisar ao homem se escondendo atrás da *carteira* e do viva-voz que minhas convicções não podem ser compradas.

— Convicções? — cuspo, com fúria e indignação, tirando a palavra da minha boca como um torpedo.

Grim me olha de cara feia e pressiona o dedo nos lábios.

— Olha, tem que ter algo de que precisa ou queira que nós podemos...

— Minha vacina. — Um silêncio carregado segue suas palavras. — Pode me dar isso?

— A CamTech está cuidando da parte das negociações em relação ao dr. Murrow.

— Você não entendeu. A CamTech está cuidando de *todas* as negociações porque eles são os únicos que têm o que quero e, se não me entregarem a vacina em... ah, tique-taque, quarenta e duas horas agora, vou colocar uma bala na cabeça dela.

Corro para a mesa, arranco o telefone de Grim e o aperto com força.

— Me escute — digo, com um rosnado. — Diga o seu preço. Deve ter algo que queira.

— Ora, ora, ora — diz Lincoln, rindo. — Você deve ser o homem por trás das cortinas. Aposto que nasceu em berço de ouro, não é? Com quem tenho o prazer de falar?

— Me diz seu nome que falo o meu — respondo, desviando de Grim quando ele tenta tirar o telefone de mim.

— Não é assim que o jogo funciona.

— Isso não é um jogo. É a vida de alguém.

— É a vida de alguém. — O tom insolente de Lincoln azeda. — Como se isso importasse para o governo, para as empresas farmacêuticas, para nosso sistema de saúde fodido. Só que, quando suas coisas preciosas são afetadas, de repente *é a vida de alguém*, e não um jogo.

— Nosso sistema de saúde *é* fodido. As empresas farmacêuticas *são* sanguessugas. O governo *não* faz o que deve e se intromete quando não deve. Você tem razão, mas tirar a vida dela não vai mudar nada disso. Como ajudaria?

Sua risada alta é como um canivete: curta, afiada e cortante.

— Não estou interessado em ajudar. Essa merda não tem mais conserto, mas pelo menos vão pagar.

— Pagar não precisa significar matar. E isso realmente te dá o que você quer?

— Quero minha mãe de volta. Pode me dar minha mãe morta de volta, sr. Riquinho? Sua riqueza e poder vão reverter o que esse sistema arruinado fez, deixando-a morrer?

Fecho os olhos, ouvindo a fúria desolada em sua voz. Estou completamente despreparado para isso.

— Lamento pela sua perda — respondo, depois de um instante —, mas o que isso vai provar?

— Como ajudaria? O que isso vai provar? — zomba ele. — Você é um negociador patético. Devia descobrir o que é importante pra mim, e nenhuma dessas coisas importam. Nada mais importa. É isso que você não está vendo. Posso atirar na cabeça da sua namorada enquanto mijo na selva. Ela não tem importância.

A ira substitui qualquer simpatia que eu poderia ter sentido por esse lunático.

— Nix importa para mim, e eu te dou o que você quiser.

— Nix, é? — Sua voz volta a ser melodiosa, zombeteira. — Ela deve ter um lugar bem especial no seu coração, Riquinho.

— Não existe preço alto demais. Só me dê um.

— Eu te disse o que quero. Minha mãe de volta. Tem transferência bancária pra isso?

— Então você pune gente inocente em nome da sua mãe? Tenho certeza de que ela deve estar muito orgulhosa.

Grim enterra a cabeça nas mãos e solta um suspiro frustrado.

— Você é um filho da puta burro, não é? — indaga Lincoln, com uma risada mordaz. — Estou com sua putinha bem aqui e você ousa me insultar. Tenho seis homens que não ligam de dividir. Tem sete, mas um deles não gosta de mulher, então sabe como é. Cada um no seu quadrado.

O medo faz meu coração congelar. A raiva espalha fogo pelo meu pescoço.

— Não — peço, sem fôlego. — Não a machuque.

— Peça desculpas, e talvez você ganhe o jogo.

Morra. Morra. Morra.

— Pede, idiota — solta Grim. — Se não quiser que ela morra antes de ele desligar, peça desculpas.

O suspiro assustado e as lágrimas de Kimba. Os olhos arregalados e apavorados do sr. Hunter. A expressão ansiosa de Jin Lei. O olhar de desprezo de Grim.

Fiz merda, e, se esse psicopata tocar num fio de cabelo sequer de Lennix por causa da minha estupidez, nunca me perdoarei.

— Me desculpe.

— Muito bom. — Sua pausa soa cheia de prazer e alegria. — Agora implore.

— Por favor. — A palavra sai fácil, porque eu diria qualquer cosia para salvá-la.

— Vou pensar no seu caso.

A ligação cai.

— Merda! — Bato o fone na mesa uma, duas, três, quatro vezes, até se quebrar no meio.

— King, para — manda Grim. — Quebrar o telefone não vai mudar nada. Você fez uma grande besteira, irmão.

— Eu… eu… droga. — Passo dedos trêmulos pelo cabelo e aperto a ponte do nariz. — Eu sei. Me desculpe. Meu Deus, me desculpem. É que ele… ele está com ela, Grim. O que vai acontecer com ela?

Grim balança a cabeça e lança um olhar furtivo para o sr. Hunter. Meu estômago se revira com o encerramento daquele olhar.

— *Temos* que encontrá-la — digo. — *Temos* que ir atrás dela.

CAPÍTULO 5
MAXIM

— Eu a achei — declara Grim algumas horas depois, entrando no meu escritório a passos rápidos, com uma expressão de triunfo e agitação no rosto.

— O sinal? — pergunto. — O rastreador?

— Sim. Onde quer que estejam, é remoto, com certeza, e no começo não conseguimos achá-lo para ativar. Deviam estar numa floresta densa demais, e não conseguimos pegar o sinal. Mas acho que saíram de uma área em que não podíamos detectar para uma onde podemos.

— Quando nós partimos?

— Nós? — Grim ergue uma sobrancelha.

— Você não acha que vou deixar que faça isso sem mim, não é? Enquanto faço o quê? Fico aqui igual a um cachorrinho esperando você voltar? Nem fodendo. Você me conhece bem. Ele está com a minha garota, Grim.

— Você não foi treinado pra isso.

— Eu atiro muito bem.

— Em quê? Gansos? Em tiro esportivo no rancho do papai? Um alvo humano é diferente. Atirar numa pessoa é… — Ele para e me olha, preocupado. — Matar uma pessoa é diferente.

— Eu não hesitaria em atirar nele ou em qualquer um a ameaçando, se é com isso que está preocupado.

— Disparar o tiro não é o mesmo que viver com o peso da morte na consciência.

— Esse filho da puta apontou uma arma para a cabeça de Nix e, pelo que parece, tentou estrangulá-la. Se eu tiver a chance, vou aproveitar, sem pensar duas vezes, e dormir como um bebê.

Nossos olhares se encontram, e ele me analisa daquele jeito que descasca sua pele para ver do que você é feito. Em seguida, dá um curto aceno com a cabeça.

— Vou organizar as coisas, mas, se você vier, não podemos ter uma reprise daquela ligação. Nada de se meter. A operação é minha, e você segue as *minhas* regras.

Eu apenas o encaro, porque quando foi a última vez que segui qualquer regra sem ser as que criei? Não o desafio naquele momento, mas com certeza ele sabe que farei isso se for necessário. Assinto para satisfazer a demanda em seu rosto.

Meu celular toca, e faço uma careta quando olho a tela.

— Owen, e aí?

— E aí? — rebate ele, com irritação afligindo sua voz. — Quando você ia me contar que Lennix foi sequestrada?

Droga. Solto um suspiro cansado.

— Desculpe.

— Ela é coordenadora da minha campanha, Maxim. Ela é minha *amiga*. Kimba me contou o que está acontecendo. Eu deveria ter ouvido de você assim que soube.

— Só foquei em encontrá-la e descobrir como trazê-la de volta.

— E a encontrou?

— Sim. Grim está montando a estratégia agora.

— Como você está? — pergunta ele, a raiva de momentos antes dando lugar à preocupação.

O fato de meu irmão perguntar isso, de conversar com ele, parece destruir a parede que estive construindo ao redor das minhas emoções para superar essa crise.

— Não muito bem. — Passo a mão tremula pela boca. — Owen, e se...?

Não consigo dizer em voz alta.

— Max — diz ele com a voz gentil. — Vamos superar isso. Vamos trazê-la de volta.

Mesmo sabendo que ele não pode garantir isso, que não pode prometer mais do que eu, ouvir as palavras de Owen tiram um peso do meu peito.

— Valeu, cara — respondo.

— Liguei para saber se tem algo que eu possa fazer. Você sabe que o governo dos Estados Unidos não negocia com terroristas nem se envolve em sequestros internacionais e situações de resgate.

Estou prestes a dizer que vou resgatar Lennix sem a ajuda de ninguém quando ele me surpreende.

— Mas, só entre a gente, do que você precisa?

CAPÍTULO 6
LENNIX

— Orelhas de coelho, Britney Spears, iPhone, *Esqueceram de mim.*

Nem percebo que estou cantando as palavras e a melodia familiar até Wallace cutucar meu pé com o sapato.

— Está cantando o quê? — pergunta ele, apoiando o ombro no meu na parede da caverna para onde nos levaram nessa manhã.

Parece ser de manhã, pelo que consigo ver lá fora. É como se fossem os primeiros suspiros do amanhecer, com a luz do sol cortando nuvens densas. Perdi a noção do tempo desde que fui drogada e acordei sabe lá Deus onde muitas horas depois. Mas parece ser um novo dia.

Parece ser o último dia da minha vida.

Um sorriso despropositado parte meus lábios secos.

— A música "We Didn't Start the Fire".

— Ah, eu me lembro dessa. Elton John?

— Billy Joel. — Viro o pulso nas algemas de plástico para tocar o pingente de bússola pendurado no bracelete. — Maxim e eu a cantamos em Amsterdã. Ele não sabia a letra, e a gente… — O sorrisinho breve morre, e lágrimas pinicam meus olhos. — A gente viu as tulipas e os moinhos naquele dia. Andamos de bicicleta na beira do canal. Foi um dia perfeito.

Fecho os olhos, e a lembrança volta tão rica e viva que a escuridão da caverna se esvai, e o ar fresco toma conta dos meus pulmões. Borrifos do mar esfriam o suor da minha pele e espirram sal nos meus lábios.

Vozes altas falando espanhol depois da entrada da caverna me puxam de volta, e a realidade transforma o salpico do mar no sal das minhas próprias lágrimas. Limpo das bochechas a minha confissão de medo, determinada a não deixar que esses idiotas tenham a satisfação de ver isso.

— Pelos meus cálculos — digo, com a voz suave e resignada —, minhas quarenta e oito horas estão quase no fim. Meu tempo acaba logo.

— Ele não vai... — A voz de Wallace se esvai, e seus olhos ficam vidrados. Eu me pergunto se, enquanto diz que Lincoln não vai me matar, ele imagina o corpo de Paco, seu sangue derramado no chão. Porque eu vejo. Aquela imagem vai me assombrar para sempre. — Vamos dar um jeito.

— Não sei — sussurro, pressionando as costas na parede da caverna. — Não está com uma cara boa.

Wallace pega minha mão.

— Não perca a esperança.

Como explico que perdi a esperança há muito tempo? Agora estou entre lampejos de fé e vislumbres de esperança, mesmo enquanto luto. A única coisa que me deu esperança, a única coisa que renovou minha fé, é outra coisa que vou perder.

Maxim.

— Wall — digo, apertando sua mão com uma urgência súbita. — Preciso que prometa uma coisa.

— Não. — Ele balança a cabeça, seus olhos em pânico. — Nada de promessas. Você vai sair dessa.

— Você tem um pouco de vantagem. Talvez não muita, mas prometa que vai tentar fazer o que peço.

— O que... — Ele engole em seco e abaixa o olhar para a terra no chão da caverna. — O que é?

— Meu corpo — respondo, com um soluço, piscando para me livrar das lágrimas. — Faça com que ele me mande de volta para casa.

— Lenny, não. — Wallace baixa a cabeça, apertando os olhos fechados. — Por favor, não.

— Sim. — Ergo seu maxilar com as mãos algemadas, forçando-o a me encarar. — Tente fazer isso por mim. Meu pai não pode passar por isso de novo. Não saber. Não ver. Não ter certeza. Ele precisa de encerramento, por mais horrível que seja. — Engulo um soluço que tenta sair. — E Maxim… ele vai precisar disso também. Nossa, nunca consegui dizer a Maxim que o amo, e agora é tarde demais.

Lágrimas escorrem das pálpebras fechadas de Wallace, umedecendo seus cílios. Ele balança a cabeça.

— Odeio ter te arrastado para isso. Sinto muito. Não é justo.

— Não é culpa sua.

Minhas lágrimas ganham a luta e descem pelas minhas bochechas.

Cubro a boca, controlando o soluço cheio de dor antes que escape e revele minha vulnerabilidade aos babacas vigiando a caverna. Lágrimas quentes escorrem pelos meus dedos e incendeiam um rastro no meu pescoço. Fecho os olhos e inspiro forte, usando um pouco da força que resta em mim, que rezo para que seja o bastante para o que está por vir.

— Parece que já aceitou — diz Wallace. — Não parece com a Lennix que eu conheço. Você é uma guerreira. Não se rende. Esqueceu disso?

— Ainda dá pra lutar com medo no coração. — Uma risada fraca escapa de mim. — Às vezes é a maior motivação. O medo do que você pode perder pode te dar muito mais determinação para ganhar. Minha vida está em jogo, e vou fazer o que for preciso para sair disso viva, mas, se não sair, tenho que pensar nas pessoas importantes para mim. — Forço a boca numa linha firme. — Vou me preparar para o pior e lutar pelo melhor.

Estendo a mão e seguro a sua, com nossos pulsos acorrentados um sobre o outro.

— Tem duas coisas que *realmente* me dão esperança, Wall.

— Quais?

— Já te contei que sonho com minha mãe?

A pergunta parece assustá-lo. Ele ergue as sobrancelhas e foca em mim.

— Não. O que você sonha?

Lembro da noite em que fiquei aconchegada nos braços de Maxim depois de um pesadelo e quase consigo sentir a força e o conforto que achei nele.

— Às vezes é um sonho diferente, às vezes é o mesmo. Às vezes é um pesadelo recorrente, às vezes uma lembrança. — Encontro os olhos de Wallace na luz escassa da caverna. — Sonhei com ela. Estávamos na Dança do Nascer do Sol, o rito de passagem para garotas do meu povo. Ela me olhou e disse para eu correr. — Balanço a cabeça com um leve sorriso nos lábios. — Espero que, de certa forma, ela esteja se comunicando comigo, me avisando que, quando a hora certa chegar, preciso estar pronta. Isso me dá esperança.

— E a outra coisa? — pergunta ele. — Qual é a outra coisa que te dá esperança?

— Maxim — respondo com a voz calma. — Se tem um jeito de sair dessa, ele vai encontrar. Se não houver... — Um nó quente de emoção e lágrimas se forma e queima minha garganta. — Se não houver... — digo a Wallace —, não esqueça da sua promessa. Tenho que ir pra casa.

As palavras que não pronuncio resfriam o ar entre nós.

Viva ou morta.

CAPÍTULO 7
MAXIM

— Você fica aqui.

As palavras de Grim cortam a umidade densa da selva como um facão.

— Já falei que sou um ótimo atirador — respondo, com a voz grave e frustrada.

— Tive pouco tempo, mas com meus contatos e os do seu irmão, reuni uma ótima equipe de homens *qualificados* — responde ele, sem rodeios. — Você pode ser um ótimo atirador, mas não é qualificado, irmão.

— Ainda posso ajudar.

— Não quero você nem perto da ação. A gente não deve precisar da sua ajuda, mas, se a ação chegar até você, use isso.

Ele acena com a cabeça para a arma no coldre do meu quadril e depois olha para os nove homens checando armas e se preparando para o ataque. São uns filhos da puta bem assustadores. Como vários Grims indo para a batalha.

Aquela visão deveria me tranquilizar, mas nada vai me acalmar até eu tocar em Lennix. Até poder sentir seu coração bater contra o meu de novo, confirmando que ela saiu viva dessa.

Grim enfia uma faca na bota.

— Lembra o que deve fazer?

— Sim. Esperar aqui como um cocker spaniel castrado.

— Você a quer de volta? — pergunta Grim, sem tirar os olhos do relógio que checa sem parar desde que saímos de DC para a Costa Rica.

Ele exibe 3:22:02 e está diminuindo. Só mais três horas. É tudo o que Nix tem, se aquele babaca seguir seu plano. Ele não parece ser do tipo que dá para trás.

— Quero. — Olho para o céu, carregado de tempestades e refletindo minha própria insegurança, a turbulência se agitando em mim. — Eu a quero de volta.

— Então siga o plano. Queria a arma, conseguiu. Pela primeira vez na vida, fique para trás e siga as ordens. Deixe para os homens que realmente treinaram para isso. Quais são suas ordens?

Ranjo os dentes, desacostumado a seguir as ordens de outra pessoa.

— Se eu vir um bandido — respondo, frio —, atiro nele.

— E? — Ele ergue uma sobrancelha grossa para mim, parecendo o The Rock.

— Não morrer.

CAPÍTULO 8
LENNIX

— Levanta!

As ordens latidas de Lincoln fazem meu coração dar um salto mortal e meu estômago revirar.

Está na hora? Não faço ideia de quanto tempo se passou desde que ele gravou aquele vídeo e virou a ampulheta da minha vida. Senti a areia caindo, cada grão se amontoando, me levando para mais perto de um fim terrível. Agora que estou encarando minha própria morte, quero me portar com honra — morrer sem hesitar. Quero que meu inimigo veja a guerra em meu olhar enquanto a vida se esvai. Como meus ancestrais se sentiram com um exército diante deles e a morte certa vindo atrás? E os guerreiros do Salto, que pularam do penhasco em vez de se render? Será que o pânico se espalhou em sua barriga, o ladrão traiçoeiro da bravura? Ou foram corajosos e determinados até o último suspiro?

Na quase escuridão da caverna, espero que haja luz suficiente para que esse monstro veja meu olhar de desafio enquanto me levanto e o encaro.

— Você também, dr. Murrow. — Ele chuta a perna de Wallace e indica a entrada da caverna com a cabeça, movendo o rifle automático entre nós. — Anda.

Wallace levanta, e trocamos um olhar rápido e confuso.

— Eu mandei… — ele cutuca Wallace no quadril com a arma —… andar.

Damos alguns passos cautelosos até a entrada. Tem uma câmera lá? Ele vai atirar em mim ao ar livre? Vai fazer Wallace assistir? Não faço ideia do que está para acontecer. O medo se espalha pela minha pele, e a ansiedade vaza por cada poro. Wallace estica as mãos algemadas até mim e aperta meus dedos para me tranquilizar.

Do lado de fora, estreito os olhos contra a claridade repentina do sol. Nixon está com os outros seis homens que acompanharam cada movimento nosso e viajaram conosco desde que os irmãos interceptaram nosso jipe na trilha estreita da montanha.

— Onde você disse que viu movimento? — pergunta Lincoln, fingindo estar relaxado.

Consigo perceber a tensão em cada um dos seus músculos, em cada linha, mesmo que na superfície ele pareça quase desleixado, os olhos azuis tranquilos atrás da máscara.

— Lá embaixo — responde um dos homens de cabelo escuro com um sotaque forte, apontando para o rio pouco visível entre as árvores altas e a folhagem densa abaixo. — Contei dez homens.

Seguro um suspiro de alívio. Movimento? Dez homens? Alguém nos achou? *Maxim* nos achou? Acaricio o pingente de bússola, um símbolo do resto de fé que ainda tenho.

— Você disse dez? — Nixon franze o cenho. — Temos que nos mover, então.

— Sim — concorda Lincoln. — E precisamos viajar sem peso. Sabe o que isso significa.

— Plano B? — pergunta Nixon.

— Plano B.

— Tem certeza?

— Tenho.

Lincoln dispara rápido, atirando na testa dos três homens à sua esquerda. Numa coreografia cruel, Nixon executa os outros três homens, também com tiros certeiros na testa. Os homens caem como dominós, ainda exibindo as expressões de surpresa, olhos arregalados e boca aberta, por causa da morte repentina.

— Merda! — grita Wallace.

Ele fecha os olhos, apertando tanto os lábios que uma linha branca se forma ao redor da boca.

Engulo um soluço, me recusando a mostrar para Lincoln e Nixon meu espanto, meu pavor. Desvio o olhar, focando no ponto acima de onde a cordilheira beija o céu. Até suprimo a esperança florescendo no meu coração com a possibilidade de alguém ter nos encontrado. De alguém estar vindo nos buscar.

Maxim?

Olho para o monstro de cachos de querubim e, por um instante de insanidade, sinto vontade de mandá-lo ir mais rápido. Aumentar a distância entre nós e nosso possível salvador. Eu já o vi matar Paco e os seis homens da própria equipe a sangue-frio e com um coração de pedra. Ele poderia matar Maxim. Minha imaginação cria a visão horrível de Maxim estatelado no chão, com uma bala na cabeça, o mesmo olhar assustado de morte no rosto.

— Vamos — diz Lincoln, passando por cima de um dos cadáveres e enfiando o cano da arma na minha costela. — Anda.

Dou passos apressados na direção em que ele me empurra, olhando por cima do ombro para ver Nixon cutucar Wallace, que começa a andar e vem para o meu lado. Estamos de costas para eles, e Wallace me dá um sorriso torto, cheio de empolgação clandestina e esperança. Com um par de olhos azuis maliciosos queimando a parte de trás da minha cabeça, nem ouso sorrir de volta.

— Espero que a gente não se arrependa de ir para o plano B tão cedo — comenta Nixon logo atrás de nós.

— Precisamos viajar sem peso. — A voz de Lincoln está desgostosa. — Não dá pra trás agora.

— Não tô dando pra trás. Só pensei que, se tem dez homens perseguindo a gente, seria bom ter apoio.

— Nosso contato não fez planos para um grupo desse tamanho. Ele se preparou para três.

Três.

Não quatro.

Sinto um nó de receio se formar na minha garganta, e pisco para afastar as lágrimas. Se houver um resgate, pode não acontecer a tempo de me salvar.

Marchamos pelo matagal, e, quanto mais nos distanciamos da caverna, mais inquieta eu fico. É claro que os homens de Lincoln viram algum tipo de equipe de resgate vindo na nossa direção. Quando ela chegar à caverna, já estaremos bem longe. Engolidos pela faminta floresta. Irrastreáveis.

Andamos num ritmo rápido por mais ou menos quinze minutos até chegarmos ao rio. A água corre, as corredeiras intensas e furiosas. Assim que entrarmos nele, seremos levados. Era mais fácil atirar em nós agora do que nos jogar nessas ondas turbulentas.

— Vai — diz Lincoln para Nixon com um aceno curto da cabeça para um monte de galhos quebrados. — Pega. Rápido.

Nixon assente e corre para as árvores.

Lincoln ergue meu maxilar e encara minha boca com malícia dissimulada.

— Geralmente eu cumpro meus prazos — diz ele, com a maldade brilhando em seus olhos. — Ainda temos duas horas antes de eu supostamente matar você, mas sou flexível. Não contava com um grupo de resgate. Será que é o sr. Riquinho?

Luto para controlar a respiração.

— Quem?

— O homem que tentou negociar sua vida. Pelo que parece, ninguém avisou que dinheiro não compra tudo. Acho que vou deixar seu cadáver aqui na margem para ele aprender uma lição.

Deve ter sido Maxim. Não consigo imaginar sua fúria e frustração com a típica insolência grosseira de Lincoln. Nunca ouvi Maxim dizer essas palavras, e ele nunca as ouviu de mim, mas sei que ele me ama. E espero que saiba que o amo também. Achei que meu corpo lhe daria um pouco de conforto, assim como ter o da minha mãe teria sido para mim, só que agora não acho que isso seja verdade, e meu coração dói por ele.

Uma jangada amarela emerge das árvores na margem do rio. Nixon a empurra até a beira da água e então corre até nós.

Lincoln acena com a cabeça para o barco.

— Para onde vamos não tem mais espaço, moça. É o fim da estrada pra você.

— Não!

Wallace avança, mas Lincoln coloca a arma na sua testa.

— Sugiro que coopere ou vai ter a cabeça estourada também — responde Lincoln, cada palavra parecendo uma bala. — Não me faça esquecer que preciso de você.

— Anda! — grita Nixon. — Temos que ir.

— Acabou o tempo, moça bonita — avisa Lincoln com um tom melancólico forçado e então se vira para Nixon. — Leve o dr. Murrow para o barco.

Wallace agarra meu braço mesmo com as mãos algemadas.

— Não. Por favor.

Lincoln abaixa a pistola, mirando na perna de Wallace.

— Posso atirar no seu joelho e ainda conseguir minha vacina.

— Wallace, vai — digo com a voz suave, mas firme.

— Não vou te deixar — responde Wallace, apertando mais forte. — Ele vai ter que me matar.

— Bem — diz Lincoln, apontando a arma mais uma vez para a cabeça de Wallace. — Essas coisas acontecem.

— Não! — A palavra sai de mim numa torrente. Horrorizada, tenho certeza de que ele faria aquilo. — Wallace, vá, por favor.

— Te amo, Lenny.

— Também te amo — sussurro, sem dar atenção aos dois homens escutando ou às lágrimas encharcando minhas bochechas.

— Vem. — Nixon cutuca as costas de Wallace com a arma semiautomática. — Entra no barco.

Lincoln ergue a arma e a aponta para minha testa. Tudo em mim quer fechar os olhos bem apertados, me esconder na escuridão, mas forço meus olhos a ficarem abertos. Eu me recuso a me esconder do mal e fixo o olhar no dele pelas fendas da máscara. A última vez que ele me vir, não vou me encolher, não ficarei com medo.

O tiro dispara.

Espero cair e me pergunto se vou flutuar sobre meu corpo, olhar de cima para mim mesma no chão...só que estou inteira e ilesa. A arma de Lincoln cai. Ele uiva, agarrando a mão que estava com a arma momentos atrás e agora jorra sangue. Nixon olha na direção do disparo, mas, antes que possa revidar, é atingido. Ainda com a arma na mão, ele assume a mesma expressão assustada dos homens que matou há menos de uma hora. Sangue gorgoleja de um buraco na sua garganta. Ele solta a arma, levando as mãos ao pescoço e tentando conter o sangramento.

— Jack! — berra Lincoln.

Meus pés estão plantados na areia. Fico paralisada por vários segundos enquanto Lincoln absorve a cena, com a emoção em seu rosto se transformando, distorcendo a máscara.

Wallace olha para mim, os olhos arregalados e o queixo caído. Nós nos encaramos por um instante, ambos chocados e estranhamente imóveis.

— *Corre!*

De primeira, é a voz da minha mãe, como no meu sonho, e acho que minha imaginação está brincando comigo.

— Nix! — grita de novo uma voz da beira da mata. — Corre!

Assim que escuto esse apelido sendo dito por aquela voz grossa, meu coração parece martelar entre as costelas.

— Maxim?

Olho ao redor, procurando desesperada no emaranhado de arbustos e árvores selvagens. Então o vejo: correndo para nós, com a arma estendida, mirando.

— Corre! — grita de novo, sem me olhar, com os olhos fixos em Lincoln. — Murrow, tira ela daqui.

Wallace, como se estivesse saindo de um transe, agarra meu braço com uma mão algemada e corre, me levando para longe. Olho para trás. A fúria tensiona cada linha do corpo de Lincoln. Ele olha do homem morto no chão para Maxim e pega a arma automática de Nixon.

— Não! — berro, me soltando de Wallace e correndo de volta.

Antes que Lincoln consiga sequer disparar, o estrondo de uma bala estilhaça o ar. Lincoln cambaleia, com uma mancha de sangue escarlate florescendo em seu ombro pela camisa. Ele cobre a ferida com uma das mãos e corre para o barco. Outro disparo ressoa, mas Maxim não levantou a arma de novo. Um homem enorme de roupa camuflada persegue Lincoln, que para por um instante para erguer sua arma, apesar da careta de dor. O homem de uniforme militar atira de novo, e dessa vez o atinge no outro ombro. Lincoln cambaleia para o rio onde está o barco, se jogando para a frente, com metade do corpo dentro e metade fora da embarcação. Outro tiro, esse o atinge nas costas. Ele cai na água que o arrasta correnteza abaixo. O homem de uniforme militar continua a correr pela margem do rio na direção que a água leva Lincoln.

— Não o deixem escapar! — grita o homem.

Só então vejo que um grupo de homens o segue, todos vestidos de roupa camuflada, com tinta preta espalhada no rosto. Vários pulam na jangada amarela e seguem o corpo de Lincoln, boiando cada vez mais distante. Com olhos semicerrados, Maxim observa as ondas violentas, o sangue escorrendo atrás de Lincoln, um rastro vermelho.

— Doutor!

Corro e me jogo nele, sem ter certeza de que ele está preparado para me pegar. Mas ele consegue. Seus braços me envolvem com tanta força que chega a doer, e mesmo assim não é o bastante. Os músculos de Maxim se flexionam com uma força controlada, mas, com meus braços e mãos algemadas entre nós, ele treme contra mim. Parece que também o estou resgatando.

— Nix — diz com a voz áspera. — Achei que…

— Estou bem.

Eu me pressiono nele, com soluços sacudindo meu corpo todo: alívio, alegria e choque. São emoções demais para conter, e elas escorrem de mim em lágrimas numa torrente, umedecendo o pescoço dele, sua camisa.

— Você está bem? — Ele se afasta para analisar meu rosto, olhando nos meus olhos. — Ele te machucou?

São duas perguntas separadas com respostas diferentes. Sim, ele me machucou, mas estou bem. Não faço ideia de como o que eu e Wallace vivemos me afetará no dia seguinte ou depois, porém, neste momento, nos braços de Maxim, sei como me sinto.

— Estou bem.

Seu olhar afiado se estreita para meu rosto.

— Nix...

— Estou bem. Doutor, estou bem. Prometo.

Ele assente, afastando meu cabelo bagunçado e sujo para trás. Com certeza minha aparência está péssima: as bochechas inchadas do golpe da arma de Lincoln, o rosto manchado de Deus sabe o quê. Faz dias que não escovo os dentes. Eu devia me sentir acanhada por ele me observar com tanta intensidade. Seu olhar consome cada parte de mim, e sinto como se estivesse sendo comida viva, de um jeito bom. Não me importo com minha aparência quando Maxim me olha assim, como se me visse de verdade.

— Eu te amo, Nix — diz ele, tão baixo que nem Wallace nem os membros da equipe de resgate por perto conseguiriam ouvir, mas, para mim, parece que gritou isso para as estrelas.

Fico paralisada diante de todas as variações de felicidade que nunca pensei que encontraria, ou nem sequer me importava em ter, bem aqui na minha frente. Ele é masculino de uma forma gloriosa e perfeitamente meu.

Respondo a única coisa que consigo com tanta emoção ardendo e obstruindo minha garganta.

— Eu também, doutor — sussurro, e as lágrimas escorrendo dos cantos dos meus olhos não têm nada a ver com o que acabei de passar e tudo a ver com o que está na minha frente. — Eu também.

CAPÍTULO 9
LENNIX

— Mais chá, Lenn?

A diligência da minha madrasta Bethany é muito fofa, mas estou cansada de ser paparicada. É surreal estar deitada em segurança no luxo da minha cama macia, com as luzes e os sons da cidade bem do outro lado da janela. Depois de alguns dias numa caverna, e metade do tempo com um saco na cabeça, até a luz fraca do abajur do meu quarto parece demais. Tenho a sensação de que as paredes estão me espremendo, como aqueles parentes distantes amorosos e excessivos que, todo Natal, lhe dão meias e um abraço longo e apertado demais. Deveria provocar uma sensação boa, só que… é demais.

Kimba, meu pai, Wallace, Bethany e o médico que Maxim trouxe estão ao redor da minha cama, todos olhando para mim. Toco o pescoço, nervosa. Eu me olhei no espelho do banheiro mais cedo e vi pela primeira vez o quão ruins estavam os hematomas. O quanto *eu* estava mal. A diferença que faz alguns dias em cativeiro.

— Sua garganta dói? — pergunta Wallace, com o rosto ansioso e o cenho franzido.

— Só um pouquinho. — Forço um sorriso tímido para tranquilizá-lo, assim como todos eles. — Estou bem, mas e você? Você também estava lá, Wall.

— Ele não me pendurou pelo pescoço na beira de uma montanha — responde Wallace.

— Não, não pendurou — comenta Maxim da poltrona no canto.

Ele mal falou desde que voltamos. Tem me vigiado o tempo todo, e meu pai está sempre olhando de um jeito curioso na sua direção.

— Acima de tudo, você precisa descansar — declara o médico. — O sedativo deve fazer efeito em breve.

Talvez dormir faça com que eles vão embora, me deixem sozinha por um instante. Abaixo os olhos de propósito e bocejo.

— A gente devia deixá-la descansar — sugere Kimba. — Dar um pouco de espaço.

— Tudo bem. — Sorrio para ela, preocupada com sua preocupação. Ela nunca parece aflita, e nunca a vi assim. — *Estou bem*, Kimba.

Ela não parece convencida, mas assente.

— Viv está vindo de Nova York. Disse que precisa ver vocês dois pessoalmente.

Wallace e eu sorrimos um para o outro, mais uma ligação se formando pela provação que acabamos de sobreviver.

— Temos uma reserva em um hotel — fala Bethany —, mas talvez a gente deva ficar aqui. Não podemos te deixar sozinha.

— Ela não vai ficar sozinha — afirma Maxim do canto.

Todo mundo se vira para olhá-lo. Bethany pigarreia, lançando um olhar de interrogação para meu pai, como se ele pudesse explicar quem é o homenzarrão grunhindo de vez em quando no canto.

— Você precisa descansar, mocinha — diz o médico. — Vamos sair. — Ele olha para Maxim. — Já que parece que o senhor vai ficar aqui, sr. Cade...

Maxim levanta e se aproxima da cama, dando atenção total ao médico.

— Vou, sim.

— Bom. Você tem meu número. Ligue se ela precisar de algo.

O médico sai, e Maxim o segue, parando na porta como se esperasse todo mundo ir também.

— Ah! — exclama Bethany, reunindo as pastilhas, loções e outros itens que não sei bem como ela pretendia usar.

Há até uma bola de lã e agulhas de tricô. Eu riria se não estivesse tão cansada e pronta para ser deixada sozinha.

Não sozinha.

Com Maxim.

Ele segue todo mundo para fora do quarto, se certificando que realmente estão indo embora. Meu pai fica para trás e segura minha mão na cama quando todos saem.

— Tem certeza de que está bem, filhota?

Ele não me chama assim há muito tempo, e o carinho e o amor por trás da sua fala deixam meus olhos cheios d'água.

— Sim, pai. Estou bem.

Ele nos encontrou na pista de pouso, me apertando com força e chorando. Isso o traumatizou de um jeito que acho que só ele e eu podemos entender de verdade. O que passamos com a mamãe... Só fico muito grata por ele não ter que passar por isso de novo.

— Maxim é... — Ele arregala os olhos e sorri. —... intenso.

— Ele é. — Minha risada soa como um liquidificador. — Mas eu gosto.

— Dá pra ver. Por que não me contou que estava namorando Maxim Cade? Ele é bem importante.

— Ele é bem importante pra mim.

— Não é quem eu esperaria que você escolhesse — afirma meu pai, com cuidado.

— Sim — concordo, sarcástica. — A gente se conheceu quando fui para Amsterdã.

— Você o conhece há tanto tempo assim?

— A gente não se via há anos. Nos reencontramos quando comecei a trabalhar na campanha do irmão dele. Você vai amar o Owen, falando nisso.

— Parece que todo mundo ama. Não vejo tanta empolgação por um candidato há muito tempo.

— Ele é bom de verdade. Kimba e eu nos sentimos muito sortudas por trabalhar na equipe dele.

— *Ele* é sortudo por ter você. — Meu pai para, lançando um rápido olhar por sobre o ombro, e então se vira de volta para mim e abaixa a voz. — As coisas entre você e Maxim estão muito sérias?

— Estamos mantendo segredo. Não quero que o burburinho do nosso namoro desperte qualquer dúvida sobre o motivo de eu e Kimba termos conseguido este trabalho, e só tiraria a atenção da campanha de Owen a esta altura, mas eu o amo.

— E ele claramente tem sentimentos fortes por você.

— Ele me ama.

Meu pai afasta meu cabelo.

— Quem não amaria?

— Falou como um pai. — Um bocejo verdadeiro, não aquele que fingi para me livrar de todo mundo, me pega de surpresa. — Acho que *estou mesmo* cansada.

— Te amo, filhota. Dorme um pouco.

Assinto, determinada a ver Maxim antes de fechar os olhos, mas não aguento.

CAPÍTULO 10
MAXIM

— Quero ver o cadáver dele, Grim.

As palavras vibram no meu peito, reverberando nas costelas. Seguro o celular com força e passo a mão no cabelo, mantendo a voz baixa na porta do apartamento de Lennix.

— Eu sei. — Grim soa tão cansado quanto eu. — Minha equipe está fazendo de tudo, menos drenar o rio pra achá-lo. Nós dois sabemos que as chances de ele ter sobrevivido naquela corrente com quatro balas são quase nulas. Só as corredeiras já o afogariam e, se não afogassem, ele sangraria no meio do nada sem assistência médica disponível.

— Não quero saber de possibilidades. Quero provas. Não ligo se ele está de cabeça pra baixo, azul e inchado no rio. Até eu ver por mim mesmo que não pode fazer nada com ela de novo, isso não acabou.

— King, *acabou.*

— Você não acredita nisso. Só quer que eu pare de te perturbar enquanto continua procurando porque precisa do mesmo tipo de encerramento que eu.

Seu silêncio comprova que tenho razão.

— E o parceiro dele? — pergunto. — Conseguiu algo dele?

— O corpo voltou para os Estados Unidos. Estamos cruzando as digitais e o DNA com os registros estaduais, do FBI, da Scotland Yard e de cada base de dados disponível. Talvez exista alguma conexão biológica ou documentada entre os dois que também vai nos dar pistas sobre a identidade de Lincoln.

Ouvir o nome falso do homem mascarado faz meus dentes rangerem. Um covarde que se escondeu atrás de uma máscara e ameaçou minha garota. Colocou uma arma na sua cabeça. A raiva faz meus músculos da barriga se contraírem.

— Ele chamou o Nixon de "Jack" — digo, lembrando do cenário conturbado na beira do rio. — E ficou muito aflito. Aposto que são parentes.

— Sim, eu ouvi. Vamos conseguir tudo que pudermos do corpo e partir daí. — Grim para e dá um suspiro pesado. — Olha, sei que você falou que ficaria bem se precisasse matar, mas tirar uma vida é pesado pra cacete. Se precisar...

— Como um bebê. Foi assim que te falei que dormiria se precisasse matar um desses filhos da puta para pegar Lennix de volta, e é exatamente como pretendo dormir esta noite. — Olho para a porta fechada do quarto de Lennix e torço para que ela esteja dormindo tranquila. — Como um bebê.

— Tá bom. — Grim dá uma risada sombria. — Eu sabia que você era um filho da puta impiedoso, mas até eu o subestimei. Cuidou bem de si mesmo e mirou direitinho. Bem na garganta, no primeiro tiro. Nada mau. Tem certeza de que não deveria ter se alistado?

O pânico daqueles momentos volta. A adrenalina correu pelas minhas veias e acionou cada órgão vital do meu corpo quando avistei o homem pressionando a arma na cabeça de Lennix. Sabia que alguma coisa devia ter dado errado se a equipe de Grim não estava no rastro deles, mas não tive tempo para processar isso.

Grim tinha uma localização, e a equipe atacou a caverna a que o rastreador de Lennix os tinha levado. Eles devem ter sido detectados de alguma forma, porque a equipe achou seis locais mortos e a caverna, vazia. Grim tinha meio que brincado sobre a ação vir até mim, mas foi o que aconteceu. Eu estava escondido entre as árvores, esperando instruções, uma atualização — qualquer coisa —, quando Lincoln e Nixon apareceram, as armas induzindo Wallace e Lennix na direção daquele barco. Nem parei para pensar.

Mire. Atire.

Foi tão instintivo quanto quando meu pai me ensinou a caçar. Eu lamentei mais pelo primeiro veado que abati durante a temporada de caça do que por aquele cretino que fez Lennix refém.

— King? — pergunta Grim de novo, o humor já longe da sua voz, substituído por preocupação. — Maxim, está aí? Tem certeza de que está bem?

— Sim. — Solto um suspiro profundo. — Estou bem. Só foram longos dias. E, respondendo sua pergunta, meu pai teria surtado se eu tivesse me alistado. Owen, sim. Ele poderia ter feito isso, já que uma carreira militar fica bem no currículo quando você está se candidatando à presidência. Mas eu, não. Ele me queria por perto para eu poder comandar seu império.

Era irônico, porque querer me manter por perto acabou me afastando mais.

— Falando no seu irmão — disse Grim —, agradeça a ele pelos reforços. Com o tempo limitado, reunir uma equipe como aquela teria sido muito mais difícil sem ele cobrando alguns favores das operações especiais pra gente.

— Sim. Com seus homens e os dele, conseguimos. Eu sei que fui um babaca tirânico, mas…

— Eles estavam com a sua garota. Eu teria ficado do mesmo jeito. E sabe que sempre vou te apoiar. De quantas enrascadas um já ajudou o outro a sair?

— De um batalhão — respondo com uma risada —, mas essa foi maior do que todas as outras juntas.

Nix significa muito mais. Grim sabe disso melhor do que ninguém.

— Como ela está?

— Dormindo.

— O médico disse que ela está bem?

A imagem da bochecha inchada e descolorida de Lennix, os hematomas pretos e azuis ao redor do pescoço, onde o babaca a estrangulou, me assombram e torturam. Quero voltar para a Costa Rica e drenar aquela merda de rio eu mesmo até achá-lo.

— Hum, sim — digo, engolindo uma onda nova de ira. — O médico disse que agora é só esperar os hematomas sumirem e as drogas que Lincoln deu a ela e a Wallace saírem da sistema deles.

— Eles viveram coisas bem intensas. Podem ter estresse pós-traumático, um pouco de trauma, pesadelos. O resultado mental e emocional pode ser maior do que o que vemos por fora.

— Sim, ela tem uma terapeuta com quem se consulta regularmente. Vão conversar sobre isso nas sessões.

— E a mídia ainda não sabe de nada disso, certo?

— Por um milagre, não. Ou talvez nem tanto por um milagre. Era do interesse da CamTech manter debaixo dos panos. Nunca levaram a público as demandas dos sequestradores, então apenas amigos, família e alguns executivos de alto escalão da CamTech souberam do ocorrido. Como o plano era ficarem longe por mais alguns dias, os funcionários de Nix não sabem de nada.

— E a equipe de apoio?

— Contaram para a família de Paco da tentativa fracassada de sequestro, e estamos cuidando deles. O resto da equipe acha que eles ficaram presos na selva. Não é incomum em Talamanca.

— É quase como se não tivesse acontecido.

— Só que aconteceu — lembro com um tom seco. — E ainda está acontecendo até encontrarmos aquele corpo.

— Estou trabalhando nisso. — Mesmo sem olhar para ele, consigo visualizar a careta de Grim, e a irritação está clara na sua voz. — Por que você não volta pro seu trabalho de verdade comprando empresas, salvando planetas e essas bobagens?

Eu me permito sorrir de verdade pela primeira vez em dias.

— Pode acreditar, já voltei. A cabeça de Jin Lei iria explodir se eu não trabalhasse um pouco. Um desastre de cada vez até Nix acordar.

— Te mantenho atualizado do que a gente achar.

Meu sorriso some com a lembrança de que Lincoln ainda pode estar por aí, mesmo que as chances sejam pequenas.

— Valeu, Grim. Por tudo.

Ele desliga sem responder a meu agradecimento. A nossa relação é diferente, claro, da que tenho com meu irmão, mas ele é como família. Nós nos conectamos através do perigo e da aventura e de todas as coisas que jovens buscam quando não têm noção da própria mortalidade. Viajamos juntos para várias cidades, gastando com mil coisas diferentes. Nem consigo contar o quanto gastei com mulheres, mas nenhuma nunca foi como Nix.

Sento no sofá e abro o iPad na mesinha de centro de Lennix. Apesar da exaustão pesando meus braços e pernas, me forço a responder e-mails e resolver assuntos que Jin Lei deixou de lado enquanto eu estava focado em trazer Lennix de volta. Preciso de uma bebida de verdade para lidar com a pilha de trabalho que espera por mim. Procuro na cozinha e nos armários, no barzinho no canto da sala, mas só encontro vinho.

— Caramba, amor — murmuro, lendo a garrafa de um vinho bordeaux. — Eu queria algo mais forte.

Cutuco a lareira e tiro as meias e os sapatos, me acomodando na mesinha de centro de novo. Não sei quanto tempo passo trabalhando, mas a lareira se apaga, e a garrafa de vinho está quase vazia quando a porta do quarto de Lennix se abre.

Vê-la me faz parar. É sua beleza, sim, ao se apoiar no batente como se fosse a única coisa que a mantém em pé. Só que, mais do que sua beleza inexplicável, é o fato de estar *viva* que mais aprecio. O simples subir e descer do seu peito a cada respiração preciosa. Quero sentir seu coração pressionado no meu, ressoando conforto em cada parte de mim até eu ter certeza de que está mesmo segura.

O cabelo escuro cai ao redor de seus ombros, e há um amassado de sono gravada na pele suave e intacta de uma das maçãs do rosto. De pijama de seda branca, ela parece macia e sonolenta.

O que venho tentando ignorar desde quando a abracei naquela selva volta para mim. É algo primitivo, forte e precoce demais depois do que ela passou. Cada célula no meu corpo grita com a necessidade de reivindicá-la fisicamente. Me marcar na sua pele e senti-la queimar na minha.

Mas não posso, porque não seria gentil, suave ou atencioso. Seria uma transa forte, intensa e incansável. Preciso senti-la e saber que está segura na minha cama, nos meus braços. Tê-la inteira para mim até calar o medo de que algum dia alguém possa arrancá-la. Preciso foder para me livrar desse medo, mas não vou fazer isso com ela. É egoísta e baixo, e ela é a melhor coisa da minha vida. Não vou corrompê-la com isso.

— Oi — cumprimento.

— Oi. — Sua voz está rouca de cansaço. — Que horas são? Por que está aqui fora?

Porque não confio em mim perto de você agora.

— Trabalho — respondo, apontando para o iPad e os papéis espalhados na mesinha. — Jin Lei já está preparando o chicote.

Lennix assente e anda pela sala, se aproximando. Engulo em seco. Vê-la tão pura, com um pijama tão branco, pés descalços aparecendo debaixo da calça larga de seda, está testando os meus limites.

— Não demora muito para ficar cheio de coisas a fazer — diz ela, se sentando ao meu lado no sofá.

— Não mesmo. — Forço o olhar de volta para o iPad, apesar das letras do arquivo se embaralharem na tela. — Levei algumas horas para começar a me atualizar.

— Desculpe por você ter perdido trabalho.

Abandono qualquer pretensão de trabalhar e seguro o lado não machucado do seu rosto.

— Querida, não tinha dúvida de onde precisava estar. Não conseguiria pensar em outra coisa até ter você de volta.

Ela apoia a bochecha na palma da minha mão.

— Ele disse que alguém tentou negociar por mim. Alguém que chamou de Riquinho. Acho que foi você…

— Foi. — Uma risada áspera ressoa na minha garganta. — Quase estraguei tudo quando perdi a cabeça. Grim estava cuidando das coisas, arranquei o celular dele e assumi. Ferrei tudo majestosamente. Achei que o babaca fosse…

Nem consigo falar o que sei que ele teria feito com ela se não tivéssemos a encontrado a tempo.

— Ele ia me matar.

Ergo o olhar de novo, e os vestígios de medo naqueles olhos azul-água acabam comigo. Eu me aproximo dela, mal confiando em mim mesmo, mas preciso que ela saiba que a manterei segura. Coloco-a no meu colo e afasto o cabelo comprido dos seus ombros e rosto.

— Eu nunca deixaria isso acontecer. — Pressiono minha testa na dela. — Teria movido o céu e a terra, *comprado* o céu e a terra, pra trazer você de volta.

— Mas ele nunca quis só dinheiro. — Ela segura meu pescoço e se aconchega mais perto. — Eu sabia que ia morrer, doutor, e só conseguia pensar que nunca disse que te amava.

— É. — Faço um esforço consciente de afrouxar meus dedos na sua cintura e coxa. — Só conseguia pensar nisso também.

— E nunca te ouvi dizer. — Ela ergue o olhar, que parece mais escuro e brilha com as lágrimas. — Mas sabia que você me amava também.

— Muito. — Enfio o nariz no seu pescoço, absorvendo o cheiro de sabonete e o perfume que é só dela. — Estava morrendo por dentro pensando que talvez você nunca soubesse disso.

— Eu sabia — sussurra Lennix, beijando meu rosto devagar até chegar na minha boca. — Maxim, eu sabia.

Ao puxar seu queixo com o polegar e o indicador, abro sua boca e comando o beijo. Tento manter o controle, mas pego sua língua na hora, golpeando com movimentos possessivos, famintos, desesperados. Engolindo os sons que ela emite, eu a puxo para mais perto, querendo de verdade ser mais terno e ir devagar, mas o desejo e a necessidade silenciam minhas boas intenções.

Apoio suas costas nas almofadas, apertando seu seio pela blusa de seda do pijama. Meus quadris estão entre suas coxas, e eu me movo, agressivo e compulsivo. Ela choraminga, e paraliso.

Merda. Estou te machucando?

Ela não está pronta para isso. Passou por algo difícil. Preciso botar essa merda de lobo numa coleira.

Eu me afasto, apoio os cotovelos nos joelhos e passo os dedos pelo cabelo.

— Nix, me desculpe. — Lambo os lábios, meu pau fica mais duro com o sabor dela ainda ali. — Amor, volta pra cama. Você precisa descansar. Foram... hum... dias insanos.

Ela acaricia minhas costas, e me sobressalto como se ela tivesse tocado em um nervo exposto. Estou completamente atento às suas mãos em mim.

— Você... — Ela se senta também e se aproxima. Sinto seus olhos avaliando meu perfil. — Você não quer...

Viro a cabeça para encarar a confusão em seus olhos.

— Você sabe que quero.

— Então por quê? — Ela se aproxima para me beijar, os lábios macios e gentis, duas coisas que já sei que vou esquecer assim que a tocar. — Estou *viva*, e senti sua falta.

Eu me afasto do toque delicado do seu beijo.

— Eu quero demais — digo, rangendo os dentes, envergonhado pela minha falta de controle, mas ainda incapaz de fazer algo sobre essa selvageria se espreitando dentro de mim. — Você passou por muita coisa.

— Você acha que eu não quero? — pergunta, baixinho. Avalio seus olhos, surpreso de ver o calor e o desespero ali, iguais aos meus. — Foi por isso que ficou aqui quando devia estar na cama comigo? Conversa comigo. Me fala, doutor.

Fecho os olhos, o que é um erro, porque seu cheiro, seu calor, tudo nela toma conta dos meus sentidos, aumentando a necessidade que vem das minhas entranhas de reunir nossos corpos, reconectar nossas almas.

— Eu cheguei muito perto de te perder — digo em um tom formal. — E algo dentro de mim quer reivindicar você. Acho que não vou ser gentil. É coisa de homem das cavernas. Sei disso.

— Então eu devo ser uma mulher das cavernas — responde Nix, e seu sorriso fica mais largo, apesar dos olhos permanecerem solenes. — Porque sinto o mesmo.

— Sente? — Mal permito que as palavras saiam no caso de ela negar.

— Sinto. Estava na cama, e o sedativo funcionou no começo, mas acordei, e você não estava lá. Pareceu errado ficar só encarando o teto. Eu quase morri, e quero me *sentir* viva. Nada faz eu me sentir mais viva do que fazer amor com você.

Não consegui colocar isso em palavras, mas ela conseguiu. Ela resumiu exatamente o que me faz querer arrancar minha pele para estar dentro dela. No entanto, mesmo depois de ouvir isso dos seus lábios, preciso que ela dê o primeiro passo. Preciso saber que está bem — que, se eu perder o controle, ela não vai se quebrar.

Nix levanta e volta para o quarto. Apoiada no batente de novo, com os olhos intensos, tempestuosos e fixos nos meus, abre o primeiro botão da blusa larga do pijama. Depois, o segundo, o terceiro e os últimos. A seda branca desliza por seus braços, despindo os seios deliciosos, com mamilos duros e marrons.

Engulo em seco, meu peito pesado com o controle de que preciso para continuar neste sofá. Para não avançar e fodê-la ali mesmo. É animalesco, e quero que seja, se não gentil, pelo menos civilizado. Mas não tem nada civilizado no que sinto quando a calça do pijama desliza como água pela curva de seus quadris e pernas. O cabelo lustroso banha seus ombros como seda preta, caindo sobre os seios, com os mamilos eriçados me tentando entre as mechas longas. Ela vira de costas e se abaixa lentamente para pegar o pijama descartado, me dando uma visão clara dos lábios carnudos e da fenda da boceta.

Minha boca fica seca. Não posso *não* fazer isso.

Eu me levanto e entro no quarto antes de ela sequer chegar à cama. Pego seu braço, com cuidado, e a viro para mim. Só seu abajur está aceso, cobrindo o quarto e a nós em uma luz dourada. A estrutura magnífica de seu rosto está maculada com um inchaço na maçã do rosto. Hematomas pretos e azuis formam uma corrente na linha fina do seu pescoço. A raiva e o desamparo me inundam de novo, como se ela ainda estivesse a centenas de quilômetros de distância. Toco as mechas do seu cabelo, acaricio com o polegar a protuberância descolorida na sua bochecha e me abaixo para beijar as linhas na base da sua garganta lesionada.

— Ele te machucou — afirmo, com a voz embargada.

— Estou bem.

Ela segura meu pescoço e desliza os dedos no meu cabelo.

— Estou furioso. — Coloco as mãos na sua cintura, intensificando o aperto, sentindo os ossos delicados sob a carne quente. — Ele deve estar morto, mas quero caçá-lo e matá-lo por te machucado você. Não sei o que fazer com esses sentimentos.

— Eu sei — responde Nix, puxando a barra da minha camisa e a tirando pela minha cabeça.

— Tem certeza? — Minhas mãos tremem de desejo de tocar cada centímetro da sua pele nua marrom-dourada.

— Estou uma bagunça agora. — Ela desafivela meu cinto e ergue o olhar da tarefa para me encarar. — Não vou fingir que o que aconteceu comigo não me traumatizou, não me transformou. Mudou, sim. Acho que ainda nem sei o quanto isso me afetou. O que sei de verdade é que te amo, e meu maior arrependimento quando achei que fosse morrer foi nunca ter dito isso. Então deixe eu te dizer. — Ela se afasta e senta na beira da cama, que está coberta com uma colcha de seda creme e dourada. Ela abre as pernas, um convite nada sutil. — Deixe eu te mostrar.

A sedução dos seus movimentos, de seus olhos, dolorosos e ao mesmo tempo apaixonados, no rosto cansado, me atrai para ela e para além do meu controle. Assumo minha posição de joelhos entre suas pernas, abrindo-a mais. Me curvo e pressiono o rosto no seu calor suave. Começo passando os lábios levemente na sua boceta, depois a arreganhando e abocanhando seu clitóris. Grunho com o gosto, com a textura.

— Doutor — geme ela, com os dedos emaranhados no meu cabelo. — Isso. Por favor.

Chupo, lembrando a mim mesmo para ir devagar, mas me perco nesse universo delicioso entre suas pernas, e estou faminto. Meus dedos estão dentro dela. Minha língua firme e avançando para dentro dela, lambendo a umidade ali. Dou beijos no interior de suas coxas e mordisco a carne dura. Ela arfa, e dou uma olhada em seu rosto à procura de dor. Uma espécie de prazer inesperado cobre sua expressão.

— Faz isso de novo — manda ela, com os dedos puxando meu cabelo. — Me morde de novo.

Faço uma trilha de mordidas por suas coxas e entre suas pernas até ela gozar, se jogando de costas, se mexendo e contorcendo sobre a cama, seus gritos preenchendo o quarto. Sua reação é tão selvagem quanto minha paixão por ela.

Quando Nix fica imóvel, tiro minha roupa e engatinho pela cama para deitar ao seu lado, observando seu belo rosto se contorcer depois dos tremores do orgasmo. Abocanho um mamilo, chupando com força, mordiscando. Ele não tinha direito de marcá-la com violência. Eu a marco com amor, com ternura e cuidado. Traço o círculo da sua auréola com mordidas carinhosas, deixando marquinhas de chupões ao redor do seu peito enquanto a fodo com os dedos, tocando e beliscando seu clitóris até ela gozar de novo.

Ela está arfando, ofegante, os olhos lânguidos, sedentos e cheios de lágrimas.

Não estou sendo bruto. Eu a quero tanto, mas nunca a machucaria. Não sou capaz disso. Seria como machucar meu próprio corpo. Achei que não poderia confiar em mim mesmo perto dela, mas não tinha nada a temer.

Não quer dizer que não vou fodê-la com vontade.

Os lençóis têm a mesma sensação que *ela* vai ter sob mim, como uma luxúria de cetim. Eu me coloco entre suas coxas e deslizo para dentro. Arfamos juntos com essa perfeição. Ela está apertada, molhada e quente, e meu pau tem vida própria, ignorando minhas tentativas de controle. Assim que entro, toda a pretensão de ser civilizado desaparece. Quero passar de todos os limites, de qualquer coisa que me manteria afastado da parte mais funda, da parte que ela costumava vigiar e proteger.

Quero *essa* parte.

Com grunhidos e palavrões, entro e saio dela. Qualquer sentimento que estávamos segurando é jorrado para fora com o movimento dos nossos corpos. O quarto está silencioso exceto pelo ritmo retumbante de cada metida. Entro em um transe, sem ouvir nada, sem ver nada além da escuridão atrás das minhas pálpebras, mas então ouço algo.

Ela está chorando.

Soluços angustiantes que vibram pelo meu peito onde ela está pressionada em mim.

Paro, erguendo sua cabeça para encontrar seus olhos.

— Nix? — pergunto, temendo tê-la machucado e, por causa da precipitação, ter arruinado algo entre nós que deveria ser sempre puro.

— Não pare — pede ela entre os soluços. — Por favor. É disso que preciso. Ah, nossa. Por favor, não pare, doutor.

Ela agarra minha bunda, me puxando de volta para dentro.

— Merda — sibilo.

— Não estou machucada — explica ela, mas lágrimas ainda contradizem suas palavras. — Eu só te amo demais. Nunca senti nada parecido.

Nossa, ouvir isso arranca qualquer defesa final que eu tinha. Na véspera, ela disse "também" quando falei que a amava. Ouvi-la dizer isso, com todas as letras, com uma oferta tão grande de emoção, é mais do que consigo aguentar. Acelero o ritmo e me lanço sem parar.

— Eu te amo. — Ela estende a mão até achar a minha e entrelaçar nossos dedos. — Não pare.

Seu amor é uma poção que me enlouquece — que me faz gozar mais forte do que nunca. O mundo fica literalmente preto por um instante enquanto me esvazio em seu corpo do jeito mais elemental que um homem pode fazer.

Depois, caímos na cama, e puxo seu corpo para mim. Com ela de costas, acaricio seu cabelo úmido e beijo seus ombros, aliso a curva do seu quadril, entrelaço nossas pernas.

— Te amo — cochicho no seu cabelo.

Eu me sinto tão respeitoso quando digo isso. Nós trocamos essas palavras como rezas sagradas. Com nossos corpos, pela nossa confissão, criamos nossa própria religião. Ela é o templo, e eu sou o sacerdote, adorando-a.

— Também te amo — responde ela, com a voz ainda trêmula de emoção, de lágrimas.

— Você está bem? — Tenho medo da sua resposta, mas estou preparado para fazer o que ela precisar se disser que não.

— Vou ficar bem — garante, virando para me olhar depois de alguns instantes. — Pode levar um tempo, mas você me ama, e eu vou ficar bem.

CAPÍTULO 11
LENNIX

— Então como você está, de verdade?

A pergunta de Mena cutuca as respostas prontas que tenho dado a todo mundo, exceto Maxim, desde que voltei da Costa Rica dois dias atrás. Não consigo esconder nada dele. Não quero esconder. Kimba, Vivienne, meu pai — todos perguntaram como estou, mas não sei se estão prontos para ouvir como isso me afetou. Ou talvez eu só não esteja pronta para admitir a alguém. Desde a Dança do Nascer do Sol, porém, Mena e eu compartilhamos uma conexão única que mais ninguém compreende. Ela me questiona enquanto outros só aceitam minha resposta.

— Estou melhorando. — Escolho essa resposta. — Conversei com a minha terapeuta no celular ontem e contei um pouco do que aconteceu. Ela está preparada para personalizar algumas sessões para garantir que estou processando as coisas do jeito certo. Vamos nos encontrar semana que vem.

— Que bom — responde ela, e morde uma das panquecas de milho azul que preparou para nós. — Ficaram bem boas.

— Estão deliciosas. Preciso da receita. Amo que você tem cozinhado com tantos ingredientes naturais. — Ajudo a bocada de panquecas a descer com um gole do chá. — Preciso voltar a fazer isso. Estou sempre tão ocupada que acabo pedindo muita comida.

— Temos focado em alimentação ancestral, entendendo as escolhas culinárias baseadas nos valores antes do colonialismo e da industrialização. — Ela dá uma mordidinha na panqueca. — Revolucionário. O colesterol do Jim estava um pouco alto no último exame. O médico queria passar alguns remédios, que vamos tomar se for preciso, mas quis tentar seguir uma alimentação mais ancestral primeiro. Seus níveis já estão melhores.

— Que incrível. — Ergo uma perna e descanso o queixo no joelho, sentada à mesa da sala de jantar. — Sei que minha terapeuta vai me ajudar a processar tudo, mas acho que também preciso voltar para algumas coisas básicas que vão me ajudar a melhorar.

— Como o quê? — pergunta Mena, dando um gole no suco recém-preparado.

— Correr. — Passo o garfo pelo xarope de bordo no meu prato. — Sonhei com a mamãe quando estava lá, tia.

— Mas você sonha com ela sempre, não é?

— Sim, mas nesse sonho ela me mandou correr. Lembra quando eu era guardiã da água na escola? Das maratonas que organizava e todas as corridas que fazia para preservar nossa cultura e lutar pelo que acreditava?

— Você ainda luta. Só que de um jeito diferente. A política é um caminho complexo para dar ao nosso povo o que ele precisa. Nem todo mundo consegue fazer o que você e Jim fazem, navegar tão bem por este mundo impiedoso. Você está fazendo um bom trabalho.

— Obrigada, tia, mas acho mesmo que correr pode me ajudar. Não só fisicamente, mas de outras formas também. A corrida fazia eu me sentir conectada à terra, à nossa luta de um jeito que só ela faz.

— Com todo aquele treino que você fez para a Dança do Nascer do Sol, correr deve ter sido uma das partes mais difíceis da cerimônia.

— Com certeza. — Um sorriso triste molda meus lábios. — Naquela noite, quando acabou, fiquei tão aliviada, e mamãe estava muito feliz.

— Ela estava muito orgulhosa. Mesmo se você não tivesse feito o ritual, ela ainda ficaria orgulhosa de você, mas aquilo significou muito para a sua mãe. Fico feliz que ela tenha conseguido ver você se tornar uma mulher antes de atravessar para o próximo mundo.

— Nossa, achei que ela nunca pararia de tirar foto — digo, rindo apesar das lágrimas nos meus olhos.

Minhas emoções estão tão à flor da pele que parece que qualquer coisa me faz chorar, mas dessa vez não luto contra as lágrimas. Cedo a essa lembrança da minha mãe que, apesar de doer no meu coração, faz com que eu me sinta próxima dela.

A porta do meu quarto se abre, e Maxim entra na sala. Está no celular, falando o que parece ser chinês ou japonês. Ele pisa em cada cômodo como se fosse o dono do lugar — como se não houvesse ninguém ali que ele não conseguisse convencer ou recrutar. A força do seu carisma é algo tangível, um gancho que te pega pela boca antes de sequer senti-lo ali.

O cabelo preto está escovado para trás, mas uma mecha cai na sua testa como se tivesse se arrumado com pressa, porque em geral é assim que ele se arruma. Está usando um terno completo azul-marinho com uma camisa cinza-prateado aberta e sem gravata.

Meu Deus, ele está delicioso.

O colete se molda no seu peito largo e na barriga lisa, e a calça sob medida impecável se estica e balança a cada passo, enfatizando os músculos poderosos das suas coxas. Dou um gole no chá, observando por cima da borda da xícara, devorando-o com os olhos. Ele lança um sorriso para nós, ainda falando no celular numa língua que não compreendo, antes de desaparecer na cozinha.

Depois da primeira vez na noite passada, eu o acordei antes do nascer do sol e transamos de novo. Abaixando o joelho, me estremeço na cadeira, sentindo o pulsar entre as pernas ao vê-lo, com a lembrança de nossos corpos se conectando, roçando um no outro.

Será que são hormônios do trauma? Não consigo me controlar.

Ele ficou preocupado com a possibilidade de ser bruto demais logo depois de eu voltar de uma situação tão angustiante, mas eu queria aquela reunião física tanto quanto ele. Talvez mais. Parece que recebi um indulto de uma execução. Senti o sopro frio da morte, vi meu fim violento pelo cano de uma arma, mas fui poupada no último segundo. E quero agarrar a vida com toda a minha força e aproveitá-la ao máximo.

Maxim é com certeza o *máximo*.

— Vai precisar de um guardanapo se ficar olhando pro seu namorado assim — comenta Mena, com um sorriso brincalhão nos lábios.

Olho para ela, de olhos arregalados e com as bochechas queimando. Sou tão óbvia assim?

— O quê? — pergunto, tentando disfarçar.

— Ah, querida, nem adianta. — Mena ri e afasta seu prato vazio. — Você está babando mais do que um são-bernardo. Conheço esse olhar. É o mesmo que dou para o meu marido todo dia.

Com isso, nós duas damos gargalhadas roucas e nos recostamos na cadeira. Gosto da companhia dela como gosto da de poucas pessoas. Ela e o senador Nighthorse têm uma casa aqui em DC, mas Mena passa parte do tempo aqui na cidade e outra parte em Oklahoma, o estado que Jim representa.

Maxim passa pela porta vaivém que separa minha cozinha da sala de jantar, com um copo do suco de laranja que Mena preparou.

— Qual é a graça, moças?

— Só conversa de mulher — responde Mena com um sorriso no rosto. — Bom dia, sr. Cade.

— Bom dia, sra. Nighthorse — devolve ele com um sorriso.

Mena conhece minha história com Maxim e, apesar de poucas pessoas saberem que eu e ele estamos juntos agora, ela foi uma das primeiras e únicas para quem contei antes de partir para a Costa Rica.

— Bom dia — diz ele para mim, com os olhos verdes escurecendo enquanto se abaixa para me beijar.

Ele se afasta depois de um contato breve, mas eu o seguro e o puxo de volta para um beijo longo, explorando-o por alguns segundos mesmo com Mena assistindo. Não consigo evitar. Vê-lo vestido para ir embora me faz querer amarrá-lo na cama para que não possa fugir. Não sei se é grude ou necessidade, mas o quero o mais próximo possível pelo máximo de tempo possível.

— Você tem que ir? — murmuro nos seus lábios.

— Tenho. — Ele olha para mim com os olhos irradiando de amor, afeição e desejo. — A não ser que você queira que eu fique. Tenho uma reunião no Café du Parc, mas posso cancelar se precisar de mim.

— Não, claro que não. Café da manhã poderoso, hein? — comento, erguendo as sobrancelhas para seu local de encontro perto da Casa Branca.

— Tipo isso — responde ele em um tom irônico. — Peggy Newcombe estava na expedição da Antártica comigo, e mantivemos contato ao longo dos anos.

— A senadora Newcombe? — pergunto, surpresa.

— Na época era deputada. Ela é uma aliada na causa das mudanças climáticas e está patrocinando um projeto de lei que quero ver aprovado. Já cancelei com ela três vezes, e ela vai ter uma viagem de um mês, então gostaria de conversar antes. — Ele analisa meu rosto, franzindo o cenho com as sobrancelhas grossas. — Mas se precisar que eu fique…

— Não, vou ficar bem. Acho que vou dar uma saidinha sozinha mais tarde.

Seu franzido seu aprofunda.

— Faz só dois dias que voltou, Nix. Vai voltar pra sua rotina em breve. Descanse um pouco. Marque uma sessão com a terapeuta. Vai com calma.

— Não tenho tempo para ir com calma, doutor. Seu irmão vai anunciar a campanha daqui a pouco.

— Não estou nem aí se Owen vai anunciar que está indo pra Lua. Kimba e o restante da equipe têm tudo sob controle. Não se apresse.

— Você se atreve a me dizer quando devo voltar ao trabalho?

Meu tom é leve, mas ele precisa saber. Eu o amo, mas Maxim não controla a minha vida.

Ele suspira e revira os olhos para a luminária suspensa sobre minha mesa de jantar.

— Eu nunca ousaria fazer isso, mas posso me preocupar? — Maxim se curva para segurar minha bochecha e travar nossos olhares um no outro. — Só não quero que se sinta pressionada.

A rigidez que se acumula no meu pescoço diminui com o amor em seus olhos.

— Obrigada, mas você precisa confiar que sei do que preciso, e preciso trabalhar. Não vou quebrar.

Ele assente, devagar, avaliando meu rosto antes de se endireitar.

— Bem, tenho que ir encontrar Peggy, mas vou voltar. Posso trabalhar daqui.

— Trabalhe no seu escritório. Está tudo bem. Acho que vou dar uma corrida e talvez passar no meu escritório só pra pegar algumas coisas e dar um oi.

Seu corpo enrijece.

— Que horas? Quando?

— Sério, Maxim? — Rio e dou um gole no suco. — Vou ficar bem.

— Um dos rapazes vai com você — diz ele, com uma expressão que não consigo decifrar.

— Um dos rapazes? — questiono.

— Ah, você está falando do batalhão estacionado na porta? No corredor? — pergunta Mena, com o tom seco. — Ou o que está no saguão do prédio?

— Batalhão? — Alterno o olhar entre minha tia e meu namorado. — Do que ela está falando, doutor? Que batalhão?

— É só uma medida preventiva — responde. — Montei uma equipe de segurança para você.

— Uma o quê? — Mudo a postura e enrijeço a coluna. — O sequestro foi algo específico daquele país, daquelas circunstâncias, e tinha a ver com Wallace e a vacina. Não tinha nada a ver comigo. Não generalize o perigo. Nunca precisei de segurança e ainda não preciso.

Ele aperta os lábios carnudos, mas fica em silêncio por um instante.

— Essa é uma conversa mais complexa que devíamos ter hoje à noite quando eu chegar em casa.

Meu coração se contrai quando ele se refere ao meu apartamento como sua casa. Me derreto com a ideia de nós dois compartilhando um lar juntos, mas firmo a boca e minha vontade também.

— Talvez eu saia pra correr mais tarde — digo entre os lábios tensos — e não quero ser seguida. Fui clara, Maxim?

Ele olha para o relógio Richard Mille absurdamente caro no pulso.

— Preciso ir. Vamos discutir isso mais tarde.

Sua expressão séria relaxa, e ele lança um sorriso natural para Mena, charme irradiando de cada poro.

— Tchau, sra. Nighthorse.

— Por favor, me chame de Mena. Acho que vamos nos ver mais daqui em diante.

— Com certeza — responde, virando o olhar de volta para mim. — Vou te levar até a porta.

Levanto e o sigo pelo canto até o pequeno hall do meu apartamento. Ele se apoia na porta e me puxa para si, abaixando a cabeça para tomar minha boca sem falar. A tensão que tinha surgido entre nós se esvai, e devolvo cada movimento da sua língua, gemendo no beijo. Ele desliza as mãos por minhas costas até minha bunda, acariciando a seda do pijama sobre minha pele.

— Amo você com ele — afirma. — Quase tanto quanto você sem ele. Veste de novo pra mim à noite?

Assinto, colocando os pés de volta no chão.

— Você tem planos pra hoje à noite?

— Você. Você é meu único plano. — Uma careta substitui seu sorriso. — Quando vai falar com a terapeuta?

— Doutor, por favor, não seja superprotetor.

— Eu quase *te perdi*, caramba — responde, apertando mais as mãos no meu quadril. — Não me diga pra não me preocupar com sua segurança, com seu bem-estar, com *você*, porque não vai adiantar. Não quero violar sua independência, mas também não vou deixar nada acontecer com você. Estou sendo claro?

— *Eu* vou ser clara — respondo, saindo de seus braços e colocando as mãos onde as dele estavam momentos antes. — Eu sou responsável por minha segurança e bem-estar. Obrigada por me resgatar de um lunático que queria me matar, mas estamos em casa agora. E não preciso de ninguém cuidando da minha vida ou monitorando minhas idas e vindas.

Ele solta um suspiro exasperado, bagunçando o cabelo ao passar a mão ali.

— Tenho que ir, e Mena está te esperando. Quero que passe um tempo com ela. Vamos conversar sobre isso de noite, certo?

— Tá, certo. — Agora que ele está indo, quero envolver os braços e pernas ao seu redor e trancar a porta para mantê-lo aqui por mais tempo. — Eu te amo.

Sua expressão se suaviza, e ele me olha de um jeito que nunca o vi olhar para mais ninguém. E sei que é porque sou a única que Maxim ama desse jeito. Ele se abaixa para me dar um selinho rápido e intenso, e sussurra sua resposta nos meus lábios.

— Também, querida. Eu também.

Fico parada ali por um instante depois de ele ir embora, absorvendo seu cheiro, que continua no hall, antes de me juntar de novo a Mena.

— Desculpe por isso — peço, fazendo uma careta. — Por tudo isso. A gente discute de vez em quando.

— Vocês dois têm personalidades muito fortes. É de se esperar, mas está claro que têm muita paixão. — Mena sorri e inclina a cabeça, refletindo. — E amor, se não estou enganada.

— Não está. — Brinco com o garfo e sorrio. — Eu o amo, sim.

— Estou tão feliz por você, Lennix. Sabe que faz tempo que queria que alguém cruzasse a muralha em torno do seu coração.

— Ele passou direitinho. Só espero que a gente não estrague tudo. Ele gosta de marcar território e, como pode imaginar, isso nem sempre acaba bem.

— Ele é um homem muito dominante. Muitos políticos são assim. Eu entendo disso. Casei com um.

— Bem, ele é dominante, mas não é um político. Graças a Deus.

— Talvez não como profissão. — Mena me encara com um olhar sugestivo sobre a xícara de chá enquanto dá um gole. — Mas ele claramente tem aspirações.

— Não, ele tem convicções. Princípios. Objetivos para o mundo, nada menos que isso, e compreende que precisa existir um pouco de intersecção com a política para conquistá-los, mas não faz *parte* da política. Acho que em alguma medida é por isso que demos certo.

— Vocês também dão certo porque ele não aceitaria vocês *não darem* certo. Quando você resistiu, ele insistiu. É um homem que sempre está à procura da próxima montanha a escalar.

— Tenho minhas próprias montanhas — digo, mexendo nas sobras das minhas panquecas. — Ele sabe disso.

Trocamos olhares, e há uma espécie de constatação nos olhos de Mena que não quero saber do que se trata. Depois do café da manhã, limpamos a mesa de jantar e vamos para a cozinha. Mena se apoia na bancada e me observa encher a lava-louça.

— Que foi? — pergunto, erguendo o olhar da fileira de pratos no suporte. — Você está com o olhar de "tem algo que quero falar".

Mena sorri e assente.

— Eu estava pensando no que falou mais cedo, sobre incorporar alguns hábitos antigos na sua recuperação.

— É mesmo? — Fecho a porta da lava-louça e me apoio ao seu lado na bancada. — E?

— Acho que incorporar algumas das práticas ancestrais no seu processo de cura é uma boa ideia. Se correr faz você se sentir conectada, faça isso. Defumação também pode ser bem potente.

Não me lembro da última vez que fiz uma defumação. Quando era mais nova, a casa da minha mãe sempre cheirava a sálvia, e a fumaça sagrada passeava pelos cômodos.

— Vou trazer umas coisas para você usar — diz Mena, passando o braço pelos meus ombros. — Vou te dar as ferramentas, mas você precisa fazer o trabalho.

Em cada crise, lá está ela, preenchendo muitos lugares vazios. Acredito que minha mãe nos vê e fica grata pela presença de Mena, me guiando várias vezes.

— Obrigada por sempre me apoiar, tia — digo com os olhos marejados.

— Ah, querida, sempre.

CAPÍTULO 12
MAXIM

A RISADA ME ALCANÇA ANTES MESMO DE EU SAIR DO ELEVADOR NO andar do apartamento de Lennix.

Lá se vai outra noite sozinho com minha garota. Eu não pretendia ficar fora o dia todo, mas estamos num estágio crucial em vários contratos. Jin Lei me lembrou, com pouca gentileza, de várias coisas que necessitavam da minha atenção imediata. Lennix mandou mensagem dizendo que suas amigas iriam fazer uma visita. Não invejo o tempo que elas têm com Lennix. Elas quase a perderam também, e sem dúvida precisam se assegurar de que ela está bem, assim como eu, mas, caramba, eu queria muito um tempo a sós.

Quando ela mencionou que Owen faria o anúncio em breve, isso me lembrou que o ritmo das nossas vidas não deixa muito tempo para momentos a dois. Além dos meus interesses profissionais, vou viajar com Owen para sua campanha. Com Nix *liderando* a campanha, não nos vejo parando um pouco para aproveitar a companhia um do outro em nenhum momento no futuro.

Solto um longo suspiro e piso no corredor.

— Tudo bem? — pergunto para o segurança à paisana posicionado à porta.

— Sim, senhor.

— Ela saiu hoje? — Franzo a testa.

— Não, senhor. A sra. Nighthorse acabou ficando a maior parte do dia. — Ele acena com a cabeça para a porta. — A srta. Hunter não saiu do apartamento.

— Ótimo. A equipe toda sabe que se ela sair…

— Temos que ir atrás, sim, senhor.

A reação de Lennix com a simples ideia de uma equipe de segurança me alertou que ela não ficaria empolgada com o rastreador no bracelete. Ela sabe que Grim a encontrou e deve ter presumido que ele usou seus recursos para isso. Não entramos em detalhes, mas achei que discutiríamos essa questão hoje à noite. Mas as risadas e o som de taças brindando me avisam que talvez não vá haver muito tempo para falar sobre isso. Tenho que admitir que não acho uma má ideia adiar essa conversa.

Quando uso a chave que Lennix me deu para entrar no apartamento, todo mundo se vira para mim. Parece que há garrafas de vinho em cada superfície, assim como pratos cheios de algo que tem um cheiro delicioso. Kimba e Vivienne estão deitadas no sofá. Wallace e Lennix estão sentados no chão com as costas apoiadas na namoradeira.

Meu sangue ferve um pouco ao ver Wallace Murrow. Não é ciúme. Eu confio no que Lennix sente por mim. É o fato de que aquele idiota me prometeu que manteria Lennix segura na viagem, e ela quase acabou morta. Embora tecnicamente não fosse sua culpa, em algum nível, certo ou errado, eu o culpo por envolver Lennix no drama da sua vacina experimental.

— Maxim! — exclama Kimba, e cruza o cômodo para me abraçar. — O homem do momento.

— Eu? — Abraço-a de volta e sorrio. Em pouco tempo ela se tornou uma das minhas pessoas favoritas. — Por quê?

— Você foi buscar nossa garota — responde, com o sorriso oscilando um pouco, lágrimas surgindo nos olhos. — E, claro, nosso garoto.

— Não trazê-la não era opção — replico, olhando para Murrow por tempo suficiente para que ele sinta meu descontentamento, mesmo que não o entenda completamente ainda.

Depois de alguns segundos, ele abaixa o olhar, e lanço mão de todo o meu autocontrole para não perguntar como ele pôde ser tão descuidado.

— Há quanto tempo, Maxim — diz Vivienne, ao levantar do seu lugar no sofá e se aproximar para um abraço. — Sempre soube que você daria um jeitinho de voltar para a vida de Lenn, e agradeço a Deus por isso.

Eu não a vejo desde Amsterdã, há mais de uma década. Com um olhar fresco, percebo as semelhanças com o irmão.

— Bom te ver de novo também, Vivienne. Está gostando de Manhattan?

— Muito. Não costumo sair daquela ilha, mas tinha que vir me certificar de que Wall e Lenn estavam bem. — Ela aperta minha mão e olha diretamente para mim. — De verdade, obrigada por ter ido atrás deles.

Não respondo, mas fico comovido pela sua gratidão sincera. Só assinto e aperto sua mão de volta.

Lennix levanta e caminha até mim com um sorriso enorme, usando uma calça legging e uma camisa de moletom com a frase DERROTE O PATRIARCADO na frente.

— Oi — cumprimenta ela, com afeição, se esticando para me dar um beijo.

Não me importo nem um pouco com a presença de seus amigos. Seguro seu queixo e a beijo de verdade, grunhindo quando ela me beija de volta com o mesmo entusiasmo e desconsideração pelos outros. Dura só alguns segundos e não chega nem perto de ser satisfatório, mas acalma minha agitação por ter ficado longe dela o dia todo. Não quis perdê-la de vista desde quando voltamos da Costa Rica. É uma reação exagerada, e ela está segura, mas não consigo me livrar da preocupação constante de que algo vai acontecer de novo, ainda mais sem a confirmação do corpo de Lincoln.

— Senti saudade — sussurro em seu ouvido depois do beijo. — Estou tentando muito ser legal com seus amigos, mas quero você só pra mim.

Ela se afasta, e espero que Lennix faça pelo menos uma careta de brincadeira, mas o fogo desesperado que vi em seus olhos na noite passada ainda está ali.

— Senti saudade também — murmura.

O que só aumenta minha vontade de expulsar todo mundo. Em vez disso, me viro para seus amigos e a puxo de lado.

— O que estão comendo? Estou morrendo de forme.

— Mena deixou um pouco de bisão e couve — responde Kimba, acenando com a cabeça para uma travessa cheia na mesa.

— Tudo bem? — pergunta Lennix com um leve franzido no rosto. — O bisão, eu digo?

— Você é vegetariano? — indaga Wallace, parando uma garfada de comida no ar.

— Não. — Sirvo um pouco de comida no prato. — Mas limito o meu consumo de carne por causa do quanto o desmatamento contribui para o aquecimento global.

Wallace assente, mas sua irmã parece perdida.

— Posso confessar que não entendo como essas coisas têm a ver uma com a outra? — questiona ela com um sorriso acanhado.

— Eles desmatam florestas para pastos, pastagens e criação de lavoura para alimentar o gado — responde Lennix antes de mim.

Amo que ela se importa com essas coisas, que tenha uma conexão profunda com a natureza e a terra de um jeito até mais essencial do que eu. Minha preocupação é puramente pragmática. Para ela e seu povo, também é algo espiritual.

— Quando as árvores são cortadas e queimadas — continua Lennix —, dióxido de carbono é liberado, o que acredito ser a principal fonte do aquecimento global. Está certo, Maxim?

— Certo — respondo. — Além de ser o que chamamos de ecologicamente ineficaz, e na verdade nos custa mais do que os benefícios que produz.

— Pode dar um exemplo? — Vivienne demanda mais. — Porque eu não entendo.

— Bem, carne, por exemplo, usa mais ou menos sessenta por cento de toda a terra agrícola do globo, mas só produz cinco por cento da proteína mundial.

— Então a gente devia parar de comer carne? — pergunta Kimba. — Não me prive do meu hambúrguer, Maxim.

Todo mundo ri, inclusive eu, porque a sinceridade de Kimba é autêntica e irresistível.

— Não falo para as pessoas que elas deviam parar de comer carne — digo. — Mas comer mais frango do que carne é um bom começo, e comprar carne que não esteja ligada ao desmatamento também ajuda bastante.

— Além disso, metano é produzido pelo estrume da vaca e estômagos do gado — emenda Wallace. — É um gás de efeito estufa, não é, doutor?

— Não me chame de doutor.

O comentário afiado destrói o bom humor da sala, deixando para trás um silêncio constrangedor. Estávamos nos dando muito bem até o bom médico precisar dar opinião. Não sei se um dia vou gostar dele do jeito que Lennix deseja.

— Ah, desculpe — pede Wallace, baixando a cabeça e se afundando de volta na comida. — É que ouvi Lenny te chamar assim e...

— Exatamente. Ela é a única que me chama assim.

Lennix arregala os olhos para mim com uma expressão de que não está me entendendo. Dou de ombros, ignoro sua reprimenda silenciosa e coloco mais couve do que bisão no prato.

Logo, a mesinha de centro de Lennix fica repleta de taças de vinho cheias e pratos vazios. Seus amigos continuam conversando, rindo com a familiaridade de anos juntos. Não sou o tipo de pessoa que se sente deslocada, então não me incomoda não ter muito a dizer ou não encontrar muitos momentos naturais para contribuir com a conversa. Fico contente em ver essa versão mais leve de Lennix que seus amigos mais próximos trazem à tona. Também estou com dificuldade para me concentrar na conversa deles, que vai de política, claro, para moda e, por algum motivo, reprises do programa de Mary Tyler Moore. Eu devo ter perdido alguma coisa, já que não faz muito sentido.

Meu relógio ganha a maior parte da minha atenção, enviando alertas das ações da bolsa a todo instante. Nosso acordo em Hong Kong vai sofrer se o mercado continuar flutuando do jeito que fez o dia todo.

— Que relógio, Maxim — comenta Vivienne, provocante. — É um... não pode ser! Nunca vi um na vida real. É um Richard Mille?

Olho do relógio para seu rosto empolgado e assinto.

— Uau. — Ela olha para Lennix com um sorriso maroto. — Espere até eu contar para as meninas lá de casa que seu namorado é cheio da grana, Lenn.

— Sabe que não pode, não é? — A expressão de Lennix fica quase horrorizada. — Não vamos contar para ninguém.

— O quê? — Viro a cabeça e encontro seu olhar. — Que história é essa? O que quer dizer com "não vamos contar para ninguém"?

— Maxim — responde Lennix de forma paciente, como se eu não tivesse entendido algo. — Não tivemos muito tempo juntos antes de eu viajar, mas tenho tomado cuidado para não sermos vistos em público ou perto de pessoas que não podemos confiar que não vão nos delatar.

— Não vão nos *delatar*? Não temos nada a esconder. Não vou fingir que não estamos juntos.

— Só não sei se é uma boa ideia a imprensa descobrir sobre nós enquanto Owen está concorrendo — explica ela, com o cenho franzido se aprofundando. — Acho que não conversamos de verdade sobre isso, mas achei que você soubesse... Bom, eu tenho certas regras para minha equipe, e tenho que segui-las também.

— Que regras?

— Temos uma regra rigorosa de "não transar com o candidato" — explica Kimba, e dá um gole na sua terceira taça de vinho.

— Eu *não* sou candidato. Meu irmão que é. Problema resolvido.

— Mas você é adjacente ao candidato — afirma Lennix —, o que significa que é próximo o bastante para que um relacionamento com alguém da equipe desvie a atenção da imprensa dos problemas reais e, por consequência, do voto no candidato.

— Não vou esconder meu relacionamento.

— Você não é o único neste relacionamento — responde ela.

— Parece que nenhum de nós está, pelo que estou vendo — replico, com uma irritação crescente.

— Levamos uma década para que nossa firma de consultoria tivesse sucesso no que é, como sabe, um campo dominado por homens. Se eles superam o fato de eu ser mulher, também tem o fato de eu ser uma pessoa não branca. Em alguns círculos, são dois pontos contra mim antes mesmo de eu abrir a boca. Não posso me dar ao luxo de ter fofocas minando minha credibilidade e insinuando que usei sexo para conseguir chegar até aqui.

— Sério? Você acha que um relacionamento consensual entre dois adultos vai arruinar sua carreira?

— Claro que você não entende — diz ela com sua voz e rosto cheios de exasperação. — Não precisa se preocupar com esse tipo de coisa. Nada poderia penetrar todas essas camadas de privilégio, nem para te tocar.

No silêncio constrangedor que se segue, coloco a taça de vinho na mesinha e levanto, indo para a cozinha.

— Doutor...

— Não tem uma bebida mais forte nesse maldito apartamento? — interrompo, indo direto para a geladeira de aço inoxidável assim que entro na cozinha.

A porta vaivém atrás de mim se abre, mas não me viro.

— Desculpe — diz Lennix.

Não respondo e continuo mexendo nas coisas na geladeira, procurando algo para beber. Escolho uma cerveja.

— Você me ouviu, doutor?

Fecho a geladeira e me viro para encará-la. Mesmo que ela esteja só do outro lado do cômodo, parece que estamos muito longe.

— Gosto de bourbon.

Ela pisca e franze o cenho.

— Tá bom. Vou comprar algumas garrafas.

— Pergunte a Jin Lei.

— Perguntar a ela... o quê?

— Do bourbon. Ela sabe de qual eu gosto.

— Tá bom.

— Ok.

Eu me apoio na bancada e espero ela continuar.

Ela lambe os lábios e solta um suspiro pesado.

— Pedi desculpa.

— Não vamos dar certo se eu for uma ideia pra você, Nix. Se eu for um conceito. Sou seu homem, não "um deles".

— Não acho que seja um deles. — Ela se apoia na parede e cruza os braços. — Mas acredito que há coisas da minha experiência, o que para mim significa navegar por este mundo, que você não entende, *não consegue* entender.

— Sei disso. Nasci num berço de ouro. Num quarto todo, pra ser sincero, e você tem razão. Tenho camadas e mais camadas de privilégios de que não poderia me livrar nem se tentasse. E não quero me livrar delas. Se não as tivesse, não poderia usá-las para ajudar as pessoas que não as têm.

Ela solta um suspiro profundo e assente.

— Obrigada por enxergar isso. É o que aliados deveriam fazer, e você sempre fez um excelente trabalho. Não quis insinuar que não. Desculpe, mas acho que você pode entender minha hesitação com as pessoas descobrindo que estamos juntos antes do fim da campanha.

— Me desculpe. Não entendo ou concordo. Estou pouco me fodendo pro que as pessoas pensam.

— Até estar pouco se fodendo é um privilégio que não tenho — responde ela. O cenho franzido voltou. — Não tem a ver com isso. Tem a ver com entender como a mente das pessoas funciona, suas pressuposições. Vão achar que Owen me escolheu porque estou dormindo com você, não porque eu era a melhor pessoa para o cargo. Tem noção do que significa uma garota indígena que cresceu em uma reserva e uma mulher negra estarem comandando a campanha eleitoral do candidato que provavelmente será o próximo presidente dos Estados Unidos?

O peso disso, o orgulho enfiado nas fissuras de suas palavras, desarmam todos os meus argumentos. Respiro fundo em meio a um sentimento de aflição sobre o que preciso contar para ela.

— Sugeri que Owen te contratasse e dei um jeito de você participar do *Mundo Político* com ele.

Ela arregala os olhos, e seu queixo cai.

— Você o *quê*?

— Amor, eu...

— *Não* me chame de "amor" agora.

— Ele teria te contratado de qualquer jeito.

— Mas você só o ajudou nisso recomendando a coisinha bonita que comeu alguns anos atrás?

— Não seja simplista.

— *Eu* estou sendo simplista? — Ela bate a mão na parede, com uma fúria no olhar. — Então se eu fosse um homem, eu não teria esse trabalho, porque um homem não tem uma boceta pra você brincar.

— Caramba, Nix.

— Como você ousa manipular algo tão importante para seus próprios interesses, seus próprios desejos? É o destino de uma nação, e você me queria de volta na sua cama, então fez com que seu irmão me contratasse?

— Não é tão simples assim. Você era a melhor para o cargo. Ele entendeu isso, senão não teria te contratado.

— Eu sei que Owen não teria me contratado se não acreditasse que eu não fosse capaz. Estou falando de *você*. Você ao menos *considerou* se eu seria capaz? Ou só me queria de volta?

— Os dois — respondo com uma honestidade firme. — Eu acreditava que seria capaz e teria feito qualquer coisa pra ter você de volta. Pode chamar isso de privilégio ou arrogância. Não sei o que é e, sinceramente, não me importo. Me importo com você. Com a gente.

Atravesso a cozinha em poucos passos, paro bem na sua frente, coloco os braços de cada lado da sua cabeça e a fecho na parede com meu corpo. Sua postura está rígida, e ela baixa o olhar para o chão, a tensão moldando as curvas exuberantes da sua boca.

— Me desculpa — digo, me curvando para beijar a linha tensa do seu maxilar.

— Doutor, não. — Ela vira a cabeça. — Isso é importante, e não podemos pôr panos quentes.

— Você acha que é capaz de tocar a campanha do Owen?

Ela me olha, indignada.

— Claro que sou capaz. Tenho um portfólio de sucesso. Kimba e eu nos matamos para provar que somos capazes.

— E Owen sabe disso. — Afasto uma mecha de cabelo escuro do seu rosto. — Eu sei que é capaz, senão não teria sugerido você. Teria achado outro jeito de te conseguir, caso não fosse boa no trabalho. Para a minha sorte, você é a melhor na área. É a Criadora de Reis.

Ela balança a cabeça.

— É difícil acreditar em você agora.

Ergo seu queixo e faço com que foque o olhar em mim para que possa ver a verdade.

— Vi como você trabalha. Sabia que seria capaz quando ganhou aquela eleição municipal no Novo México.

Ela franze o cenho.

— Foi uma eleição pequena. Como você...

— E a do comissário do condado em Montana. A da deputada estadual na Virginia.

— Doutor — diz ela, e o gelo em seus olhos começa a derreter. — Você viu essas?

— O prefeito em Nashville — continuo, me abaixando para falar sobre seus lábios. — A deputada em Tallahassee.

Ela fecha os olhos e escuta enquanto recito cada eleição que observei à distância, documentando cada momento em que a vi crescer na sua área.

— Fiquei orgulhoso de você na época. — Me abaixo para beijá-la, só um toque rápido nos lábios. — E tenho orgulho de você agora. Claro que sei que consegue fazer isso.

Ela se inclina para a frente e apanha meu lábio inferior entre os seus, a sucção doce e quente tão perfeita que gemo e deslizo os braços para debaixo de suas coxas, erguendo-a, com as costas contra a parede.

Droga, estou de pau duro.

Qualquer raiva que ainda pairava no ar se desfaz com nossa paixão crescente, e quero transar mais do que quero brigar. Beijo seu pescoço, lambendo de leve seus hematomas. Eu a ergo mais até seu peito ficar na altura do meu rosto e chupo seus seios com força pelo tecido grosso do suéter. Ela geme e joga a cabeça para trás na parede. Com um braço no meu ombro, ela usa o outro para levantar o moletom. Não está usando sutiã, e me agarro num mamilo nu avidamente, sem me importar com o fato de estar chupando com tanta força que os barulhos que faço são altos. Enfio a cabeça sob o moletom e fico numa caverna de algodão, perdido no perfume limpo do vale entre seus seios, me banqueteando nos bicos carnudos até ficarem firmes e duros na minha boca.

— Nossa, doutor — diz Lennix, ofegante, esfregando o quadril no meu pau. — Vou gozar.

Não paro, saboreando seus mamilos e me enfiando entre suas pernas para ajudá-la a chegar lá. Pelo moletom, ouço sua respiração ficar mais rápida, mais difícil. Ela geme a cada estocada até que, finalmente, seu gemido sai longo e forte, e ouço gritinhos de prazer reprimido pela escuridão perfumada de suas roupas. Continuo lambendo seus seios, saboreando o momento. Ela é exatamente o que eu quero, de todos os jeitos possíveis, até a forma que seus mamilos crescem na minha boca e os sons que emite quando goza. Não quero que outro homem nunca mais a ouça gozar desse jeito.

Aperto os braços sob ela, puxando-a para mim. Ela é completamente minha. E eu, sem dúvida alguma, pertenço a Lennix Moon Hunter.

Tiro a cabeça de dentro do seu moletom e deixo suas pernas caírem no chão. Ela parece atordoada, maravilhada e saciada, com os olhos turvos. Há marcas de dentes em seus lábios onde tentou abafar seu prazer.

— Acha que seus amigos sabem o que estamos fazendo aqui?

Ela passa mãos trêmulas pelo rosto e sorri, apontando para meu pênis.

— Vão saber que não terminamos, com esse cano gigante entre suas pernas.

— Não dá pra fazer nada a respeito disso agora. — Eu me ajeito o melhor que posso. — Mas você vai engolir meu pau hoje à noite, só pra você saber.

— Com prazer — responde, abrindo a porta.

O sorriso travesso de Kimba sobre a borda de sua taça de vinho me provoca. Vivienne evita fazer contato visual, mas há um brilho cor-de-rosa nas suas bochechas. Ou ela está constrangida, ou excitada. Talvez os dois. Wallace, sentado no banco na janela que fica no canto da estante de livros de Lennix, está segurando algum livro qualquer aberto no colo.

Vivienne levanta e passa a mão sobre a saia.

— Hum, tenho um voo sexo... Quer dizer, um voo *cedo*. Eu tenho um voo cedo pra pegar.

A risada forte de Kimba ressoa.

— Bem sutil, Viv. Vamos voltar pra minha casa para eu ficar sozinha e resolver todas essas *sensações* que Lenn e Maxim inspiraram em mim.

— Aff. — Lennix joga a cabeça nas mãos. — Podem pegar leve?

Kimba pisca, brincando.

— Amiga, eu vou *pegar pesado* quando chegar em casa.

— Você não ouviu nada — afirma Lennix, mordendo a unha como se torcesse para que não tivessem ouvido.

— Não ouvi nadinha — diz Kimba. — Só *ahh*, *ahhh*, *isso*, *doutor*. *Vou go...*

— Tá bom — corto sua fala, lutando contra um sorriso enorme. — Foi ótimo ver todo mundo. Kimba, tenho certeza de que vamos conversar mais sobre a campanha agora que as coisas se resolveram.

— Sim — diz ela, ainda sorrindo. — Acho que vamos deixar a entrevista no *The View* para depois do anúncio do Owen.

— Por mim tudo bem. Só coordene com Jin Lei para garantir que estarei no país.

— Bom te ver de novo — diz Vivienne, se aproximando para me abraçar. — Você ainda são fofos juntos. — Ela se vira para Lennix, e lágrimas se acumulam em seus olhos. — Ai, Lenn, estou tão feliz por você estar em casa. Seria como perder minha irmã *e* meu irmão.

Lennix assente, piscando para disfarçar as lágrimas.

— Eu te amo, Viv. Vou para Nova York em breve com Owen e quero ver minha sobrinha.

— Ela adoraria ver a tia Lin Lin. — Vivienne se vira para o irmão. — Você vem, Wall?

— Hum, sim. — Ele levanta e coloca o livro de volta na prateleira. — Daqui a pouco. Preciso falar com a Lenny primeiro.

Tensiono ao lado de Lennix e cruzo os braços. Se ele acha que vou sair da sala, está completamente enganado.

— Bom — diz ele quando Kimba e Vivienne saem. — Você fica, Maxim.

Eu o encaro, sem piscar, esperando o que ele tem a dizer.

— O que foi, Wall? — pergunta Lennix, suas sobrancelhas se juntando daquele jeito terno que ela parece reservar para esse amigo específico.

Sei que não é de um jeito romântico, mas é íntimo. E eu queria ser mais íntimo dela do que qualquer outra pessoa, então isso me incomoda.

— Maxim — fala ele, olhando para mim e engolindo em seco, como se eu o assustasse. — Acho que começamos com o pé esquerdo.

— Ah, você acha? — pergunto, arqueando uma sobrancelha. — Por quê?

— Sinto certa... hostilidade, e a minha teoria é que Lenny e eu namoramos, e você ficou com a impressão errada de que nós éramos...

— Não é por isso que sou hostil. — Enfio as mãos nos bolsos, relaxando a postura de forma deliberada. — Talvez, quando achei que ainda namoravam, eu não gostasse de você, mas tem razão. Estou com raiva de você.

Wallace fecha a cara.

— O quê? Por quê? Se nós...

— Na casa do Owen, no jantar, eu te perguntei se a viagem era segura, e você me disse que era. Você falou que nunca faria nada que colocasse Lennix em perigo.

— Doutor, para — diz Lennix. — Você não pode...

— Posso. — Não desvio o olhar de Wallace. — Nunca mais vou confiar Lennix a você.

— É claro que me sinto horrível com o que aconteceu — responde ele. — Mas como eu poderia saber dos sequestradores?

— Não estou dizendo que foi culpa sua. Mas sou muito exigente com a segurança dela de um jeito que você não sabe ser.

— Você não pode estar falando sério. — Lennix ri, mas tem mais raiva do que humor na risada. — Você é *exigente* com a minha segurança? O que isso quer dizer?

— Eu disse que é uma conversa bem maior que precisamos ter — respondo para ela, mantendo a voz neutra. — E não tem a ver com Wallace, a não ser para ele saber que nunca ficará a cargo da sua segurança de novo.

— Ele não estava *a cargo* da minha segurança na Costa Rica. Eu estou a cargo de mim mesma.

— E isso funcionou pra você? — pergunto.

— Não sou uma criança que você manda olhar para os dois lados antes de atravessar a rua, Maxim. Sou uma mulher adulta.

— *Minha* mulher, e a palhaçada da semana passada não vai acontecer de novo.

— Olha — diz Wallace —, isso é entre vocês dois, mas vamos tomar cuidado extra na nossa próxima viagem a trabalho se você só…

Minha risada corta sua fala idiota.

— Próxima viagem a trabalho? Que parte de "nunca mais" você não entendeu, dr. Murrow?

— Fale *comigo* — manda Lennix. — Sou eu quem decido se vou em outra viagem de trabalho.

— Não estou falando que você não vai — respondo para ela, dando de ombros. — Estou falando que vou me envolver porque não confio em mais ninguém pra te manter segura.

Wallace vai em direção à porta.

— Vou embora agora.

— Excelente ideia — digo.

Lennix direciona um olhar crítico por cima do ombro para mim enquanto acompanha Wallace até a porta.

— Quando volta a trabalhar? — pergunta Lennix.

— Amanhã. — Ele aperta a ponte do nariz. — É estranho, porque eles não tiveram que pagar nada pra me ter de volta e não perderam a vacina. É como se nada tivesse acontecido. Nada mudou.

— Eles já informaram a agência sanitária? — pergunto.

— Ainda não. — Seus olhos encontram os meus e depois desviam.

— Bem, vamos torcer para que o informante da sua empresa não diga mais nada nem se junte com outro psicopata para tentar roubar a vacina. Não preciso te dizer o quanto uma coisa assim seria potente e perigosa nas mãos erradas.

— Concordo — responde Wallace. — Estou pressionando para que a entreguem, mas essas coisas levam tempo.

— Não demore muito — digo, alertando-o com um olhar. — Agora eu sei disso. Não tenho nenhuma negação plausível se isso vazar. Obrigue seu chefe a fazer a coisa certa, ou eu farei.

Wallace me encara por mais um instante antes de assentir. Ele se abaixa para beijar Lennix na bochecha e depois vai embora.

Ela se vira para mim, de costas para a porta, os braços cruzados atrás de si. Há um aspecto triste no seu rosto. Me preparo para mais discussões, ainda mais quando lhe contar do rastreador, mas não quero isso. Não hoje.

— Não vamos brigar — diz Lennix, como se estivesse lendo minha mente.

— Eu não quero brigar.

— Parece que discordamos muito hoje.

Ela se afasta da porta e cruza a sala, parando bem na minha frente. Está tão perto que seu cheiro limpo e fresco me rodeia, e eu poderia me afogar naqueles olhos azul-água.

— Depois de nos verem brigando hoje, seus amigos talvez se perguntem se vamos durar.

Eu a envolvo com os braços e junto as mãos na sua lombar, trazendo-a para perto. Ela encara o chão e coloca o cabelo comprido e escuro atrás da orelha.

— Meus amigos se lembram de como me senti quando ficamos juntos dez anos atrás.

— Como você se sentiu?

Beijo sua têmpora e passo os polegares nos músculos tensos das suas costas. Ela geme e fecha os olhos, encostando a cabeça no meu peito.

— Ah, isso é muito bom.

— Como você se sentiu quando ficamos dez anos atrás?

Ela ergue um ombro.

— Segura. Eu soube na primeira noite em Amsterdã que dormiria com você. Isso vindo de uma mulher virgem de 21 anos.— Ela ergue o olhar, cheio de especulação. — Como você se sentiu?

Levo a mente de volta para as ruas escuras de Amsterdã e para o primeiro relance do que tivemos.

— Fiquei chocado de termos nos encontrado de novo e decidi aproveitar ao máximo.

— Quer dizer transando? — pergunta, com o sorriso irônico.

— Não. Bem, sim, claro que isso também. Mas principalmente porque eu sabia que iriamos nos separar em uma semana e queria o máximo de você que conseguisse antes disso. — Hesito antes de continuar. — E fiquei em conflito porque você não sabia da minha família, do meu sobrenome, quem eu era de verdade.

— Você está enganado. *Eu* estava errada . Sabia exatamente quem você era. Sei que isso causou problemas, mas agora fico feliz por ter te conhecido antes de saber que era um Cade. Você não é seu sobrenome. Não é seu pai. Você é alguém completamente único. Não sei se teria conseguido ver isso se tivesse sabido que era um Cade logo de cara.

Resolvo lhe contar do rastreador.

— Agora sei que você é um Cade — declara ela, ficando na ponta dos pés para beijar meus lábios — e ainda te quero.

— É mesmo? — pergunto, sorrindo preguiçosamente.

Ela vai em direção ao quarto, balançando o quadril de um jeito provocante.

— Acho que você disse alguma coisa sobre eu engolir seu pau? — Ela ergue as sobrancelhas, toda inocente.

Chego nela em segundos, agarrando-a. O rastreador pode esperar até amanhã. Esta ereção já esperou o bastante.

CAPÍTULO 13
LENNIX

CORRA.

A palavra ecoa na minha cabeça como passos assim que acordo. Meus braços e pernas formigam com a necessidade de movimento. Olho para o despertador na mesa de cabeceira que marca cinco da manhã. Há uma academia no meu prédio em que treino com frequência antes de me vestir e ir tomar café no Royal, onde Maxim me emboscou e declarou suas intenções, sem rodeios.

Na cama, ele me segura por trás, e seu aperto é tão forte e possessivo dormindo quanto acordado. Voltamos há apenas três dias, mas tê-lo aqui me faz imaginar como nossa vida poderia ser, nossos sonhos se entrelaçando, nossos objetivos se cruzando.

Nossos corpos se interligando.

Meu Deus, esse homem sabe foder.

Como prometido, engoli o máximo que consegui do seu pau depois que meus amigos foram embora, mas ele devolveu o favor. A garota que persegue estrelas as acha toda vez que fazemos amor. Eu não sabia de nada quando ele mentiu naquele beco e me disse que às vezes você encontra essa conexão que temos em outros.

Não encontra, não.

Nunca encontrei, e não tenho nenhuma vontade de continuar procurando.

— Nix — murmura Max sonolento na curva do meu pescoço, apertando os braços ao meu redor.

Uma mão busca meu seio e, mesmo ainda adormecido, ele o aperta. Meu corpo reage na hora, meus mamilos viram pedras, e fico molhada em segundos. Se ele acordar, já era. Nada de correr. Nada de começar cedo um dia que estou decidida que seja mais normal do que os últimos três.

O médico avisou que eu poderia ter pesadelos depois dos eventos traumáticos. Pesadelos não são novidade para mim. Não tive nenhum sobre o que aconteceu na Costa Rica, mas algo parece *errado*. Lampejos de medo, inquietação? Algo que não consigo explicar, mas que me torna uma mentirosa quando digo que estou bem. Alguma coisa se refugiou dentro de mim, ameaçada pela morte e pelo caos, mas é hora de seguir em frente. Kimba e eu temos uma oportunidade única de comandar a campanha de Owen. Não vou deixar que "Lincoln" atrapalhe isso. E Owen merece minha atenção total. Ele tem sido incrível, se certificando de que estou bem e me dizendo para não me apressar em voltar, mas preciso retomar minha vida normal.

Me afasto do conforto dos braços poderosos de Maxim, com cuidado para não acordá-lo. Depois que transamos, ele teve uma ligação com Hong Kong e deve ter ficado acordado por muito tempo depois de eu pegar em um sono relaxante. Acordei brevemente quando ele se deitou na cama e me puxou para seus braços, mas só o suficiente para beijá-lo e adormecer de novo. Ele precisa descansar. Eu achava que *eu* trabalhava muito. Esse homem nunca para, mas também nunca parece se cansar. É um fenômeno. *Meu* fenômeno. Nunca estive com um homem como Maxim. Não *há* homens como Maxim. Não para mim.

Corra.

Me levanto, ando na ponta dos pés até o armário e visto minha roupa de corrida. Em minutos, prendo o cabelo num rabo de cavalo, calço os tênis e estou pronta para sair. Paro quando estou saindo do quarto para olhar a cama. A luz do amanhecer revela das sombras as linhas fortes do rosto de Maxim. Ele é lindo, não tem como negar, mas, além da beleza física, ele tem princípios, talento e humor.

E é tão intenso.

Se eu sair agora, talvez ainda tenha tempo para dar uma rapidinha matinal quando voltar. Ao abrir a porta de casa, tomo um susto ao ver um homem do lado de fora, com uma grande cicatriz irregular cortando a testa e os olhos alertas, como se fosse meio-dia e não cinco da manhã.

Mena tinha comentado sobre o "batalhão" de Maxim, mas esta é a primeira vez que o vejo. A primeira coisa a fazer quando voltar da corrida será me livrar dessa segurança toda. É desnecessária e impraticável agora que não há uma ameaça real. Eles vão viajar na campanha comigo? Entrar em aviões para cruzar o país enquanto sigo Owen para todos os estados que precisamos conquistar? Acho que não.

Ofereço um sorriso hesitante para o gigante de cara fechada vigiando o corredor.

— Hum, bom dia.

— Bom dia, srta. Hunter. — Suas palavras saem duras e firmes como pedaços de cascalho.

Vou até o elevador e me irrito quando ele entra comigo.

— Você não precisa vir — digo, sorrindo, mesmo que minhas sobrancelhas estejam unidas em uma careta. — Vou ficar bem, obrigada.

— Temos ordens, senhora.

Ele pressiona o botão para o saguão. Aperto o botão que mantém as portas abertas.

— Suas ordens não vêm de mim.

— Você *é* minha ordem, srta. Hunter.

Agora ele começa a franzir o rosto e aperta o botão do saguão de novo. Bato no botão que mantém a porta aberta e deixo o dedo ali.

— Saia. Não quero companhia na minha corrida.

O elevador apita, sinalizando que as portas ficaram abertas tempo demais.

Aparentemente, sem se incomodar com o barulho irritante, ele cruza os braços e se encosta na parede do elevador como se tivesse todo o tempo do mundo.

— Estou falando sério — reclamo, perdendo a paciência. — Se me seguir, vou chamar a polícia e falar que você está me assediando.

— Meu trabalho é proteger a senhora.

— Então você precisa de um trabalho novo. Vou dizer isso ao sr. Cade quando voltar da corrida, que planejo fazer sozinha. — Aceno com a cabeça para o corredor atrás da porta aberta do elevador. — Saia.

Balançando a cabeça e soltando um suspiro exasperado, ele sai do elevador.

— E fale para seus colegas lá embaixo recuarem também — ordeno, lembrando o que Mena mencionou sobre ter mais seguranças no saguão.

Sempre vivi sem seguranças. Escapei por um triz na Costa Rica, mas foi um incidente isolado, circunstâncias extenuantes. Não preciso passar o resto da vida sob vigilância.

Quando saio do elevador, um homem fala num fone de ouvido e rastreia meu progresso pela recepção até a porta. Tomara que o troll lá de cima tenha informado que estou livre para sair do meu próprio prédio desacompanhada.

A mordida do ar gelado de janeiro me revigora na hora, fazendo minhas bochechas arderem e atingindo os pedacinhos de pele que a roupa térmica deixa exposta. Passos rápidos me levam ao parque não muito distante do prédio, e assinto e sorrio para os outros corredores que cruzam meu caminho. Há anos que DC é eleita a cidade com a população que mais se exercita nos Estados Unidos, em parte porque temos muitas pistas boas e opções. Eu estava num grupo de corrida que se encontrava em algumas manhãs da semana, mas minha agenda engoliu, mastigou e cuspiu fora esse ritual quando coordenamos algumas campanhas difíceis uma atrás da outra.

Havia me esquecido de como é boa a sensação de comunidade e camaradagem em torno da corrida. Ainda assim, nada se compara com a afinidade profunda que tive com meus colegas estudantes quando corremos pelo país chamando atenção para a crise hídrica nas comunidades de povos originários e terras demarcadas.

No parque não muito longe de casa, me alongo por alguns minutos, respirando com pequenos sopros no ar frio enquanto faço alguns exercícios leves para acostumar meu corpo antes da corrida. Começo com um ritmo moderado, acordando os músculos e estimulando o sangue. As árvores que exibem flores de cerejeira na primavera estão vazias, com galhos esguios estendidos como dedos ossudos quando passo correndo.

Minha parte favorita do caminho fica logo adiante: uma ponte de pedra pitoresca que, no verão, fornece um rápido abrigo do sol na cabeça. No outono, folhas forram as pedras, e, no inverno, flocos de neves as cobrem de vez em quando.

Hoje, não há nenhuma folha de outono, nenhuma camada de neve. Só um arco para romper a monotonia do caminho. Passo debaixo dele e grito quando uma figura alta se levanta de um banco próximo. Automaticamente levo a mão para o spray de pimenta que deixei para trás, mas ele entra no meu caminho e consigo ver seu rosto.

— Maxim? — Pressiono a mão no peito e me curvo, me apoiando nos joelhos. — Você me assustou.

— Desculpe.

Fico sem fôlego diante de sua beleza nesta manhã. O cabelo escuro e acobreado cai pela testa em mechas sedosas, como se tivesse rolado da cama e vindo direto para cá. Um sorriso mal move seus lábios, e há uma sobriedade em sua expressão que me faz parar.

— O que está fazendo aqui? — pergunto. — Como me encontrou?

Ele me observa por alguns segundos e depois acena com a cabeça para o banco em que estava sentado.

— Vamos conversar.

— Vamos conversar? — Olho para meu relógio Fitbit. — Amor, você está atrapalhando o meu ritmo. Podemos conversar quando eu voltar para casa?

— Bem, é sobre isso que precisamos conversar. — Ele senta e gesticula para o espaço vazio no banco ao seu lado. — Por favor.

Solto um suspiro irregular com o coração ainda acelerado da corrida e do susto, mas me sento.

— É sobre o seu capanga? Porque ele estava enganado se achava que eu precisava que corresse atrás de mim no parque. E você está enganado se acha que vou ter uma tropa de seguranças me seguindo pelo país durante a campanha. Não tem necessidade nem é algo prático.

— Certo. Podemos conversar sobre… modificações, mas você precisa, sim, de seguranças.

— Nunca precisei antes.

— Você não era minha namorada antes. Quando as pessoas souberem que podem me atingir usando você, não pode esperar que eu te deixe perambular por aí desprotegida.

— Me *deixe* perambular? Como uma criança perdida num parque de diversões?

Ele responde apenas com uma careta impaciente e apertando os lábios.

— Ninguém sabe do nosso namoro ainda, doutor.

— E por quanto tempo você acha que vou aceitar isso? — pergunta, com a voz baixa e inflexível. — Aceitar que as pessoas não saibam que estamos juntos?

— Quem sabe pelos próximos dezoito meses enquanto comando a campanha do seu irmão?

Mesmo enquanto digo isso, sei que ele não vai concordar. Soa exaustivo até para mim esconder como nos sentimos por tanto tempo, só que desejo proteger o que eu e Kimba construímos, e não quero que um romancezinho no pé da página dos tabloides tire a atenção das propostas de Owen.

— Podemos chegar a um acordo e discutir nosso relacionamento com calma — responde ele, pousando os cotovelos nos joelhos e se virando para me olhar —, mas não vou passar essa campanha inteira fingindo que não estou apaixonado por você.

Meu coração falha só de ouvi-lo dizer essas palavras. A intensidade do seu olhar aquece minha pele em meio ao ar gelado matinal. Me aproximo dele, devagar.

— Podemos dar um jeito — digo, repousando a cabeça no seu ombro. — Mas não tão no início da campanha. Owen nem anunciou, e Kimba e eu precisamos nos estabelecer e provar que podemos fazer isso por mérito primeiro. — Viro o rosto no seu ombro, inspirando seu cheiro. — Mais tarde. Vamos anunciar para o mundo mais tarde. Então, como vê, não tem necessidade de segurança ainda.

Ele não responde de imediato, mas estende a mão para erguer meu maxilar, sustentando meu olhar por um instante.

— Vamos conversar sobre como te encontramos na Costa Rica.

Sua declaração me pega desprevenida.

— Bem, sei que seu amigo Grim é dono de uma empresa de segurança, que cobrou alguns favores e planejou o resgate. Presumi que tinha sido pelos contatos dele.

— Não, não foram os contatos dele.

— Como assim? — Tento rir, mas ele parece sombrio. — Você está enigmático.

— Usamos seu bracelete pra te achar.

— Meu bracelete? — Toco a bússola pendurada na pulseira que ele fechou no meu pulso. — Não entendi. Como assim?

— Tem um rastreador no bracelete.

O ar parece ficar ainda mais frio ao meu redor.

— Um ras...

A raiva paralisa as palavras na minha garganta. Engulo uma série de xingamentos e acusações. Este relacionamento, este homem, são preciosos para mim, e sei que as primeiras coisas que jorrarem da minha boca serão palavras que nunca poderei retirar — palavras que podem nos machucar de forma irreparável. Permaneço num silêncio indignado por mais alguns segundos antes de ter certeza de que não terei uma reação nuclear.

— Você tem me rastreado?

Ele se recosta no banco e estica as pernas compridas à frente.

— Não no começo.

Arranco minha luva com os dentes, e meus dedos frios e rígidos lutam com o fecho do bracelete.

Não consigo tirar essa coisa maldita.

— Pare. — Ele coloca a mão sobre a minha. — Não tire.

— Achei que fosse um presente, não um sistema de monitoramento.

— *É* um presente. Quis dar como um presente.

— Só que tem função dupla como sistema de rastreamento para sua namoradinha de estimação. Não é assim que as pessoas se certificam de que cachorros não se percam, de que podem encontrá-los? Acho que isso é mais eficiente do que colar pôsteres meus pelo bairro se me *perder*.

— Você vai me escutar e parar de extravasar sua raiva?

— Eu *posso* extravasar minha raiva. — Levanto e ando de um lado para outro na frente do banco. — Eu falar só quando você quer ouvir e calar a boca quando você não gosta do que tenho a dizer não é comunicação.

— Sei disso, mas se você se irrita...

— Tipo dar um chilique? — Minha risada rouca é uma explosão de ar branco que some com a mesma velocidade que surge. — Se decida, Maxim. Sou um bichinho de estimação ou uma criança mimada?

Ele joga a cabeça nas costas do banco e suspira.

— Quando te dei o bracelete, era nosso primeiro encontro em dez anos, e não achei que fosse o melhor momento para mencionar... o rastreamento.

— E existe um bom momento por acaso? Depois do sexo? No café da manhã? Antes de uma viagem de serviço perigosa?

— Eu pretendia — explica ele, ajeitando a postura e me olhando sem considerar meu sarcasmo — te contar quando voltasse da Costa Rica, e não ativei o chip. Não teria feito isso sem sua permissão.

— Bem, você não tem minha permissão. — Eu me atrapalho com o fecho de novo. — Toma de volta seu maldito rastreador.

Em questão de segundos, ele está na minha frente, pairando sobre mim e puxando minhas mãos para seu peito.

— Para. Por favor, me escute e, depois que conversarmos, se quiser desativar o chip, podemos, mas eu gostaria que continuasse com o bracelete, porque não estava mentindo sobre o motivo de ter te dado isso.

Ele se abaixa até nossas testas se encostarem. Minha pele fria contra a sua impossivelmente quente.

— Eu te achei quando você tinha 17 anos. — Ele ergue minha mão para beijar meu pulso. — Te achei de novo em Amsterdã. — Ele passa os lábios nos nós dos meus dedos, causando um frio na minha barriga. — E achei você depois de uma década esperando pelo momento certo.

— Pode mesmo dizer que "achou" se você providenciou o encontro, coagiu um apresentador de televisão e recrutou seu irmão? — pergunto, seca.

— Detalhes — responde, com a risada rouca espanando meus dedos e espantando o frio em uma fração de segundo. — O que quero dizer é que este bracelete é importante. Simboliza o fato de eu ter andado pelo mundo todo, mas você ser meu único lar.

Fecho os olhos, lutando para fortalecer novamente minhas defesas, mas é difícil com ele tão perto.

— Isso não está certo, doutor.

— Eu sei. Me deixe explicar.

Assinto, fixando os olhos no pingente de bússola entre nós como se ele fosse guiar nossa conversa e me dizer o que fazer, como me sentir e o que responder.

— Como disse, meu plano era ter esta conversa quando você voltasse da Costa Rica e pedir permissão para ativar o chip depois que lhe explicasse por que acho necessário, mas você foi sequestrada. — Ele fecha os olhos e engole em seco. — E me odiei por não falar com você antes de partir e ativá-lo. De primeira, Grim não conseguiu captar o sinal. Vocês estavam em uma selva, ou floresta ou algum lugar muito remoto, e ele teve dificuldade.

— Ficamos em cavernas na maior parte do tempo. — Meu pulso acelera e suor se acumula no meu lábio e na minha testa sob o frio congelante ao me lembrar do desamparo do saco na cabeça e do cheiro úmido de caverna no meu nariz. — Por que acha que é necessário?

— Já tentaram me sequestrar onze vezes.

Olho de repente para ele, e o medo se espalha por mim, deixando minhas mãos pegajosas.

— Onze?

— Sim, mas nenhuma foi bem-sucedida, porque eu tenho uma ótima equipe de segurança.

Olho ao redor, procurando.

— Eles parecem estar de folga.

— Você nem sempre vai vê-los, mas nunca estão muito longe. Sabe o seguro de resgate que a CamTech ia usar para trazer Wallace de volta? Eu tenho uma apólice de S&R, mas vale muito mais.

— Posso imaginar.

— Pode? Se eu morrer ou alguma coisa acontecer que me deixe um pouquinho vulnerável, isso pode afetar drasticamente nossas ações, investimentos e cada funcionário de cada uma das minhas empresas no mundo todo. Seus cônjuges, filhos. Seus futuros. — Ele ri e balança a cabeça. — Eu pareço meu pai. Ele costumava falar de satisfazer investidores, manter acionistas felizes e cuidar dos funcionários e das suas famílias. Eu não entendia na época, mas entendo agora.

— Podemos voltar para a parte em que você quase foi sequestrado onze vezes?

Ele pega minha mão e nos leva de volta para o banco.

— Todas as tentativas falharam, mas não é incomum. Sequestros de CEOs dão muito dinheiro, então às vezes nosso seguro de resgate pode ser bem caro. Uma das condições da minha apólice é que eu use algum tipo de rastreador GPS. Ele aumenta as chances de recuperação se uma tentativa um dia for bem-sucedida. — Ele dá uma batidinha no relógio que Vivienne admirou tanto na noite passada. — O meu está aqui. Tenho certeza de que em breve vamos avançar para implantes, mas não chegamos nesse ponto ainda.

— Eu entendo por que você precisa de um, mas por que eu preciso?

— Muitos familiares usam dispositivos rastreadores porque pessoas muito próximas são às vezes mais fáceis de pegar do que os próprios executivos, e entes queridos acabam sendo sequestrados.

Baixo o olhar para o presente no meu pulso, que significava tanto para mim.

— Sei que não estaria sentada aqui e agora se não fosse por este bracelete, doutor. Não quero soar ingrata, mas minha independência é importante para mim. Não preciso que cuidem de mim.

Ele acaricia a parte interna do meu pulso onde o bracelete encosta na pele.

— Mas *eu* preciso cuidar de você. Preciso saber que está segura e que posso te encontrar. Chegar até você. Quando Grim não conseguiu captar o sinal e o tempo estava correndo, me senti completamente desamparado. Aquele lunático podia ter atirado na sua cabeça ou… — O músculo do seu maxilar se tensiona. — Eu não conseguia te encontrar. Seu pai não conseguia te encontrar. Pode imaginar como ele se sentiu sabendo que você corria o risco de morrer a qualquer momento e que não havia nada que ele pudesse fazer?

— Ah, que golpe baixo.

Junto as mãos na nuca. Ele sabe o quanto a ansiedade do meu pai mexe comigo.

— Não ligo de jogar sujo quando me importo tanto com algo. — Ele se abaixa para apanhar meu lábio superior nos dele e então o inferior. — Com alguém. O que me diz?

— É um ou outro — respondo, fechando o punho no colo para manter minhas mãos longe o bastante e negociar sem distrações. — Ou o rastreador de animal, ou os seguranças. Não os dois. — Sei qual prefiro, então continuo a argumentar quando ele franze o cenho, como se eu não tivesse lhe dado opções. — A segurança não é tão relevante até todo mundo saber que estamos juntos. E não é prática. Vou ficar viajando constantemente durante a campanha. Vou passar a maior parte do tempo com Owen, que tem sua própria equipe de segurança. Vou estar segura com ele.

— Tem certeza de que, agora que estamos juntos — diz ele, se aproximando para beijar atrás da minha orelha, despertando arrepios que não têm nada a ver com o frio matinal —, você não quer trocar com Kimba? Pegar a estrada comigo?

Visões de nós dois transando nos fundos de um ônibus de campanha me vêm à mente. Eu me afasto, olhando ao redor do parque vazio para me assegurar de que não tem ninguém por perto.

— Hum, acho que viajar com você não é uma boa ideia. Bom, não aceito o bracelete *e* os seguranças, então qual vai ser?

Ele se afasta, e nossos olhares se encontram por vários segundos. Esses olhos verdes poderiam me convencer a fazer qualquer coisa que ele pedisse.

— Use o bracelete.

CAPÍTULO 14
MAXIM

— Tenho novidades.

As palavras de Grim me fazem parar, com a caneta posicionada sobre o iPad.

— O que houve?

Levanto e vou até a janela da suíte do hotel. A Champs-Élysées se estende como uma mulher provocante sob mim, lampejando vislumbres sedutores da Torre Eiffel à distância. A avenida mais bonita do mundo, e só sinto indiferença pelas luzes cintilantes e linhas elegantes dos prédios. Não só porque já vi essa paisagem centenas de vezes ou mais, mas também porque o que Grim tem a dizer é o que há de mais importante para mim neste momento.

— Jackson Keene foi o homem que morreu — declara Grim.

Meu remorso por matar o homem não aumenta ao saber seu nome.

— Demorou um tempo — explica Grim —, porque ele conseguiu se tirar dos registros que geralmente checamos. Esses caras ficaram fora do radar por um tempo. Pode parecer que estavam tocando uma operação bem simples, mas parece que foi intencional. Eles praticamente eliminaram seus rastros digitais nos últimos anos.

— Jackson — murmuro, pressionando os lábios e franzindo o cenho. — Lincoln o chamou de Jack.

— Lincoln na verdade se chama Gregory. Irmão de Jack, Gregory Keene. Formado em Stanford, em Ciência da Computação. Mestrado em Harvard. Muitas bolsas de estudo, mas também muitas dívidas estudantis. Nenhum pagamento foi feito desde que a mãe morreu.

— Que porra é essa? — Dou as costas para a cidade brilhante e fecho a cara. — Esse cretino teve uma educação melhor que a minha.

— Isso é relativo, *doutor* Cade — responde Grim com um tom irônico. — Mas sim, ele é um gênio. No sentido literal, não coloquial. O pouco que consegui descobrir sobre ele é tudo de antes da longa luta da mãe contra o câncer. Depois da sua morte, o rastro dos irmãos também sumiu.

— E teve alguma sorte na busca pelo seu corpo em decomposição?

— Não, mas pelo menos agora sabemos quem ele é. Temos um rosto e um nome, de que não devemos precisar, porque ele provavelmente está morto e o corpo foi comido por algum animal selvagem ou devorado por um tubarão.

— Tubarão num rio? Pouco provável.

— Você entendeu o que eu quis dizer. Não tivemos atividade nenhuma desde então. Nem um pio.

— Considerando que ele conseguiu *não* dar um pio por anos, isso não me tranquiliza. Se ele sobreviveu…

A voz aflita gritando o nome do irmão me assombra por um instante. Já pensei mais nisso do que pensei no homem em que atirei. Foi o som de uma dor humana de verdade. Espero que eu nunca me torne tão endurecido a ponto disso não me afetar, mesmo vindo do homem que odeio.

— Vamos manter as antenas ligadas — responde Grim. — Não estou desistindo, só te contando que não temos nada ainda e que provavelmente estamos seguros.

— "Provavelmente" não é uma palavra boa o bastante com Lennix vagando pela porra do país inteiro no meio de multidões em comícios e vulnerável.

— Ela não estaria vulnerável se você me deixasse colocar meus caras de volta com ela, King.

— Ela não quer.

Cerro o punho no bolso. Longe dela, uso todas as forças para não ordenar uma equipe de segurança secreta que ela nunca detectaria.

— Que se foda o que ela quer. Quando que você entregou suas bolas pra uma garota?

— Claramente ninguém nunca cuidou bem das suas bolas. — Minha risada travessa ecoa pela suíte vazia e suntuosa. — Lennix cuida muito bem das minhas.

— Me poupe dos detalhes. — Um humor raro percorre sua voz seca. — Quem diria, não é? Você passou quase quarenta anos sem se amarrar, e essa pequena coloca você na palma da mão em questão de meses.

— Meses? Eu a conhecei quando tinha 24 anos, Grim. Você sabe que ela me tem na palma da mão há anos.

— Nossa, sim. Até na Antártica você já estava domado. Encarando a foto dela no celular o tempo todo.

Não perco tempo lhe contando que coloquei aquela foto nossa no campo de tulipas de volta na proteção de tela do celular. Lennix surtaria se soubesse, com medo de alguém nos ver juntos. Eu já cedi demais. Até parece que não terei pelo menos uma foto juntos enquanto ela está em outro continente.

— Não ligo de ser "domado", contato que seja por ela.

— Volto já. Preciso ir ao velório da sua masculinidade.

— Ironicamente, ela me torna um homem melhor. Ela é a coisa mais importante na minha vida, e tenho muita coisa importante na vida, irmão.

— Eu sei. Vamos mantê-la segura, mesmo que ela esteja sendo uma chata.

— Cuidado. Ninguém chama Nix de chata além de mim.

— Quando foi a última vez que você me disse o que fazer?

Ele tem razão. Eu investi na empresa de segurança dele, mas nunca fui seu chefe. Tudo que faz por mim é por uma amizade de muitos anos.

— Além do mais, por que você não podia se apaixonar por uma garota boazinha que ficasse quieta quando você desse joias, chupasse seu pau antes do café da manhã e te seguisse pelo mundo todo em vez de tentar eleger o próximo presidente?

— Conseguir um dos três não é tão ruim.

Ele leva um segundo para entender, e então sua gargalhada me faz rir também.

— Filho da puta sortudo — murmura Grim.

— Exato e, assim que eu voltar para os Estados Unidos, pretendo aproveitar a minha sorte. Ficar longe dela é difícil pra cacete.

— Bom, sabemos com precisão onde ela está o tempo todo. Pelo menos você não deu pra trás na questão do rastreador.

— Eu a amo — declaro em um tom baixo e sério. — Não sou dono dela. Você não prende alguém como Lennix porque a beleza está em como ela voa livre. Quero vê-la planar. Só quero garantir que sempre pouse em segurança. Entende?

Grim fica em silêncio do outro lado da linha por um instante.

— Vou continuar procurando Keene. Esse cara está cem por cento morto, mas se por algum milagre ele mostrar a carinha bonita, vamos ver.

Carinha bonita? Lembro da imagem de cachos loiros selvagens se agitando atrás da máscara de Lincoln.

— Você preparou um dossiê sobre ele, certo? — pergunto, mordendo o interior da bochecha.

— Sim, claro.

— Me envie tudo.

CAPÍTULO 15
LENNIX

É BOM VOLTAR A VIAJAR A TRABALHO NA CAMPANHA. QUANDO OWEN anunciou sua candidatura, a reação foi exatamente o que eu esperava. Pandemônio. Ele é o melhor candidato que já coordenei e o mais empolgante que o público estadunidense vê há muito tempo.

A esperança gera uma energia única, e é isso que sinto nessas multidões, nessa gente, enquanto viajamos pelo país e começamos os preparativos para o que será uma campanha imensa. Esperança de que Owen *seja* tão bom quanto parece. Que possa fazer mudanças que realmente melhorem a vida das pessoas. Que ele melhore o *país*. Por mais campanhas que eu coordene, por mais escândalos que eu cuide ou candidatos falsos que eu encontre, por dentro, ainda sou como cada rosto empolgado da multidão na frente do palco de Owen.

Ainda torço por algo verdadeiro.

— Há uma longa estrada pela frente — diz Owen para o grupo usando casacos e cachecóis no frio de fevereiro. Ele se aproxima do microfone, com o cabelo loiro bagunçado pelo vento. — Mas isso dá mais tempo para vocês me conhecerem.

Com aquele sorriso inocente, ele vai ganhar corações e votos durante um ano e meio, até a eleição em novembro.

— E espero que quando chegue a hora de votar — continua ele —, vocês se lembrem de Owen Cade. Pelo povo.

Os aplausos são estrondosos quando ele sai do pódio, acena e entra nos bastidores. Nunca longe demais, seus dois seguranças à paisana o rodeiam assim que ele pisa no chão e começa a dar autógrafos, soprar beijos para bebês e posar para fotos. Com frequência, tornamos nossos políticos estrelas do rock. Multidões grandes, jingles, slogans. De alguma forma, Owen, com seu corte de cabelo de trezentos dólares e terno de cinco mil, faz com que pessoas com dificuldade para pagar o aluguel sintam que ele compreende suas dores. Sem nunca ter passado um dia na vida sofrendo com a falta de algo, ele parece *realmente* compreender os desafios dos trabalhadores. Fico encantada de novo por Warren Cade ter criado Maxim e Owen. Com uma origem tão privilegiada e um pai tão babaca, os dois conseguiram se tornar bons homens, que sentem empatia e carinho pelos que têm menos.

— Deve ser a mãe — murmuro, pegando o celular para checar de novo o itinerário do que vem a seguir. Uma mensagem chama minha atenção.

Maxim: Essa palhaçada não tem graça. Faz duas semanas. Quero te ver.

Meu coração dá aquele pulinho que Maxim sempre causa em mim, acompanhado pela dor da saudade que sinto dele. Faz mesmo duas semanas que nos vimos. Estive viajando com a campanha. Ele foi para Paris e depois para Praga a negócios. Estamos só começando, mas o ritmo já está caótico e, no fim do dia, sozinha em seja lá qual cama desconhecida o hotel fornece, penso em Maxim. Conversamos todos os dias, mesmo que seja apenas por alguns minutos com fusos horários diferentes e agendas cheias, mas ele tem razão. Faz muito tempo.

Eu: Eu sei. Também estou com saudade. Vamos para DC semana que vem porque Owen tem que voltar pra casa por causa de uma votação. Combinado?

Maxim: Combinado. Eu devia ir para a Alemanha, mas vou pedir para Jin Lei remarcar.

Eu: Tem certeza? Não quero atrapalhar seus negócios. Sei como sua agenda é cheia.

Maxim: Preciso te comer. Não toco tanta punheta assim desde os 14 anos.

Dou uma risadinha e começo a escrever minha resposta quando Owen se aproxima. Enfio o celular no bolso e volto para o mundo.

— Pronto? — pergunto a ele. — O carro está esperando.

— Pronto. — Ele me dá o sorriso automático que deve ser padrão depois de um dia cheio de fotos, perguntas e paradas para comício, então vejo a mudança. Ele abaixa a cabeça para olhar para mim, o sorriso suavizando e se tornando genuíno. — Você parece cansada.

— O sujo falando do mal lavado. — Começo a andar ao seu lado, com os dois seguranças não muito atrás. — Foi um dia cansativo.

— Sim, mas é a Pensilvânia. Quantas vezes vamos passar neste estado no próximo ano e meio?

— Ah, você vai perder a conta. Pensilvânia, Ohio, Michigan, Flórida. Temos que trabalhar duro e visitar várias vezes esses estados decisivos. Eles votaram nos republicanos na última eleição, e precisamos que votem nos democratas de novo para termos esperança de ganhar a eleição.

— Não coloque a carroça na frente dos bois. — Ele olha para mim da mesma altura que o irmão. — Temos que ganhar a nomeação primeiro.

— Não estou preocupada com a nomeação. Você está na frente nas pesquisas por um motivo, Owen. Não há nenhum candidato no partido que chegue perto, mas tem razão. A convenção de Iowa é nosso primeiro teste. Temos um ano para garantir que ela seja um nocaute. Quero o máximo de delegados possíveis. Quero debilitar a competição… acabar com eles bem no comecinho. Fazer com que achem que é uma causa perdida antes mesmo de começarem a lutar nas primárias.

— Você é meio impiedosa, não é? — pergunta Owen, com um sorriso no rosto quando nos aproximamos do SUV preto estacionado.

— Se a política não te deixar nem um *pouquinho* impiedoso e, no meu caso, pelo menos um *tiquinho* filho da puta, você não está fazendo seu trabalho direito.

Ele ri e se vira para os dois guardas quando chegamos ao carro.

— Pessoal, preciso conversar com Lennix. Um de vocês pode ir na frente com o motorista, e o outro segue no carro atrás?

Eles assentem e se dividem de acordo. Não sei por que precisamos de privacidade. Os homens, que conheço agora pelo primeiro nome — Bob e Kevin —, meio que desaparecem no cenário, e nós conversamos sobre estratégias, agendas e outras coisas na frente deles. Owen e eu entramos, e ele sobe a divisória de privacidade.

— Isso foi muito bom. — Eu me acomodo no assento de frente para ele e tiro o bloco da bolsa que uso para fazer anotações quando ele está falando. — Mas tem uma coisa que você disse sobre o sistema de saúde que precisamos rever antes do comício em Wisconsin amanhã.

— É o que ganho por sair do roteiro — responde ele, pegando uma garrafa d'água no pequeno frigobar embutido no tampo da mesa entre nós. — Devia ter seguido o discurso. Mas, antes de falarmos disso, quero ter certeza de que você está bem.

Ergo o olhar do bloco com uma expressão confusa.

— Estou bem? Como assim?

— Lennix, você foi sequestrada há poucas semanas. — Mesmo com a divisória fechada, ele fala baixo. — Você voltou depois de alguns dias. Anunciamos minha candidatura pouco depois e começamos a mil por hora. Claro que quero me certificar de que você esteja bem.

— Owen, eu estou bem. Tenho feito sessões on-line com minha terapeuta. Ela está me ajudando a processar tudo, mas eu *preciso* trabalhar.

Não menciono aquela inquietação persistente na minha alma, a agitação na minha mente. Eu as joguei no porão e tranquei a porta para poder funcionar. Ainda não estão batendo na porta pedindo para sair, então, por ora, é o bastante para mim.

— Por favor, se cuide — pede Owen. — Meu irmão está me enlouquecendo para ter certeza de que não estou te cansando ou te deixando sozinha um segundo sequer.

Eu me enrijeço. Owen e eu não conversamos nada sobre Maxim. Na nossa última conversa sobre seu irmão, falei que não queria nada com ele, e agora estamos namorando e Maxim está extrapolando os limites, como eu sabia que faria.

— Vou falar com ele — digo, mantendo a voz neutra. — Não quero que ele te distraia.

— Tá brincando? — O sorriso de Owen se alarga. — É ótimo. Ele não me liga tanto assim desde que foi para um acampamento no sétimo ano.

Meu olhar assustado encontra o dele, brincalhão.

— Maxim nunca foi o irmão caçula padrão — diz Owen, irônico. — Ele nunca entendeu que devia me admirar ou depender de mim para defendê-lo dos valentões. Ninguém ousava fazer bullying com aquela criança. Mesmo naquela época, ele era duro na queda. Nosso pai garantiu isso.

Só assinto, pois nunca quero falar sobre Warren Cade.

— Sei que não gosta do meu pai — comenta Owen —, mas ele não é tão ruim. Ele é produto da sua geração.

— Tenho certeza de que as pessoas que criticavam escolas sem segregação racial também se consideram produto da sua geração.

Seu sorriso some.

— Meu pai não é racista, Lennix.

— Talvez ele seja o que eu chamo de não *não* racista. Tudo que sei é que ele se sente no direito de roubar terra que não lhe pertence, e geralmente de pessoas que se parecem comigo.

— Ele é um capitalista. Assim como meu irmão. — Ele se recosta no assento e cruza os braços. — Eles se parecem bastante. Sabe disso, não é?

— Nunca mais repita isso pra mim — afirmo com uma ferocidade que surpreende até a mim. — Maxim escutou isso a vida toda, e temo que um dia ele comece a acreditar.

— Você só não quer acreditar que poderia gostar tanto de uma pessoa que se parece tanto, lá no fundo, com o homem que você odeia. Deixe eu te dar um conselho.

— Não pedi conselhos sobre minha vida amorosa, senador.

— Tem a ver com meu irmão, então me perdoe se passei do limite, *srta. Hunter*. — Ele se aproxima, com os cotovelos nos joelhos, e me encara. — Eles podem estar brigados, mas meu pai e meu irmão se amam muito.

— Eu sei.

— Em algum momento, eles vão se reconciliar. Vão precisar um do outro. Não faça Maxim escolher entre você e meu pai. Ele vai te escolher, mas precisará do nosso pai também.

Baixo o olhar para o bloco de notas no meu colo.

— O pai pega pesado com Maxim porque sempre viu seu potencial e tinha medo de que ele não o alcançasse.

— E você?

— Ele achava que ser presidente dos Estados Unidos fosse o melhor que eu poderia fazer, mas sabia que Max podia governar o mundo. Maxim é o favorito.

Eu havia entendido a mesma coisa, e o rosto corado de Warren me mandando ficar longe do seu filho mais novo na véspera do Ano-Novo só confirmou o fato.

— Mas não fique com pena de mim — diz Owen com um sorriso enorme. — Sou o favorito da minha mãe.

Rimos juntos por um momento e depois ficamos num silêncio tranquilo.

— Você ama o meu irmão?

A pergunta me faz engasgar. Pego uma garrafa d'água, abro e dou um gole. Eu queria manter o relacionamento com Maxim o mais longe possível dessa campanha. Discutir meus sentimentos por ele *com* o candidato não me ajuda a alcançar esse objetivo.

Quando olho para Owen, porém, ele está esperando, paciente, pela minha resposta, sem nenhum traço do seu humor inocente no rosto. Está sério. É o irmão mais velho se assegurando de que o caçula não está sendo enganado e que não vai se machucar.

— Amo muito o Maxim, senador, e você é um irmão mais velho muito melhor do que imagina.

Ele ri, mas desconfio que esteja contente com o elogio.

— Bem, ele é claramente louco por você. É só ver tudo que já fez pra te ter de volta na vida.

— Falando nisso. — Ergo o rosto para sustentar o seu olhar. — Vou te impressionar cada vez mais coordenando esta campanha porque sou inteligente e vou me matar de trabalhar, mas preciso saber: você me contratou porque acreditava nisso ou porque seu irmão me queria de volta na cama dele?

Ele solta uma gargalhada.

— Bom, ninguém pode dizer que você não é sincera, Lennix. — Ele tira a gravata, jogando-a no banco ao lado. — Vi você e Kimba abalarem o cenário político nos últimos anos e sabia que precisava desse tipo de equipe inovadora e com princípios que vocês construíram. E, pra ser franco, ter uma mulher indígena e uma mulher negra de cada lado me ajuda muito com o voto das minorias e das mulheres. Consigo conquistar os caras brancos sozinho. Além de serem altamente competentes, ter você e Kimba no meu time vai me ajudar com o restante.

Fatos frios e duros e movimentos calculados.

Meus favoritos.

— Só queria ter certeza. — Abro o bloco e acho as anotações que fiz durante o discurso. — Agora vamos falar do sistema de saúde.

CAPÍTULO 16
LENNIX

Eu mal tenho energia para arrastar a mala para dentro do apartamento. Nem perco tempo acendendo as luzes, dependendo do brilho dos postes da rua para ir aos tropeços até meu quarto. Acendo o abajur, tentada a cair na cama usando a blusa de seda e a calça de alfaiataria que estava impecável em New Hampshire, amarrotada em Vermont e provavelmente um pouco fedida na hora em que o avião de Owen pousou no Reagan National.

— Aff — gemo e arrasto meu corpo cansado para o banho, deixando um rastro de roupas caras atrás de mim.

O chuveiro joga gotas quentes e energizantes no meu cabelo e ombros, massageando os músculos na minha nuca. Fico assim por alguns minutos, só deixando a água cair pelo meu corpo nu, sem nem pegar o sabonete líquido na prateleira. Meus joelhos estão fracos e meu coração, pesado.

As picadas de lágrimas me surpreendem, e, antes que perceba o que está acontecendo, um soluço sacode meu corpo. Deslizo pela parede do boxe e caio de bunda, puxando os joelhos para meu peito. De um modo racional, sei o que é isso. A exaustão partiu a armadura, me deixando vulnerável a coisas a que eu geralmente resisto com facilidade.

As coisas que tranquei no porão querem sair. Mesmo ciente disso, não consigo contê-las. Não tenho defesas quando as lembranças da Costa Rica surgem de forma inesperada na tela da minha mente.

Lincoln, com a arma apontada para mim, me forçando a passar por cima do corpo sem vida de Paco no chão. Os seis homens parados tão perto de mim quando foram baleados que vi o sangue e pedaços dos cérebros borrifarem no ar. Tão perto que encarei os olhos mortos de seus crânios estilhaçados. A ameaça mortal do cano frio da arma se afundando com tanta força na minha têmpora que cortou a pele.

De repente, não estou no chuveiro. Estou pendurada à beira de um penhasco, um emaranhado de árvores e o rio tortuoso a centenas de metros abaixo de mim. Dedos de ferro agarram meu pescoço, parecendo que vão esmagar minha traqueia, cortar meu oxigênio. Meu coração dá golpes desesperados no meu peito, *martelando, martelando, martelando* dolorosamente até eu não aguentar mais. Tento respirar, mas não tem ar. Tento gritar, mas não tenho voz.

Pontos pretos cobrem minha visão. A última coisa que vejo são os olhos maliciosos, um azul maníaco, rindo de mim pelas fendas de uma máscara, e então o mundo fica preto.

Eu devo ter ficado inconsciente só por alguns segundos, mas desperto ainda curvada no canto do boxe, o chuveiro agora uma cachoeira domesticada, nada parecido com as águas indomáveis da selva da Costa Rica. Lá, o rio tinha uma boca aberta, sedento para afogar tudo que cair nele. Apoio a mão na parede, usando-a para me levantar com cuidado e desligar o chuveiro. Me seco, apática, tirando a água do cabelo com a toalha, com o gosto amargo do medo ainda na boca.

No meu armário, mexo nos vestidos e roupas térmicas até achar o pijama de seda branco que Maxim ama. É bobo que uma peça de roupa faça eu me sentir mais próxima dele, mas não me importo. Saboreio a sensação da seda fria na minha pele superaquecida como se fossem seus braços ao meu redor. Ele volta para casa amanhã. Cancelou sua viagem para a Alemanha para ficar comigo.

O pensamento acalma minhas emoções cruas. Teremos apenas alguns dias antes de Owen e eu viajarmos de novo, mas vou aproveitar cada momento com Maxim.

Com a sequência de eventos apavorantes tão fresca na minha mente, presumo que não conseguirei dormir nas próximas horas, mas meu corpo não resiste ao chamado do descanso tão necessário e, em questão de minutos, caio na escuridão de novo.

CAPÍTULO 17
MAXIM

ESTOU ANSIOSO E EXCITADO PRA CACETE.

Destranco a porta do apartamento de Nix, mas então me viro para o segurança no corredor antes de realmente abri-la.

— Ninguém nem toca a campainha — digo. — Se alguém quiser entrar, me ligue e eu decido.

— Sim, senhor — responde, com a expressão do rosto moldada em linhas de profissionalismo impassível.

— Você vai ficar a noite toda?

— O segundo turno começa às seis horas da manhã. — Ele hesita, e então continua: — E se ela tentar sair para correr sozinha?

— Deixe-a ir. — Me forço a responder.

— Tem certeza? — pergunta ele com as sobrancelhas arqueadas.

Cerro os dentes, vendo o rosto "bonito" de Greg Keene me encarando no dossiê que Grim me enviou.

— Se eu estiver dormindo e ela sair sem eu saber, me avise que ela saiu.

— Sim, senhor.

Abro a porta e arrasto minha mala enorme atrás de mim. Tenho mais roupas do que preciso porque pretendo deixar algumas coisas aqui. Nix ainda não quer que as pessoas saibam que estamos juntos. Tudo bem. Não significa que não *ficaremos* juntos.

A porta do quarto está aberta, e a luz do abajur mostra sua forma pequena sob o edredom. Só de ver a curva da sua bunda e um braço esbelto já quero acordá-la e saciar toda essa luxúria, mas sua agenda tem sido tão exigente quanto a minha. O sexo pode esperar, mas preciso abraçá-la e, desde que parti, quis acordar ao seu lado todas as manhãs. Jin Lei não está falando comigo porque cancelei a viagem para a Alemanha, mas de jeito nenhum eu perderia os poucos dias que Lennix ficará em DC antes de ela e Owen pegarem a estrada de novo.

Desabotoo a camisa e a jogo no banco no pé da cama quando ela emite um som que congela minhas mãos no cinto. Já ouvi esse som antes — na noite em que ela chorou quando teve pesadelos em Amsterdã.

— Não — diz Lennix, se virando e deixando o edredom cair. — Por favor, não.

Seus olhos permanecem fechados. As sobrancelhas enrugadas e a angústia retorcendo as linhas bonitas de seu rosto. Lágrimas cintilam em suas bochechas, e parece que alguém está apertando meu coração até sangrar. Vou até o seu lado da cama e toco no seu ombro.

— Não me toque! — grita, batendo na minha mão. — Deixe o Wallace em paz.

Minha mão cai. *Wallace.*

Esse não era como os outros sonhos com sua mãe. Esse é sobre a Costa Rica.

— Nix.

Mexo seu ombro devagar.

Ela enfia as garras em mim, arranhando minha mão com força suficiente para rasgar a pele.

Ignoro a ardência e as gotículas de sangue e seguro seus pulsos.

— Lennix, sou eu. Maxim.

— Doutor — diz ela, soluçando, seus ombros magros de repente ficando moles e depois tremendo. — Eu te amo. Não me deixa.

A emoção queima por minha garganta. Meus músculos ficam tensos de raiva. Raiva por não conseguir ajudá-la agora, por não ter conseguido ajudar na época. Não a tempo de poupá-la dessas lembranças sombrias.

Sento na cama e, com cuidado, a aconchego em mim. Ela não resiste, com lágrimas salpicando a pele nua do meu peito.

— Nix, amor. — Afasto o cabelo caído do seu rosto e passo o polegar pelas lágrimas nas suas bochechas macias. — Acorde, por mim.

Seu corpo fica rígido nos meus braços, e ela se afasta devagar, piscando com cílios úmidos e pontiagudos.

— Doutor? — Sua voz está rouca, e me pergunto há quanto tempo está chorando e gritando enquanto dorme. — Você chegou.

— Cheguei.

Ela encosta a cabeça no meu peito e as lágrimas caem sem parar, com os soluços sacudindo seu corpo esguio. Cerro os dentes diante do som torturante e percebo que estou segurando-a com muita força. Afrouxo o abraço, mas ela balança a cabeça, se enterrando no meu pescoço.

— Me aperta mais — sussurra através de lágrimas. — Me ame com o máximo de força que tiver.

— Eu amo, Nix. — Beijo o topo da sua cabeça. — Só Deus sabe o quanto.

Sua respiração está irregular, marcada por fungadas. Passo a mão no seu cabelo e acaricio suas costas até os músculos relaxarem e ela respirar normalmente, enfim encontrando paz o suficiente para dormir.

CAPÍTULO 18
LENNIX

Sei que não estou de ressaca, então quem deixou entrar o cara com o martelo na minha cabeça? Sento, hesitante, afastando o cabelo bagunçado e apertando os olhos para o pouquinho de nada do sol matinal entrando entre as cortinas fechadas.

— Bom dia.

A voz ao meu lado me faz olhar duas vezes. Massageio as têmporas por causa do desconforto causado pelo movimento repentino. Maxim está sentado, com as costas apoiadas na minha cabeceira acolchoada, o peito nu e definido, com o iPad no colo e papéis na cama ao seu redor.

— Doutor. — Sorrio apesar da dor de cabeça. — Achei que tinha sonhado com você aqui.

— Não foi sonho. Estou aqui em carne e osso. — Ele tira o iPad do colo e deita, me encarando e apoiando a cabeça no punho.

— Você chegou cedo.

Eu me inclino e pressiono a testa na dele, absorvendo a fragrância *Maxim* que me acalma e me excita ao mesmo tempo. Beijo a base de seu pescoço, a pele bronzeada firme e quente sob meus lábios.

— Queria acordar ao seu lado. — Ele se afasta um pouquinho e coloca a palma da mão na lateral do meu rosto, com os olhos preocupados e atentos. — Como você está?

Não sei bem como responder. Pior do que a dor na cabeça é o caos de lembranças ainda girando em mim. Minha terapeuta me avisou que os efeitos traumáticos do sequestro poderiam me atingir quando eu menos esperasse. A exaustão exacerbou minha reação, mas ainda não acredito que foi tão ruim e repentino.

Percebo que fiquei quieta por tempo demais quando as sobrancelhas de Maxim se franzem.

— Estou bem — respondo depressa, e estendo a mão para afastar a mecha grossa de cabelo que gosta de cair na sua testa de manhã.

— Tem certeza de que está bem?

— Por que acha que não?

Sento e viro as pernas para a lateral da cama. O quarto gira um pouco.

— Porque você estava chorando enquanto dormia ontem à noite — explica Maxim atrás de mim, ainda na cama. — Muito. Foi difícil te acordar, e você parecia bem aflita. Não lembra de abrir os olhos e falar comigo?

Suprimo um grunhido.

Mas que merda.

Fico contente por Maxim estar aqui, mas não queria que ele tivesse visto essa cena. Conhecendo sua natureza protetora, ele não vai deixar isso pra lá. Olho por cima do ombro, evocando um sorriso casual.

— Você sabe que tenho pesadelos às vezes.

— Com sua mãe, sim, mas não sabia que tinha pesadelos com o que houve na Costa Rica.

Suspiro, deixando o sorriso sumir.

— Não tinha. Ontem foi… diferente. Nunca tinha tido um.

Ele sai da cama para me encarar, ainda de calça, mas o botão de cima está desabotoado, exibindo parte dos músculos rígidos do abdômen e a cueca preta que ele usa por baixo. O que é sexy pra cacete, e minha libido negligenciada me lembra que este espécime é meu para eu fazer o que quiser.

— Vem aqui — ordeno, a voz saindo como um comando embalado num ronronar.

— Não. — Ele cruza os braços. — Conheço esse olhar. Também quero transar, mas precisamos conversar sobre esses pesadelos. O que sua terapeuta diz?

— *Esse* pesadelo. — Ando até ele, já que Maxim não vem até mim. — Não *esses*. Eu falei que ontem à noite foi o primeiro, então ainda não falamos disso.

— O que acha que desencadeou esse?

Ele franze a testa. É tão intenso com tudo. Eu amo isso na maior parte do tempo, mas não quero falar dos meus pesadelos quando o homem dos meus sonhos está no meu quarto com a aparência tão transável.

— Exaustão.

Paro na sua frente, parecendo minúscula ao seu lado, mas não amedrontada pelo seu corpo.

Sei como resolver isso.

Tiro o pijama, fico de joelhos e abaixo o cós da sua calça.

— Nix, não. — Ele baixa o olhar para mim sob seus cílios longos, se esforçando muito para aparentar seriedade mesmo com a ereção praticamente cutucando minha bochecha pela calça. — Precisamos conversar.

— Tá bom. — Desço o fecho do zíper. — Vamos conversar.

Com uma eficiência admirável, tiro seu pau e o coloco na boca em questão de segundos.

— Puta que pariu. — Ele arfa. — Lennix, *não* me distrai.

— Não estou te distraindo — respondo, mas ele não deve entender, já que seu pau na minha boca distorce minhas palavras.

Vejo as vibrações de minhas palavras fazerem com que ele feche os olhos de prazer. Deslizo minha boca por sua extensão, alternando a velocidade dos movimentos. Pressiono a língua na abertura da ponta, fazendo amor com ela com lambidas reverentes antes de enfiá-lo com calma, centímetro por centímetro, até a ponta bem amada invadir minha garganta.

— Porraaaa. — Ele agarra meu cabelo, descendo mais minha cabeça até eu engasgar. Sei que o som o excita, então engasgo de novo, os lábios cobrindo seu pau.

— Você quer me distrair, não é? — Ele grunhe enquanto segura minha cabeça com as duas mãos. — Não quer conversar, é?

Balanço a cabeça e murmuro "urrum". Ele estremece com a vibração e começa a foder a minha boca como um louco, os movimentos bruscos e fora de controle, os dedos no meu cabelo desesperados e me puxando. Ele se empurra mais fundo, e não consigo respirar. Saboreio a sensação de estar completamente preenchida por ele, o desejando mais do que o ar. Inspiro pelo nariz e aperto o maxilar ao redor da vara de aço pulsando na minha boca e garganta. Deslizo as mãos pelo cós da sua calça, que está pendurada nos seus quadris e desço a calça e a cueca pelas pernas. Passo as mãos pelas suas coxas fortes e agarro sua bunda, apertando no ritmo de suas estocadas agressivas na minha boca.

— Nix. — Ele joga a cabeça para trás, as linhas no seu pescoço forte tensionadas, os ombros largos pesados com a respiração ofegante. — Chupa minhas bolas.

Na hora, solto seu pau e inclino a cabeça para abocanhar uma bola grande. Seguro seu pau com a mão, continuando a bombeá-lo mesmo enquanto dou a cada uma minha atenção úmida e ansiosa. Seus grunhidos e gemidos me instigam, e aumento o aperto ao redor do seu pau inchado. Solto-o por tempo suficiente para enfiar o dedo na boca, umedecendo-o. Ele olha para mim, observando o movimento de entrada e saída do meu dedo. Sem desviar do seu olhar, com a mão livre, estendo-a e toco com o dedo ensopado entre os músculos apertados da sua bunda.

— Porra, isso. — Ele afrouxa os músculos e relaxa a postura, abrindo-se para mim. — Vai.

Entro no buraco escondido e apertado, e seus gemidos se tornam mais roucos, mais altos. Ele agarra meu queixo e coloca o pau de volta na minha boca. Estou encharcada entre as pernas, e abro meus joelhos. O ar frio beija o botão úmido e excitado aninhado entre os lábios da minha boceta. No ritmo do meu dedo fodendo sua bunda, começo a me tocar. Ele estende a mão e belisca meu mamilo.

É avassalador, a coreografia da nossa luxúria, do nosso amor, dedos, lábios e línguas e pau trabalhando em harmonia para chegar em um êxtase mútuo. Abro a boca num grito, e seu pau sai. Sua porra escorre pelo meu pescoço, ombros e seios. Por segundos, tremo, quase inconsciente, tonta de prazer.

Ele me pega e me deita com delicadeza na cama, deixando minhas pernas penduradas na beirada. Pairando sobre mim, ele esfrega sua porra na minha pele, devagar e de propósito, seus olhos apertados e conectados com os meus. Ele massageia meus mamilos, minha barriga e depois desliza a mão entre minhas pernas.

— *Minha* boceta — murmura e fica de joelhos, arreganhando minhas pernas.

Ele lambe a umidade espalhada entre minhas coxas, grunhindo, agarrando minha bunda e me puxando para mais fundo na sua boca. A cada movimento amoroso da sua língua, um nó se afrouxa dentro de mim até se desfazer, e eu choro, minhas mãos e unhas agarrando sua cabeça, puxando o cabelo macio.

— Isso, amor — murmura entre chupadas e lambidas. — Abre pra mim. Me mostra.

E eu obedeço, erguendo os joelhos até meus pés encostarem na parte posterior das minhas coxas, me arreganhando para ele. Expondo tudo. Não posso me esconder deste homem. Ele prova isso toda vez que tento. Ele lambe a umidade fresca escorrendo do meu corpo, uma oferenda, e então chupa meu clitóris com força.

— Ninguém nunca mais põe a boca em você de novo. Ouviu, Lennix?

Onda atrás de onda de prazer varrem por mim, e os músculos da minha lombar e das pernas se tensionam, tremendo com outro orgasmo.

— Me ouviu, Lennix? Ninguém…

— Ninguém — sussurro, com a cabeça virada no travesseiro.

— Minha boceta.

— Sua boceta. — Me levanto o bastante para encontrar seu olhar. — E esse pau é meu.

Seus lábios estão úmidos e brilhantes, carnudos e inchados. Os olhos estão felizes, cintilando de amor.

— Ah, acho que você já deixou isso bem claro.

CAPÍTULO 19
MAXIM

Vai ser divertido.

Estou sendo irônico. Convencer Lennix a sair de DC comigo não vai ser nada divertido. Vamos brigar, só que, no fim, vou tirá-la desta cidade e do trabalho maçante de campanha para ter uma folga. Ela pode ter me distraído com o boquete mais devastador da minha vida… Tá, ela distraiu, *sim*. Isso com certeza aconteceu, *mas* eu não esqueci sua angústia da noite passada.

— Tenho algumas reuniões no escritório — comenta ela, nua no banheiro e testando a temperatura da água com a ponta dos dedos. — Mas posso chegar em casa mais cedo se quiser tentar fazer algo.

— Eu tinha mesmo algo em mente.

Ando a passos largos até o banheiro, nu como ela, e entro no chuveiro com Lennix. Pego o xampu e massageio o seu cabelo.

— Ah, que delícia — geme ela, inclinando-se para trás até encostar a escápula no meu peito. — O que você tinha em mente?

— Estava pensando em você não ir trabalhar hoje.

— Ah, não. — Nix se vira para me encarar, com as gotas do chuveiro ricocheteando nas suas costas. — Tenho que pelo menos ir lá para uma atualização, checar se estamos todos alinhados.

— Você participou da campanha todos os dias. Kimba pode fazer a atualização. — Eu me curvo para pegar um mamilo úmido e brilhante na boca.

— Doutor — grunhe ela. — Não ouse...

— Te distrair? — Massageio o outro seio e trilho beijos por seu ombro e pescoço, chupando a pele com força o bastante para deixar uma marca. — Agora você sabe como é.

— Maxim! — Ela se afasta, mechas grossas de cabelo molhado grudando nos seus braços e pescoço. — Não posso aparecer no escritório com um chupão como uma adolescente cheia de hormônios.

— Exatamente. Nada de trabalho pra você hoje. — Eu a viro pelo ombro de um jeito gentil e firme para que fique de frente para a parede, posicionando os quadris e a bunda para mim, curvando-a até que suas palmas pressionem o banco do chuveiro.

— Não posso simplesmente pular...

O que quer que ela pretendia dizer não sai quando entro nela.

— Não entendi a última parte. — Eu me enfio mais, passando a mão até a frente e deslizando os dedos entre seus lábios para beliscar o clitóris. — O que estava dizendo?

— Cala a boca. — Ela se empurra contra mim. — É só isso? É assim que você come sua mulher? Quase não sinto.

Meu pau incha com o seu desafio, ficando mais apertado dentro de suas paredes internas e molhadas.

— Não me provoque — rosno em resposta, segurando seu pescoço e pressionando a mão na sua lombar.

— Preciso de força, doutor — diz ela, ofegante. — Quero o lobo.

Suas palavras são como o chamado da lua, e aquele controle tênue para manter um comportamento civilizado se esvai.

— Você quer o lobo? — Bato na sua bunda. — Você tem ideia do quão forte posso te comer?

Eu me solto da coleira, metendo repetidamente, seus gemidos de prazer ecoando um refrão desesperado no banheiro. Agarro seu cabelo úmido e ensaboado e estoco sem controle. Ela usa o banco para se equilibrar enquanto a fodo o mais fundo possível. Quero entrar o bastante para sentir seu pulso vibrando no meu pau — passar cada barreira. Quero que fiquemos tão próximos que nossos corpos sussurrem segredos e nossos batimentos cardíacos se tornem indistinguíveis.

— Não tem ninguém como você, Nix.

Deus, é verdade.

— Meu Deus, doutor. Não tem nada melhor que isso. — Suas palavras se tornam um choro, e a linha elegante dos seus ombros treme. — Ninguém como você.

Seguro seus seios, apertando os mamilos duros entre os dedos. Sua respiração ofegante me diz que gosta daquilo.

— O que você quiser — responde, arfando, rebolando a bunda em mim. — É seu.

— Quero passar o dia de hoje com você — digo, mudando o ângulo da minha estocada de leve e atingindo um novo lugar que a faz gemer.

— Não posso.

Eu me forço a parar e começo a sair.

— Não! — Ela estende a mão e agarra minha bunda. — Não se atreva.

Interrompo o movimento, mas não me mexo. Ela se contorce, tentando roçar no meu pau, mas seguro seus quadris, paralisando-a.

— Filho da puta — resmunga ela. — Me faz gozar, doutor.

— Não.

— Você acha que não sinto o quanto seu pau está duro? Você também quer.

— Claro que quero. — Forço um tom casual, como se não me importasse. — Mas quero mais um dia com você. Falei que Kimba pode cuidar disso. O que vai ser?

Empurro e lhe dou uma estocada rápida e curta.

— Ah, isso. — Ela começa a rebolar os quadris, e paro de novo. — Babaca!

— Falei minhas condições.

Meu pau me odeia, me xingando silenciosamente em quatro línguas diferentes por não acabar com isso agora.

— Um dia — cede ela, sem fôlego. — Posso te dar um dia.

Tiro as rédeas e a como até os dois tremerem. Quase caímos quando nossos orgasmos chegam. Eu saio, me sento no banco do boxe e a coloco no meu colo. Gulosos e sedentos, nos beijamos até os lábios ficarem dormentes, seus dedos enterrados no meu cabelo molhado, meus dedos enfiados no dela. Paro o beijo, seguro seu rosto com as mãos úmidas e a encaro.

— Um dia — repito enquanto recupero o fôlego.

Ela assente, chupando meu lábio inferior e sorrindo.

— Um dia.

CAPÍTULO 20
LENNIX

— Califórnia?

Olho para Maxim no assento do motorista, tirando os olhos do panorama de água azul intensa e do céu em mosaico com faixas de rosa, roxo e laranja pintadas nas nuvens.

— Eu queria ficar longe de DC — responde —, mas sabia que não teríamos tempo pra sair do país.

— Então o cruzamos.

— Eu te conheço. Se não fosse para o mais longe possível, você ia trapacear.

— Você realmente acha que eu sou a viciada em trabalho deste relacionamento?

— Ah, eu sou indiscutivelmente viciado em trabalho, mas eu largo tudo por algumas coisas. Você é uma delas.

Ele realmente cancelou a viagem para a Alemanha para ficar aqui esta semana, e já provou mais de uma vez que sou sua prioridade. O mínimo que posso fazer é mostrar que me sinto do mesmo jeito, mas estou tendo dificuldade para desligar o cérebro. Há muito o que fazer na campanha, e algumas notícias perturbadoras que foram veiculadas logo antes de sairmos de DC me distraem.

— Está pensando em Middleton? — pergunta Maxim.

Eu me viro para ele, surpresa com o chute fantástico que deu.

— Sim, um pouco.

O senador do Arizona que negociou o acordo secreto e de última hora com Warren Cade para vender a terra do meu povo anunciou sua candidatura, se tornando a principal escolha dos republicanos.

Maxim ergue uma sobrancelha cética.

— Você não acha mesmo que aquele idiota pode ganhar do Owen, acha?

— Este país é bem mais conservador do que você acha se assistir apenas CNN e MSNBC o dia todo.

— Não tenho problema algum com as pessoas serem conservadoras. Só não gosto quando as pessoas são idiotas e, pela minha experiência, tem idiotas dos dois lados.

Um maldito centrão. Eu, uma democrata de verdade, me apaixonei por um centrista.

— Pode acreditar, estou bem ciente de que você não se considera um democrata — respondo. — Em relação às chances de Middleton contra Owen, sei que ele pode ser um babaca, mas muita gente não vai ligar pra isso. Só vão votar com o partido.

— Digamos que meu partido nomeie um dinossauro como o Middleton que não poderia liderar nem um coral infantil, quem dirá um país — declara Maxim. — Você acha que eu votaria nele só porque fazemos parte do mesmo partido? Nem pensar.

— Suas opiniões sobre o sistema bipartidário são bem claras.

— Não compreendo como uma nação que se tornou tão potente através do capitalismo, que é essencialmente uma questão de escolhas, opções e trabalho duro, é tão preguiçosa a ponto de se dar apenas duas opções, geralmente ruins, em algo tão crucial como a liderança do mundo livre.

— Meu Deus, você é capitalista demais.

— Nunca neguei isso, mas voltando à questão inicial. Estou te dizendo, não tem que se preocupar com Middleton. Owen é o tipo de cara que faz com que os eleitores ignorem seu partido.

Sua voz soa cheia de convicção e, se não estiver enganada, um pouco de orgulho.

— Amo ver como você e Owen se aproximaram. Em Amsterdã, você parecia muito distante da família.

— E estava mesmo. A briga com meu pai era recente. Nunca imaginei que duraria tanto tempo.

— Você acha que ele vai se sentir em conflito se os republicanos escolherem Middleton? — pergunto, franzindo o rosto.

Seria muito ruim se o próprio pai do candidato apoiasse seu opositor.

— Ah, de jeito nenhum. Ele quer um Cade na Casa Branca desde quando Owen deu os primeiros passos. Middleton foi algo pontual para aquele acordo do gasoduto. Meu pai não tem um relacionamento duradouro com ele.

Brinco com o pingente de bússola no meu bracelete.

— Você raramente fala do seu pai.

— Ele não é exatamente sua pessoa favorita.

— Não, não é, mas não quero que sinta que não pode conversar sobre ele comigo. Sei que sente falta dele. Sinto muito que a animosidade entre mim e ele tenha criado um clima estranho entre vocês.

Ele não responde, mas seus dedos encontram os meus e se entrelaçam com carinho.

— Não é estranho pra mim que você e meu pai não se deem bem porque eu amo os dois, mas sempre vou te escolher.

Ele vai te escolher, mas também vai precisar do pai.

Eu mudo de posição, dando as costas para a janela do carro para ver Maxim melhor.

— Não sou aquela universitária que não aguentaria ficar com você por ser um Cade.

— Eu sei. — Ele me lança um olhar rápido e pensativo.

— Você não vai me perder por amar seu pai.

— Os problemas com meu pai são anteriores a você e complexos demais para serem resolvidos facilmente. — Ele solta um longo suspiro. — Senão, não estaríamos brigados há quinze anos.

— Me fale dele — peço, mantendo o rosto livre de nojo ou desprezo. — Das partes que você ama.

Ele assente depois de alguns instantes, com os olhos fixos na estrada.

— Eu era sua sombra quando mais novo. Sei que soa ridículo porque estou falando de uma criança, mas eu acreditava que éramos melhores amigos. A gente fazia tudo junto.

— Como o quê?

— Pescar, andar a cavalo. Ele me levava para o escritório com ele. Me ensinou a atirar.

— Acho então que, de certa forma, tenho que agradecer a ele pelo meu resgate — digo, irônica. — Fiquei bem chocada em ver *você* com uma arma, ainda mais com a habilidade de atirar em alguém daquela distância.

— Sim, meu pai brincava que eu poderia atirar nas asas de uma pulga. Não sou contra armas. Sei que isso deve partir seu coraçãozinho progressista.

— Não preciso que seja contra armas. Preciso que seja a favor de leis armamentistas inteligentes, e sei que é.

— Com certeza. Não coloco meu direito de portar uma arma sobre o direito de outra pessoa viver e não ser baleada por algum idiota com armas que pertencem a um campo de batalha, não em mãos de civis.

— Viu? Estamos de acordo, e meu coração progressista está seguro.

— Seu coração progressista é *meu* — diz ele, apertando a mão ao redor da minha. — Te incomoda eu ser possessivo, intrusivo e protetor?

— Vou só dizer que gosto mais dos seus grunhidos na cama.

Ele joga a cabeça para trás, acertando o couro flexível do banco, e ri. No silêncio que se segue, me pergunto se deveria questioná-lo sobre algo que vem me incomodando desde a Costa Rica.

— Doutor, o homem em que você atirou…

— Jackson Keene. — Ele oferece a informação, endurecendo a voz e cerrando o maxilar.

— Sabe o nome verdadeiro dele?

— Estava nos meus planos conversar sobre o que Grim descobriu hoje enquanto tivéssemos um tempo a sós, mas sim. E "Lincoln" é irmão dele, Gregory Keene.

Uma sensação gelada percorre meu corpo ao ouvir o nome do homem que quase me matou mais de uma vez.

— Mas ele está morto também, não é? — pergunto, com a voz subindo alguns tons. — Os dois estão mortos.

— Grim acha que sim, então sim.

— Você não concorda?

— Eu quero ver. Quero ver o corpo de Gregory num necrotério assim como vi o do irmão.

— Você já tinha atirado em alguém, matado alguém antes?

— Nunca.

— E você tem estado… Você está bem? Como vem processando isso? Eu deveria ter perguntado quando voltamos, mas minha cabeça estava cheia demais. De certa forma, sinto que ela está começando a clarear.

— Não estou triste ou em conflito por ter atirado em Jackson Keene. Gregory botou uma arma na sua cabeça. Ele quase te jogou de um penhasco. Se, por algum motivo, ele *realmente* sobreviveu a quatro balas e não se afogou naquele rio, que Deus o ajude se nos encontrarmos de novo, porque *vou* matá-lo também.

Um balão de medo incha ao redor do meu coração, estourando e escorrendo pela minha barriga.

— Para — ordeno, com uma ansiedade repentina deixando minhas palavras ofegantes.

Ele me olha, confuso.

— O quê?

— Para a porra do carro, Maxim.

Com o rosto franzido, ele desacelera e para o carro no acostamento da estrada. Suas pernas são tão compridas que seu assento já está todo para trás. Desafivelo meu cinto e vou para o assento do motorista, para seu colo. Coloco os joelhos de cada lado de suas coxas, me encaixando entre seu corpo grande e o volante. Ao segurar seu rosto, traço o contorno de suas maçãs com os polegares, fixando seu olhar em mim.

— Não quero que o veja. Não quero esse homem perto de você de jeito nenhum. — Minha respiração fica irregular com a ideia de Maxim encarando aquele maníaco de novo. — Só quero que ele nos deixe em paz. Só quero você... — Enterro o rosto em seu pescoço, envolvendo-o com os braços. — Deixa ele em paz, Maxim. Se ele estiver vivo e não nos incomodar, só o deixe em paz.

Ele se afasta e segura meu rosto com as mãos grandes e gentis.

— *Se* ele estiver vivo, o que é improvável, existe sempre uma grande chance de que vá nos incomodar — responde Maxim, a voz dura como granito. — E nunca vou deixar alguém te incomodar de novo. Se ele ainda estiver respirando, eu mesmo vou matá-lo.

— Para de falar assim. Não quero você matando ninguém por minha causa. Acima de tudo, não quero que você morra.

— Eu mataria mil pessoas por você. — Sua voz vibra, carregada de verdade. — Eu morreria mil vezes por você se pudesse. Você me perguntou o que amo no meu pai. Amo *isso*. Ele protege as pessoas que ama a qualquer custo, e sinto muito, Nix, mas sou igualzinho a ele nesse sentido.

Um caminhão de carga passa tão perto na estrada que nosso carro treme. Estamos muito vulneráveis nesse pedaço remoto da estrada. O pânico envolve seus dedos fortes no meu pescoço. Já rejeitei a ideia de ter seguranças, mas as palavras de Maxim sobre matar e se vingar me levam de volta para a selva, para aquele rio; de volta para as balas cortando o ar, cortando carne. Eu corria risco de vida, mas Gregory Keene também poderia ter matado Maxim naquele dia. Eu me afasto e olho para ele preocupada.

— Cadê os seus seguranças? Por que estamos aqui sozinhos no meio do nada?

— Amor, pousamos em São Francisco. Não estamos exatamente no meio do nada, e estamos bem.

— Estamos bem? Que porra você quer dizer com *estamos bem*? Aqueles caras deviam estar seguindo este carro. Grim sabe onde você está o tempo todo? E se o seu rastreador falhar? Você dorme com o relógio no pulso? — Tento lembrar se ele o usa no banheiro. — O relógio é a prova d'água?

— Tá, você está meio que surtando.

— Então quando eu me preocupo com a sua segurança é um surto, mas, quando você está preocupado com a minha, é...

— Perfeitamente justificável. Correto. — Ele mantém o rosto neutro, mas o humor ilumina os olhos verdes que me cativaram desde o primeiro dia.

— Isso não tem graça — sibilo. — Temos um acordo.

— Um acordo? Que acordo acha que temos?

— Só vou te amar se você não tomar decisões imprudentes e perigosas.

Ele enfia os dedos no meu cabelo e puxa, colocando minha cabeça para trás para que meus olhos encontrem o seu olhar denso e penetrante.

— Não tem acordo nenhum, nem retorno. Eu provavelmente sempre vou ser bem mais cauteloso com sua vida do que com a minha, mas não tenho desejo de morrer. Meu sonho é viver o máximo que eu conseguir com você, mas, por favor, nunca pense que pode parar de me amar ou que posso parar de amar você. Essa merda não vai acontecer.

Agarro sua camisa e a puxo para tão perto que nossa respiração se mistura, e sinto seu coração bater contra o meu peito.

— Não *quero* que essa merda aconteça — respondo, com os olhos marejados. — Só que já perdi a pessoa mais importante da minha vida uma vez. Não me peça para fazer isso de novo.

CAPÍTULO 21
MAXIM

— Este lugar é maravilhoso.

É uma das poucas coisas que Lennix disse desde a conversa sobre Gregory Keene.

— Sim — respondo, batendo a porta do carro. — Point Reyes é um dos meus lugares favoritos do mundo.

Dou a volta até o lado do carona onde ela está encostada no carro, com os olhos fixos na paisagem vívida de vegetação verde e água anil.

Ela arrasta o olhar para encontrar o meu.

— É mesmo?

— É, sim. — Pego a jaqueta *bomber* do banco de trás para ela enfiar os braços. — Também é considerado o lugar com mais vento da Costa do Pacífico. Fica bem frio aqui, ainda mais quando o sol se põe.

Assistimos ao sol começar a descida em direção ao lençol de água, levando cada vez mais luz e calor consigo.

— Presumo que você tenha um plano em mente — diz Nix, sorrindo pela primeira vez desde quando subiu no meu colo no carro.

— Tenho.

Um senhor mais velho usando um casaco grosso de frio e calça jeans vem na nossa direção.

— Senhor Cade? — pergunta.

— Isso. — Estendo a mão. — Mas, por favor, me chame de Maxim. E você deve ser Callum, certo?

— Isso mesmo. — Ele olha radiante para Lennix. — E esta é a sra. Cade?

Congelo. Ouvir Lennix ser chamada de "sra. Cade" ativa algo dentro de mim, uma revolução da Terra ao redor do Sol. Acende uma fome profunda, um anseio por algo que nem sabia desejar tanto até ouvir. Já imaginei um "futuro" com ela, mas nunca tinha sentido a emoção de ouvir meu nome *ligado* a ela desse modo indissolúvel.

— Hum, não. — Lennix ri, esticando a mão. — Senhorita Hunter. Lennix Hunter.

— Sim, claro — responde Callum, talvez corado de vergonha, talvez por causa do vento. — Devíamos começar. O sol está se pondo.

— O que vamos fazer, doutor? — indaga Lennix.

— Andar de barco.

Sorrio quando suas sobrancelhas se juntam.

— Andar de barco — repete ela. — Um voo de quatro horas e quase duas horas de carro para andar de barco. Deve ser um barco especial.

Callum abre a boca, claramente pronto para defender seu cantinho no mundo, mas meu olhar encontra o seu e eu balanço a cabeça depressa.

— Vamos deixar você ver por si mesma — digo. — Callum, pode ir na frente.

Deixamos o carro no estacionamento e o seguimos por um píer comprido até a saída de barcos, onde alguns caiaques boiam na superfície calma da água. Ele nos veste com colete salva-vidas.

— Bem, essa área aqui é Point Reyes — explica Callum —, e esta é a Baía Tomales, para onde vocês irão hoje à noite.

— É lindo — comenta Lennix, com o tom educado.

Eu a conheço. Ela ainda está pensando em Gregory Keene. Ou em Middleton. Ou quem sabe tenha ficado tão abalada quanto eu ao ouvir Callum a chamar de "sra. Cade". Até parece que sei o que ela está pensando, mas sei, sim, que só metade da sua atenção está focada no que Callum diz.

— Parte da baía é formada ao longo da Falha de San Andreas.

— Reconfortante — diz Lennix, irônica.

— E essas águas são historicamente protegidas.

— Historicamente protegidas? — Isso aumenta seu interesse. — Qual o significado histórico?

— Toda essa área era originalmente território Miwok. É um povo indígena do norte da Califórnia.

— Já ouvi falar deles — responde ela, seu sorriso crescendo.

— Bem, sir Francis Drake desembarcou nesta região — afirma Callum com um toque de orgulho na voz. — A Baía de Drake.

— Drake? — Ela revira os olhos. — Bem, claro que queremos proteger sua "descoberta". Típico.

— O interessante — continua Callum, sem saber como esta história pode provocar minha namorada — é que depois fizeram várias expedições e forçaram o povo Miwok a serem assimilados. Os colonos mataram a língua, os costumes e, em alguns casos, as pessoas. A Califórnia tem um passado bem brutal com povos indígenas em muitos lugares.

Uau. Este cara foi certeiro.

— Sim, bem, a Califórnia não é a única — murmura Lennix.

— Mas arqueólogos acharam evidências deles ainda estarem aqui e usando elementos de sua cultura anos depois que as expedições acabaram. Ao menos, alguns deles que conseguiram sobreviver e continuar as práticas enquanto se modernizavam.

— Aham. — Eu o interrompo e lhe dou um olhar carregado. — Acho que estamos prontos e posso assumir daqui em diante.

— Obrigada, Callum — diz Lennix com um sorriso sincero, que ele devolve antes de voltar pelo píer. — Ela então se vira para mim: — Ficou com medo de eu dar uma lição para o pobre Callum sobre o imperialismo de Drake e a provável exploração do povo Miwok?

— Basicamente, sim.

Sua risada forte e estrondosa que sempre me seduz ressoa pela baía silenciosa.

— Deve ter razão. Agora me diz: qual é a do barco? Não está ficando muito escuro pra isso?

Ela tem um ponto. O sol já quase se pôs completamente, e a escuridão cobre o horizonte. Algumas outras pessoas desceram o píer em grupos com um guia as instruindo e dando coletes.

— Não precisamos de um guia? — pergunta ela, vendo as pessoas subindo em caiaques e remando para a água.

— Eu sou nosso guia.

— Tem certeza de que vamos estar seguros? — pergunta, me provocando.

— Sempre vou te proteger. — Nossos olhares se encontram sob a luz fraca fornecida pelas ribaltas no píer, a conversa que tivemos no carro pairando entre nós.

— Eu sei — responde ela, baixinho, com a tensão na sua boca relaxando. Beijo seu cabelo e pego sua mão.

— Vamos. — Aceno com a cabeça para um pequeno barco a motor.

— Por que não um caiaque?

— Eles são para grupos que podem cuidar um do outro se alguém cair — respondo. — Vamos nos aventurar sozinhos um pouco. O barco a motor é um pouco mais seguro.

— Ahh. Seu grande plano pra me ter só para você foi revelado.

— Nunca escondi que queria ficar a sós com você — rebato, trocando um sorriso rápido com ela. — Entre.

Nos acomodamos e saímos pela água. Depois de alguns minutos, desligo o motor e deixo o barco boiar e a beleza noturna ao nosso redor falar. O silêncio forma uma pequena barreira entre nós, interrompido apenas pelo murmúrio baixo dos guias auxiliando os grupos a alguns metros de distância.

— Me conte deste lugar — pede Nix. — Sei que sabe mais do que compartilhou comigo.

— E como sabe disso?

— Você é um explorador. — Ela me dá um sorrisinho. — Um expedicionário. Não vai aos lugares completamente despreparado.

— O que quer saber?

— Me diga por que me trouxe aqui. O que queria me mostrar?

— Algumas vezes por mês, existem noites sem lua. São as noites mais escuras.

— O céu *está mesmo* muito escuro — comenta ela, se inclinando sobre o convés do barco e jogando a cabeça para trás para observar o redemoinho hipnótico de estrelas. É um céu de catedral à noite, iluminado com arandelas estreladas e candelabros cósmicos. — Deixa as estrelas mais brilhantes.

Minha garota que persegue as estrelas.

— É porque tem menos poluição luminosa aqui do que na maioria dos lugares — explico. — E esta baía é protegida para que não se misture com outras fontes de água, o que deixa a água livre de poluição, diferente da maioria. A combinação do céu muito escuro e da água realmente limpa cria as condições perfeitas para um fenômeno único.

Ela olha ao redor como se estivesse se perguntando o que tem de tão fenomenal num monte de gente andando de caiaque no escuro. Sorrio, saboreando em segredo a possibilidade de lhe mostrar, e pego um remo no chão do barco para passar pela água. Imediatamente, rastros de luz brilham sob a superfície. Seu suspiro de surpresa é seguido por uma risadinha incomum.

Eu lhe entrego um remo.

— Experimenta.

Ela afunda o remo, enfiando-o de leve na água e vendo-o brilhar.

— Ah, meu Deus. — Ela cobre a boca, mas uma risada escapa entre seus dedos. — É incrível demais.

Ao nosso redor, os grupos de passeios arrastam os remos pela água, e, logo, há tanta luz brilhando sob a superfície que parece que estamos flutuando sobre raios de sol, arco-íris, erupções solares aquáticas.

— É lindo. — Ela move a cabeça de um lado para outro e espia sobre o ombro, absorvendo tudo. — O que é isso?

— Você quer apreciar a beleza ou conhecer a parte chata que a torna bonita?

— É chata pra você?

— Não, é fascinante.

— Então você vai fazer com que seja fascinante pra mim.

— Se chama bioluminescência, que é basicamente quando um organismo produz luz graças a vários fatores, dependendo da espécie.

— Você tem um cérebro bem sexy, sr. Cade.

Pisco para ela.

— Seja uma boa garota que eu deixo você tocar nele.

— Eca. — Ela enruga o rosto. — Você tinha que estragar a piada, né?

— É o que faço de melhor. Então, aqui na Baía Tomales tem dinoflagelados, e eles produzem luz quando são perturbados. Um remo ou dedos remexendo a água, ou outro peixe nadando ou encostando neles, ou mesmo um barco cortando a água pode acender a luz.

Os outros grupos continuam se movendo, e logo ficamos sozinhos num lençol de água cintilante que joga um brilho azul-esverdeado no rosto de Lennix. Não consigo olhar para mais nada. Nem o show aquático glorioso se compara às sobrancelhas esculpidas e a onda suave de seus cílios. A curva das suas maçãs do rosto e a protuberância obstinada do maxilar.

— Qual o lugar mais bonito em que você já esteve? — pergunta ela depois de alguns instantes de silêncio.

— Você.

Ela pisca algumas vezes, balançando a cabeça, me dando um olhar afetuoso.

— *Um lugar* que já *visitou.*

Minha resposta é a mesma, mas entendo o que quer dizer.

— Não sei. É difícil comparar todos os lugares que oferecem algo único e bonito.

Ergo o olhar para o céu escuro e imagino uma cortina de anil, esmeralda e escarlate, rodopiando num show de luzes atmosféricas.

— Adoraria te levar pra Antártica um dia pra ver a aurora austral.

— Antártica, é? — Ela brinca com um olhar sorridente. — Parece uma bela viagem.

— Pode acreditar. Você iria adorar. As pessoas sempre falam da aurora boreal, mas a aurora austral é tão fantástica quanto. A Antártica é espetacular.

— Não é uma palavra que eu usaria para descrever uma tundra congelada.

— Acho que você precisa ver. Não me leve a mal: é um dos lugares mais difíceis para onde já fui. Quase inabitável, ainda mais no inverno longo e sem sol, mas Grim costumava dizer que era como outro planeta. Você vê e ouve coisas que não pode ver ou ouvir na maioria dos outros lugares da Terra.

— Como quais? Me conta.

— Tem ilusões — respondo, ouvindo a empolgação na minha própria voz com as lembranças das maravilhas que vivenciei quando passamos o inverno lá. — Uns cristais de gelo microscópicos ficam suspensos no ar, e eles mudam como a luz e o som viajam.

Eu me pergunto se ela já está entendiada, mas, entre o brilho das estrelas acima e a bioluminescência abaixo, seus olhos estão fixos em mim, absortos, então continuo.

— Lá, o frio curva as ondas do som de um jeito diferente do que em altitudes mais baixas. Ele as curva para baixo, e não para cima. A neve macia absorve a energia do som melhor e o silencia, mas a neve incrustada, como você encontra na Antártica, não a absorve tão bem. O som literalmente ricocheteia na superfície mais dura e lisa do gelo. — Começo a rir, sabendo que ela não acreditará no que estou prestes a lhe dizer: — Nas condições certas, você pode ouvir conversas a quase três quilômetros de distância.

Seu queixo bonito cai, e ela arregala os olhos, com uma expressão de descrença quase infantil que desejo congelar neste momento de maravilha e inocência.

— Você falou que é possível ver diferentes coisas também. — Ela se lembra. — Como o quê?

— Bem, o ar quente e o ar frio curvam os raios de luz, o que faz a luz ricochetear nas nuvens, na água e no gelo para criar ilusões de ótica..

Depois de todos esses anos, finalmente consigo compartilhar o que torna a Antártica tão especial para mim e como me fez pensar *nela* mesmo quando estávamos longe.

— Tem uma ilusão de ótica chamada céu de água. Marinheiros a usam desde sempre para navegar porque a luz projeta vias abertas de água nas nuvens que os mostram como evitar blocos de gelo perigosos. Eu pensava nos seus olhos sempre que via um.

Seu sorriso suaviza, tornando-se mais terno.

— Pensava?

— Sim, você tem olhos da cor do céu de água.

— Não sei como, mas você realmente me fez querer visitar a Antártica.

— Você só tem que estar preparada para conhecer a beleza e a parte ruim. — Eu me aproximo e pego suas mãos nas minhas. — Você fica meses sem sol, e depois meses em que o sol nunca se põe.

— É um ótimo jeito de descrever algo "para sempre."

Ela traça uma linha na palma da minha mão, a pele mais espessa do que no meu pulso, estimulando uma reação no meu corpo em cada ponto que toca.

Não respondo porque sei que vou estragar isso e dizer a coisa errada. A coisa "ainda não". A coisa que é "muito cedo". A coisa que desejo um dia infinito com ela em que o sol nunca se ponha para nós. Então, não falo nada e a deixo guiar a conversa, como o remo na água, iluminando nosso caminho a cada movimento.

— Foi um momento doido nas nossas vidas — declara ela, por fim.

— Que momento?

— Quando você foi pra Antártica, e eu me formei na faculdade e comecei a trabalhar na política. — Ela olha para mim. — Será que as coisas seriam muito diferentes se eu tivesse te escutado? Te dado uma chance quando foi me ver na sede da campanha do Jim?

— Muito diferentes. Eu provavelmente teria bem menos dinheiro.

— O quê? Por quê?

— Você viu como cancelei meus compromissos na Alemanha porque você tinha uma semana de folga em DC?

— Sim.

— Teria sido assim o tempo todo. Acho que eu cancelaria tudo toda hora, te seguindo por todos os lugares.

Ela me encara, confusão e descrença em seus olhos.

— Você já era tudo pra mim antes mesmo de eu saber o que isso significava, Nix — explico com sinceridade. — O que fiz nos últimos dez anos, a maioria das pessoas não faz na vida toda. Não falo isso para me gabar, e sim para dizer que foi preciso *tudo*, todo o meu foco, toda a minha vida para construir o que tenho agora. Está no meu DNA fazer isso. Meu pai, o pai dele, o pai do pai dele... Eles foram pioneiros, homens de negócios, empreendedores que, enquanto outros avistavam planícies lisas, viam campos de petróleo. Enquanto outros viam desastres, eles viam oportunidades. É quem somos, mas eu não teria sido assim com você. Já estou mudando.

— Está?

— É impossível ser *tão* focado quando sua mente está sempre em outro lugar, e acho que minha mente estaria sempre em você.

Está sempre em você agora.

— Quando Wallace e eu fomos feitos reféns — diz ela, com a voz tímida e olhando para baixo —, fiquei pensando que perdemos muito tempo separados, mas talvez a gente precisasse daquele tempo. Éramos muito novos. — Suas palavras e o olhar no seu rosto são melancólicos. — Queríamos mudar o mundo.

— Ainda queremos. Ainda podemos.

Ela assente, com os cantos da boca se levantando, e se arrasta com cuidado para o meu lado do barco, virando para as costas pousarem no meu peito. Cruzo os braços na sua cintura e puxo seu corpo quente e macio para mim. Nunca vou soltar essa mulher, e torço com tudo que tenho para que ela sempre se segure em mim.

— Quando se é jovem, você tem ideais — diz ela, sua voz um sussurro no ar frio. — Você acha que a simplicidade, a pureza, vai sempre estar ali. Não sabe o quanto vai ser mais difícil depois.

— O que está mais difícil?

— Tudo. Eu costumava correr para mudar o mundo e protestar para fazer minha voz ser ouvida. Agora cuido de campanhas, dou entrevistas na televisão e analiso mapas eleitorais.

— Certo. E eu dou depoimentos no Congresso. — Eu rio, sentindo o cheiro do seu pescoço. — Falando nisso, prefiro arrancar meus olhos a fazer isso de novo, mas você tem razão. Eu sabia o que queria fazer, mas acho que não sabia o quanto isso complicaria minha vida.

— São as concessões que precisa fazer, os ideais que precisa deixar de lado, os planos que precisa revisar. Isso muda quem você é.

A rouquidão doce na sua voz e os dedos finos entrelaçados aos meus me fazem querer flutuar nesta água para sempre. Fazê-la rir a noite toda enquanto segura minha mão.

— Só que, debaixo de todas as camadas do que fizemos e nos tornamos — digo, depois de alguns segundos contemplativos —, acho que somos basicamente os mesmos.

Ela inclina a cabeça para trás e encontra o meu olhar, sorrindo.

— Você acha?

E neste exato momento é como um déjà-vu: já estivemos aqui antes, dissemos essas coisas antes. Eu sou o cara e ela é a garota, sua inocência reencarnada, meus ideais ressuscitados, e não importa se estamos num campo de tulipas ou sob um céu estrelado. Acreditamos de novo.

— Tivemos que aprender a jogar o jogo — digo —, e as regras podem ter mudado, mas nossos objetivos não mudaram. Nosso objetivo ainda é o mesmo: tornar esse mundo maldito um lugar melhor.

— Acho que tem razão.

Ela leva minha mão aos lábios e beija meus dedos, um por um; e, com esse simples ato de afeto, uma felicidade rara e insondável preenche o ar. Um apogeu de segundos em que me sinto completamente satisfeito e, pelo menos por alguns instantes, não há outro lugar para ir, nada a conquistar, e isto aqui é o bastante. Isto, *ela* é a primeira vez que me sinto saciado, e saboreio isso na língua, mantendo-o ali. Seguro suas mãos para memorizar a sensação de satisfação plena. Um reino inteiro cabe neste barco. Meu mundo todo está relaxado no meu peito.

Lennix se inclina para alcançar minha boca e me dá um beijo tão delicado, tão amoroso que acredito que ela está feliz também. Por esta noite, pelo menos, não há nada a fazer, nada a conquistar ou perseguir. Todo o poder do universo se reúne aqui, vibrando e zumbindo entre nossos corpos.

E é mais do que suficiente.

CAPÍTULO 22
LENNIX

Eu e Maxim não apenas percorremos a baía cintilante, assistindo aos dinoflagelados darem seu espetáculo aquático fantástico, como também acampamos.

Numa barraca. Com um saco de dormir.

Considerando o patrimônio de Maxim, eu esperava no mínimo um acampamento de luxo, uma barraca do tamanho de uma mansão larga o bastante para abrigar um caminhão Mack, mas não. Foi apenas uma barraca normal com materiais de acampamento bem simples. Fechamos nossos sacos de dormir juntos e compartilhamos o calor dos nossos corpos, relembramos o passado, e contamos nossos sonhos para o futuro.

Deixei Maxim lá esta manhã, ainda fechado no saco, com o cabelo caído de forma infantil no rosto, e saí para uma corrida ao longo da costa. Nos meses de preparação para a Dança do Nascer do Sol, treinei a fio para aguentar as exigências físicas da cerimônia. Personificar a Mulher que Muda, a primeira mulher, supostamente deveria me ajudar a controlar minhas fraquezas e até ativar minha capacidade de cura.

Preciso de todas essas coisas agora, mais do que precisava na época, mas esta mulher tem muito mais bagagem do que uma garota de 13 anos. Agora, aquela paz é mais elusiva. Dizem que a Mulher que Muda corre para o leste para encontrar sua versão mais jovem. O que eu diria para aquela menina?

Depois da corrida, tiro minha bolsa da barraca onde Maxim ainda dorme sem fazer barulho e a reviro até encontrar os itens que Mena me deu. Vou em direção a uma rocha saliente de frente para a Baía Tomales. De pernas cruzadas, espalho os elementos simples para a defumação: uma tigela, sálvia, fósforos e uma pena. Acendo a sálvia e assisto à fumaça subir da tigela antes de pegar a pena e usá-la para jogar a fumaça no meu rosto, cabeça, olhos, ouvidos e coração.

Tradições são as lembranças daqueles que vieram antes de nós, que ganham vida quando as continuamos. Minhas mãos se estendem para trás, se esticando pelo tempo até a paz que meus ancestrais achavam apesar da névoa de perdas e injustiças inimagináveis.

Não uso defumador há tanto tempo que, de início, me sinto uma farsa. Como se eu estivesse fazendo algo que é apenas um desperdício de tempo, porém, quando fecho os olhos, vejo minha mãe nas manhãs. Ela gostava de defumar ao ar livre. Dizia que, quando você invoca as quatro direções, deve começar pelo leste, e ela nunca conseguia lembrar para onde ele ficava. Ver o sol lhe mostrava onde começar. A gente ria, mas ela amava mesmo ficar ao ar livre, respirar ar fresco.

A ideia é que a fumaça se agarra às coisas negativas da vida, do nosso corpo, em nós mesmos, e as arranca. Elas vão embora com a fumaça, flutuando. Havia dias em que mamãe só ficava lá fora por mais ou menos um minuto. Mas havia outros dias em que, através de uma nuvem de fumaça, eu via lágrimas banharem suas bochechas. Só agora que carrego minhas próprias dores, que tenho meu próprio processo de cura para fazer, que me pergunto do que ela queria se curar. Não acho que a fumaça seja mágica. Para mim, é uma daquelas práticas que me conectam com os anciões e me lembram da força deles diante da revolta, da violência e da privação de direitos.

Mena falou para começar com uma intenção ou uma afirmação. O que posso dizer? Digo em voz alta?

— Vou viver este dia com gratidão — sussurro, as palavras se misturando com a fumaça que coloquei no rosto. — Gratidão por estar viva, respirando, e por ser capaz de dar e receber amor. Eu vou enfrentar cada obstáculo com a ousadia daqueles que vêm depois e com a coragem dos que vieram antes.

Atrás das pálpebras fechadas, de repente, sou transportada de volta para a caverna úmida, cega dentro do saco preto. É tão desorientador que minha cabeça gira. Assim que sinto os dedos de ferro agarrando meu pescoço e o chão caindo sob mim, inspiro a sálvia. Medo, pânico e raiva retrocedem aos poucos, e me pergunto se é tão fácil quanto inspirar e expirar; quanto sobreviver uma respiração depois da outra, um dia de cada vez, me curando do meu jeito.

Já recuperei minhas forças e respiro profundamente, honrando as quatro direções, começando com o leste, o início de um novo dia — novos começos. Colocando o velho para trás e acolhendo o que está à frente.

Depois de mais alguns minutos, me levanto e observo a baía que pertencia ao povo Miwok. Eles estavam aqui há milhares de anos quando os primeiros colonizadores chegaram.

Salve o homem, mate o índio.

Era para isso que essas expedições serviam — para erradicar tudo que nos tornava quem *somos,* na esperança de que nos tornássemos o que queriam que fôssemos. A aculturação de pessoas que estavam muito bem antes dos barcos chegarem. Muito tempo depois do fim das expedições, alguns Miwok ainda estavam aqui.

Esta sou eu. Não faço ideia do que vem pela frente, e ainda estou me recuperando do passado, mas preciso acreditar que, como os Miwok, vou permanecer, plantada, enraizada e ainda de pé.

CAPÍTULO 23
LENNIX

— Owen, Lennix — chama Millicent Cade do corredor, com empolgação iluminando sua voz. — Começou!

Owen ergue o olhar dos papéis com sublinhados em vermelho espalhados na mesa. Passamos a última hora no escritório da casa em Georgetown revisando o discurso da arrecadação de fundos do dia seguinte com Glenn Hill, o redator dos discursos da campanha, e uma pausa seria muito bem-vinda.

Owen passa a mão pelo rosto e se levanta. Ele parece mais novo e cansado com as mangas do moletom de Harvard puxadas até os cotovelos, as botas caras italianas que adora substituídas por meias brancas. Bem diferente do candidato brilhante, engomado e controlado com o qual tenho viajado o país.

— Vocês vêm assistir ao Maxim naquele programa de entrevista? — chama ele por cima do ombro ao sair do escritório.

Ouvir o nome de Maxim dispara bombinhas carentes na minha calça. Estou com saudades. A Baía Tomales foi duas semanas atrás, um breve alívio temporário antes de retornamos ao ritmo frenético das nossas agendas.

— Meu Deus do céu! — exclama Glenn, destacando um argumento no discurso que concordamos que precisava ser elucidado. — A mais quantas entrevistas temos que assistir?

Eu rio, enfiando minha cópia numa pilha de papéis organizados.

— O que você tem contra o irmão do senador?

— É que parece que, desde quando ele apareceu no *The View* — responde Glenn —, as pessoas estão focadas em Maxim, e não nos problemas que Owen quer que elas pensem.

— Sei o que você quer dizer, mas faz parte do plano.

— Sério? — Ele ergue uma sobrancelha, a palavra coberta de dúvida.

— Owen anunciou a candidatura mês passado. Esta campanha é uma maratona, não uma corrida rápida. Se ele ficar muito travado e cheio de blá-blá-blá agora, quando a maior parte da população não está nem prestando atenção, não vamos tirar vantagem do que eles realmente vão prestar atenção.

— E o que seria isso? — pergunta Glenn. — Um dos "solteiros mais cobiçados dos Estados Unidos"? Achei que as mulheres na plateia do programa de ontem à noite fossem começar a jogar os sutiãs. Se baba virasse voto, Owen estaria com essa ganha, graças ao irmão.

Os músculos do meu pescoço e costas se tensionam com o comentário de Glenn sobre os sutiãs. Sei que Maxim é fiel. Não é algo que me preocupa, mas, ainda assim, saber que seu namorado lindo está solto pelo mundo, inspirando luxúria e recebendo cantadas de fulana, sicrana e beltrana, não é muito bom. Ainda mais quando você só o vê algumas vezes por mês.

Eu devia ficar feliz com isso porque facilita manter nosso namoro na surdina, mas não estou feliz. Falar com ele todo dia não é o bastante. Sexo por telefone e videochamada não é o bastante. Nada é o bastante até ele voltar para casa e para minha cama de novo.

— É melhor irmos lá — digo, acenando com a cabeça para o corredor. — Ou vamos perder os sutiãs.

Glenn ri e me segue. Esta é nossa quarta campanha juntos, e ele é um dos melhores escritores de discursos da área. Nos tornamos amigos, só que, quando ele toca minha lombar, ainda me afasto porque… não sei. Parece íntimo e, se Maxim estivesse ali, eu ficaria sem graça e ele, de cara feia.

Nossa, o que eu não faria por uma das suas caras feias agora. Ou uma boa briga, em que discordaríamos sobre tudo e depois transaríamos até eu chorar por ser tão perfeito. Nunca desejei tanto um homem fisicamente quanto anseio por Maxim.

— Estava me perguntando onde vocês estavam — comenta Owen quando entramos na sala onde ele está sentado no sofá ao lado da esposa.

Ele dá um beijo no cabelo loiro de Millie, e ela inclina a cabeça para encontrar seus lábios e lhe dar um selinho.

Muitos casamentos poderosos em DC são alianças estratégicas, negociadas com benefícios para os dois lados envolvidos. Millie com certeza está investida no sucesso de Owen, mas está mais investida *nele*. Ela *o ama*. Ela tem uma ternura inesperada, e vejo por que Owen é fascinado pela esposa. Ao trabalhar com Owen tão de perto, vejo por que ela é fascinada por ele. Eu comecei a admirar os dois nos últimos meses, não só pelo quão fabulosos são na frente de uma multidão, mas também por quem são quando não há uma por perto.

Ela se casou com Owen, e foi isso. Millie tem um diploma de Direito da Cornell, mas suas aspirações profissionais parecem ter sido engolidas como um líquido é absorvido por uma esponja. Desde o começo, Maxim considera meus sonhos tão importantes quanto os dele. Cada casal é diferente, mas fico feliz por ele não esperar que eu coloque minhas ambições de lado. Não julgo o caminho de Millie. Empoderamento de verdade é escolher — descobrir o que queremos e persegui-lo. Ela quer *isso*. Eu só quero algo completamente diferente.

Mal chegamos em março, e o inverno não parece querer ir embora. A lareira da sala dos Cade, mais o chocolate quente que Millie preparou, enchem o cômodo bem decorado de aconchego.

Dou um gole na bebida e mastigo um dos marshmallows boiando na sua superfície quando o logo do programa de entrevista aparece na tela depois do comercial.

— E voltamos — diz o apresentador. — Temos uma surpresa hoje. Este cara foi recentemente eleito um dos solteiros mais cobiçados dos

Estados Unidos, e seu irmão talvez seja o próximo presidente. Por favor, recebam Maxim Cade!

Maxim sai dos bastidores, usando uma calça cinza feita sob medida e um suéter preto moldado nos seus braços e peito largo. Mesmo com uma roupa simples, ele cheira a dinheiro e orgasmos. Os gritos estridentes das mulheres na plateia me irritam.

Galinhas.

— Bem, olá — cumprimenta o apresentador, gesticulando para Maxim se sentar ao lado da sua mesa. — Obrigada por vir, sr. Cade.

— Obrigado por me receber, Connor — responde Maxim, com o sorriso educado e os olhos vigilantes.

Não estou acostumada com essa versão fechada dele, mas sei que é quem ele precisa ser no mundo.

— Há alguns anos, você é eleito um dos solteiros mais cobiçados dos Estados Unidos — comenta Connor —, mas esta é a primeira vez que aceita dar entrevistas ou participar de programas. É uma coincidência seu irmão estar concorrendo para a presidência?

O enorme sorriso de Maxim sai com mais naturalidade. Ele gosta de franqueza, de colocar as cartas na mesa, então essa abordagem o atrai.

Ponto para você, Connor.

— Com certeza não é uma coincidência — declara Maxim. — Não ligo de responder algumas perguntas sobre minha vida pessoal se significa uma oportunidade de falar do incrível presidente que meu irmão vai ser.

— Isso aí! — exclama Millie com o punho no ar.

Owen revira os olhos, mas a boca forma um sorriso, e vejo com facilidade o orgulho e a afeição que ele tem pelo irmão.

— Mas você e ele nem sempre concordam em tudo, não é? — pergunta Connor.

Maxim dá de ombros.

— Quando éramos mais novos, Owen achava que o Batman era o personagem mais legal da DC, e eu achava o Superman porque… é óbvio. Está falando disso?

A plateia ri, e Connor oferece um sorriso amável, mas não desiste.

— Estou falando de coisas como a mudança climática e o controle de armas — responde Connor. — Ele tem uma posição muito mais progressista com relação a armas, e você tem o que eu chamaria de uma posição radical sobre a mudança climática.

— Uau, você não deveria começar com algo mais fácil? Perguntar se tenho alguém especial na minha vida ou se tenho tatuagens?

Connor ri.

— Você tem tatuagens?

— Tenho. Uma.

— Aposto que as mulheres ali querem saber onde é.

— Não se esqueça dos homens.

— Qual é a tatuagem? Se não se importa.

— Não, na verdade é melhor do que a primeira pergunta.

A plateia ri de novo, e Maxim olha para ela, piscando como se soubessem de uma piada ou compartilhassem um segredo.

— Uma tatuagem — responde. — A palavra *endurance*, que significa "resistência", em homenagem ao meu navio expedicionário favorito.

— Você tem um navio expedicionário favorito?

— Não é tão legal quanto você achou, não é?

Connor espera a risada da plateia morrer, olha para o cartãozinho na mão e retorna.

— Não pense que estou te deixando escapar da primeira pergunta, mas *tem* alguma mulher especial na sua vida?

Fico tensa no assento, segurando tão forte minha xícara de porcelana que ela corre o risco de quebrar.

Maxim mordisca o lábio inferior por instante e depois sorri.

— Quando tiver, você vai ser o primeiro a saber, Connor.

Solto a respiração, aparentemente mais alto do que pensei, porque Glenn desvia o olhar da TV para meu rosto.

— Você tá bem?

— Eu? — Franzo a testa, tipo "por que você está me perguntando isso?". — Claro. Esse chocolate quente só... está quente.

Por isso se chama chocolate quente.

— Bem, agora que já falamos disso — diz Connor —, vamos voltar à pergunta original.

— Você é persistente, não é?

Maxim desliza pelo banco mais ou menos um centímetro e cruza os braços bem definidos, abrindo as pernas um pouco. É um sutil movimento de poder masculino, ostentando calma e conforto. Ele não se sente ameaçado.

— Como concilia as diferenças de opinião que tem com o seu irmão?

— Acho que uma pergunta melhor é: por que você quer que eu concilie? — rebate Maxim, ainda sorrindo. — Sou como qualquer outro eleitor americano. Olho para as escolhas que me dão e decido em quem confiar para tornar o mundo melhor. É inevitável haver alguns assuntos em que vou querer que meu candidato fizesse mais a respeito e algumas leis com as quais não concordo completamente, mas acredito que ele é a melhor pessoa para o cargo. Se eu não acreditasse nisso, não votaria nele, ponto-final. Os jantares em família ficariam estranhos, mas ei...

— Falando em família... — continua Connor . — Seu pai também deu uma entrevista recentemente.

Sinto tensão em Maxim — um leve estreitamento no canto dos olhos e um aperto na boca. Um observador qualquer não notaria, mas não sou uma pessoa qualquer quando se trata deste homem. Nunca fui. Owen deve ter percebido também, porque seu sorriso some enquanto espera o que vem a seguir.

— Perguntaram quem ele via como a mente de negócios mais influente da última década — diz Connor. — Sabe o que ele respondeu?

— Hum, eu poderia chutar — fala Maxim —, ou você pode simplesmente me dizer.

— Você.

Maxim ergue as sobrancelhas e assente.

— Uau. É um baita elogio.

Ele soa completamente inabalado, mas há um lampejo de reação, uma prudência em seus olhos verdes que não condiz com a postura indolente.

— Você e seu pai têm estado em conflito há um tempo — pressiona Connor. — Como caracterizaria sua relação?

— Como a de qualquer outra família — responde Maxim. — Nem sempre concordamos e deixamos as diferenças falarem mais alto algumas vezes, mas, no final das contas, ainda somos família. Como a sua ou de qualquer outra pessoa, só que as nossas divergências acontecem na frente de todo mundo.

— Ele vai viajar com você e Owen durante a campanha?

— Ele é um homem muito ocupado, mas sabe que Owen tem a força de caráter pra liderar o país. Ele vai saber como apoiá-lo da melhor forma possível.

— Boa resposta — murmura Owen, olhando para mim. — Ele não ligou meu pai à campanha, mas não fez parecer que há algum problema.

— Ótima resposta — concordo.

— Bem, também existe uma dinâmica interessante entre seu pai e a coordenadora de campanha do seu irmão — comenta Connor, sorrindo.

Prendo a respiração, e Owen aperta os olhos para a TV, sem olhar para mim.

— Que dinâmica é essa? — pergunta Maxim, tranquilo.

— Eles se odeiam.

— Nossa, Connor, você faz a gente parecer uma novela ruim.

— Não, uma boa. Como *Dallas* ou *Dinastia*.

A plateia ri, e Maxim também, apesar do olhar alerta em seu rosto.

— Tá bom, tá bom, chega de coisa difícil — diz Connor. — Deixe eu perguntar o que todo mundo quer saber.

Com as perguntas mais difíceis fora do caminho, Connor muda para assuntos mais leves e, no fim, Maxim deixa a plateia reflexiva, sorridente e praticamente extasiada.

— Ele nasceu para isso — afirma Owen quando a entrevista acaba. — Quem sabe um dia eu o convença a concorrer à presidência.

Quase engasgo com o marshmallow.

— É a pior ideia que já ouvi.

— Concordo — diz Glenn. — Os candidatos têm que ser muito disciplinados.

— Você está enganado se acha que tudo o que Max revelou hoje não foi intencional — responde Owen, sorrindo. — Lennix, fico surpreso por você achar que ele não deve entrar na política.

— Acho que ele assumiu a posição certa nesse mundo. Um forasteiro que faz as pessoas comuns confiarem nele, mas que também é influente o bastante para políticos quererem usá-lo. O melhor dos dois mundos. Acho que confiam nele *porque* ele não é político.

— Nossa, valeu — murmura Owen em um tom irônico.

— Você entendeu o que eu quis dizer — respondo, rindo. — É melhor que ele fique de fora.

Não acrescento, claro, que Maxim na política seria um pesadelo na nossa vida pessoal.

Depois do programa, Millie vai para a cama, mas Glenn, Owen e eu passamos mais uma hora trabalhando no discurso. Quando terminamos, estou exausta e mal consigo enxergar direito no caminho de volta para a casa. Estou entrando no apartamento quando Maxim liga.

— Oi — diz ele, com a voz baixa e tranquila.

— Oi pra você, sr. Entrevistado.

— Fiz Kimba prometer que essa foi a última. Tenho coisas melhor pra fazer do que responder perguntas frívolas de programas de entrevista.

— Não é perda de tempo. O relacionamento que você está construindo com o público vai ser uma mão na roda mais tarde quando Owen precisar que você fale no nome dele.

— Se está dizendo. Estou com saudade.

A mudança abrupta da campanha para o pessoal me abala por um instante.

— Ah, sim. Eu também.

— Foi fofo no começo — responde Maxim, irônico —, mas acho que *também* não transmite adequadamente o quanto você deveria estar com saudade.

— Como eu deveria transmitir de forma adequada? — pergunto, brincando. Jogo a bolsa no chão e me estico no sofá.

— Uma foto dos seus peitos seria um bom começo.

— Não aprendemos nada com as fotos vazadas do congressista Anthony Weiner? Uma foto de pau é pra sempre, então imagine a meia-vida de uma foto de peito.

— Tem razão — diz ele, sóbrio. — Então... vídeo?

— Doutor. — Rio, chutando os sapatos e esticando os dedos doloridos. — São só seios. Nada de mais.

— Quieta! Eles vão te ouvir.

— Meu Deus, não me faz rir. A cozinheira do Owen fez carne de panela hoje, e comi carne demais. E, antes que pergunte, não, não chequei se era carne "sem desmatamento".

— Bem, que decepcionante. Por que jantou na casa do Owen?

— Estávamos trabalhando no discurso para aquela arrecadação de fundos amanhã em Baltimore. Vi sua entrevista com ele, Millie e Glenn.

— Ahh. O bom e velho Glenn. Acho que ele não é meu fã.

— Não, com certeza ele é — respondo.

Também não acho que seja, mas não podemos ter tensão entre duas figuras-chave da campanha.

— Ouviu o que Connor disse do meu pai?

— Sobre você ser a maior mente de negócios? — pergunto, mantendo a voz neutra.

— Não sei por que ele disse isso.

— Ele acredita nisso, claro. Ele tem razão. Você é.

Maxim só grunhe para meu elogio.

— Meu pai sabia que eu ficaria sabendo, então está me dizendo algo, mas não sei ainda o quê.

— Talvez esteja pronto para consertar as coisas entre vocês dois.

Tento manter a voz equilibrada, mas só de pensar em ver Warren Cade com regularidade, se ele e Maxim se reconciliarem, aquela carne de panela quase volta pela boca.

— Depois de todos esses anos? — questiona Maxim. — Quem sabe. Às vezes é difícil lembrar o que nos separou.

O fato de ele ser um escroto?

— Mais do que tudo — digo, reprimindo meu grito interno —, eu amaria ficar no telefone falando do seu pai, mas… tenho uma vida.

Sento, pegando meus saltos pelas tiras e indo para o quarto.

— Muito engraçado. — Ele ri, sim, mas depois fica sério e declara com seriedade: — Mal posso esperar pra te ver semana que vem.

Semana que vem.

Eu o quero em casa agora. Quero chutar e gritar no chão, mas não posso. Ele cancelou a Alemanha por mim, e, na Baía Tomales, insinuou que estava disposto a me seguir o tempo todo. Não posso aceitar isso. Ele tem muito a fazer.

Logo, com um sorriso no rosto, respondo com algo que vai mantê-lo onde precisa estar:

— Eu também.

CAPÍTULO 24
LENNIX

— Talvez a gente devesse deixar a parte sobre empregos de fora — sugiro, tentando silenciosamente tomar a sopa de cebola. — O índice de pessoas empregadas saiu hoje, e subiu. Primeiro ponto para o outro lado.

— Ele não vem subindo — sussurra Millicent de volta. — Todo mundo sabe que o desemprego continua a subir. O relatório de hoje foi algo pontual, então acho que não tem problema. — Ela franze o rosto para a própria sopa. — Sopa de cebola? Sério? O cardápio desse evento é triste. — Ela toca o pão com um dedo desdenhoso. — Duro como pedra.

— Sim — respondo, distraída.

— E esse alface está murcho. Sério? Devia ser no mínimo couve.

— Millie, hum, estou tentando escutar o Owen aqui.

— Desculpa. — Seu sorriso é quase inocente. — Já escutei este discurso umas dez vezes, então sei de cor. Ele está ensaiando desde quando acordou.

— Se der tudo certo, ele sabe que vamos usá-lo umas cem vezes de alguma forma ou de outra entre hoje e novembro.

— Sei que é tentador viver no passado — diz Owen do palco, elegante no seu terno, com a mecha rebelde de cabelo loiro se afastando do resto, assim como a do irmão.

— Mas ainda temos o futuro — cochicha Millie para terminar a frase, piscando para mim. — E ainda temos uns aos outros.

Sorrio para ela e, discretamente, tiro o celular da bolsa-carteira para anotar as coisas que quero comentar com Owen mais tarde. Uma notificação de mensagem capta minha atenção antes de eu começar a anotar.

King: Você está linda hoje.

Mudei seu contato para King só por precaução. Coloco o celular sob a mesa para manter a resposta discreta.

Eu: Você não sabe como estou.
King: É mesmo?

Ele envia uma foto minha com Owen no bar conversando com um empresário de Baltimore que sempre apoia a campanha. Meu cabelo está num coque, e meu vestido vermelho de festa parece que foi costurado em mim. O batom vermelho *matte* se estica com meu sorriso.

Eu: Como conseguiu isso? Espiões? Concordamos que não haveria mais seguranças. Já é ruim o bastante você ter me dado uma joia pra rastrear cada passo meu.
King: Nada de seguranças. Minha cunhada.

Eu me viro para resmungar com Millie, mas agora ela está focada no discurso e no marido, com o olhar cheio de respeito e adoração. Vou brincar com ela sobre a foto mais tarde.

King: Acabei aqui em Palo Alto mais cedo do que o esperado. Já estou no avião voltando para casa e para você.

Meu coração começa a bater três vezes mais rápido numa melodia meio obscena. Vamos chegar em casa em uma hora, e vou poder dormir nos braços de Maxim esta noite.

Eu: Ah! Não se esqueça de usar a porta dos fundos.

Comecei a pegar mais pesado com a discrição. Sermos vistos na mesma área pode ser explicado com facilidade, mas algumas fotos tiradas dele saindo e entrando regularmente no meu prédio seriam um problema, ainda mais depois dessa turnê midiática de boa vontade ter aumentado sua visibilidade. Ele não ficou feliz com a nova regra de "entrada por trás", mas pelo menos ela criou algumas boas piadas com sexo anal.

King: Desde que eu tenha acesso à "porta dos fundos" que falamos.

Eu: Hum... podemos negociar. Então o que mudou? Achei que fosse ficar lá até semana que vem.

King: Pedi a Jin Lei pra adiantar algumas reuniões para eu poder aproveitar você em DC por alguns dias.

Eu: Meu Senhor! Ela deve achar que vou arruinar seus negócios.

King: Ela deve achar que sua boceta é de ouro.

Eu: Não acredito que você disso isso.

King: Ela não está errada...

Não sei ainda se quero bater nele ou trepar com ele depois desse último comentário, mas não tenho tempo para responder, porque todo mundo se levanta e aplaude enquanto Owen sai do palco.

— Vamos sair daqui o mais rápido possível — afirma Millie pelo canto da boca. — Owen está com o carro dele, então não precisamos esperar.

Owen está notavelmente acessível, tirando "uma última" foto ou respondendo só mais uma pergunta. Millicent e eu viemos juntas, já que Owen chegou direto de uma reunião de comitê e nos encontrou aqui.

— Eu deveria falar de algumas coisas com ele no caminho para casa — digo —, mas ele parece tão cansado quanto eu. Talvez possa esperar até de manhã.

— A babá ficou com Darcy e Elijah o dia todo. — Millicent olha para seu relógio. — Eu gostaria de mandá-la pra casa.

— Eu topo uma saída rápida. — Olho para o celular, para a última mensagem de Maxim, antes de enfiá-lo de volta na bolsa. — Quanto mais rápido, melhor.

Owen está escutando com atenção uma mulher mais velha perguntar sobre o futuro da previdência social quando Millie se aproxima.

— Desculpe interromper — diz ela, sorrindo com gentileza para a mulher. — Mas vou indo para casa, Owen, por causa das crianças.

— Claro — responde Owen. — Você ainda precisa conversar, Lennix?

— Acho que não — digo. — Meu carro está na sua casa também, então vou pegar uma carona com Millie. A gente pode conversar amanhã.

— Ótimo. Descanse um pouco — me aconselha Owen, antes de voltar a olhar para Millie. — Você vai com o Kevin, e eu fico com o Bob. Estarei logo atrás de você.

Ela se estica para beijar sua bochecha e dá um sorriso de despedida para a mulher, e vamos na direção do carro.

— Agora podemos falar do seu namoro secreto com meu cunhado — diz Millie.

Olho ao redor para ver quem está por perto.

— Hum, sim, e quem sabe a gente pode debater os detalhezinhos do que significa *secreto*.

Ela sorri, passa o braço pelo meu e anda até a entrada privativa nos fundos do clube onde a arrecadação está acontecendo. Um grupo de manobristas de jaqueta vermelha corre para trazer os carros. Bob pega as chaves do rapaz mais alto e abre a porta do SUV de Millie.

— Obrigada, Bob — diz Millie, e entra.

Sento no banco de trás, de frente para ela.

— E desde quando você é a espiã de Maxim?

— Está falando da foto que enviei pra ele? — Ela ri, esticando a mão para o minifrigobar entre nós, tirando uma cerveja Peroni e me oferecendo uma. — O vinho de hoje parecia água suja. Quem organizou o cardápio? Para nossa sorte, Owen sempre deixa essas aqui para mim.

Nunca achei que Millie fosse uma mulher que gosta de cerveja, mas é onde costumamos errar, ao achar que conhecemos as pessoas. Balanço a cabeça para recusar quando o carro sai do meio-fio.

— Foi só uma brincadeira — responde ela com um sorriso brincalhão. — Vocês tão doidinhos um pelo outro, não é?

— Olha, sei que são próximos, mas preciso manter isso em segredo e longe da campanha. Não quero que as pessoas pensem que consegui o trabalho porque durmo com o irmãozinho do candidato.

Ela ri e dá um gole na cerveja.

— Acho que alguém só pensa em Maxim como o "irmãozinho" quando Owen os lembra disso.

— Maxim não tem nada de "inho".

— É grande, é? — indaga Millie, com malícia.

— Não vou falar disso, *sra. Cade.*

Puxo um fecho imaginário nos meus lábios contorcidos.

— Só vou dizer — continua Millie, me dando uma piscadela — que é de família.

Nossa risada obscena é tão alta que checo se a divisória de privacidade está erguida mesmo.

— Olha só! — exclama Millie, ao olhar pela janela do SUV. — O senador Cade conseguiu sair de uma conversa em tempo recorde. Eu devia ter esperado um pouquinho mais. Queria muito vir junto com ele pra casa.

Eu olho também, e vejo que o SUV de Owen já está atrás de nós.

— No próximo semáforo — sugiro, sentindo-me leve e feliz pela sinceridade do amor deles —, você pode sair e ir pro carro dele. Vou ficar bem sozinha.

— Tem certeza?

— Claro.

Já estou pensando em ligar para Maxim assim que Millie sair. Nós duas espiamos pela janela. Eles ficaram presos num semáforo e estão um pouco atrás, mas ainda é uma distância curta se Millie quiser fazer isso.

Ela me dá um olhar conspiratório quando paramos no próximo sinal.

— Acho que vou lá.

— A gente devia avisar o Bob antes.

Desço a divisória para falar do plano de Millie, que ele deve desaprovar.

— Ei, Bob. Millie vai...

Mas as palavras, o som da minha voz e cada pensamento são absorvidos por um estrondo de chacoalhar os ossos que sacode o carro. Um som retumbante e horrível que ressoa um gongo na minha cabeça e preenche meus ouvidos, bloqueando todos os outros barulhos até o berro torturado de Millie perfurar a parede de isolamento acústico. Ergo a cabeça, atordoada, e vejo pelo vidro traseiro chamas raivosas e brilhantes devorando o carro atrás de nós.

— Owen! — Millie se joga às pressas na porta. — Não! Ah, meu Deus, Owen!

— Millie!

Tento pegar seu braço, mas ela desvia do aperto e abre a porta. Ela sai do carro e dispara em direção ao veículo incendiando. Corro atrás dela e só a alcanço quando seus saltos viram e ela cai. Eu a seguro por trás, envolvendo sua cintura com os braços.

— Millie, não pode fazer isso — digo, com lágrimas queimando rastros úmidos por meu rosto.

Ela se solta e manca até o veículo em chamas, mas Bob passa por mim e a pega de novo. Seus braços são como moinhos, lutando com um inimigo invisível. Mesmo com os braços fortes na sua cintura, ela ainda se estende até a destruição, até o marido, com as mãos esticadas e trêmulas.

— Owen — geme, com a voz entrecortada e se desfazendo. — Não. Ah, meu Deus, não. Owen.

A mulher vibrante e linda que riu comigo há apenas alguns minutos se foi. Essa é apenas uma casca soluçando, partida, e meu coração dói ao saber que aquela outra mulher está sendo consumida pelas chamas. Owen se foi, e ela também.

Estamos num dos momentos horríveis da vida em que a sua respiração é como um limbo, marcando o momento entre o antes e o depois de uma tragédia, pontuando que nada nunca mais será o mesmo.

CAPÍTULO 25
MAXIM

Meu pai e eu não nos falamos desde o Natal, quando o avisei para deixar Lennix em paz, então fico surpreso quando seu nome aparece no meu celular. Na hora, penso no elogio que ele "plantou" na mídia e me pergunto do que isso se trata. Estou recostado, descansando no voo para casa, mas me sento para aceitar a ligação.

— Pai. — Não estou fazendo uma pergunta nem oferecendo um cumprimento. Apenas atendendo a ligação.

— Maxim. — Por um momento, é apenas meu nome, mas dito numa voz que nunca ouvi do meu pai. Destruída. Irregular. *Perdida*.

— O que houve? É a mãe?

— Não, sua mãe… Ela está aqui comigo.

— Onde é aqui? O que está acontecendo?

— Estamos indo pra Baltimore. Houve um acidente de carro na arrecadação de fundos.

— Nix? — Seu nome sai antes de tudo e todos.

— Ela está bem, pelo que soube. É… É o Owen.

Mordo a língua, sem querer fazer a pergunta que arde na ponta dela, a pergunta pela qual o tom sóbrio do meu pai implora. E, pelo silêncio, a que ele não quer responder.

— O que tem o Owen?

— Ele se foi.

Há um choro no fundo, um animal ferido com a voz da minha mãe. O momento retrocede, desacelera, esticado pela sua dor, como uma nota arrastada uma oitava a mais por pura angústia. Não me abala de uma vez, o impacto do que meu pai disse. Não como um tijolo ou uma rocha, algo pesado e esmagador num golpe só. É um aguaceiro de pedras, se alojando na minha carne uma por uma, a cada segundo agonizante, até eu estar coberto. Não consigo me mexer. Não consigo falar. A única coisa que funciona em mim é a dor.

— Maxim? — Meu pai me chama, com um traço do seu típico tom de comando. — Você me ouviu?

— Se foi — digo, tonto. — Vo... você disse que Owen se foi... Meu Deus.

No assento, me curvo e afasto o celular da orelha, deixando-o cair. Não consigo me achar num mundo em que meu irmão não existe. Nunca estive aqui antes. A dor é um tornado, que acelera, revirando tudo que eu sabia sobre dor. Não há ponto de referência para isso. A realidade com a morte de Owen viaja por mim, a quilômetros por segundo, e não resta nada.

— Maxim. — Escuto meu pai falar de novo, um eco distante. — Filho, fale comigo.

Sem abrir os olhos, apalpo o chão até achar o celular e levá-lo ao ouvido.

— Estou aqui. — Não é minha voz, crivada de soluços, mas está saindo do meu corpo. — Estou... Estou tentando... Merda.

As palavras me abandonam, e fico sentado em silêncio por um instante com meu pai, e, quando ele fala, sua voz está rouca, a emoção a quebra, e diz as palavras que com frequência quis ouvir, mas não desse jeito. Nunca desse jeito.

— Filho, só venha pra casa.

CAPÍTULO 26
LENNIX

Não há lugar mais frio do que uma sala de espera quando a espera acabou.

Quando a esperança apagou a luz. A respiração presa é liberada em forma de lágrimas. O fim da fé. Tudo isso se reúne numa sala de espera quando a morte veio e foi embora.

Millie está sentada no sofá feio e impessoal do hospital, de olhos secos e perdida no próprio apocalipse. Isto é o fim do mundo como ela o conhece. Estou a centímetros de distância na corrente de ar da sua onda de dor, sentindo o choque e ainda vendo o veículo em chamas que levou seu marido. Meu amigo. O irmão de Maxim.

Ah, meu Deus, Maxim.

A polícia puxou Bob e eu para um interrogatório, para reconstruir a linha do tempo da melhor forma possível. Com toda a comoção, deixei minha bolsa e o celular no SUV. Não consegui ligar para Maxim, e preciso ouvir sua voz. Quero consolá-lo, mas também… *preciso dele.* Nada me acalma como estar em seus braços, e estou entrando em curto-circuito por causa do quão perto cheguei da morte… de novo.

Era para eu estar no carro com Owen.

Se não tivesse pegado carona com Millie, eu *estaria.*

Será que a morte está me caçando?

Não tive tempo de processar as implicações do que poderia ter acontecido comigo porque estou destruída demais pelo que realmente aconteceu com Owen; sua família, sofrendo essa perda incomensurável. E então penso no país, na esperança e na empolgação que Owen inspirou. Jovens querendo votar pela primeira vez, eleitores mais velhos que perderam a fé na política, ansiosos e imaginando se talvez desta vez...

É difícil separar as coisas agora. Preciso lembrar que sou uma amiga, mas que também coordeno a campanha política mais observada do país. Kimba e nossa equipe estão no escuro por enquanto. Preciso ligar para ela, mas primeiro *tenho* que ligar para Maxim.

Olho para a mulher sentada na minha frente, com um braço magro nos ombros de Millie. Salina Pérez, sua melhor amiga, mora no subúrbio de Virginia nos arredores de DC e foi a primeira pessoa para quem Millie ligou. Ela chegou há meia hora num vislumbre de caxemira e perfume Dior, trazendo um certo nível de calma e conforto para a sala de espera.

— Hum, posso pegar seu celular emprestado? — pergunto, baixinho, acenando com a cabeça para o celular no seu colo. — Acho que deixei o meu... — Parece errado até me referir à cena, àquele momento que Millie e eu testemunhamos.

— Claro. — Seus olhos escuros e gentis estão levemente inchados e vermelhos, o que não deprecia sua beleza sombria. Ela me entrega o telefone. — Tenho certeza de que você tem que cuidar de muitas coisas. Fico com Mill até a família chegar.

Pego o celular, me levanto, mas então hesito.

— Volto já, Millie.

O olhar vago de Millie se vira para mim, e um sorrisinho estranho curva seus lábios com marcas de mordida.

— Fico repassando aquele maldito discurso na minha cabeça — diz ela, como se eu não tivesse falado. — Ainda temos o futuro, e ainda temos uns aos outros. — Ela assente, e uma lágrima solitária escorre por sua bochecha, descendo até o canto da sua boca. — É uma boa fala. Um bom discurso.

Fico em pé, desamparada. O choque, o luto e este vestido apertado fazem com que seja difícil respirar e me mexer. Não sei o que responder, como agir neste universo alternativo. Na noite passada, Millie estava aninhada com Owen no sofá, roubando beijos e dividindo uma xícara de chocolate quente com marshmallows. Agora, partes dele tinham sido explodidas, incineradas. Uma morte tão violenta que não consigo nem contemplá-la, muito menos seguir em frente.

Depois de alguns segundos de silêncio e mais algumas lágrimas, Salina aperta meu braço, e eu assinto.

— Volto já.

Vou até a esquina e me apoio na parede, me dando um momento para sentir a perda de Owen. Sentir que meu amigo se foi. Sentir a perda da minha própria esperança do que ele podia ter significado para este país — as possibilidades que ele representava para mim e para tantos outros. Sufoco um som gutural e, com o celular igual a uma placa de mármore na mão, seco as lágrimas, pigarreio e ligo para Maxim.

Quero jogar o celular na parede quando ele só toca. Não tem mensagem, só um bipe. Desligo, completamente despreparada para falar no vácuo de uma linha vazia. Preciso de sua *voz*. Preciso *dele*.

Deixo para tentar de novo mais tarde e ligo para Kimba em seguida.

— Alô? — Há um fio de pânico incomum na voz dela. Essa mulher ficaria calma diante de um exército de zumbis armada só com uma escova de dentes, mas parece estar se desfazendo. Reconheço esse som.

— Kimba.

— Graças a Deus — diz ela, com a voz falhando. — Atende a merda do celular, Lenn. Achei que… não sabíamos… Onde é que você está? Estava preocupada com você, e a imprensa está no meu cangote.

— Desculpe.

— O que tá acontecendo? Há relatos de alguma explosão depois da arrecadação, mas o lugar está interditado. A imprensa não pode entrar, só que há boatos de que… você está bem? Owen? Millicent?

— Sim. Não. — Fecho os olhos, soltando um suspiro doloroso. — Millie e eu estamos bem. É o Owen.

— Ah, meu Deus.

— Uma bomba no carro. Houve uma explosão. Millie e eu estávamos no carro dela, e Owen...

— O que tem Owen? — A pergunta se ergue no final, pairando, esperando.

— Kimba, ele não sobreviveu.

Seu silêncio do outro lado da linha é um ponto, marcando nossa nova realidade e lamentando o que perdemos.

— Não... Ah, meu Deus, Lennix.

Deslizo pela parede, me sentando no chão e puxando os joelhos enquanto choramos juntas, uma sinfonia de fungadas, soluços e lágrimas.

— Merda. — Ela assoa o nariz, e já ouço a mudança necessária em sua voz, sinto sua famosa vontade de ferro. — Certo. O que falamos pra imprensa? Qual o plano?

— Acho que não *podemos* fazer planos sem consultar a família. Maxim e os pais estão a caminho.

— Maxim. Como ele está?

— Eu nem consegui falar...

Uma sombra recai sobre mim no corredor estreito. Ergo o olhar e encontro Maxim de pé ali, com o verde dos olhos engolido por uma dor tão sombria que quase não dá para vê-lo.

— Daqui a pouco eu te ligo — digo sem desviar os olhos dos dele, mesmo que machuque vê-lo se afogando em uma agonia assim. — Maxim chegou.

CAPÍTULO 27
MAXIM

Eu não sabia o quanto precisava ver Lennix até virar o corredor e encontrá-la ali, usando a noite toda como um manto pesado caído sobre seus ombros e as linhas de tensão ao redor da boca. Seus olhos encaram os meus, e respiro, sem perceber o quanto eu estava quase sem oxigênio desde que meu pai ligou. Ela é meu ar, e nem a espero se levantar, abaixo os braços e a ergo no colo. Fecho os cotovelos sob sua bunda, saboreando seu calor, o toque leve de sua respiração na base do meu pescoço.

Apoiado na parede com ela grudada em mim assim, não me importo com quem passa ou com o que pensam. Sem isso, sem *ela*, não vou dar outro passo. Cada momento em que a seguro me devolve a vida.

De início, não percebo de onde o som está vindo. O barulho angustiante, lamuriante de choro. É o conforto dos dedos de Lennix passando pelo meu pescoço e deslizando no meu cabelo. É o "shh" sibilante e tranquilizador no meu ouvido que me avisa que sou *eu* quem está fazendo os sons. Sou eu tremendo em seus braços mesmo que, agora, erguida contra mim, seus pés nem toquem o chão.

— Eu lamento tanto — sussurra, com seu próprio luto e dor umedecendo o colarinho da minha camisa em que ela se aconchega. — Eu te amo tanto.

Absorvo suas palavras com uma respiração profunda e deslizo pela parede para o mesmo lugar no chão em que a encontrei. Ela senta no meu colo e afasta meu cabelo do rosto. Lennix me encara, seus olhos azul-água são uma torrente de lágrimas brilhantes e tempestuosas.

Eu a puxo para meu peito de novo, precisando compulsivamente sentir seu coração batendo no meu. Mesmo que meu pai tenha dito que ela estava bem. Mesmo que eu já tenha visto Millie, segura, devastada e desolada, na sala de espera, precisava ver Lennix com meus próprios olhos. E agora não consigo deixá-la ir. Ela está pequena e maleável no meu peito, mas é meu porto seguro numa tempestade.

Ela se afasta.

— Não — murmuro com um balançar rápido da cabeça dolorida, apertando os braços ao seu redor. — Não solte.

Ela assente, as mechas frias e caídas do cabelo tocando meu pescoço.

— Quando meu pai contou que tinha acontecido um acidente na arrecadação, você foi a primeira pessoa em quem pensei. Eu poderia ter perdido vocês dois hoje.

— Não perdeu.

— Mas o Owen... — Minha voz se desfaz.

Algo *dentro* de mim se parte, e minhas emoções ficam descontroladas, uma anarquia de alívio por Lennix, de luto por Owen, raiva de quem causou essa tragédia. Se eu tivesse perdido os dois, estaria vivendo na escuridão. Lennix parece ser meu único ponto de luz, e ainda assim não consigo enxergar.

— Maxim.

Meu pai paira sobre nós e me assusta. Seu olhar desolado se move entre mim e Lennix com uma espécie de resignação impassível.

— Pai — respondo, com a voz tão forte quanto se pode esperar de uma garganta rasgada por uma vida inteira de pesar que juntei nas últimas duas horas.

— O legista está pronto pra falar com a família. — Ele olha para Lennix e depois desvia o olhar, com a boca numa linha dura.

— Vai lá — diz ela, baixinho, erguendo cílios úmidos e pontiagudos para capturar meus olhos. — Preciso ligar de volta pra Kimba. Você pode me avisar o que a gente devia... hum, dizer pra imprensa? A cena foi interditada, mas há boatos circulando. Não quero que a gente diga nada que sua família não queira.

A realidade de seguir em frente com a logística me esmaga. A imprensa vai fazer um teatro com a dor real da minha família. Owen será "o senador", "o candidato" nas notícias matinais e em todos os jornais, só que, para minha mãe, com tanta dor que precisou ser sedada, ele é "o filho". Para Millicent, de olhos mortos, devastada, ele era "o marido" — o amor de sua vida. Para os gêmeos, ele era "o pai".

Para mim, ele é o irmão mais velho para quem nunca falei "eu te amo" o bastante. Não expressei o quanto o admirava, não por causa das leis que passou ou por qualquer uma das coisas que os jornalistas vão celebrar. Eu o admirava pelo jeito que amava a esposa e os filhos. Por conseguir ser um homem bom que se importava de verdade com os outros quando poderia ter sido um babaca arrogante que se importava apenas consigo mesmo.

Assinto e baixo a cabeça para beijar a têmpora de Lennix.

— Eu te aviso.

— Obrigada.

Ela sai do meu colo e, no vestido de festa justo, será difícil levantar com dignidade. Sei que está consciente da presença de meu pai, então levanto e a puxo. Ela me lança um olhar agradecido e então se move para olhar meu pai.

— Lamento muito, sr. Cade — declara, baixinho, um pouco tensa. — Owen era um dos melhores homens que já conheci. — Seus olhos se suavizam, e os ombros perdem um pouco da tensão. — De verdade.

— Obrigado — responde ele, com o tom abrupto, mas não rude ou cruel. Ele aponta com a cabeça para a sala de espera. — O legista está esperando, filho.

Ela segura o celular no peito, e sei que sua mente rápida já foi para a equipe, para a imprensa e para toda aquela bobagem com a qual não me importo agora, mas que precisa ser feita. Eu a deixo a cargo disso e sigo meu pai para a nova realidade horripilante que nenhum de nós pode ignorar.

CAPÍTULO 28
LENNIX

Sempre evitei funerais. Eu imaginava que ficaria à parte o tempo inteiro pensando que a família pelo menos tinha "sorte" de ter uma despedida formal. Por saber o que era o fim e ter um senso de encerramento, diferente da minha família.

Isso não era sorte.

Millie sentada entre os gêmeos na primeira fileira diante de um caixão que nem pôde ser aberto porque o marido está desfigurado e queimado demais — não é sorte.

Salina está ao lado de Darcy, penteando o cabelo dela com a mão e pressionando a cabeça da garotinha no seu ombro. Eles a chamam de "Tia Sal". Tenho certeza de que, se a campanha tivesse avançado, nós teríamos tido mais contato. Ela parece profundamente envolvida na vida da família. Ao que parece, era conselheira legal para uma das empresas de Warren antes de abrir a própria firma de advocacia especializada em leis imigratórias. Sentada entre Darcy e Maxim, ela se encaixa bem, e não consigo deixar de pensar que é exatamente o tipo de mulher que Warren escolheria para o filho.

— Tem certeza de que não quer sentar com Maxim? — cochicha Kimba quando nos acomodamos nos bancos no fundo.

— Eu não queria que fosse estranho. O pai dele tem o direito de ficar de luto com a família sem a tensão adicional do nosso… passado.

— E já que ninguém sabe de você e Maxim, a imprensa pode se agarrar nisso e criar mais drama.

— Exatamente. Drama de que eles não precisam. Nem a gente.

A imprensa tem alimentado constantemente o apetite voraz do público por cada detalhe disponível do assassinato de Owen, como têm chamado. Toda vez que ouço a palavra, quero vomitar. Mal tive tempo de processar o que aconteceu, porque ficamos respondendo a pedidos e pensando no que fazer pela nossa equipe. Faz uma semana, e o choque da morte de Owen reverberou por todo o país — pelo mundo, na verdade. É impossível ligar a televisão, ou o rádio, ou passar por uma banca de jornal sem ver isso. A promessa da campanha de Owen tinha conquistado muita atenção e cobertura internacional, mesmo no estágio inicial. Não é todo dia que o filho de um dos homens mais poderosos do mundo concorre ao cargo mais poderoso do mundo.

Owen se foi.

Não tem nada que eu possa fazer para resolver isso. Nenhum recurso que possa usar. Ninguém que eu possa persuadir ou uma situação que possa consertar as coisas.

Não entendo. Fui incapaz de prever isso. Nunca perdi um candidato. Não só um candidato, mas um amigo. Nem faz tanto tempo que ele veio pedir nossa ajuda, e eu presumi que era só mais um branco privilegiado esperando que o melhor de tudo fosse entregue a ele de bandeja.

Só que ele não era assim. Era muito mais, tão diferente, e meu coração se abriu para ele de um jeito que nunca imaginei. Owen teria mudado o mundo, aquele conceito elusivo unido pelos últimos resquícios de idealismo e esperança. Teria conquistado isso. E não tenho ideia de por que agora nunca vai ter essa chance. Com toda a tecnologia ao nosso dispor, todas as câmeras de segurança, guardas, precauções e protocolos, não temos nenhuma pista de quem assassinou Owen. Como isso é possível?

Com a partida de Owen, nossa equipe está sem trabalho. Tecnicamente, Kimba e eu não, mas a maioria trabalha por contrato em campanhas. Eles têm família, hipotecas e vidas para bancar. Em geral, temos algumas eleições acontecendo ao mesmo tempo, ainda mais as municipais, como a de Susan, em Denver, mas nunca coordenamos uma campanha presidencial. Ela demandou todos os nossos recursos. Podemos manter alguns dos nossos funcionários por mais um tempo, mas as pessoas já começaram a aceitar outras ofertas, já que estamos bem cedo no ciclo de campanhas, praticamente um ano antes da convenção democrata em Iowa. Bastante tempo para conseguir outro trabalho.

Minha mente está dividida há dias, sincronizada na realidade amarga da morte de Owen, mas também coordenando suas consequências. Maxim e eu quase não tivemos tempo juntos. Ele tem sido uma rocha para Millie, os gêmeos e a mãe.

Sou o favorito da minha mãe.

Owen disse isso, mas os dois pais parecem devastados.

A sra. Cade está sentada na primeira fileira, entre a figura intimidante do filho de um lado e a do marido do outro. Conheço Warren Cade há tanto tempo quanto conheço Maxim, desde que eu tinha 17 anos. Pela primeira vez, meu coração amolece pelo Cade mais velho.

Estou sentada no lado oposto da igreja, então consigo ver seu perfil. A dor agravou as linhas na sua boca e no nariz comprido, como o de Maxim. Em geral, tento ignorar as semelhanças, mas hoje é impossível. O mesmo pesar paira sobre eles. Os dois se curvam de forma diligente para a mulher pequena entre eles, cujo luto afunda seus ombros.

O padre fecha o livro de orações, depois de ter compartilhado alguns versos de conforto, e observa a multidão. A igreja de Dallas está cheia, além da capacidade. Pessoas em luto tomam as ruas do lado de fora. Millie permitiu que o funeral fosse transmitido, então telas grandes foram colocadas em parques próximos e por todo o país. As pessoas estão se amontoando perto das TVs em casa ou encolhidas na frente do laptop. Alguns assistem no celular. A reação da nação só ressaltou o quanto Owen foi amado durante seus dez anos de serviço no Senado e a impressão que causou nos poucos meses que ficou em campanha.

— Hoje é um dia difícil para muitos — declara o padre. — Mais ainda para a família de Owen. Seu irmão, Maxim, vai compartilhar algumas palavras agora.

A ansiedade causa um frio na minha barriga. Não sabia que ele teria que fazer isso.

Maxim sobe no altar, lindo e orgulhoso, com a aparência impecável de sempre, mas eu o conheço bem. Sinto as rachaduras, os buracos na sua defesa. A única vez que o vi tão vulnerável assim foi na beira do rio na Costa Rica, e não porque tinha matado um homem, mas porque quase me perdeu. Quero cobri-lo — protegê-lo dos olhos curiosos. Eles não ganharam o direito da intimidade da dor de Maxim, mas ali está ela, para todos que estiverem olhando com atenção.

— Eu fui um irmão caçula muito ruim — diz Maxim, conseguindo moldar a linha sombria da boca em algo que parece um sorriso. — Irmãos mais velhos protegem os mais novos quando alguém implica com eles, mas eu meio que era uma criança grande e não muito legal, pra ser sincero.

Um pequeno murmúrio de diversão sutil se espalha pela multidão.

— Então ninguém mexia comigo — continua ele. — E eu devia me inspirar no meu irmão mais velho, só que, quando era criança, não me inspirava em ninguém além do meu pai.

Olho para Warren Cade, mas os traços inescrutáveis do seu rosto não registram nenhuma reação ou emoção.

— À medida que fomos crescendo, de muitas formas, nos afastamos. — Maxim abaixa o olhar e pigarreia. — Fiquei distante da minha família por muito tempo, mas Owen nunca deixou de manter contato comigo. — Ele lança um sorriso breve para Millicent, sentada na primeira fileira. — Ele me ligou na noite em que te conheceu naquela confraternização, Millie, e disse que tinha encontrado *a pessoa*. Eu ri, porque não achava possível saber disso depois de apenas uma noite, não é?

Ele estuda a multidão por um instante até me encontrar, seus olhos se conectando com os meus de um jeito quase imperceptível, mas eles enviam um disparo de reconhecimento pelo centro do meu corpo e flechas no meu coração.

— Eu não o via há meses, mas ele me quis como padrinho de casamento. Eu estava lá quando os gêmeos nasceram. — Ele encara o caixão fechado, com os olhos desfocados, como se estivesse vendo um caleidoscópio de lembranças. — Ele nunca desistiu de mim, não só como irmão, mas também como amigo.

Uma respiração profunda move seu peito, e ele continua:

— Owen foi meu modelo de como ser um marido fiel, destinar seu amor para uma mulher e então lhe mostrar todo dia que ela era digna da espera. Ele me mostrou como é acreditar nos seus filhos e querer o melhor para eles sem os pressionar ou fazê-los sentir que precisam satisfazer os padrões de outra pessoa. Ele me mostrou como realmente servir a este país, não com carisma, charme ou conversa fiada, e, sim, com o coração. Com trabalho duro em nome do povo que precisa de ajuda mais do que ele e eu jamais precisamos. — Ele engole em seco. — Você foi um ótimo irmão mais velho, Owen. Você foi um homem bom, e eu não disse isso o bastante, mas te amo, e te admiro, *sim*.

Quando ele passa o olhar pela plateia, há uma mudança em seu semblante também. Há aço no seu olhar. Seus ombros largos parecem se esticar.

— Alguém matou meu irmão e acha que acabou com a vida de Owen, mas não acabou. Não de verdade. O legado do seu serviço continua em cada pessoa que se beneficia das leis que ele aprovou. Ele mora na sua linda esposa, Millie, na minha sobrinha e no meu sobrinho, Darcy e Elijah, que conheceram seu amor e sua devoção e vão carregá-los com eles pra sempre. — Ele aperta a boca e semicerra os olhos. — Quem matou meu irmão acha que deveríamos ficar com medo. Não estou com medo. Não fiquem com medo também. Sabe o que me assusta? Cinismo. Apatia. Qualquer coisa que convença as pessoas a se acomodarem, a desistirem. A ideia de que o povo desistiria de mudar este mundo por causa da covardia cruel de uma pessoa me deixa de sangue quente. Eu teria desistido do sistema, do jeito que as coisas funcionam, há muito tempo se não fosse por Owen. Ele renovou minha fé no processo pelo qual mudamos as coisas neste país.

Maxim agarra o púlpito com tanta força que a mão chega a ficar branca.

— Robert Kennedy disse: "Há sempre pessoas, em todo lugar, que desejam impedir que a história aconteça. Elas temem o futuro, desconfiam do presente e invocam a segurança de um passado confortável que, de fato, nunca existiu". Eu digo que o conforto, até a paz, são uma ilusão. Há sempre uma causa, mas poucos acreditam o bastante para lutar. Owen *acreditava*, e, se você passasse um tempo em sua companhia, ele faria com que acreditasse também. Ele tinha uma vontade de ferro secreta. Debaixo daquele charme fácil e sorriso inocente, havia um ativista duro na queda. Uma pessoa que lutava pelas coisas e pessoas com que se importava, e ele se importava com muita gente. Elas eram sua missão. *Vocês* eram sua missão. Ele estava determinado a não falhar com vocês. Se Owen o inspirou pelo menos uma vez, não falhe com ele.

Seu olhar recai sobre o caixão, e, por um instante, ele parece abalado. Aquele pesar desamparado passa por seu rosto quase rápido demais para ser detectado antes de ele firmar a boca e olhar de volta para a multidão.

— O passado está atrás de nós. O futuro é nosso. Descubram como podem mudar o mundo *agora*, e não temam. Mudem.

CAPÍTULO 29
MAXIM

Minha resposta educada aos pêsames pararam horas atrás. O conforto de desconhecidos me dá a mesma sensação de um suéter pinicante — é inquietante. Quero tirá-lo. Quem decidiu que o melhor jeito de passar a tarde após um funeral seria comendo e recebendo enlutados com boas intenções mas constrangidos devia levar um soco na cara. Esse velório é com certeza a última coisa que quero fazer.

Não venho para a casa dos meus pais há anos, e não era assim que eu me via retornando. Quando visitava minha mãe durante a última década, ficava num hotel. Tenho casas por todo o mundo, mas não aqui. Nem o Texas é grande o bastante para mim e meu pai.

Cheguei em Dallas no dia anterior para ajudar na preparação do funeral e dar um suporte para Millie e minha mãe. Elas são as que mais estão sofrendo.

— Como você está? — pergunta David. A preocupação nos olhos do meu amigo de longa data é óbvia.

— Irritado — respondo. — E pronto pra expulsar todo mundo.

— Imagino. Na verdade, nunca perdi alguém tão próximo, então *não* imagino. Dizer que eu lamento nem chega perto de resolver isso, mas lamento *de verdade*.

Assinto, grato pela sinceridade do seu desamparo. Somos amigos há tempo suficiente para não dizer palavras idiotas e inúteis quando estamos sofrendo, embora nada nunca tenha doído assim.

— Obrigado, cara.

— Falou com Grim? — David olha ao redor. — Achei que talvez ele quebrasse a regra de não ir a funerais desta vez.

— Ele está onde precisa estar, trabalhando com as autoridades para descobrir quem fez isso. Sabe que isso significa mais para mim do que aparecer de terno e gravata.

— Entendo.

Minha mãe, de pé do outro lado da sala, bebe uma taça de seu vinho preferido. A deputada conversando com ela não parece perceber os olhos vidrados ou o sorriso superficial se rachando nas beiras, mas eu percebo. Por que esperam que a família seja receptiva? Não estamos no clima de aperitivos e conversas banais na sala de jantar. Quero mostrar o dedo para o cara que pensou: *Já sei o que a gente deve fazer agora que nosso ente querido morreu. Vamos dar uma festinha.*

— Já volto — digo a David. — Preciso dar uma olhada na minha mãe.

Estou indo até ela quando um novo grupo entra na sala de jantar. Reconheço vários deles da campanha de Owen e redireciono meus passos.

— Maxim.

Viro a cabeça para a voz familiar.

— Kimba. Obrigado por vir.

Ela se aproxima e envolve os braços em mim, e eu a abraço.

— Sinto muito — diz ela com a voz chorosa. — Todos nós o amávamos.

E amavam mesmo. Desde a primeira noite que nos conhecemos na casa de Owen, uma ligação começou a se formar entre meu irmão e a equipe que Kimba e Lennix lideram. Millie solicitara as datas de seus aniversários e de casamentos para que sua secretária pudesse presenteá-los nessas ocasiões. Ela teria dado uma ótima primeira-dama. Não sei que futuro a espera, mas vou garantir que seja o que ela quiser.

Eu me afasto e analiso o grupo com Kimba.

— Cadê a Lennix?

— Ela está vindo. Havia um pessoal da imprensa do lado de fora da igreja, e eles se atiraram assim que a viram.

Controlo com rigor a frustração. Eu a quero comigo. Não tenho feito muita pressão em relação a isso. Compreendo sua hesitação. Nosso relacionamento não é público, e o funeral do meu irmão não é exatamente o melhor lugar para estrear como casal. Principalmente porque Lennix quis que meu pai atravessasse o luto sem sua presença, considerando a inimizade entre eles. Agradeço pela sensibilidade, mas preciso dela de uma maneira que não consigo nem articular. Meu corpo e meu coração me dizem a todo segundo que ela deveria estar comigo.

— Doutor.

É como se minha necessidade por Lennix a atraísse para mim. Seu cabelo está liso e comprido, uma cortina escura brilhante derramada sobre o casaco vermelho que usa, cobrindo um vestido preto de corte reto. Sua boca está vermelha e carnuda. Meus braços ficam tensos com o esforço que preciso fazer para não agarrá-la.

— Nix. — Mantenho a voz calma, mas pego sua mão e começo a me afastar. — Kimba, com licença.

Sei que fui abrupto, mas preciso ficar a sós com Lennix. Alguns minutos onde somos só nós e onde ninguém espera que eu esteja "bem", "aguentando" ou "ficando firme". Com passos comedidos mas velozes, eu a tiro da sala de jantar, passo pelo corredor até a porta fechada mais próxima, o escritório do meu pai. Assim que a porta se fecha, eu a abraço. Ela é sol no inverno, brilhante e quente no dia mais frio da minha vida. Eu me aconchego no seu calor e sua maciez. Frustrado com a camada de lã escondendo seu corpo de mim, desço o casaco por seus ombros e braços, deixando-o cair no chão ao redor dos saltos altos, e a viro para que fique apoiada na parede. Eu me pressiono nela, enterro o rosto na curva macia de seu pescoço. Ela desliza os braços ao meu redor sob o terno, e seus dedos procuram e acham a tensão nas minhas costas, massageando os músculos por cima da blusa.

— Senti saudade. — Beijo sua testa e afasto a mecha de cabelo do ombro, expondo a linha do seu maxilar e pescoço.

— Senti saudade também. — Ela segura um lado do meu rosto e analisa meus olhos. — Como você está?

— Respirando. Só isso.

— É o bastante.

Ela se estica para beijar minha bochecha, e viro a cabeça, encostando nossos lábios, brevemente, mas o suficiente para pegar fogo. Nós dois paramos, com os olhares grudados, bocas abertas, pairando num sopro compartilhado. O ataque de paixão nos pega desprevenidos na névoa do luto, mas o mesmo desejo ardente que nunca está distante quando nos tocamos é inegável. Eu a seguro pelos quadris e a puxo para tão perto que meu corpo se torna uma pergunta difícil. O dela é uma resposta suave. Um "sim" embrulhado em veludo, alinhado com cetim.

A porta é aberta, e Lennix arfa, assustada. Eu me preparo para dar de cara com meu pai, mas não é ele.

— Mãe.

Ela nos encara, Lennix pressionada entre a parede dura e meu corpo duro.

— Nos apresente, Maxim.

A voz da minha mãe está calma, sem sinal dos soluços devastadores que ouvi pelas paredes na noite passada. Dou um passo para trás, e Lennix pega o casaco do chão. Pego sua mão, levando-a até minha mãe.

— Mãe, está é Lennix Hunter. Nix, minha mãe, Tessa Cade.

— Prazer em conhecê-la, sra. Cade — diz Lennix. — Sinto muito. Todos nós o amávamos muito.

Minha mãe não responde por um segundo, inclinando a cabeça de forma questionadora, analisando o rosto de Lennix.

— Achei que você teria chifres e escamas — diz ela por fim, um sorrisinho abrindo caminho nos lábios sem cor.

— Como assim? — Lennix olha da minha mãe para mim.

— Do jeito que Warren fala de você — continua minha mãe. — Achei que você pudesse ser um dragão, mas Owen me garantiu que não era. — Ela me olha com uma sombra da sua natureza ensolarada usual. — Maxim sempre gostou de garotas bonitas e sempre foi excelente para avaliar o caráter das pessoas, então presumi que a opinião do meu marido era tendenciosa.

Não contei para minha mãe do namoro, então presumo que Owen tenha contado. Ele e minha mãe sempre conversavam sobre tudo.

Ela dá um passo à frente e estende a mão para Lennix, que aceita, com uma expressão cautelosa.

— Que bom finalmente conhecê-la — diz minha mãe. — Eu te vi no Ano-Novo de longe, mas você estava muito ocupada, e não conseguimos nos falar.

Foi há apenas três meses que Owen inaugurou sua candidatura presidencial na festa de Ano-Novo na sua casa. A noite em que Lennix voltou para mim. Nós fizemos amor no jardim, uma noite escura sob uma lua selvagem, o ar pesado com a esperança de novos começos. Parece que foi há um século.

Minha mãe desliza o olhar do meu rosto para o de Nix e depois para nossas mãos entrelaçadas. Ela ergue as sobrancelhas e um canto da boca.

— Owen me contou, mas eu não acreditei muito nele.

— Acreditou em quê? — pergunto, franzindo o rosto.

— Que você estava apaixonado — responde ela.

— Ele estava certo sobre a maioria das coisas na maior parte do tempo — digo, baixinho.

— Ou ao menos fazia você pensar que estava — comenta minha mãe, o sorriso oscilando e depois se dissolvendo por completo. — Acho que vou subir e me deitar. Os convidados...

— Eles vão ficar bem. — Solto a mão de Lennix e deslizo um braço nos ombros da minha mãe, guiando-a para a porta.

— Vá com ela, Maxim — diz Lennix, logo atrás de nós. — Ou ela vai ser parada umas dez vezes no caminho. Eu já vou embora.

— O quê? — Paro e me viro. — Por quê?

— Eu queria dar meus pêsames — responde, quase inaudível, e veste o casaco. — Podemos conversar depois.

— Quando você volta para DC?

— A maioria da equipe vai amanhã. — Ela baixa o olhar para os sapatos. — Mas eu... hum, sou flexível. Posso ficar um tempo se...

— Fique. — Não posso passar outra noite sozinho pensando em Owen dormindo do outro lado do corredor quando éramos crianças. — Eu te ligo.

Ela assente, e saímos da biblioteca, quase colidindo com meu pai no corredor. Por alguns segundos nós quatro ficamos parados no silêncio que se estende por cima do arame farpado.

— Eu devia, bem… ir — diz Lennix, olhando para minha mãe. — Foi muito bom conhecê-la, sra. Cade.

— Prazer em conhecê-la também, Lennix — responde minha mãe, pegando a mão dela e dando uma batidinha. — Espero que a próxima vez seja sob circunstâncias melhores.

— Sim. — Lennix olha para meu pai. — Senhor Cade.

— Senhorita Hunter — responde meu pai, neutro.

— Vou te acompanhar até a saída — digo, colocando a mão na base das suas costas.

— Não, tudo bem. — Ela se vira para me encarar e aponta com a cabeça para a sala de jantar. — Você ainda tem convidados.

— Eu te ligo.

Dou um selinho forte nos seus lábios, sem me importar com o que meus pais pensam, e com relutância a deixo ir.

CAPÍTULO 30
LENNIX

Maxim ligou há uma hora para dizer que estava a caminho, e meu coração tem batido como as asas de um beija-flor desde então. Não é entusiasmo. Bem, estou ansiosa para vê-lo, mas "entusiasmo" é muito alegre para essa escuridão densa em que vivemos. Há uma sobriedade em cada segundo, nenhuma fuga da nova realidade assustadora onde Owen se foi. Não é entusiasmo, e sim uma necessidade, uma mão apertando meu coração.

Estou no quarto quando ouço três batidas rápidas na porta da suíte do hotel. Meu moletom e legging não gritam exatamente *me agarre*, mas eu estava exausta depois de lidar com a imprensa, e os estágios iniciais do desmanche da campanha me drenaram. A última coisa com que Maxim vai se preocupar é com a minha aparência.

Ando apressada até a porta, mas paro com a mão na maçaneta, me dando um segundo para me acalmar. A ansiedade toma conta de mim. O *tum-tum* veloz dos meus batimentos preenche meus ouvidos, e minhas palmas estão realmente suando.

Quando abro a porta, meu coração desaba ao vê-lo. O rosto bonito de Maxim está quase exaurido. Seus olhos, torturados. Me impressionei com sua compostura durante o funeral, fazendo o discurso fúnebre sobre Owen sem desabar. E, na recepção, ele estava com a força de sempre, embora emotivo e enlutado, mas o que quer que esteja sustentando o homem diante de mim está prestes a se partir.

— Maxim. — Abro mais a porta para ele entrar. O segurança que queria me seguir na corrida está no corredor. — Ah, oi.

— Senhorita Hunter. — Ele assente, a expressão não entrega nada.

Maxim passa por mim.

— Ele vai... — Mantenho a voz baixa e inclino a cabeça para o corredor. —... ficar lá?

— Sim. Tudo bem?

— Claro. — Saio andando para pegar uma cadeira da pequena copa do hotel e a arrasto para a porta. — Pra você não ter que ficar em pé — digo, empurrando a cadeira para ele.

A surpresa lampeja por seu rosto antes de ele ocultá-la com cuidado atrás de uma linha de sobrancelhas e boca sem sorriso.

— Obrigado.

— Qual é o seu nome?

— Rick, senhorita.

Ele desliza a cadeira para o corredor e fecha a porta.

Volto a atenção para Maxim. Por fora, ele está controlado como sempre, o suéter azul-marinho grudado de um jeito adorável nos músculos esculpidos dos seus braços, costas e peito. A calça lhe cai perfeitamente bem. Seus ombros largos não estão afundados. Ele está ereto e poderoso como sempre, mas nunca vi Maxim inseguro. Ele sempre sabe o que quer, o que vem a seguir e para onde está indo. É a primeira vez que vejo sua bússola girar.

Cruzo o quarto e o envolvo em meus braços, pousando a cabeça no seu ombro.

— Como você está, doutor?

Seu peito se ergue e cai contra mim com uma inspiração profunda.

— Nada bem.

— Eu sei. — Aperto os braços ao seu redor e pestanejo, expulsando as lágrimas que pinicam meus olhos. — Sinto muito.

Ele beija minha cabeça e acaricia minhas costas. A pressão de suas mãos me dá uma sensação boa, e eu me aconchego mais, também precisando dele. Maxim se curva para espalhar beijos pelo meu rosto. Segurando minha nuca, ele arrasta os lábios para meu ouvido.

— Nix, eu... — diz, rouco. — Preciso te foder.

Prendo a respiração e começo a tremer, a ansiedade que senti antes de ele chegar crescendo e correndo por meus braços e pernas.

— Tá bom. — Assinto. — Sim.

— Não consigo explicar — diz com a voz rouca. — Só preciso te sentir, saber que...

Pressiono o dedo sobre seus lábios e coloco sua mão entre meus seios.

— Maxim, você não precisa explicar. Sou sua.

— Obrigado.

Ele pressiona a testa na minha, envolve meu pescoço e me beija com tanta vontade, a língua tão profunda e caçadora, que minha cabeça gira. Agarro sua camisa para me manter em pé.

— É demais? — pergunta, com a respiração rápida. — Você está bem?

— Estou bem. — Lambo os lábios, arfando por ar. — Mas podemos ir pra cama?

Ele assente, e eu o guio pela mão até os fundos da suíte onde fica o quarto.

— Senta. — Cutuco seu ombro de leve, e ele se senta na beira da cama. — Posso tirar sua roupa?

Ele ergue o olhar em chamas e concorda com a cabeça. Fico entre suas coxas abertas, e ele fica só um pouco mais alto do que eu quando está sentado. Puxo seu suéter pela barra. Por causa da sua última viagem de negócios, não fazemos amor há duas semanas, e ao ver seus mamilos cor de bronze e sua pele bronzeada e tensa se estendendo por uma sequência de músculos no abdômen, sinto água na boca. Fico de joelhos e traço a tatuagem pintada em sua pele. Ele *vai* resistir. Esse é o maior teste de todos e, embora seja inimaginavelmente difícil, ele vai superar.

Vamos fazer isso juntos.

Em silêncio, dou beijos leves por seus ombros e pescoço, descendo para o peito e banhando a tatuagem por segundos antes de abocanhar seu mamilo, girando a língua ao redor do bico se endurecendo.

— Lennix — diz, ofegante. — Preciso tanto de você.

Pego o outro mamilo, assumindo um ritmo agressivo e sugando até ele grunhir e xingar. Passo a mão por seu pau duro dentro da calça. Com dedos trêmulos, desafivelo seu cinto, abro o botão da calça, desço o fecho, enfiando a mão na sua cueca e segurando-o.

Ele arfa, levanta para se livrar da cueca e da calça.

— Você sabe o que eu quero — declara ele.

Assinto, abaixando a cabeça e colocando seu pau inteiro na boca até a garganta.

— Merda.

Ele empurra mais minha cabeça até eu engasgar um pouco e fica ainda mais duro na minha boca. Durante todo o tempo que o estou chupando, esfrego as mãos pelos músculos fortes de suas coxas. Solto seu pau da boca e beijo suas pernas, joelhos, me curvo para acariciar suas panturrilhas, seus pés.

— Lennix, porra. Você não precisa…

— Deixa eu fazer amor com você — sussurro.

Ele me observa com atenção, mas assente. Exploro a aspereza do cabelo em suas pernas contra minha bochecha, o pequeno sinal no quadril, a cicatriz no antebraço — a mordida de cachorro do dia em que nos conhecemos —, todas as partes bonitas e negligenciadas dele.

De pé, tiro meu casaco. Ele apoia as mãos nas minhas costas e me puxa para a frente para apanhar um mamilo com a boca, tão quente e úmido pelo sutiã. Desço o bojo do sutiã, sem tolerância para nada entre minha carne ansiosa e seus lábios. Ele chupa e morde com força, sei que vou ficar com marcas no dia seguinte, medalhas de honra íntimas. Ele puxa o cós da minha legging, deslizando-as junto com a calcinha até nós dois estarmos nus.

— Deita — ordeno com gentileza.

Ele se arrasta para cima da cama até a cabeça pousar num travesseiro. Engatinho, abrindo as coxas sobre as deles, me abrindo para ele.

— Me mostre o que você faz quando estamos longe — pede ele.

Nossos olhos se encontram enquanto meus dedos vagam para o clitóris, encontrando o botão apertado e quente aninhado entre os lábios. Esfrego círculos delicados de início, mas aumento o ritmo e a pressão enquanto a sensação se espalha pelo meu corpo. Jogo a cabeça para trás, e minha respiração fica ofegante. Ele belisca meu mamilo, e eu grito, pausando por um instante para saborear seu toque.

— Continue — manda ele. — Me mostra.

Meus dedos voltam a se mover, pressionar e esfregar entre minhas pernas. Mordo o lábio, sufocando os gemidos.

— Deixa eu te ouvir. Preciso disso, Nix.

Assinto, e uma chama lambe toda a minha pele enquanto solto o gemido.

— Não é o bastante — respondo, ofegante.

— O que não é o bastante?

— Preciso de você.

— Onde? — pergunta com a voz gentil. — Onde precisa de mim?

— Dentro de mim. — Lágrimas se formam nos meus olhos e descem pelas bochechas, e não sei se é luto ou luxúria, mas sei que só ele pode fazer com que essa dor vá embora. A dor do meu corpo e da minha alma. — Por favor, doutor.

Ele assente, e coloco a mão entre nós, descendo, vendo seu pau grande sumir dentro de mim, meu corpo engolindo-o por inteiro. Nossa respiração para ao mesmo tempo, e rebolo nele, apertando-o entre minhas coxas, e cavalgando.

— Deus, você é linda — declara ele, rouco. — Solta o cabelo pra mim.

Ergo a mão e desfaço o coque, deixando o cabelo cair nos ombros e costas. Ele enfia a mão nas mechas no meu pescoço e segura meu quadril com a outra, controlando o ritmo de nossos corpos juntos.

Nossos olhares se encontram, e o que vejo atrás dos seus lindos olhos verdes parte meu coração. A desolação. O luto. A necessidade. Tudo distinto e derivado do mesmo lugar.

— Ah, Maxim. Eu sinto tanto.

Ele senta, me reposicionando para eu ficar prostrada sobre seus quadris, minhas coxas em cima das minhas panturrilhas. Fico parada, sentindo-o inchado e duro dentro de mim, para segurar seu rosto.

— Eu te amo. — Beijo suas pálpebras, úmidas de lágrimas que nunca vi nas suas bochechas duras. — Eu te amo. — Esfrego meu nariz no dele. — Eu te amo.

Toco seus lábios com os meus, lambendo a maciez quente de sua boca, provando seu desespero. Ele mete com força e entra mais, roubando meu ar e enterrando a cabeça na curva do meu pescoço e ombro.

— Não me deixe, Nix. — Suas palavras se quebram, *ele* se quebra, e as lágrimas caem na minha pele nua. — Se eu te perder…

— Não vai.

Enfio os dedos no seu cabelo, beijando-o até ele gemer e nos perdermos no caos do luto e da fricção, paixão e choro, nossos corpos se movendo com uma urgência fervorosa. Grunhindo, ele goza, gritando meu nome. Coloca a mão entre nós, esfregando meu clitóris até eu gozar também.

Permanecemos conectados juntos, suados e satisfeitos, as cinzas do nosso desejo esfriando entre nós num silêncio interrompido apenas pela nossa respiração pesada.

Momentos depois, ele se joga no colchão, me levando junto, puxando a coberta sobre nós. Ao me virar de lado, ele pressiona o peito nas minhas costas, enfia o braço de forma possessiva ao redor da minha cintura e cai num sono exausto.

CAPÍTULO 31
MAXIM

ACORDO ASSUSTADO COM O MEU CELULAR VIBRANDO NA MESINHA de cabeceira. Sento e olho ao redor do quarto estranho. A única coisa familiar é a mulher ao meu lado. Mechas escuras do cabelo brilhante de Lennix se derramam sobre lençóis brancos do hotel. Seu rosto carrega uma paz no sono que nenhum de nós sentiu na última semana.

Pego o celular e entro no banheiro, fechando a porta.

— Grim, o que foi?

— Estou no corredor — diz ele, o tom gélido como o freezer de um açougue. — Você não atendeu a merda do celular, King, então tive que vir.

— Desculpe. Coloquei no silencioso.

— Aposto que sim — responde, com a aspereza diminuindo um pouco. — Precisamos conversar. Agora.

— Tá bom. — Passo a mão no rosto. — Vou sair.

Desligo, jogo água fria no rosto e volto para o quarto sem fazer barulho. Visto a cueca e a calça, sem perder tempo com o suéter.

Quando olho para a cama, Lennix se mexeu, um mamilo de bico marrom visível sob o lençol. Meu pau fica duro de novo. Já ouvi falar de sexo de luto, mas caramba. Isso é ridículo. Eu poderia transar com ela de novo e provavelmente mais uma vez antes de o sol nascer. A necessidade de estar dentro dela é tão fundamental que não consigo distingui-la da necessidade de respirar. Ela chegou tão perto da morte duas vezes que preciso saber que está viva. É o único jeito de explicar isso.

Saio do quarto e vou até a área de estar. Quando abro a porta, Grim está no corredor, conversando com Rick. Os dois olham do meu peito nu até o cabelo bagunçado pelos dedos de Nix, e não é preciso se esforçar muito para saber o que estive fazendo nas últimas horas. Ora, Rick deve ter nos ouvido transando. Não me importo nem um pouco. Eu preciso dela e preciso dele de guarda, agora mais do que nunca.

Inclino a cabeça para a suíte.

— Entre.

Ele olha para trás de mim, uma sobrancelha erguida.

— Tem certeza? Não quero interromper.

Eu lhe dou um olhar irônico e me viro para entrar. Grim fecha a porta, e me jogo no sofá, juntando as mãos atrás da cabeça.

— O que temos? — pergunto.

— Ele está vivo — afirma Grim, de maxilar cerrado. — Gregory está vivo.

Não fico surpreso. Mesmo quando todos os sinais indicavam que ele estaria morto, algo instintivo me alertou que não estava. Minha maior suspeita também tinha sido meu maior medo: que ele estivesse por trás do assassinato de Owen.

Por um momento, a culpa aperta minha garganta, e não consigo respirar. Se Gregory fez isso, é como se eu tivesse plantado aquela bomba — como se eu mesmo tivesse matado Owen. Ele estaria vivo se não fosse por essa vingança contra mim.

— Como sabe? — pergunto.

— Ele deixou uma mensagem pra você.

Meus olhos voam pelo espaço que nos separa, a largura da mesa de centro.

— Uma mensagem? Que porra é essa?

Grim balança a cabeça e solta uma risada breve e sem humor.

— Ele deixou uma mensagem no seu escritório pra você ligar para ele.

— Pra ligar… pro filho da puta?

— Ele ligou para a sede norte-americana da CadeCo em Nova York e deixou uma mensagem urgente dizendo que seu amigo Lincoln estava tentando falar com você. Eles passaram o número para Jin Lei, provavelmente achando que era algum tipo de pegadinha, mas deram pra ela, só por precaução. Ela reconheceu o nome… bem, o codinome, e me ligou.

Eu o odeio. Detesto sua futilidade e seu completo desprezo pela vida humana.

— Jin Lei estava no funeral — digo, percebendo que mal conseguimos nos falar. — Ela não me disse nada.

— Ela não teria falado nada lá, mas passou para mim porque sabia que teríamos que conversar sobre isso. É a última coisa com que você deveria ter que lidar no dia que enterrou seu irmão, mas acho que não podemos esperar.

— Ele fez isso, Grim — declaro, entre dentes cerrados e lábios apertados. — Ele matou Owen. Tenho certeza.

— Se matou, isso significa que é muito mais ativo e está muito mais perto do que esperávamos.

— E com certeza não está morto. Sabia que não estava.

— Todos os sinais apontavam para…

— Não ligo pra sinais, Grim. — Levanto e ando de um lado para outro, passando os dedos pelo cabelo. — Eu sabia, lá no fundo.

— Bem, não havia nada que pudéssemos fazer sobre isso. Nosso alerta estava ligado, e estávamos caçando, mas não houve sinal dele até agora.

— Agora, depois que ele matou meu irmão e deixou a porra de uma mensagem no meu escritório pra se gabar. — Dou um murro na parede mais próxima, marcando-a e enviando um disparo de dor pela minha mão. — Filho da puta.

A porta do quarto se abre, e passos correm pelo pequeno corredor. Lennix aparece, um roupão de seda mal cobrindo seu corpo. A curva de seu seio me provoca, e seu roupão abre um pouco, revelando uma amostra sexy da sua clavícula. Os lábios estão inchados pelos beijos. Pequenas marcas vermelhas no seu pescoço fino. O cabelo macio e bagunçado. Ela aparenta ter sido completamente fodida. Nunca quis que mais ninguém, nem Grim, em quem confio minha vida, a vida dela, visse Lennix assim.

— O que houve? — Ela está com os olhos arregalados. Se aproxima correndo, pega minha mão e franze o rosto para mim. — Você se machucou. Deixe eu pegar um pouco de gelo…

— Vá se vestir — digo em voz baixa, minha mão nas suas costas a virando de volta para o quarto.

— O quê? Eu… — Ela olha para Grim e puxa o colarinho do roupão. — Grim, oi.

— Lennix. — Grim assente, mas, sábio, mantém os olhos fixos no rosto dela.

— Eu… já volto. — Ela acena com a cabeça para minha mão. — Precisamos colocar gelo nisso. Já está inchando.

— Tá bom. — Eu a guio para o corredor. — Quando você voltar.

Volto para a área de estar, parando ao lado de Grim e baixando a voz, olhando por cima do ombro.

— Vamos acabar com isso.

— Você não vai conseguir esconder isso dela. Sabe disso, não é?

— Se ele fez isso com Owen, ele vai… — Terror, raiva e medo travam minhas palavras. — Ela deveria estar naquele carro, Grim. Se alguma coisa acontecer com Nix…

— Vamos protegê-la.

— Como eu protegi meu irmão? — Engasgo com a autocondenação, mal conseguindo falar.

— Owen tinha segurança vinte e quatro horas por dia, e Keene chegou até ele, não havia mais nada que nós, ou *você*, poderia ter feito, considerando a informação que tínhamos.

— Claro que foi ele. Quem mais?

— Temos que falar com ele. Se está sendo tão ousado e burro, vai escorregar e deixar uma pista pra gente seguir.

— Você sabe que aquele número é de um telefone descartável.

— Ainda assim, ter um número é um avanço. Podemos rastrear a localização geral e saber onde ele está agora. Já é alguma coisa.

— Não é o bastante.

— É um começo.

Respiro pelo nariz e forço o ar pela boca, tentando me acalmar. Esse escroto ama me tirar do sério. Provou isso na nossa primeira conversa. Qualquer coisa que disser vai me devastar, provocar minha ira, e não vou conseguir fazer nada sobre isso. Já sei disso.

— Maxim, faça a maldita ligação antes que ele mude de ideia.

— Antes que quem mude de ideia? — pergunta Lennix.

Ela volta vestindo a legging e um casaco de moletom, o cabelo num coque perfeito no topo da cabeça. Não a quero no cômodo quando eu ligar para esse lunático.

— Amor, você pode nos dar mais alguns minutos?

— Não. — Ela senta ao meu lado no sofá pequeno. — Me diz o que está acontecendo.

Aperto a ponte do nariz e fecho os olhos. Se ela fosse um pouco dócil de vez em quando, minha vida seria muito mais simples.

— King, ela vai ter que saber alguma hora.

Ergo a cabeça rápido e olho feio para Grim. De que lado esse merda está?

Do meu lado. Sei disso, e ele tem razão.

— Keene ligou.

Lennix se enrijece do meu lado, com os olhos se arregalando.

— O quê? Ele está morto. Tem certeza de que foi ele? Ele te ligou aqui? No seu celular? O que… como ele…

— Ele deixou uma mensagem pra mim na sede da CadeCo em Nova York.

— Isso não faz sentido. — Ela franze o rosto e esfrega a testa. — Por que ele se exporia assim?

— Acredito que ele é muito narcisista e surtado para não reivindicar o assassinato — responde Grim.

A verdade se empilha entre nós: carnificina, perigo e vingança.

— O assassinato? — Lennix divide a pergunta entre mim e Grim.

— Owen — digo. — Achamos que Keene está por trás do assassinato.

Ela processa o peso e as horríveis implicações da minha afirmação; o resultado se desenrola em seu rosto expressivo.

— Não, ah, Deus. — Ela cobre a boca. — Isso é... minha culpa. Se você não tivesse ido me buscar...

— Nix, não. — Eu a puxo para se sentar de lado no meu colo, acariciando suas costas. — Nem pense nisso. Eu o provoquei. Eu atirei no irmão dele. A culpa é *minha*.

— Os dois estão errados — declara Grim. — É culpa *dele*. Ele é um psicopata. Matou gente inocente e teria matado milhões se não tivéssemos impedido que vendesse a vacina no mercado clandestino.

Nix parece tão incrédula quanto eu e veste a culpa como uma jaqueta malfeita. Isso não lhe pertence.

— Olha, lido com essas merdas a minha vida toda — diz Grim. — No processo de levar bandidos para a justiça, às vezes os bandidos morrem. O irmão de Gregory era um bandido que recebeu o que merecia, assim como esse filho da puta vai receber o que ele merece. Vocês não podem se culpar pelo mal que existe. Você luta contra ele, mas o mal luta de volta. É a natureza da coisa desde o início dos tempos.

Lennix finalmente assente para a lição filosófica de Grim, oferecendo um sorriso pequeno e grato, mas não consigo aceitar essa lógica tão rápido. Meu irmão está morto. Minha cunhada é uma viúva. Os filhos deles não têm pai, e minha mãe mal fica de pé porque perdeu um filho.

— Me dê alguns minutos para preparar o rastreio — explica Grim —, e então você precisa ligar pra ele.

— Ele não vai suspeitar que você está rastreando a ligação?

— Ah, vai. Com certeza o celular é descartável — responde Grim, tirando itens da sua bolsa e montando algumas peças de equipamento eletrônico. — E vai jogar fora assim que acabar, mas vamos saber onde ele está naquele momento. É um começo, uma migalha que vamos usar até acharmos outra, e vamos continuar seguindo até encontrar esse maluco. Ele sabe que vamos pegar essa informação, então já está se preparando para isso. Só que ele vai vacilar e dar algo que não pretendia. Quando isso acontecer, a gente pega ele.

— Não gosto disso — diz Nix, baixinho, se inclinando para trás para olhar nos meus olhos. — Não quero você falando com ele. Não podemos só ignorá-lo?

— E o quê? — pergunto. — Esperar que ele ataque de novo sem ter noção do que ele quer, de quais são seus planos ou onde estava? Não, não podemos fazer isso.

— É perigoso.

— Tudo isso é perigoso, e está decidido agora que você vai ter seguranças — digo para ela, com o tom resoluto. — Isso não é negociável.

— Não é perigoso pra *mim*. — Ela cutuca o meu peito. — Estou preocupada com você.

— Eu tenho seguranças também e não tenho medo dele.

— Ah, e sua segurança é muito melhor que a de Owen?

— Pra ser franco, sim — responde Grim, franzindo o rosto e puxando um fio curto. — Porque fui eu que montei.

Eu riria da arrogância de Grim se houvesse algo remotamente engraçado nesta situação, que é de vida e morte.

— Eu não confiaria meu peixe ao governo — afirma Grim.

— Você tem um peixe? — pergunta Lennix.

— É uma metáfora — diz Grim, olhando para ela.

— Que pena — diz Lennix. — Estava tentando te imaginar voltando pra casa para alimentar amorosamente uns peixes-beta.

— Não são esses que comem uns aos outros? — pergunta ele.

— Exatamente.

Ele revira os olhos, mas ergue um canto da boca rígida. Ele é pão-duro com sorrisos. Em geral, as pessoas só recebem, no máximo, metade deles.

— Acho que ele gosta de você — cochicho no ouvido dela.

— Como sabe?

— Ele ainda não atirou em você.

Rio do seu olhar preocupado, o som rouco e estranho na garganta. Sentir qualquer coisa além de um imenso luto parecia impossível quando acordei nesta manhã, ensaiando o discurso fúnebre do meu irmão. E estou bem longe de estar bem, mas ter Nix comigo torna tudo um pouco melhor.

Sento no sofá sozinho para fazer a ligação, Lennix e Grim na minha frente. Grim tem um par de fones de ouvido e alguns equipamentos que parecem sofisticados para rastrear a ligação da melhor forma que pudermos.

— O que a polícia disse de tudo isso? — pergunta Lennix, pouco antes de eu começar.

— Não contamos para eles ainda — diz Grim. — Mas vamos, depois daqui, sob certas condições. O mais importante é que eles não registrem cada movimento nosso e basicamente estraguem tudo.

— Mas queremos todos os recursos envolvidos nisso, não é? — questiona Lennix.

— Queremos os recursos que nós *queremos* envolvidos — digo. — E que os de que não precisamos fiquem fora da porra do caminho.

Lennix ainda não parece convencida, mas vamos ter essa conversa depois.

Digito o número. No quarto toque, ele atende.

— Maxim? — Uma voz familiar se propagada pelo cômodo. — É você, cara? Presumo que sim, já que ninguém mais tem esse número.

— Sou eu. — Tento manter o tom limpo do ódio e do ressentimento me corroendo por dentro.

— Desculpe. Eu estava no banho. Queria estar mais do que apresentável quando os policiais chegarem depois de você rastrear a ligação.

— O que você quer? — pergunto, ignorando sua isca.

— Você não parece surpreso em me ouvir, o que *me* surpreende, já que você e seu Robocop me deram quatro tiros e me deixaram para morrer afogado.

— Ah, a gente foi atrás de você. Achamos que estava morto.

— Eu também, Cade — responde, com um espanto afetado. — Eu também, mas uns indígenas legais me ajudaram quando acabei na margem. Sabe, acho os indígenas muito gentis. É realmente uma pena o jeito como os tratamos. Falando nisso, como vai minha indiazinha?

Não confio em mim para responder. Nem sequer olho para Lennix, embora sinta seu olhar preso no meu rosto. Arrisco olhar para Grim, que articula: *Fique calmo. Faça ele continuar.*

— O que você quer, Gregory?

— Ahh. Olha só pra você, fazendo seu dever de casa. Acho que usou o DNA do meu irmão morto pra descobrir meu nome, não é?

— Sim. Foi como descobrimos.

— Não foi o bastante minha mãe morrer por causa do sistema ridículo que os Estados Unidos chamam de democracia capitalista. Você tinha que tirar a única coisa digna que eu tinha neste mundo. Meu irmão mais novo.

— Ele apontou uma arma para a cabeça dela. Não tive escolha.

— E você protege os que ama com tanta ferocidade, não é, Cade? Você deve ter ficado arrasado quando alguém mexeu com o seu irmão idealista.

Engulo um grunhido, fecho os olhos e imploro por paciência.

— O funeral foi hoje, certo? Vi seu discurso na televisão. Nada a temer. Quem é você? A porra do Franklin Roosevelt? Claro que tem coisas que devemos temer. Coisas que *você* tem que temer. Você deveria ter medo de mim.

— Não tenho medo de você, seu psicopata do caralho.

— Ah, mas deveria. Olhe o que aconteceu com o coitado do Owen. Eu tinha um discurso inteiro planejado — diz ele, com um arrependimento falso na voz. — Você já viu *A princesa prometida*? Que pergunta é essa? Todo mundo já viu esse filme, né?

Não respondo, mas deixo minha raiva se acalmar.

— Então eu ia fazer a parte dramática do Inigo Montoya — explica ele, fazendo um péssimo sotaque espanhol afetado. — Você matou meu irmão. Prepare-se pra morrer. — Ele ri, mas só dura alguns instantes antes de cair em um silêncio demoníaco. A tensão é como um arame na minha garganta. — Matei seu irmão, Cade, e vou matar você também.

Lennix arfa de repente, mas não olho para ela. Mesmo que desconfiasse, ouvir a confissão descuidada de Gregory me rasga por dentro. O assassino de Owen está do outro lado da linha, e, se pudesse estrangulá-lo pelo telefone agora mesmo, eu faria.

Imobilizo minha culpa e minha raiva para permanecer focado em cada palavra que ele diz.

— Sabia que nossa garota devia estar no carro com seu irmão naquela noite? — pergunta, com a voz macia e maléfica. — Caramba, cheguei pertinho de te destruir completamente. Sei o que sente por aquela coisinha. Estava na sua cara quando *atirou no meu irmão*. — Ele inspira rápido antes de continuar. — Quando eu acabar com você, vai entender essa sensação. Minha mãe se foi. Jackson se foi. O que eu tenho a perder? Você achou que não fosse um jogo, mas é sim. E eu vou ganhar. Falando nisso, ganho pontos bônus pela garota.

E então desliga.

Controlando meus movimentos, pouso o telefone na mesa e apoio os cotovelos nos joelhos. Pelo bem de Nix, tento me manter sob controle num momento em que tudo que quero é revirar os móveis e incendiar o hotel.

— Você foi bem — declara Grim, estreitando os olhos para a tela pequena. — Pegamos ele, mas ele sabia que o pegaríamos. Ele está no JFK. Já deve ter jogado o telefone fora e embarcado num avião. Pelo menos podemos começar a montar algumas possibilidades.

— Aham. — Dobro os dedos e cerro os dentes.

— O que você vai fazer a respeito da ameaça dele de matar Maxim? — pergunta Lennix. Olho para ela pela primeira vez, e toda a raiva e emoção que estou segurando arde em seu olhar. — Aquele filho da puta. Você o ouviu? Ele quer matar Maxim, e você o quê? — Ela gesticula para a mesa onde o equipamento está espalhado. — Fica mexendo com os seus brinquedos? Ele está no JFK. Vai pegar ele. Acaba com ele. Temos que matá-lo primeiro.

Grim e eu a encaramos em silêncio. Não sei como responder. A boca rígida de Grim se ergue de um lado.

— Gosto dessa. Para sua informação, Rambo, tenho operações em várias localizações de alto risco, uma delas é Nova York. Eles estavam escutando e já correram para o JFK, embora a gente saiba que deve ser tarde demais. Um cara assim não vem fácil. Ele já está três passos na frente. Você só tem que pegar o que ele te dá e continuar procurando até ele escorregar e você o agarrar. Maxim está seguro. — Ele olha para mim enquanto guarda o restante do equipamento. — Acho que ele está mais preocupado com você.

— Pode colocar seguranças comigo — diz ela, olhando para mim do outro lado da mesa. — Vou usar o rastreador. Vou ficar bem.

Era para Owen ter ficado bem. Cada aspecto do evento dele foi checado e os detalhes foram planejados com semanas de antecedência. Todos os funcionários do lugar foram examinados. Ainda estamos tentando entender como Gregory furou a segurança para plantar aquela bomba. Teve um cara, um manobrista, que ligou e avisou que estava doente de última hora. Estamos investigando isso, e tomara que tenhamos uma resposta em breve.

A polícia e o FBI estão trabalhando no caso de Owen, e teremos que compartilhar um pouco das informações com eles. Confio em poucas pessoas no momento, então não quero esticar o círculo para além daqueles em que sabemos que podemos confiar.

— Tenho uma ideia — diz Grim —, mas não sei se algum de vocês vai aceitar.

Lennix atravessa o espaço entre nós e se senta ao meu lado, pegando minha mão.

— Que ideia? — pergunto.

— Wyoming — responde Grim, sucinto. — Pense nisso.

Tenho uma casa em Wyoming. Completamente isolada, bem vigiada. Lennix ficaria segura, mas não estou convencido.

— Não tenho medo desse escroto — afirmo em um tom ríspido. — Não vou fugir dele.

— Não é só pela segurança — rebate Grim. — Vocês dois passaram por muita coisa nos últimos meses. Costa Rica e tudo o que você testemunhou lá, Lennix. Agora, Owen e o peso emocional que vem com isso. King, você pode trabalhar de qualquer lugar, e não vai te matar diminuir o ritmo por algumas semanas. Também vai nos dar algum tempo para rastrear esse filho da puta.

— Estou sem campanhas — comenta Lennix, mordendo o lábio inferior e secando uma lágrima no canto do olho. — Agora que Owen… —

Ela inspira, trêmula. — Acho que quero dizer que não me importaria de passar algumas semanas longe.

Não é um jogo limpo, porque Lennix sabe que eu faria qualquer coisa para ela se sentir melhor. Grim também sabe disso, a julgar pelo olhar presunçoso no seu rosto idiota.

Penso nas coisas de que precisarei para trabalhar de Wyoming por algumas semanas. Se eu tiver Jin Lei, Wi-Fi e um bom bourbon, acho que posso fazer funcionar.

E Lennix. Ela é meu kit de sobrevivência. A garota que persegue estrelas está com a guerra nos olhos, e vai precisar disso. A luta mais difícil de nossa vida está por vir. A luta pela *cura*.

— Tá bom — digo, apertando sua mão. — Parece que vamos sair do radar.

PARTE 2

"Quando você sabe quem é;
Quando sua missão é clara e você queima com o fogo interior da vontade inabalável;
Nenhum frio pode tocar seu coração;
Nenhum dilúvio pode diminuir o seu propósito.
Você sabe que está vivo."

— Chefe Seattle, líder Suquamish e Duwamish

CAPÍTULO 32
LENNIX

— Pusilânime. — Encaro a palavra cruzada e seguro a caneta com os dentes. — Significa falta de coragem. Um pouquinho a ver com a palavra *pussy*, um jeito de dizer "medroso" ou "boceta" em inglês, como se fossemos nós que não tivéssemos coragem neste mundo. Deve ter sido algum *homem* que criou a palavra.

— Uau! — exclama Maxim, se aproximando com uma bandeja e colocando-a na mesinha de cabeceira. — Que bom que não tem nenhum homem por perto, porque ele precisaria cobrir as partes íntimas.

— Está dizendo que não te vejo como homem? — Solto a palavra cruzada e a caneta para sorrir para ele do meu ninho de travesseiros e roupa de cama luxuosa. — Do que você chamaria o que aconteceu ontem à noite além de uma copulação sublime entre um homem e uma mulher?

— Continue usando essas palavras rebuscadas que eu tomo sua cruzadinha. E, sim, ontem à noite foi uma copulação sublime.

Ele enfia um joelho no colchão, se inclinando para me beijar.

— Bom dia pra você.

— Bom dia pra você. O que temos aqui?

— Para a madame. — Ele desliza a bandeja sobre minhas pernas. — Café da manhã na cama.

— De novo? — Sorrio e pego meu chá, soprando um pouco do vapor antes de dar um gole. — E você acertou certinho o chá. Está me mimando, sr. Cade.

— Precisei de um pouco de prática, mas sou muito determinado, e está muito cedo pra falar do patriarcado. Achei que tínhamos concordado em nada de conversas sobre explodir o patriarcado antes de meio-dia.

— Combinamos de *negociar*. Não concordei com isso porque às vezes o patriarcado precisa ser repreendido.

Ele se senta ao meu lado e pega um pedaço de manga de um prato.

— Bem, se pusi... qual a palavra?

— Pusilânime — respondo devagar, e com mais ressentimento. — Sei que você não gosta de algumas palavras.

— Sim, mas as palavras que odeio são tipo *impossível*, *não* e *nunca*. — Ele abre a boca para uma garfada do meu omelete. — Lembra da última vez que me disse nunca?

A lembrança de nós dois trepando na sala de conferência abre caminho do meu cérebro para minhas partes mais ao sul.

— E não tem nada contra palavras como *molhada* ou *calcinha*?

Ele ergue uma sobrancelha e fala enquanto mastiga:

— Quando foi que fiz *objeção* a uma calcinha molhada?

Quase cuspo o chá, e rimos como alunos do sexto ano, dividindo o café da manhã na bandeja. Ele bebe seu café descafeinado, e eu beberico meu chá. É um dos rituais que desenvolvemos nas nossas três semanas aqui no rancho em Wyoming.

Nunca tinha vindo a Wyoming antes desta viagem. Não é exatamente um estado decisivo muito disputado ou uma cornucópia de votos eleitorais, então nunca foi uma parada de campanha. Fico feliz por isso. Eu o vivenciei como deveria — uma campina infinita, perturbada apenas pela elevação de mesetas, topos de montanha ascendentes e artemísias brotando do solo. Pedaços de mata, intocadas e habitadas apenas por bisões preguiçosos e antílopes passeando. Cada quilômetro revela uma vista mais deslumbrante do que a outra com céus azul-marinho e nuvens parecendo sopros angelicais rodeando os picos das montanhas.

Quando chegamos, Rick e uma equipe inteira de segurança nos seguiram por uma estrada longa e não pavimentada, cercada por pinheiros altos. Não demorou muito para irmos do reservado para o remoto. Fiquei preocupada, achando que não teríamos nenhum tempo sozinhos, só que, quando chegamos ao portão pintado com um C amarelo forte, Maxim e eu fomos deixados em paz.

Era somente nós dois indo de carro pela estrada sinuosa até a casa dele: uma fazenda grande com uma varanda que dava a volta na casa. Janelas grandes convidam a luz do sol. Os pisos escuros brilham, pontilhados com tapetes artesanais coloridos.

O solário de frente para uma enseada se tornou minha parte favorita desta propriedade que tanto amo. Corro livremente pelas trilhas na maioria das manhãs, já que não há nenhum acesso além do portão e poucas pessoas sequer sabem que essa casa existe. Em algumas manhãs, Maxim se junta a mim na corrida, mas geralmente ele me deixa sozinha.

Também comecei a fazer defumação toda manhã no solário. Mena tinha razão. Meus ancestrais entendiam intuitivamente a conexão sagrada com a terra — que ela pode nos curar —, e, durante esse período aqui, no meio do nada, com o sol e o céu como companhia e as montanhas como abrigo, estou me recuperando. Isso, junto às chamadas de vídeo regulares com minha terapeuta, tem me ajudado com as lembranças e o trauma residual da Costa Rica.

Estou melhorando.

E defumei cada canto desta casa. Maxim se apoiou na parede, de braços cruzados, curiosidade e amor em seu olhar ao me observar indo de cômodo em cômodo para espantar a energia negativa com minha fumaça de sálvia.

— No que está pensando? — pergunta ele agora, erguendo as sobrancelhas e perfurando o último pedaço de salsicha de peru antes de oferecê-lo para mim.

Balanço a cabeça para negar, e ele come.

— Neste lugar. O quanto amo aqui. — Hesito e depois confesso: — Estou me perguntando por mais quanto tempo podemos nos esconder.

— Esconder? — Ele se recosta nos travesseiros e entrelaça nossos dedos na bandeja de café da manhã. — É o que você acha que estamos fazendo?

— Você está me escondendo. — Aperto seus dedos até seu olhar encontrar o meu. — E, por mais que eu tenha amado isso, precisado disso, me pergunto por quanto tempo mais isso pode durar.

— Não deixe Jin Lei te ouvir falar isso. Ela ama ficar aqui.

Jin Lei fica na casa de hóspede a mais ou menos um quilômetro e meio de distância. Nós a vemos quando ela vem uma ou duas vezes por semana para uma reunião com Maxim, lhe dá papéis para assinar, o atualiza sobre as coisas que pode fazer daqui. Nunca o vi ficar parado num lugar por tanto tempo.

— Eu também amo este lugar, mas Kimba ligou ontem. — Passo os dedos no seu cabelo, que há tempos não via ficar tão longo. — Ela tem evitado várias ligações de candidatos nos pedindo para coordenar suas campanhas.

— Não está um pouquinho tarde para ainda estarem montando uma equipe?

— Ainda é abril. Faltam dez meses para Iowa. Tempo suficiente se tiverem uma base.

Ele se enrijece e lança um olhar pensativo para mim.

— Você está considerando.

Soa como uma acusação, e suspiro, me preparando para a primeira discussão em três semanas.

— Como posso não considerar? É meu trabalho, doutor. Não sou só eu. Kimba é minha parceira de negócios. Não posso pedir pra que ela fique de bobeira enquanto faço essa coisa que estamos fazendo.

— Essa coisa que estamos fazendo. — Ele dá uma risada meio bufada, tira o cobertor e sai da cama. — Desculpe por você estar se entediando com essa coisa que estamos fazendo.

— Sabe que não estou entediada, mas alguns dos candidatos que Kimba mencionou podem ter uma chance se nós os ajudarmos, e a posição do senador Middleton se torna mais forte a cada dia. Ele é o candidato principal dos republicanos. Se tiver alguma coisa que eu possa fazer para manter aquele ladrão longe da Sala Oval, tenho que tentar.

Maxim assente, mas vira as costas para mim. A calça de pijama gruda nas curvas musculosas da sua bunda e das pernas compridas. Ele cruza os dedos atrás da cabeça, enterrando-os nas mechas escuras do cabelo. A extensão larga das suas costas se tensiona com o movimento, mas também com o novo estresse.

Ele anda a passos largos até a varanda do quarto. Cortinas diáfanas ondulam para trás e para a frente, para dentro e para fora com a brisa. Visto um roupão de seda pesado sobre minha camisola e pego o casaco de capuz da Berkeley no banco no pé da nossa cama.

Nossa cama. *Nossa* casa. *Nossa* vida aqui.

É a primeira vez que ficamos no mesmo lugar por tanto tempo, e parece mesmo que compartilhamos uma vida. Não quero que ela acabe, mas não podemos nos esconder aqui para sempre, esperando para ver se Gregory Keene quer tentar algo.

— Ei. — Vou até seu lado na varanda e ofereço o casaco. — Está frio aqui.

Ele grunhe, mas aceita o casaco e o veste. Ele bagunça ainda mais o cabelo e, usando o moletom da Berkeley, parece muito diferente do empresário que o mundo conhece. Parece mais como era no dia em que nos conhecemos, quando ainda era um estudante de mestrado.

— Você está bravo? — pergunto depois de alguns momentos de silêncio.

Seu suspiro sai carregado de exasperação.

— O que Kimba disse? — Seus olhos se estreitam ao ver meus lábios retorcidos. — Ah, caramba. Será que quero saber?

Minha melhor amiga tem um jeitinho de iluminar até os momentos mais sombrios.

— Ela disse que sabe que estamos fazendo muito sexo de luto.

— Uau. Que apropriado.

— Mas perguntou quando vamos emergir do que ela chama de estágio do luto de "transa a choro".

— Transa a choro? — Ele se engasga um pouco com sua risada. — Como...

— Como transa a seco, sim, mas com lágrimas, de acordo com a definição dela. — Paro por um instante. — Quando foi a última vez que falou com Millie?

Ele suspira pesado, os ombros caindo um pouco como se carregassem o luto de Millie. Sei que, de certa forma, Maxim o carrega.

— Há alguns dias, foi bem rápido. Dava para ver que não queria conversar. Ela e os gêmeos estão ficando com os pais dela em Connecticut. Eu disse que iria visitá-los em breve.

Ele apoia os cotovelos no parapeito e observa o horizonte, estendido como um mural vibrante salpicado de azul-petróleo, verde-limão, verde-floresta e azul-turquesa — o sonho de qualquer pintor. Nós nos conhecemos de um jeito diferente, mais profundo, estando aqui, e entendo sua relutância em ir embora. Fora do rancho, há perigos, cinismo e as exigências de um mundo decadente. Aqui, ele é meu único foco, e eu sou o seu.

Só nós dois.

O mundo pertence a nós, e temos o céu para nós, mas sei que não podemos ficar aqui para sempre.

— Desculpe pela minha reação inicial — diz ele. — Claro que sei que precisamos voltar em algum momento. Na verdade, eu tenho feito reflexões bem introspectivas nas últimas três semanas sobre o que quero fazer quando voltarmos.

— Como assim?

— Ainda vou cuidar dos meus negócios, claro — responde. — Mas tenho me perguntado sobre o legado de Owen, estava tentando descobrir como mantê-lo vivo, estendê-lo.

— O que está pensando? Uma bolsa de estudos? Algo que apoie uma de suas causas?

— Sabe… — Ele ri, balança a cabeça. — Pela primeira vez em muito tempo, não sei o que fazer, mas você disse algo quando estávamos em Amsterdã.

— Voltou bastante no tempo, hein? Você está se referindo a qual das muitas coisas brilhantes que falei?

Ele revira os olhos, mas acaricia a pele do meu pulso.

— Você disse que se sentia como um míssil pronto para ser disparado sem nenhum código de lançamento.

Ao ouvir minhas próprias palavras de novo, lembro da sensação. Aquela garota era tão honesta, ingênua, jovem e cheia de princípios de um modo que não sei bem se posso voltar a ser. Não assim. Essas palavras brotaram de convicções que não foram postas em prática. A pureza do idealismo intocada pelos sacrifícios. Ainda sei quais são as minhas crenças, mas aprendi o que preciso, não só para lutar minhas batalhas, como também para ganhar o máximo possível.

E aprendi que não vale a pena lutar todas as batalhas.

O celular de Maxim vibra no bolso da calça do pijama, e ele atende. Depois de escutar por alguns segundos e emitir respostas monossilábicas, desliga a chamada. Soltando um longo suspiro, ele desliza o celular de volta no bolso, com um franzido engessado no semblante bonito.

— O que foi? — pergunto, meus ombros e minhas costas exercitando a memória muscular e se tensionado de preocupação de um jeito que não fizeram nas últimas três semanas.

— Não o quê. Quem.

— Então quem?

Ele me encara de novo, como se estivesse resignado com o fato de que este mundo está prestes a escapar de nós.

— Meu pai.

CAPÍTULO 33
MAXIM

Eu não deveria ficar surpreso a essa altura, mas estou. Owen sempre dizia que nosso pai sabia onde estávamos o tempo todo.

Você tinha razão, Owen.

Parece que converso mais com Owen do que quando ele estava vivo, conversas inteiras que eu provavelmente nunca teria iniciado. Agora, depois de Lennix, ele é a primeira pessoa com quem quero compartilhar as coisas.

— Já volto — digo a Lennix, saindo da varanda e indo para o quarto.

— Esse é seu jeito de me dizer pra não descer? — pergunta ela, baixinho, me seguindo.

— Não, é meu jeito de tentar nos poupar de uma batalha. Se quiser tanto ver meu pai, você pode, claro.

— Não é isso.

Volto para ela e ergo seu maxilar.

— Sempre estou bem com qualquer um sabendo que está comigo. Você é a coisa da qual mais me orgulho, Nix.

E estou sendo sincero. Ela não deve acreditar em mim, mas conquistar o amor desta mulher é a melhor coisa que já fiz, e quero que continue assim pelo resto da vida.

Dou um beijo na sua cabeça.

— É melhor eu descer para ver o que meu pai quer.

Desço as escadas para o andar de baixo, automaticamente vestindo a armadura. Meu pai e eu não brigamos desde quando discutimos sobre Lennix no Natal, mas não temos ficado perto um do outro. Na semana do funeral, por um acordo tácito, nós demos um cessar-fogo, os dois querendo apoiar minha mãe e Millie e, sinceramente, precisando do apoio um do outro. Owen só se foi há um mês e, embora eu tenha falado com minha mãe regularmente, checando como ela está pelo menos algumas vezes na semana, este vai ser o primeiro contato com meu pai.

E é um ataque furtivo dele.

Quando chego ao pé das escadas, ele está no meio da sala de estar, fazendo cara feia para Rick.

— Não pedi nem preciso de escolta — afirma ele, a voz profunda como um martelo esmagando as palavras na cabeça de Rick. — Ele é meu filho.

Mesmo depois de uma década e meia distantes, há sempre uma certa possessividade na voz do meu pai quando ele fala de mim e Owen.

— Rick só está fazendo o trabalho dele, pai.

Eu me aproximo e sorrio para Rick.

— Também não vou precisar de uma escolta na volta — diz meu pai.

— É uma propriedade grande — digo, tentando não me irritar. — Rick só está ajudando.

— Bem, você pode ir — diz ele a Rick.

Só que Rick trabalha para mim. Ele me olha, de sobrancelhas erguidas, pedindo em silêncio para ser dispensado. Assinto e o espero sair. Me sento, gesticulando para a coleção de sofás e poltronas no meio da sala.

— Sente-se. Tudo bem? Minha mãe está bem?

— Ela está tão bem quanto se pode esperar. — Ele se acomoda, parecendo hesitar antes de continuar. — Obrigado por ligar sempre. Tem ajudado.

— Eu gostaria de poder dizer que falei com Millie na mesma frequência, mas ela raramente atende o telefone.

— Ela perdeu o homem que ama — respondeu meu pai, com a voz excepcionalmente reflexiva. — Se eu perdesse sua mãe, também não iria querer falar com ninguém por um bom tempo.

Sei que ele ama minha mãe, mas não costuma dizer isso em voz alta. Eu o encaro, buscando alguma outra diferença perceptível entre este homem mais sutil e o tirano impiedoso que conheci a vida toda.

— Mais alguma pista de Keene? — pergunta meu pai, com o tom suave mas perigoso.

Tive que compartilhar o que sabíamos com meus pais e Millie para que pudessem ficar em alerta máximo caso Gregory tentasse me atingir pelos meus outros familiares. Millie ficou quieta quando lhe contei. Não gritou ou chorou. Sem acusações também, o que eu teria recebido como uma chicotada. Só aquele silêncio, um tchau e o *clique* quando desligou. Ela deve me odiar. Há muitas manhãs em que acordo e a primeira coisa em que penso é o fato do meu irmão estar morto por minha causa, e também me odeio.

— Não — respondo. — Ele está escondido, mas vai aparecer quando menos esperarmos.

— Quero que esse babaca pegue pena de morte.

— Ah, ele vai ter o que merece.

Não menciono que não pretendo entregar o privilégio de puni-lo a outra pessoa. Vão julgá-lo criminalmente insano, o que deve ser verdade, e ele vai ter uma vida confortável e boa em algum asilo, ou vão estragar tudo de algum jeito. Não tenho tempo nem tolerância para todas as formas como o nosso sistema estraga a justiça.

Meu pai avalia meu rosto, os olhos estreitos e a boca apertada antes de assentir.

— O que está acontecendo? — pergunto, mudando de assunto. — Achei que você nem soubesse desta casa. O que o fez vir até aqui?

Seu olhar é um laser.

— Várias pessoas influentes me abordaram no último mês falando sobre você concorrer.

— Concorrer no quê?

— Não no quê, filho. Pelo quê. Concorrer para presidente.

Dou uma risada que inclina meu corpo para a frente.

— E você voou até aqui para o quê? Dar uma boa gargalhada?

— Você não acha que conseguiria?

Meu humor seca. Odeio que ele saiba como reajo a desafios e sabe exatamente como me pressionar. Quando uma pessoa insinua que não posso fazer algo, pode ter certeza de que vou provar que ela está errada. Foi assim que quebrei o braço no quarto ano. Owen disse que eu não podia voar.

Tinha razão de novo, irmão.

Mas aqueles dois segundos em que fiquei pairando antes de cair foram gloriosos.

— Não estou interessado — respondo em vez daquilo que meu pai quer ouvir.

— Você está me dizendo que a vaga para o cargo mais poderoso do mundo está aberta e você não quer nem se candidatar?

— Não estou mais convencido de que seja o cargo mais poderoso do mundo.

— Escute, se quiser fazer o bem, quiser mudar o mundo ou sei lá, é assim que se faz. Não consegue ver?

— Owen era um político raro, pai. A maioria deles está tão atada pelas regras partidárias e por manter uma cadeia de favores que não consegue fazer as coisas pelas quais as pessoas realmente os elegeram.

— Então seja diferente. Mude as coisas. Os homens que querem que você concorra têm poder suficiente para conseguir a nomeação.

— Se eu concorresse mesmo, não precisaria de ninguém *conseguindo* nada pra mim. Eu conseguiria sozinho.

Há uma faísca nos olhos do meu pai. Eu já vi isso quando ele falava de Owen, mas faz muito tempo desde a última vez que a vi dirigida a mim. *Orgulho.*

— E presumo que você esteja falando de caras como Chuck Garrett — digo.

— Garrett foi, sim, um dos primeiros que me abordaram.

— Por que o líder da convenção democrata gostaria que eu concorresse se já falei para todo mundo que sou independente, não um democrata?

— Talvez ele tenha esperança de fazer você mudar de ideia.

— Sobre o sistema bipartidário? Numa conversa? Uau, que autoconfiança, Chuck.

— Se você decidir concorrer, se aliar com os democratas pode ser sua melhor chance, e Chuck é o caminho para o partido. Há uma chance de verdade aqui, Maxim. Eu jamais faria negócio com a morte de Owen, mas você está numa situação única.

— Acho que vou vomitar se disser mais uma palavra, pai — afirmo, com o maxilar tão cerrado que dói.

— Me escute, e não com o coração mole que herdou da sua mãe. Me escute com todas as partes que herdou de *mim*. Tem uma janela de oportunidade aqui e, se não atacarmos agora, ela vai se fechar. Iowa é daqui a dez meses. O tempo não para no ciclo eleitoral. Candidatos estão se preparando para a temporada de debates, se apresentando para a nação, mas você não precisa de apresentação. O povo já te conhece, e aquele discurso que deu no funeral do Owen já viralizou.

— Gatos dançando viralizam. Desculpe por não achar que um milhão de visualizações no YouTube vá ditar meu futuro.

— *Milhões.* — Meu pai me corrige. — Enquanto você lambe as feridas e se esconde nessas colinas…

— Não estou me escondendo.

— Que seja. Você não está lá fora. O povo acreditava em Owen. Eles não veem outro candidato que os faça se sentir do mesmo jeito, que os faça *acreditar* do mesmo jeito. Começaram petições para colocar seu nome na cédula de votação.

— O quê?

— Há um grupo de independentes que organizou algo chamado de Comitê de Acesso de Cade à Urna.

— O quê? — Não consigo achar outras palavras para dizer.

— É um processo complicado, entrar na cédula, ainda mais quando não se é afiliado a nenhum partido. Você precisa ir em cada estado para entrar, e cada estado tem suas regras. Alguns deles exigem várias assinaturas. Esse grupo tem equipes em todos os estados coletando assinaturas para que estejam prontos quando você decidir concorrer.

— E isso não tem a ver com Chuck?

— Não. Chuck quer que você concorra pelos democratas. Sai tanto do limite assim? Você era um representante de Owen.

— Essa é a questão. A *pessoa* em que eu acreditava, por acaso, era democrata. Os partidos dão ordens demais, tentando te arrancar das suas crenças para fazer as outras pessoas acreditarem em você. Não funciona assim para mim.

— O pedido para que você concorra, a especulação que possa fazer isso, está lá fora. Você ainda pode se mobilizar e ter uma estrutura para se preparar para Iowa.

É um eco da conversa que tive com Lennix antes de meu pai chegar, mas estávamos conversando sobre *ela* mergulhar de volta na coordenação da campanha de outra pessoa.

Ela coordenaria a minha?

É sequer uma possibilidade? Eu quero que seja?

Algo dentro de mim desperta. Não sei se é minha própria ambição implacável ou se é o otimismo que Owen trouxe de volta para a minha vida — a inquietação que não consegui definir ou articular. Fui sincero no discurso fúnebre. Owen realmente me fez acreditar de novo. Ele me fez querer ser parte de alguma solução para um mundo que está partido e fraturado de jeitos que atingem, principalmente, os mais fracos e pobres.

Você acha mesmo que consegue convencer uma nação a mudar seus hábitos? E a resposta é sempre sim.

Minha própria voz de outra vida, da primeira noite com Lennix, me assombra.

A resposta ainda é sim?

Mesmo enquanto me faço a pergunta, a dor daquela ligação em que descobri sobre a morte de Owen bate no meu peito com um novo impacto. Tenho *escondido* algo, mas não era eu. Estava escondendo Lennix. Eu não sobreviveria se a perdesse, e arriscar sua vida em viagens de campanha enquanto aquele psicopata está à solta? Não conseguiria. Não consigo.

Essa é minha resposta.

— Vim para que você possa pelo menos considerar — diz meu pai, se levantando. — Me avise quando tiver uma resposta.

— Resposta do quê? — pergunta Lennix do topo das escadas. — Qual é a pergunta?

CAPÍTULO 34
LENNIX

— Ahh. — Warren Cade ergue o olhar para mim, seus olhos esfriando, endurecendo como vidro vulcânico. — Senhorita Hunter. Você nunca está muito longe, não é?

Ele me faz parecer uma puta grudenta seguindo o filho dele de um lugar para outro.

— Senhor Cade.

É o único cumprimento que consigo oferecer que seja neutro e autêntico enquanto desço a escada para me juntar a eles. "Bom te ver" seria uma mentira. E "olá" cheiraria a falsidade.

— Repito, qual a pergunta que veio até aqui fazer a Maxim?

— Não sei se é da sua conta.

Vou deixar que Maxim responda isso.

Ele me encontra na escada e me guia pela mão até onde seu pai está de pé.

— É muito da conta dela, pai — afirma ele, de rosto franzido. — Eu não tomaria uma decisão tão importante assim sem consultar a mulher que amo.

— Maldito coração da sua mãe — murmura Warren. — Poder não tem nada a ver com amor, Maxim.

— Você está enganado, pai. Você acha que eu consideraria isso por causa do poder que me daria, mas o poder que *eu* tenho poderia ajudar o país que amo. Mas não vou concorrer, então é um argumento em vão.

— Concorrer? — pergunto. — A quê? Do que estão falando?

— Há um grande interesse em Maxim concorrer pra presidente — diz Warren.

Suas palavras não fazem sentido na hora. Minha mente leva alguns segundos para processá-las.

— Eu já falei não para ele — diz Maxim.

— Não seja afobado. — Warren passa os olhos pelo meu vestido envelope perfeito e minhas sapatilhas. Pelo jeito com que ele me olha, com tanto desdém, até parece que estou vestida como uma stripper. — E não a escute.

— Acho que você deveria considerar — digo a Maxim.

Duas cabeças se viram para mim, e os homens me encaram.

— Escute-a, filho — fala Warren, esticando um sorriso pelos traços distintos. — A garota sabe do que está falando.

Retorço os lábios com menosprezo.

— Não tem a ver com apoiar seus objetivos, sr. Cade.

— Então sobre o que é, exatamente? — pergunta Maxim, com um franzido esboçado entre as sobrancelhas.

— Primeiro — respondo —, os democratas não devem ter ninguém que possa realmente vencer o senador Middleton. — Lanço um olhar zombeteiro para seu pai. — E nós dois conhecemos seu histórico de parcerias com corporações para roubar terras protegidas, além de outras leis que prejudicam pessoas marginalizadas.

— Bem, fico feliz que, depois de todos esses anos — rebate Warren, ignorando minha alfinetada nada sutil —, a gente finalmente concorde em alguma coisa. Agradeço sua ajuda em convencer meu filho a ver a razão.

— Não estou fazendo isso por você — respondo, olhando-o feio. — É por Owen. Pelo povo.

Pego a mão de Maxim e o encaro, bloqueando a presença manipuladora do pai.

— Por você, doutor. E se esse for seu código de lançamento?

Um músculo no maxilar de Maxim se tensiona, e ele balança a cabeça.

— Então não vai ter lançamento, porque não vou arriscar você.

— Lançamento? — pergunta Warren. — Do que estão falando?

— Não vou ficar aqui enquanto um ladrão pega a Sala Oval — afirmo, ignorando a pergunta de Warren. — Você quer que Middleton ganhe por negligência enquanto nos escondemos?

— E você acha que pode impedir isso? — indaga Maxim.

— Tenho que tentar.

— Não. — Seu tom é implacável, mas o medo em seus olhos está evidente. Sei que é por mim, não por si mesmo. — Multidões? Comícios? Discursos públicos? Uma dúzia de oportunidades, centenas de maneiras, todos os dias, para aquele louco te matar? Não. Não podemos fazer isso.

— Você não pode me impedir.

— Lennix — diz ele, a voz como um aviso que não tenho intenção nenhuma de considerar. — Gregory Keene matou meu irmão, e era pra você estar naquele carro. Já quase te perdi duas vezes por causa daquele filho da puta. Você acha que eu arriscaria te perder de novo concorrendo ao emprego de mais destaque da Terra? Num processo de entrevistas públicas infinito? Não.

— Olha, eu te disse que vou aceitar os seguranças e usar o rastreador.

— Não até ele ser pego — responde Maxim, com o rosto franzido.

— Então ficaremos nessa indefinidamente? Vamos ficar aqui se ele não aparecer daqui a um ano, dois anos, três? Mais quatro anos, enquanto algum idiota é presidente?

— Grim tem pistas.

— Que se fodam as pistas de Grim. Não vou ficar me escondendo enquanto meu país desmorona.

— Desmorona é um pouco dramático — acrescenta Warren. — Middleton não é tão ruim, mas Maxim é do que o país precisa.

— Não quer dizer do que *você* precisa? — Olho para ele com uma expressão intrigada. — Qual seu interesse em tudo isso?

— Simplesmente acredito que Maxim seja o melhor homem para o cargo — responde Warren, movendo o olhar para o filho —, e o trabalho é *agora*. Há um apetite por sua visão e liderança.

— Não pense que, se ele decidir *mesmo* concorrer, você vai dar as ordens. Se quiser um Cade para seus esquemas, encontre outro. — Eu me posiciono entre os dois homens, pressionando as costas no peito duro de Maxim e encarando seu pai. — Esse aqui você não vai ter.

CAPÍTULO 35
MAXIM

Talvez a cabeça do meu pai exploda. Sua vontade e possessividade colidem com as de Lennix, e nenhum dos dois recua. Ele a encara, o pescoço ficando avermelhado.

— Pai, se continuar olhando para ela desse jeito — digo, com a voz suave, mas completamente séria —, vamos ter um problema.

Ele mira o olhar enfurecido em mim e o resfria aos poucos. Não está acostumado a ser desafiado, e ele e Lennix têm um longo histórico de hostilidade.

— Talvez você devesse ir embora para Lennix e eu debatermos isso.

— Você vai deixar que *ela* influencie a decisão mais importante da sua vida? — Ele praticamente cospe a pergunta.

Seguro a curva do pescoço dela, acariciando o pulso raivoso e retumbante ali, tranquilizando-a.

— Nix é a decisão mais importante da minha vida, e você não está se ajudando ao se opor a ela.

Paro, pela primeira vez notando o efeito que a morte de Owen teve nele. Seu rosto agora é o meu daqui a trinta anos, não vinte. Ele está mais magro, mais cansado. Perdeu muita coisa, e algo dentro de mim quer tranquilizá-lo também.

— Eu sempre vou escolher Nix, mas quero escolher você também.

Lennix olha por cima do ombro para mim, com uma expressão curiosa, um pouco insegura. Dou um pequeno aperto no seu ombro.

— Quero poder escolher os dois. Pai, perdemos o Owen. Perdemos os últimos quinze anos. Eu prefiro que a gente não perca mais, mas você não pode machucar a Nix. Não pode ameaçar ou insultá-la. Aceite-a, ou não vai ter nenhum lugar na minha vida para você.

Eu e meu pai nos encaramos, espelhando a vontade e a determinação um do outro. Sempre acreditei que me parecia muito com ele, tive medo disso, mas ele não é mau. Gregory Keene é mau. Meu pai é privilegiado, arrogante e às vezes equivocado, mas é o único pai que tenho, e quero ter um relacionamento com ele. Às vezes, amar sua família é estranho e difícil, sobretudo quando vocês não acreditam nas mesmas coisas, não escolhem os mesmos caminhos, mas perder Owen escancarou um buraco na minha vida onde minha família deveria estar. Ele queria que eu e meu pai nos reconciliássemos, e eu também.

— Estamos entendidos? — pergunto, beijando o topo da cabeça de Lennix.

Ele muda o olhar de mim para ela e respira fundo.

— Estamos. — Ele se vira e vai para a porta. — Gostaria da resposta até o fim da semana.

E então vai embora.

CAPÍTULO 36
LENNIX

— Não, Lennix.

Maxim atira as palavras, um primeiro golpe. Um desafio, não uma escolha.

Ele se senta no braço do sofá e me arrasta para o meio de suas pernas. Pouso as mãos em seus ombros.

— Não tenho medo de Gregory Keene.

— Eu tenho — responde, com os olhos sofridos. — Como posso não ter? Não por mim, mas por você. Amor, esse homem matou meu irmão. Quase te matou. Uma campanha agora é arriscado demais.

— Deixe que ele venha. Olha, eu entendo. Também estou com medo por você. Estou mesmo, mas não podemos nos esconder pra sempre. Grim vai garantir que seja impossível chegar a você. E você pode me proteger como quiser. Me dar dez seguranças. Me encher de rastreadores cobertos de diamantes. Não ligo, mas não deixe a oportunidade passar. — Seguro seu rosto com as mãos e foco nos seus olhos. — Vou te fazer uma pergunta, e quero que responda sinceramente.

Ele hesita, mas assente.

— Tem alguma parte sua que fica empolgada com a possibilidade de liderar este país?

Ele não assente, mas a mesma chama de paixão e ambição que vi na nossa primeira noite juntos ilumina seus olhos.

— Você acredita que pode fazer isso? — pergunto. — Se a segurança não fosse uma questão, você faria?

— São três perguntas.

— Você não respondeu nenhuma delas. — Então sussurro em seu ouvido: — Porque sabe que a resposta é sim.

Ele baixa o olhar para nossos pés, um leque escuro de cílios lançando sombras sob seus olhos. Deslizo a mão no bolso de seu pijama e pego seu celular.

— Quero que assista a uma coisa comigo.

Eu me viro, encaixando meu quadril entre suas pernas enquanto ele senta no braço do sofá, pressionando meus ombros no calor do seu peito definido. Faço uma busca no navegador do celular até achar o vídeo, deslizo a barra de visualização e dou play.

"Quem matou meu irmão acha que deveríamos ficar com medo."

Maxim fala no vídeo, com dor e paixão gravadas nos seus traços deslumbrantes.

"Não estou com medo. Não fiquem com medo também. Sabe o que me assusta? Cinismo. Apatia. Qualquer coisa que convença as pessoas a se acomodarem, a desistirem. A ideia de que o povo desistiria de mudar este mundo por causa da covardia cruel de uma pessoa me deixa de sangue quente. Eu teria desistido do sistema, do jeito que as coisas funcionam, há muito tempo se não fosse por Owen. Ele renovou minha fé no processo pelo qual mudamos as coisas neste país."

— Meu Deus, Nix. — Maxim pega o celular e pausa o vídeo. Ele me segura por trás, o queixo enfiado na curva do meu pescoço. — Não consigo ver isso.

Coloco as mãos sobre as dele, segurando o celular contra minha barriga, e espero sua explicação.

— Esse foi o dia mais difícil da minha vida — continua ele, falando baixinho. — Acredito nessas palavras. Quando ouço isso, quero fazer tudo que esse cara no vídeo diz que eu deveria fazer.

Viro a cabeça, inclinando-a para olhá-lo por cima do meu ombro.

— Mas?

— Mas depois imagino ter que dizer essas palavras por você. — Sua respiração fica curta e fraca no meu cabelo. — Acha que vou me importar se esse país for para os ares se você morrer?

— Ah, doutor. — Eu me viro e o encaro, abalada pela intensidade de seus olhos. Estão famintos. Eles me consomem. Será que um homem já olhou para uma mulher do jeito que Maxim olha para mim? — Também vou voltar no tempo como você.

A linha obstinada de sua boca se suaviza.

— É? Por quê?

— Você me disse uma vez que são os sonhadores que mais mudam o mundo, que, se algo não estava bom o bastante no presente, então eles construíam o futuro.

Ele faz uma careta e joga a cabeça para trás, encarando o teto.

— Caramba, Nix — resmunga, voltando o olhar para mim. — Você aceitaria a segurança?

— Eu disse que aceitaria. Tudinho. Policiais de shopping, cachorros treinados, operações especiais, qualquer coisa.

— Então era isso que eu precisava fazer para você obedecer? — pergunta, um sorriso lento suavizando os ângulos duros do seu rosto.

— Vamos ver quem vai ser obediente quando sairmos em campanha. — Eu sorrio, dando um tapa leve na sua bunda. — E eu vou mandar nessa bundinha. Você pode ser o candidato, mas eu que mando.

— *Se* eu decidir concorrer, isso é algo que me deixaria empolgado. — Ele desliza as mãos para agarrar minha bunda. — Transar com a coordenadora da minha campanha.

— Sim, falando nisso. — Mordisco o lábios e fecho os olhos, porque esse assunto sozinho poderia desfazer todo o progresso que acabamos de ter. — Não transo com os candidatos.

Ele joga a cabeça para trás com uma risada forte preenchendo o ar.

— Tá bom, se eu concorrer, vamos ver quanto tempo isso dura.

— Estou falando sério — reforço, e vejo o humor se esvair da sua expressão.

— Você está dizendo que, se eu concorrer, não podemos ficar juntos?

— Estou dizendo que a mesma questão que tive quando Owen estava concorrendo seria uma questão ainda maior se *você* fosse o candidato.

Ele desce as mãos por meus braços e entrelaça nossos dedos, se curvando para sussurrar no meu ouvido, as palavras acariciando meu lóbulo.

— Se eu fosse o seu candidato, você acha que conseguiria *não* transar comigo?

Lambo os lábios e me afasto alguns centímetros para olhar para ele.

— Eu *nunca* transo com meus candidatos.

Seus olhos ficam quentes quando uso voluntariamente uma das palavras de que menos gosta. Ele se levanta do braço do sofá, trocando nossas posições, e me ergue para eu me sentar ali. Ele levanta o meu vestido. Com cuidado, sem quebrar o contato visual, abre minhas pernas.

— Acho que talvez você abra uma exceção para mim — diz, sua mão desaparecendo sob a roupa, dois dedos afundando na umidade quente entre minhas pernas.

Minha respiração sibila, e quero ficar parada, imóvel, mas seu polegar acaricia meu clitóris enquanto o dedo indicador e do meio me fodem. Demora apenas alguns segundos para meus quadris começarem a rebolar. Ele enrosca meu cabelo na mão, os dedos saindo e entrando em mim, e me imobiliza para um beijo devastador, com a boca me devorando, sorvendo meus choramingos e gemidos.

Maxim se afasta, o verde de seus olhos sendo engolidos pela escuridão da noite.

— Pede pra eu te comer, Nix.

Eu me fortaleço contra o apelo dominante de seu corpo e de seu desejo por mim. Seu pau está duro e pronto na minha coxa.

— Não.

Ele ergue o lado direito da boca carnuda num sorriso, como quem diz "então vai ser assim", e cai de joelhos, abre mais minhas pernas, sobe o vestido e tira minha calcinha. Ele agarra minha bunda com as duas mãos e pressiona o rosto na minha boceta, chupando o clitóris com força.

— Ah, meu Deus.

Enfio os dedos no seu cabelo, e tento pressionar mais sua boca em mim. Ele resiste, lançando um olhar para mim, o cabelo escuro bagunçado pelos meus dedos.

— Pede pra eu te comer.

— Não.

Abro mais as pernas, devolvendo a tentação para ele. Ele fecha os olhos e respira fundo.

— Droga, seu cheiro é tudo, Nix.

Ele é tão bonito, ajoelhado entre meus joelhos, e ele me ama. Disse ao pai que me escolheria no lugar dele, acima de tudo. Por trás da minha confiança, da minha coragem, estou morrendo de medo por ele, por nós. Uma campanha nunca é fácil, e, se Maxim decidir concorrer, ele vai enfrentar mais desafios que a maioria. Meus maiores medos e as possibilidades mais incríveis se misturam. Não posso escolher uma sem levar a outra junto. Agora, tudo que posso escolher é isso. Tudo que posso escolher é ele.

— Me come, Maxim.

Ele se levanta, me vira e me curva sobre o braço do sofá em segundos. O ar frio beija minha bunda quando ele sobe o vestido. Sua primeira estocada forte me deixa na ponta dos pés. Sua mão na base da minha coluna me pressiona contra o sofá, me segura no lugar para o golpe agressivo de seu corpo no meu.

— Nix — grunhe ele atrás de mim. — Sua boceta é…

Ele me curva mais, puxa o vestido mais para cima até a altura da minha nuca, entrando mais.

— Isso. — Ele geme. — Meu Deus, isso. Consegue se tocar?

Assinto freneticamente, tão perto do orgasmo que sei que não preciso de muito. Abro as pernas e me toco. Meu clitóris está inchado, e o interior das minhas coxas está úmido.

— Não importa o que aconteça — diz ele, subindo a mão pela minha costela para segurar meu seio —, somos só nós dois, Lennix. Não se esqueça disso. Não se esqueça de nós.

E então gozo e choro, uma das mãos entre as pernas e a outra segurando o sofá. Não sei se minhas lágrimas são por causa deste prazer, desta sensação que vai tão além de tudo que já senti ou poderia imaginar ter com outra pessoa, ou porque não tenho certeza de que isso vai ser o suficiente para o que está por vir.

CAPÍTULO 37
MAXIM

Chuck Garrett, líder do Comitê Nacional Democrata, é um desses caras que sempre será o empresário, nunca a estrela do rock. Ele deve saber — lá no fundo e felizmente — que não tem o que é preciso para ganhar uma eleição nacional, mas se orgulha de controlar quem *realmente* ganha. Neste momento, está no meu escritório achando que tem algum tipo de controle sobre mim.

Está enganado.

Só estou me encontrando com ele porque, quando o oponente se inclina na mesa, você olha suas cartas. Ainda tenho minhas reservas em relação à segurança de Lennix, só que Grim me garantiu que está cuidando disso. Não declarei oficialmente minha candidatura, mas estou perto e, se eu o fizer, o cara do Chuck estará na competição.

— Nós podíamos ter nos encontrado no Bourbon Steak — diz ele, se acomodando na cadeira do outro lado da mesa. — Eles fazem um filé-mignon incrível. De fonte responsável. Sei que você gosta desse tipo de coisa.

— Esse tipo de coisa? — Eu rio em resposta. — Acho que sim. Bem, achei que me encontrar no hotel Four Seasons, na avenida mais famosa de DC ainda por cima, com o líder do CND enviaria uma mensagem bem barulhenta ao público que talvez fosse prematura.

— Prematura? Você já tem um baita apoio. Ser visto comigo poderia enviar um sinal prematuro de poder para você.

— Acha que preciso pegar seu poder emprestado? — pergunto.

Ele se enrijece, com um franzido irritado acentuando as rugas da testa.

— Não exatamente pegar, mas nós dois sabemos que você não tem experiência, então talvez isso amenizasse algum receio sobre a sua liderança.

Não pretendo rir, mas acontece.

— *Você* faria isso acontecer para *mim*?

O partido do homem está um caos, eles mal o escutam, então com certeza ele não deve esperar que eu faça isso.

— Você nem precisa pedir. — Ele acena com a mão, me entendendo errado. — Eu estaria mais do que disposto, pelo bem do partido.

— Isso é praticamente magnânimo, Chuck. De verdade.

Jin Lei dá uma batida rápida e depois enfia a cabeça na sala.

— Elas chegaram.

— Ah, ótimo. Pode trazê-las.

Chuck vira a cabeça para a porta.

— Elas?

— Hunter, Allen e Associados fizeram um ótimo trabalho para Owen, pensei que seria inteligente trazê-las a bordo enquanto decido se vou concorrer.

— Se não se importar que eu diga... — Chuck se inclina e abaixa a voz —... essas moças podem ser meio encrenqueiras às vezes.

— Na verdade, me importo, sim, que você diga, e é disso que mais gosto nelas. — Eu o olho de cara feia quando Kimba e Lennix entram. — Senhoritas, olá. Obrigada por virem.

Lennix e Kimba se sentam de cada lado de Chuck, as duas cruzando as pernas e depois os braços.

— Achei que a gente, hum, teria um tempo a sós — declara Chuck, olhando de uma mulher para a outra. — Para discutir os próximos passos.

— Sim, bem, como você falou, não tenho nenhuma experiência e me falta liderança de verdade, então ter essas especialistas envolvidas é muito útil para um novato como eu.

Kimba bufa. Seus olhos brilham do outro lado da mesa. Lennix, porém, mal me olhou desde que entrou. Sei que não quer que ninguém ache que estamos envolvidos, mas caramba.

— Estamos aqui para discutir exatamente o quê, Chuck? — pergunta Kimba.

— Tem bastante burburinho sobre Maxim concorrer a presidente.

— Estamos cientes — responde Lennix.

— E eu queria conversar com ele sobre a escolha democrata.

— Se não estou enganada — diz Kimba —, temos um processo de nomeação para isso. Começa com Iowa e passa por todos os estados. Imagino que você o conheça…

— Sim, esse é o processo formal, claro — diz Chuck —, mas todos sabemos que se eu apoiar Maxim…

— Então você me controla? — pergunto. — Boa sorte com isso.

— Não é um controle, exatamente — responde ele. — Uma orientação. Um jovem como você com tão pouca experiência vai precisar de jogadores mais maduros para tranquilizar as preocupações do público. — Ele dá de ombros, encara as unhas. — Eu poderia até entrar na eleição como vice. A nossa combinação de juventude e sabedoria pode ser exatamente do que este país precisa.

— Acordos a portas fechadas não vão decidir o próximo presidente — afirma Lennix. — O povo vai. Você tem mais alguma coisa para nós além de elogios dúbios e pose?

Chuck abre e fecha a boca com um peixe, mas enfim fala:

— Você precisa de mim. Se acha que vai chegar longe sem o apoio do partido, está enganado. E se quer que Middleton ganhe, então concorra. Você só vai arrancar apoio do representante democrata e os dois vão perder para Middleton.

— Na última vez que chequei — comenta Kimba —, mais ou menos 29% da população se identifica como democrata.

— E mais ou menos 27% como republicanas — Lennix emenda a fala.

— E quantos dizem que são independentes, Lenn? — pergunta Kimba.

— Uau. É tipo 42%.

— Nossa. É bastante.

— Mas eles votam nos democratas ou republicanos, mesmo que sejam independentes — lembra Chuck em um tom presunçoso.

— É porque não tiveram uma opção independente viável — responde Lennix. — E acho que Maxim Cade é mais do que viável. Você viu a pesquisa hoje no *The Times*?

Chuck fica vermelho e alisa a gravata.

— Talvez ele não tenha visto — fala Kimba. — Vamos ajudá-lo. A pesquisa coloca Maxim contra os candidatos republicanos e democráticos.

— Ele ganha na maioria dos cenários — afirma Lennix, fria. — Até contra Middleton. Bem, com uma margem bem estreita, claro, mas isso é em cima de mera especulação, já que Maxim não anunciou oficialmente a candidatura. Ainda nem começamos a trabalhar.

— Neste momento, acredite se quiser — diz Kimba —, nós temos a vantagem.

Chuck ri.

— Discordo. A ideia de um independente ganhar uma eleição presidencial é algo que não entra na cabeça da maioria da população, então vão fazer o que sempre fizeram. Votar em democratas ou republicanos.

— Discordo. — Falo pela primeira vez em minutos, já que Kimba e Lennix estavam fazendo um ótimo trabalho. — Tenho certeza de que sabe o que é Janela de Overton, certo? Falamos muito dela nos negócios. Sei que você acha que não é uma experiência aceitável, mas ter alguém que comanda uma empresa internacional lucrativa pode ser útil para uma entidade, os Estados Unidos neste caso, com mais de vinte trilhões de dólares de dívida.

— O conceito é — explica Kimba com paciência — você rascunhar a extensão de opiniões possíveis sobre um determinado assunto.

— Neste caso — diz Lennix —, poderia um candidato independente ganhar uma eleição presidencial?

— Existe um espectro de opiniões do impossível ao aceitável — continuo a explicar. — Ou algo que é popular se tornar um costume e, com o tempo, a maioria acredita que deveria ser a norma.

— Se Maxim decidir concorrer como independente — diz Kimba —, é o que faremos. Nosso trabalho será fazer com que a ideia de um candidato viável saia do impensável e se torne aceitável.

— Ousamos dizer, até popular. — Lennix dá uma piscadinha. — O país está pronto para algo novo e está tão desesperado por uma mudança e respostas que o povo está aberto a coisas novas. Maxim pode ser essa novidade. Mais uma vez: se, e é um grande *se*, ele decidir concorrer. Acreditamos que ele tem uma posição única para mudar o que é a norma na política norte-americana.

— Ele mal conseguia seguir o roteiro nas poucas semanas em que representou o próprio irmão — declara Chuck — e não se deu ao trabalho de se posicionar no centro para se alinhar com a posição de Owen.

— Você quer dizer com a posição do partido, certo? — pergunto. — E tome cuidado ao falar do meu irmão, Chuck, para o caso de você dizer algo errado e se tornar meu inimigo e eu ter que te destruir. Odeio quando isso acontece.

Há um silêncio sepulcral por alguns segundos antes de Chuck responder.

— Ah, não, não estava dizendo que… claro, com respeito. Hum, que ele descanse em paz. Só estava dizendo que…

— Sei o que estava dizendo — interrompe Lennix. — Mas, pelo que parece, as pessoas gostaram de ver que Maxim não abandonou suas opiniões para se alinhar com a plataforma do partido. Que não teve medo de dizer que ele e o irmão não concordavam em algo. Gostaram de sua honestidade e autenticidade.

— Agora pode me dizer de novo — questiona Kimba, erguendo uma sobrancelha — por que precisamos de você, Chuck?

— Eu na verdade mandei um e-mail com minhas ideias iniciais de estratégias para você, Maxim — diz Chuck.

— Nós lemos. — Kimba suspira. — E você se pergunta por que os democratas perderam a última eleição.

— O que disse? — pergunta Chuck, claramente afrontado.

— Onde achou essas estratégias, Chuck? — indaga Lennix. — No século passado ou no Smithsonian? Além da sua avaliação de como apresentar um candidato como Maxim ser toda errada, é arcaica. Não tem nada moderno ali.

— Deixe-me adivinhar. Você sabe exatamente o que ele deveria fazer — responde Chuck com um tom zombeteiro.

— Maxim é a porra de um sopro de ar fresco — declara Lennix, de maxilar cerrado e narinas dilatadas. — Um líder que visualiza o futuro como se fosse hoje e calcula como ir de A a Z antes que homens como você comecem a pensar. Ele deve concorrer como um rebelde. Um candidato que não é experiente, mas sim *inteligente*. Aquele que não vai se apoiar no que já aprendeu porque entende que, num cenário que muda tão rápido, em um mês isso pode não funcionar mais. Você quer alguém que aprenda na velocidade da luz. Devemos dizer ao povo que, nos momentos de perigo, eles não precisam da escolha segura. Precisam de alguém que não tenha medo.

Ela olha para mim pela primeira vez, esse único olhar declarando que me ama e que acredita em cada palavra que falou.

— Entendo você não saber o que fazer com Maxim, porque nunca conheceu alguém como ele — completa ela. — Nem eu.

CAPÍTULO 38
LENNIX

— Bem, foi divertido — diz Kimba, se levantando depois de Chuck sair às pressas do escritório de Maxim.

— Assistir a vocês duas é uma aula. — Maxim ri, recostando-se na cadeira. — Se ele não ficar com medo de me enfrentar, com certeza está com medo de enfrentar vocês.

— E ele vai? — pergunta Kimba, apoiando-se na mesa. — Te enfrentar? Quando vai tomar a decisão final? Se vamos fazer isso, precisamos começar a nos organizar logo.

— Iríamos usar a estrutura básica da campanha de Owen — digo. — E uma parte da equipe vai voltar a bordo se não tiver se recolocado em outras campanhas.

— E é uma grande ajuda aqueles independentes terem começado a se organizar para você entrar na eleição — comenta Kimba. — Falei com o representante deles e perguntei em que pé estão. Já estão com setenta por cento das assinaturas. Essa parte foi fácil, ainda mais depois do discurso que você deu.

— Parece errado que as coisas que falei no discurso fúnebre do meu irmão tenham instigado tudo isso — declara Maxim.

— Não muito — retruco. — Você desafiou as pessoas a não terem medo. A não deixar que o que aconteceu as impedisse de fazer o que Owen teria desejado.

Nós dois sabemos que, se dependesse de Maxim, iríamos permitir que o medo nos impedisse. Também estou com medo, mas chega um momento em que a necessidade de agir supera o medo. Estamos em risco. Se ele fizer isso, meu trabalho será garantir que Maxim tenha a maior chance possível de ganhar. O trabalho de Grim será nos manter seguros.

E meu privilégio é amar Maxim independentemente de qualquer coisa.

— Bem, vou correr de volta pro escritório — diz Kimba, parando. — Tem uma coisa sobre a qual precisamos conversar se você topar seguir com isso e a Hunter, Allen e Associados assumir você.

— Qual é? — pergunta Maxim.

— Não transamos com os candidatos — afirma ela. — Tem sido nossa regra desde o início, e é uma das poucas coisas pelas quais somos conhecidas e construímos nossa reputação. Bem, quando era Owen concorrendo, acho que Lennix poderia ter deixado o namoro de vocês se tornar público. Não era o ideal, mas teríamos superado isso. Se você for o candidato de fato, ela tem razão. Mulheres já aguentam coisas demais sem as pessoas presumirem que vamos transar para chegar no topo da eleição toda vez que nos aproximamos de um candidato, se é que me entende.

A expressão de Maxim é dura e sem emoção, a face de um penhasco.

— Não acho que…

— Vocês têm três opções. — Kimba me interrompe. — Opção número um: Lennix não trabalha na sua campanha.

— De jeito nenhum — retruco. — Se ele for concorrer, estou dentro.

— Certo. — Kimba assente. — Opção número dois: você pausam o namoro durante a campanha.

— De jeito nenhum — responde Maxim. — Ninguém pode esperar que um homem ame seu país *tanto* assim.

Cubro meu rosto corado, mas Kimba ri, me lançando um olhar malicioso.

— Foi o que pensei. Então é a opção número três. — Ela fica séria e abre a porta. — Discrição. Estou falando sério. Você não saíram muito juntos, então entendo como esconderam isso da imprensa nos últimos meses. Estamos falando de um ano. Conseguem esconder do público e da nossa equipe por um ano? Porque, se uma de nós começar a quebrar as regras, é o início do caos. Também é minha empresa. Minha reputação. — Ela balança o dedo entre nós dois. — Vocês não vão arruinar minha reputação porque Maxim não consegue manter o pau dentro da calça.

— Eu? — Maxim aponta para mim. — E ela? Ela quer ele o tempo todo. Estou avisando. Mal consigo mantê-la satisfeita.

Morta. Estou morrendo de vergonha, e tudo que eu disser será comunicado do pós-vida. Essa conversa toda acabou de se tornar uma sessão espírita.

Meu constrangimento absoluto deve estar estampado no meu rosto, porque os dois começam a rir quando me olham. Kimba bate o punho no de Maxim.

— Olha, isso foi superdivertido. Tenho que admitir. — Ela para de rir do nada e lança um olhar de aviso para nós dois. — Mas é sério. Discrição. Nenhum de nós pode se dar ao luxo de um escândalo.

Quando a porta se fecha, Maxim se aproxima, para na minha frente e me levanta. Empurro seu peito, criando espaço entre nós.

— Ela falou sério, doutor, e eu também. Não pode ficar mais no meu apartamento nem usar a entrada dos fundos. Acabou essa história de transar todos os dias.

Ele me lança um olhar irônico, porque, na verdade, é raro transarmos só uma vez por dia.

— Certo, acabou essa história de transar duas vezes por dia. Sei que é irreal pensar que nunca vamos… escorregar. É por isso que Kimba nos deu essa opção, mas não podemos abusar.

— Então quando você nos vê fazendo amor?

— Não muito, e apenas sob circunstâncias bem especiais.

— Tipo às terças-feiras?

— Estou falando sério. Não quero ser aquele clichê, o caso durante a campanha. — Fecho os olhos e balanço a cabeça. — O candidato e o casinho dele da campanha.

— Casinho? — Suas mãos cobrem as curvas da minha bunda antes de subirem de volta para minha cintura. — As pessoas podem se apaixonar e entrar na política. *Nós* estamos apaixonados. Eu sou seu. Não é nada absurdo.

Estendo as mãos para segurar seu rosto bonito de ângulos duros e simétrico.

— E eu sou sua. Sabemos disso, mas, a essa altura, é uma questão de percepção. Kimba e eu não podemos arcar com o dano que isso causaria a nossa reputação, e, quando for candidato, você também não.

Depois de um instante, ele assente.

— Bem, tudo isso é irrelevante se eu não concorrer.

— Mas você quer, não quer? — pergunto, examinando seus olhos e achando aquela faísca de empolgação que está ficando difícil para ele esconder. — Consigo ver que está começando a fazer sentido pra você.

— É complicado. — Ele dá de ombros. — Como medida preliminar, fiz meus advogados começarem a ver como isso afetaria meus interesses comerciais.

— Você teria que formar um fundo e apontar outras pessoas para comandar a CadeCo, teria que entregar totalmente a empresa se ganhar.

— É muita coisa para abrir mão. — Ele se curva um pouco até estarmos no mesmo nível. — Mas e se aqueles adolescentes que sonharam em mudar o mundo, torná-lo um lugar melhor, num campo de tulipas há tantos anos atrás, realmente conseguissem fazer isso juntos?

Inspiro profundamente, sem me permitir pensar no bem que poderíamos fazer se essa coisa improvável realmente acontecesse.

— Senhor Cade, isso seria o que chamamos de… — digo, ficando na ponta dos pés para lhe dar um leve beijo —…um sonho se tornando realidade.

CAPÍTULO 39
LENNIX

Maxim anuncia sua candidatura em Colorado, o estado em que ele registrou sua residência e onde votou nos últimos anos. Acho que estou mais nervosa que ele. Na sala de estar de sua casa, alguém está passando pó nele para reduzir o brilho de seu rosto, e ele está rindo enquanto as câmeras e o kit de iluminação estão sendo instalados.

— Mudamos a última linha? — pergunto a Glenn, que voltou para a campanha como redator.

— Sim — responde ele. — Mas Maxim deve ter mudado muito mais do que aquela linha depois que saímos.

— Por que diz isso? — indago, já no leve modo pânico.

— Ele me parece ser um cara bem detalhista. Não vai ser a primeira ou a última, tenho certeza. Não é o irmão.

— Hum, regra fundamental, Glenn.

Nossa equipe estabeleceu uma regra fundamental de não fazer comparações entre Owen e Maxim e de desencorajar a imprensa a fazer o mesmo. Haverá quem diga que isso é um movimento oportunista de Maxim quando na verdade é um grande sacrifício de muitas formas. Financeira *e* pessoalmente.

O produtor faz a contagem regressiva, e, quando a luz vermelha da câmera acende, ela foca em Maxim.

— Estou aqui para anunciar formalmente minha candidatura à presidência dos Estados Unidos da América — declara Maxim. — Ninguém está mais chocado de me ouvir dizer isso do que, bem, eu.

— Isso estava no discurso? — pergunto a Glenn, virando minha cópia impressa dos principais pontos do discurso de Maxim. — Não lembro desse começo.

— Te falei — responde ele, irônico. — Nem sei se ele está olhando para o teleprompter.

— Muitos de vocês me conheceram quando meu irmão Owen estava concorrendo à presidência.

Dissemos que não iríamos direto para Owen. Eu suspiro.

Maxim ri.

— Você acha que seu irmão mais velho é um saco? Tente crescer com o cara que sabe desde os 5 anos que vai ser presidente um dia. É um outro nível de mandão.

Kimba se aproxima de mim.

— Sei que está surtando aqui, mas ele está ótimo. Deixa ele.

— Por que não está usando o discurso que passamos horas escrevendo?

— Grandes líderes têm um grande instinto. Confie no dele, tá bem?

Solto um longo suspiro e assinto, relutante.

— Nunca aspirei ser presidente — diz Maxim, e seu sorriso some. — Eu queria mudar o mundo, e a maioria dos políticos que eu via não estava fazendo isso. Estavam cuidando de si mesmos. Como a maioria sabe, sou um homem rico. Nasci assim. Não pedi por isso, mas sou. Isso é privilégio. Eu o usei na minha vida pessoal para ajudar aqueles que não o têm. Agora quero fazer isso em nome daqueles neste país que estão com dificuldades. Sou um capitalista, e não me desculpo por isso. Acredito em escolhas e trabalho duro. É por isso que não vou concorrer como democrata nem como republicano, e sim como independente.

Ele lança um olhar irônico para a câmera, uma mecha de cabelo escuro caindo para a frente e provavelmente já conquistando alguns votos.

— É nessa parte que você me descarta, não é? Porque nenhum independente nunca ganhou uma eleição presidencial. É nessa parte também que você se engana. Não pretendo ser uma nota de rodapé ou um entretenimento nesta campanha. Pretendo ser uma força, sempre voltando a falar dos problemas quando somos distraídos por tabloides, moldando o diálogo ao redor das necessidades dos cidadãos comuns, mesmo que vocês tenham dificuldade em me ver como um.

Ele se inclina para a frente, com os cotovelos nos joelhos, como já o vi fazer milhares de vezes quando quer enfatizar algo.

— Talvez você tenha receio porque nunca governei algo. Entendo as complexidades do governo e já comandei uma empresa de bilhões de dólares. Sei como fazer dinheiro, que é algo que seria útil para um país como o nosso, com trilhões, sim, com T, trilhões de dólares de dívida, mas também acredito que o povo não deveria ser sacrificado por isso.

Estou prendendo a respiração, sem ideia de como o público reagirá.

— Estamos enfrentando problemas maiores do que nunca neste país. Precisamos de soluções ousadas. Muitas coisas no futuro assustam vários de vocês, e eu entendo. De acordo com os especialistas, a automação, os robôs vão tomar uma grande parte dos trabalhos realizados por humanos. Cidades inteiras podem em breve ficar submersas por causa da mudança climática. Tensões no mundo deixam muitos de nossos vizinhos globais à beira da guerra. Não vou fingir que não é assustador, mas garanto a vocês que não estou com medo. Genialidade e inovação moram no DNA desta nação. Se enfrentamos problemas novos todos os dias, há aqueles entre nós que têm as respostas, que vão *achar* as respostas. E, quando essas respostas não existirem, nós a criaremos. Sou um cara que sabe criar algo do nada. Fiz isso por mim mesmo. Me deixem fazer por vocês. — A paixão na sua expressão se abranda, e um sorriso triste curva seus lábios. — Comecei esse discurso falando do meu irmão, Owen. Como sabem, ele foi assassinado há pouco tempo. Estou anunciando depois dos outros candidatos porque eu não tinha intenção nenhuma de um dia fazer isso. Eu queria apoiar meu irmão. Ele teria sido um presidente incrível, e Mille seria uma primeira-dama extraordinária.

Ele pausa, engole em seco e pisca rapidamente, um brilho de lágrimas nos olhos verdes.

— Eu daria tudo para tê-lo de volta, para tê-lo sentado aqui no meu lugar, falando com você sobre sistema de saúde, previdência social, equidade salarial e todas as coisas que ele acreditava serem o *mínimo* que podíamos fazer como pessoas. — Ele baixa o olhar para as mãos, presas entre os joelhos, e depois se volta para a câmera. — Essa escolha foi tirada de mim, mas esta aqui, não. Escolho fazer o que sempre quis fazer: mudar o mundo. E Owen fez este cara cínico e não muito moderado acreditar de novo. Torço para que eu consiga fazer o mesmo com muito de vocês. Essa campanha não é de movimentos pequenos, e sim de grandes ideias. Eu construí minha vida com sonhos impossíveis.

Seu sorriso malicioso me assusta, porque sei que ele promete travessura.

— Uma vez, eu estava tentando impressionar uma garota bonita e lhe contei todos os meus grandes sonhos: que queria tornar o mundo um lugar melhor, que queria mudar uma nação, esta nação. Perguntei se isso era arrogante ou presunçoso. Sabem o que ela respondeu? — Ele ri e junta as mãos. — Ela respondeu que revolução exige certo grau de soberba. Tenho soberba de sobra. Caso vocês saibam ou não, precisamos de uma revolução. Precisamos mudar as coisas. O status quo não é o bastante para o que vem pela frente. Não vamos temer o futuro. Vamos criá-lo.

CAPÍTULO 40
MAXIM

— Você tem centenas de mensagens — conta Jin Lei com um tom sucinto.

— Bem, acabei de anunciar que vou concorrer à presidência — respondo, sem erguer o olhar do laptop. — Isso tende a agitar as pessoas.

— Não acredito que vai mesmo fazer isso — comenta ela, apoiando um ombro no batente da porta. — Tipo, presidente.

— Nem eu, mas, ei, se eu me tornar presidente, talvez eu possa te dar um trabalho que seja bem mais fácil do que o que você faz pra mim agora.

— Por exemplo?

— Secretária de Defesa?

— Eu não aceitaria a redução salarial — responde, se virando para sair. — Vou embora, se não for precisar de mais nada.

— Estou bem. Acho que Kimba está chegando logo, logo com algumas observações. Tive que sair do anúncio e quase imediatamente entrei para recuperar esse acordo de Hong Kong. Pelo que parece, nossos acionistas não ligam se vou concorrer à presidência. Eles querem o dinheiro independentemente de qualquer coisa.

Trabalho por alguns minutos num silêncio abençoado, resolvendo mais coisas do que resolvi desde que acordei. Conversei com Millie brevemente, e ela me assegurou de que eu tinha sua bênção, mas depois desligou às pressas. Minha mãe e meu pai ligaram. Minha mãe basicamente chorou durante toda a conversa. Falou bastante de como Owen teria orgulho de mim por continuar de onde ele parou. O que me deixou bem emocionado, e depois meu pai entrou na chamada e me disse que "fiz a coisa certa". Em termos de elogios do meu pai, isso foi quase uma ovação.

— Toc-toc.

Ergo o olhar, e Lennix, não Kimba, está na porta. Ela está de calça jeans e uma camisa escrito INDÍGENA OU NADA... Fofo.

— Toc-toc pra você. — Eu me afasto da mesa. — Que surpresa agradável. Estava esperando por Kimba.

— Ela teve que ir para o Alabama. Tem uma eleição lá que está esquentando, e precisaram de um pouco de ajuda.

— Então estou preso com você, é? — Balanço a cabeça e suspiro devagar. — Fazer o quê.

Ela entra na sala e se senta na beira da mesa. Quero pegá-la e colocá-la no meu colo, mas me controlo. Dissemos que tentaríamos nos comportar, então vou deixar que ela tome as rédeas. Ela tira um bloquinho de notas do bolso.

— Ah, esse é o famoso caderno? Onde você anota tudo que fiz de errado e me diz como me comportar melhor da próxima vez?

Ela ergue o olhar com um sorriso torto.

— Isso.

— Bem, vá em frente.

— Você ignorou o teleprompter.

— Hum, sim, porque tinha um discurso nele, e decidi não usar aquele discurso, então... não precisava do teleprompter.

— Certo. Você saiu completamente do roteiro.

— Senti que eu sabia o que era melhor pra mim naquele momento. Não pode dizer a um cara cujos instintos o salvaram a vida toda para ignorar os instintos.

— Sim, bem, eu agradeceria se a gente pudesse pelo menos ter discutido esses seus instintos antes de você ceder a eles na frente de milhões de pessoas.

— Não é pedir muito.

— Você começou com Owen, e decidimos que não íamos fazer isso.

— Eu precisava fazer isso. — Passo a mão sobre os músculos tensos da nuca. — Ele é o motivo para eu estar dando uma chance a isso. Tive que mencioná-lo de cara. O que mais você tem?

Ela se levanta, dá a volta na mesa e se curva até nossos rostos estarem nivelados.

— Estou muito, muito orgulhosa de você — sussurra, diminuindo o espaço entre nossas bocas e me beijando.

Seu gosto é tão puro quanto estava na primeira vez em que a beijei numa noite escura, numa rua de pedras. Me levanto e a beijo de volta com toda a esperança e todo o amor que ela inspira em mim.

Olho por cima do ombro dela para a porta do escritório aberta, vendo o corredor vazio. Seguro sua bunda e pressiono minha ereção nela.

— Então hoje é terça? — pergunto.

Ela ri e encosta a cabeça no meu ombro.

— Não, doutor. Terças vão ser ocasiões bem raras e especiais, por um bom tempo.

CAPÍTULO 41
LENNIX

— Precisamos agendar algumas assembleias municipais — diz Kimba, encarando o laptop. — Maldito círculo girando. Steve Jobs deveria ter resolvido isso antes de morrer, que descanse em paz.

— Ele revolucionou o computador pessoal e mudou praticamente toda a sua vida com um celular — responde Maxim, seco. — Podia dar uma folga pra ele.

— Por favor, não me diga que você é um fanático pelo Jobs — grunhe Glenn.

— Fanático? Nããããooo — nega Maxim, balançando a cabeça. — Ele deveria ter um estado com seu nome? Provavelmente, sim.

O restante dos funcionários seniores ao redor do escritório de campanha de Maxim em Nova York riem. Montar nossa sede aqui foi uma boa ideia. Sim, a sede da CadeCo é aqui. É a cidade mais descolada do país, pelo menos na percepção das pessoas, e o centro da música, do teatro e das artes. Também é fácil conseguir se destacar. Viralizar aqui é moleza, e ainda fica relativamente perto dos estados decisivos como Pensilvânia, Ohio, Michigan e New Hampshire. O fato de Maxim ter um prédio no SoHo, onde a maioria de nós mora enquanto estamos na cidade, também ajuda.

— Ei, falando de agendar assembleias municipais — diz Glenn —, Lacy Reardon não trabalhava com você? Ela desenvolveu um aplicativo chamado SkedAdv e é um organizador de agendas dos sonhos.

Kimba e eu trocamos um rápido olhar de "Deus tenha misericórdia" com a menção de Lacy, a garota que dispensamos depois que o seu caso com Susan Bowden foi descoberto.

Pela esposa de Susan.

Situações como essa me deixam ainda mais determinada a manter o namoro com Maxim em segredo. Embora não haja nenhuma infidelidade ou mal comportamento, sexo e política têm um passado tórrido. Toda vez que eles se encontram, o público vê isso como um escândalo. E escândalos destroem campanhas.

— Sim, Lacy trabalhou com a gente — responde Kimba. — Na campanha de Susan Bowden por um tempo, mas acabou saindo. Ela é muito talentosa. Soube que assinou recentemente com um dos democratas.

— Campanha do Dentley, não é? — pergunto, mantendo o tom casual. — Governador de Nova Jersey?

— Isso, fizemos um projeto juntos há alguns meses — comenta Glenn. — Talvez a gente possa convencê-la a vir trabalhar para Maxim.

— Acho que já estamos fechados — respondo. — Mas você tem razão. Ela é ótima. Bem, de volta às assembleias municipais.

— Eca. — Maxim estremece.

— Eca? — pergunto, rindo. — Você é uma menina de 14 anos?

Ele joga um biscoito da sorte fechado no plástico para mim, que ricocheteia no meu peito. Ele dá de ombros, parecendo todo inocente.

— Opa.

Reviro os olhos e não consigo conter um sorriso.

— Assembleias municipais. Precisamos de algumas nos estados decisivos.

— Uma perguntinha — interrompe Maxim enquanto come outro biscoito da sorte. — Thomas Jefferson vai estar lá? Não foi ele a última pessoa que se importou com um evento municipal?

— Maxim, precisamos que se conecte com o povo e responda suas dúvidas — explica Kimba. — Além de muito jovem, você nunca trabalhou no governo.

— Com tanta gente falando da minha idade, quando perguntarem quantos anos tenho, agora vou dizer que faço 40 em breve.

— Você está com tudo hoje, hein? — afirmo.

Seu olhar acaricia cada parte do meu rosto. Arregalo os olhos para avisá-lo de que ele está fazendo aquilo de novo, em que faz parecer que está apaixonado por mim. Maxim abaixa o olhar e pega o celular

Meu telefone apita com uma notificação minutos depois quando ainda estamos listando as razões para Maxim ir aos eventos municipais. Mesmo com seu nome de contato alterado, quase quebro uma unha correndo para pegar o celular antes que alguém veja.

King: Eu preciso muuuuuito que terça chegue logo.

Eu: Estamos indo tão bem. Só aguente firme.

King: Não se diz pra um cara com as bolas inchadas pra "aguentar firme".

Dou uma risadinha e percebo Glenn me olhando de forma curiosa quando ergo o rosto.

— Qual é a graça, Nix? — pergunta ele com um sorriso.

O sorriso de Maxim congela e se despedaça como gelo.

Ah, merda.

— Hum… nada. Estou bem. — Tiro o elástico do cabelo e então o coloco de volta num rabo de cavalo. Não sei o que fazer com as mãos e não sei por que Glenn me chamou de Nix. Não seria nada de mais se outra pessoa além de Maxim me chamasse de Nix, mas *ninguém* me chama assim. — Hum, então, assembleias municipais?

Maxim ainda está encarando Glenn, que não percebe e continua conversando com Polly, nossa auxiliar de agendas, sobre opções de lugares.

— Não estou dizendo para a gente não se conectar com os eleitores e lhes dar uma chance de fazerem perguntas — diz Maxim. — Só acho que a gente precisa rever o conceito e deixá-lo mais consistente com minha marca, que é jovem, progressista, inovadora. Assembleia municipal é algo tão inovador quanto água encanada.

— Em que você está pensando? — pergunta Glenn.

Maxim ainda está com fogo nos olhos quando se vira para Glenn, mas ninguém além de mim parece notar.

— Que tal eventos itinerantes? — pergunto. — Gosto de eventos políticos itinerantes.

— Adorei. — Maxim oferece o punho para um soquinho do outro lado da mesa, de um jeito bem *parceiro* e *amigão*, sendo que há poucas semanas nós estávamos dormindo juntos todas as noites e acordando juntos para tomar café da manhã na cama. — E se pensarmos de forma estratégica, podíamos usar um ônibus para cada parada. Compenso toda vez que voo e me certifico de que estou equilibrando a emissão de carbono, mas isso passa batido. O eleitor comum só vai me ver passeando pelo país todo de jatinho privado e se perguntar como isso se encaixa com o meu posicionamento sobre a crise climática. Bem, tenho que voar muito, mas, sempre que a gente puder minimizar isso, acho que deveríamos.

— Adorei a ideia do ônibus — diz Kimba. — Parece meio antiquado, mas também é mais sustentável do que o avião. Mas vou logo avisando que não vou de ônibus até a Califórnia, então pode esquecer isso agora mesmo, sr. Candidato.

Maxim ri com o resto da equipe. Nós acertamos outros detalhes e fazemos algumas discussões preliminares sobre o primeiro debate em junho. Maxim está em desvantagem por ser independente, então ele não terá a mesma visibilidade nos debates da TV que os democratas e os republicanos patrocinam. Por sorte, o nome de Maxim está na boca do povo, e ele tem convites para todos os programas matinais, programas noturnos de entrevistas, políticos — pode escolher qualquer um, todos o querem. Nossa estratégia é transformar a desvantagem num bônus, porque, enquanto os palcos estão abarrotados com dez a quinze candidatos competindo pelo tempo de fala e se destruindo antes da nomeação, Maxim tem plataformas só para ele com várias oportunidades de articular sua visão sem ser contestado e, em geral, num cenário menos formal, o que funciona melhor para ele.

Quando a reunião acaba, Kimba e eu começamos a guardar as coisas para irmos para casa. Parece que estamos na faculdade de novo: morando juntas, mas sem o macarrão instantâneo, a pizza congelada e a meia na porta quando Kimba vai transar.

— Nix, posso falar com você um minuto? — pergunta Maxim, sem tirar os olhos do notebook.

Kimba e eu trocamos um olhar cauteloso. Ele tem sido ótimo em manter as mãos para si e, tirando os olhares pontuais de *eu te amo muuuuito*, dá para dizer que está até discreto.

— Hum, claro. — Aceno com a mão para Kimba seguir em frente. — Te encontro já, já.

— Tá bom — responde ela, com um sorriso malicioso. — Te vejo em casa.

Sou a última no escritório, e é estranho estar completamente sozinha com Maxim depois de quase um mês. Já compartilhamos alguns beijos roubados, mas estivemos muito ocupados para algo além. Maxim ainda tem um negócio para administrar, mesmo que tenha delegado o máximo que conseguiu.

— Pode fechar a porta? — pede, com o olhar ainda grudado na tela.

— Hum, não sei se devi...

— Feche. — Sua voz é autoritária, de um jeito que não escuto há muito tempo. Meus mamilos reagem na hora ao tom firme, crescendo sob minha blusa como se ele os tivesse lambido com a língua, e não com as palavras afiadas.

Me sento do outro lado da mesa de reunião e aguardo. Ele digita por mais ou menos um minuto e então fecha o computador.

— Desculpe. Jin Lei não liga para assembleias municipais ou eventos itinerantes. Ela quer que eu tire esses investidores de Hong Kong das costas dela. Ela está a caminho.

Ele se levanta do nada, atravessa até a porta que eu fechei e a tranca.

— Doutor — digo, com um aviso na voz. — A gente tem ido tão bem, e este definitivamente não é o lugar.

— Eu entendo. Não temos que fazer a terça, mas precisamos conversar.

— Certo. O que houve?

— Glenn. — Ele estreita os olhos. — Ele é um problema.

Solto um suspiro aliviado e uma risadinha.

— Nossa, você me deixou preocupada. Por que Glenn é um problema? Ele é um ótimo redator, o que você saberia se seguisse os textos dele.

— Ele está a fim de você.

— Você está vendo coisas onde não tem. Somos amigos. A gente se conhece há muito tempo. É nossa quinta campanha juntos.

— Ele te chamou de Nix.

O que, segundo os critérios de Maxim, parece ser o equivalente a me beijar na boca.

— Ele não sabe. Como saberia que não deve me chamar de Nix?

— De alguma forma mágica, ninguém mais chama quando me ouvem te chamar assim. Só ele. Só Glenn.

— É coisa da sua imaginação. Trabalhamos juntos por anos, e ele nunca tentou nada comigo.

Maxim estende o braço sobre a mesa e cobre minhas mãos com a sua. Ele me prende com seu olhar intenso. Mesmo que seja por causa de algo bobo, eu me banho na sua atenção total, pois, ultimamente, parece que sempre tem algo competindo por ela. Neste momento, eu o tenho todo para mim, completamente focado, e esqueci como era essa sensação.

— Se ele te tocar — diz Maxim, com o tom perigoso e totalmente direto —, está demitido. E não tente esconder isso de mim. Vou descobrir.

— Como? Pelo segurança que eu não deveria saber que está ali, mas sei que está?

— Você concordou com as condições. Não podemos baixar a guarda com Gregory solto por aí.

Com Maxim indo tão bem nas bocas de urnas para um independente, é fácil esquecer que tem alguém lá fora que quer nos matar. Espero que Gregory não esteja simplesmente nos embalando numa sensação falsa de segurança para depois atacar quando menos esperarmos.

— Alguma pista? — pergunto.

— Grim acha que o informante da CamTech é a melhor opção.

— Não pensei nisso.

— É por isso que ele é bem pago — responde Maxim, com o sorriso surgindo e sumindo antes que eu possa aproveitar seu calor. — É a única pessoa que sabemos ter tido algum tipo de contato com Gregory quando a informação da vacina foi vazada. Vamos achar o informante, e depois *quebrar* o informante, o que Grim faz muito bem, falando nisso.

— Ah, não duvido. Wallace está ajudando?

Ele ergue o rosto, faz uma careta e revira os olhos.

— Se comporte — peço, rindo.

— Sim, Wallace e a equipe da CamTech estão cooperando.

Maxim levanta e se senta na beira da mesa de reunião, me puxando para ficar de pé entre suas pernas.

— Não quero falar do seu ex-namorado — afirma, pairando os lábios sobre os meus. — Vamos falar do atual.

Não hesito, me abrindo para ele, com tanta fome quanto ele por qualquer migalha, um beijo, um toque. Nosso amor pareceu tão vasto em Wyoming, tão extenso e esparramado quanto o céu. Agora ele parece compacto, reduzido a minúcias de alguns beijos-migalhas, toques roubados sob as mesas e olhares longos com nossas fantasias se encontrando em salas cheias.

Ele mergulha os dedos no meu cabelo, puxando o elástico para que as mechas se espalhem em seus dedos. Ele inclina minha cabeça e cochicha em meio ao nosso beijo:

— Tem certeza de que temos que continuar fazendo isso? Eu sinto tanta saudade, Nix.

Lambo sua boca, me estico, envolvo os braços ao redor de seu pescoço e pressiono minha barriga na ereção dele, fazendo nós dois grunhirmos.

— Também sinto sua falta, mas, se isso vazar, acredite, seria uma distração muito grande, e as pessoas que estão começando a te levar a sério desistiriam de você. Eles nos reduziriam a um candidato trambiqueiro trepando com uma novinha da campanha.

— Novinha, hein? — Ele ri. — Agora você está tentando me fazer parecer um velho safado.

— Ei, *você* começou a me desejar quando eu só tinha 17 anos.

Seu sorriso some, e ele aperta as mãos na minha cintura.

— Você estava tão fantástica naquele dia. Do carro do meu pai, eu te ouvi antes de te ver. A convicção na sua voz, e depois você foi tão... tudo. — Ele segura minhas bochechas e pousa a testa na minha. — Não tinha como resistir.

— Nem eu — sussurro, curvando o corpo para mais perto do dele, amando como nos encaixamos.

— Quero que nossa filha seja igualzinha a você.

A palavra *filha* me abala, e abaixo os olhos. Ficar longe por causa da campanha é muito difícil, só que fazer o trabalho para elegê-lo, ver como o povo reage a ele, faz isso parecer... possível. Por mais insistente que eu tenha sido com a sua candidatura, nunca parei para pensar no que aconteceria se ele realmente ganhasse.

O que aconteceria comigo.

Maxim nunca fez um pedido de casamento, mas queremos passar a vida juntos. Se ele ganhar a eleição, um casamento é um mundo completamente novo que demandaria sacrifícios que nunca considerei. Sacrifícios que não sei se quero fazer.

— Você me ouviu, Nix? — pergunta Maxim, erguendo meu queixo para encaixar nossos olhares. — Falei que quero que nossa filha seja igualzinha a você.

Ainda estou tentando formular minha resposta quando uma chave vira na porta da sala de reuniões. Nós nos afastamos às pressas, meu coração batendo três vezes mais rápido. Maxim parece mais relaxado, se sentando na cadeira na frente do seu laptop como se fosse seu destino o tempo todo. Jin Lei abre a porta. Ela é uma das poucas pessoas que sabem de nós. Sabe de tudo da nossa vida, até de Gregory.

— Ah! — exclama Jin Lei, tão assustada quanto nós. — Desculpe interromper. Esqueci uma coisa. Não percebi que...

— Você não interrompeu — garanto a ela, evitando o olhar examinador de Maxim. — Eu já estava de saída.

CAPÍTULO 42
LENNIX

— Não sou monge nem padre — declara Maxim da pequena plataforma que montamos no Love Park, da Filadélfia, com a icônica estátua LOVE e suas letras vermelhas empilhadas logo atrás dele. — E, sim, em algum momento, traguei.

Ele pausa para a risada da multidão. Nós finalmente o convencemos a usar a camisa da campanha. Ele se sentiu estranho ao usar o próprio nome no peito. O homem fabrica sutiãs com garrafas de água recicladas, mas fica inquieto com roupas que levam seu nome.

— Só que não sou mentiroso — continua Maxim. — Não sou covarde, e sei como construir algo do nada. Olho bastante para o passado para aprender com a nossa história, mas não permito que práticas antiquadas nos mantenham longe do futuro mais brilhante. Cavem bastante no meu passado, e talvez me achem dizendo algo idiota ou em que não acredito mais. Olhem com atenção e verão meus defeitos, mas também verão alguém com visão e, espero, integridade para não se deixar enganar.

Começamos nossos eventos políticos em Nova York, e nosso ônibus Cade tem viajado pelos estados todos os dias. De modo inerente, a natureza viral e simples do formato itinerante significa que as multidões tendem a ser mais jovens. Acredito que vamos conquistar os millenials na eleição em novembro. Eles são, claro, o primeiro grupo demográfico a se adaptar. Não desconfiam tão rápido da "juventude" relativa de Maxim, e a ideia de realizar algo histórico — eleger um presidente independente — os atrai. *Maxim* os atrai, especificamente. Ele é lindo e charmoso, aquele poder controlado e cru atrai as pessoas, mas é o sopro de sua inteligência e seu humor inesperado que conquistam a atenção deles.

— Que merda, hein — murmura Kimba ao meu lado na lateral da multidão.

— O que foi? — pergunto, me forçando a desviar o olhar de Maxim.

— Não dá pra tirar os olhos dele. — Kimba aponta com a cabeça para o palco. — E Glenn não consegue tirar os olhos de você.

— O quê?

Olho ao redor e encontro Glenn. Ele está a alguns metros de distância, mas desvia os olhos rápido.

— Bem, com certeza esse sutiã laranja não ajuda — comenta Kimba, irônica.

Está quente para maio, e decidi experimentar uma das regatas "Crie o futuro" da campanha. Não previ a alça do meu sutiã laranja deslizando pelo braço toda hora.

— Ele ficou encarando seus peitos o dia todo. — Kimba ri. — Você *sabe* que ele tem uma queda por você, não é?

— Quem? Glenn?

— Não tem como você ser tão distraída, Lenn. Como uma mulher tão sagaz como você… — Ela bufa e revira os olhos. — Meu Deus, você é mesmo distraída.

— Glenn e eu nos conhecemos há anos. É nossa quinta campanha juntos. Somos *amigos*.

— Hum, sim. Ele soube que você estava trabalhando nas três primeiras e garantiu que estivesse lá também, e, nas últimas duas campanhas, as de Owen e Maxim, você o colocou. O cara está sedento. Ele pode se matar de escrever discursos, mas só pensa em você, querida.

Fico ao mesmo tempo chocada e decepcionada.

— Maxim disse a mesma coisa — afirmo.

— Ai, meu Deus. Quando Glenn te chamou de Nix naquele dia, achei que Maxim fosse surtar. Glenn deve estar com uma cicatriz daquele olhar.

— Você notou?

— Eu, diferente de você, reparo em tudo, vejo todos os sinais e os interpreto por um precinho.

Batemos palmas num argumento emocionante do discurso de Maxim com o restante da multidão.

— E quando você planeja usar toda essa habilidade de observação de relacionamentos para si mesma? — pergunto.

— A mamãe aqui tem necessidades, e as satisfaz, mas *não* preciso de um relacionamento.

— Você viu o David no funeral?

— Mulher, por favor. — Kimba bufa. — David foi uma aventura da juventude. Vê-lo de novo, mesmo se não tivesse sido em um funeral, não causaria nenhuma faísca.

— Quando vai achar um cara que te dê mais do que uma ou duas noites?

Uma sombra cruza o rosto de Kimba, e ela remexe o anel dourado que usa na mão direita.

— Caras como Maxim não dão em árvore.

Antes que eu possa investigar isso, Polly se aproxima.

— Oi, moças. Acho que Maxim tem que fazer um pequeno desvio.

— Desvio? — pergunto. — Como assim?

— Jin Lei precisa dele em Connecticut — responde Polly. — De tarde até de noite. Ele tem que partir assim que isso acabar. Parece que foi coisa de última hora.

— Hoje à noite? — Kimba balança a cabeça. — Ele tem um jantar com líderes locais, e depois partimos de manhã para Pittsburgh.

— Calma. Connecticut? — indago. — É Millie?

— Sim. É o aniversário dos gêmeos, e Millie quer que as coisas sejam normais para eles — explica Polly. — Vão dar uma festa grande na casa dos pais dela. As crianças pediram para o tio Max ir.

— Ele tem que ir. — Assinto, olhando para Kimba. — Vamos cobrir o jantar com os líderes locais. Assim que souberem que Maxim teve um compromisso associado com Owen, vão perdoá-lo por faltar.

— Jin Lei disse que o pai de Maxim deixou o jato da empresa à disposição no aeroporto — afirma Polly. — Deve ser legal, não é? Não dá pra imaginar que Maxim tem *esse* tipo de riqueza. Bem, tirando as roupas caras e o relógio que custa mais do que o PIB de alguns países pequenos.

Sei que a riqueza é uma grande parte de Maxim. Para ele, é uma expressão de sua independência do pai, de seu próprio espírito inovador. Entendo tudo isso, mas sempre haverá uma parte de mim que se lembrará da nossa semana em Amsterdã. Comendo pão crocante e bebendo vinho na cama. Contando tulipas no campo. Nossos corpos procurando e achando um ao outro num beco escuro com beijos molhados debaixo da chuva. Nossa, como as coisas eram simples. Nós éramos simples e estávamos no gênesis não só do nosso relacionamento, como também da vida adulta. Descobrindo quem éramos sozinhos, num anonimato abençoado. Agora, o mundo todo observa cada movimento seu, e ele está concorrendo à presidência.

Como que essa é nossa vida?

— Enfim — diz Polly. — Maxim pode pegar o jatinho do pai, participar da festa e do compromisso familiar e voar de volta hoje à noite. Partimos de ônibus de manhã. Está bom?

— Ele já sabe? — pergunto, retornando o olhar para ele, agora sentado num banco e respondendo a perguntas da plateia, que triplicou desde que o boato de que Maxim Cade estava no parque se espalhou.

— Ainda não — responde Polly —, mas está acostumado a fazer tudo que Jin Lei manda e ir aonde deve. Um homem como ele se acostuma a confiar a agenda a outras pessoas. Vou contar assim que ele terminar.

Avalio o perímetro da multidão e a frente do palco, me certificando de que os seguranças estão no lugar. Sob a camisa da campanha, Maxim usa um colete à prova de balas bem apertado, cortesia de Grim. Há seguranças no nosso apartamento no SoHo vinte e quatro horas por dia, o que Kimba diz fazer com que ela se sinta como uma Kardashian, e Rick senta do lado de fora do meu quarto de hotel em toda cidade dessa turnê itinerante. Já me acostumei com isso. Sei que é necessário, mas nunca vou gostar.

Quando acaba no palco, Maxim conversa com pessoas na plateia, tira fotos e, em geral, conquista todos com seu charme. A equipe se reúne para falar do plano para os líderes da Filadélfia agora que Maxim não pode se encontrar com eles. Kimba tem a ótima ideia de fazer Maxim gravar um vídeo que passaremos no início da reunião.

Ele não está mais na frente do palco, então corro para o ônibus, torcendo para alcançá-lo antes de partir. Não só por causa do vídeo, mas porque sinto tanto a sua falta que chega a doer. Só quero cheirá-lo, tocá-lo, relembrar que o homem de quem aparentemente o mundo todo quer um pedaço ainda é meu.

Entro no ônibus Cade, que é grande e muito confortável. Só o melhor para Maxim. Se esse homem estiver no seu ônibus, vai ser a melhor viagem da sua vida.

Glenn está sentado em um dos bancos, com o notebook na mesa.

— Ei, Glenn. — Torço para que minha voz soe normal, agora que sei que ele está *a fim de mim*, segundo Kimba. E, bem, acho que segundo Maxim também. — Você viu Maxim?

— Hum, sim. — Ele fecha o notebook e me encara com os olhos castanhos determinados. — Estávamos revisando algumas anotações para Pittsburgh. Vou continuar trabalhando no discurso enquanto ele está em Connecticut. Ele acabou de sair.

— Ah. — Engulo a decepção. — Eu ia pedir para ele gravar um vídeo para os líderes hoje à noite.

A questão em fingir que você não está namorando nas campanhas é que na verdade *é* difícil namorar em campanhas. Em alguns dias, Maxim e eu mal nos vemos. Hoje é um desses dias. Meu celular apita com uma nova mensagem.

— Kimba disse pra não se preocupar — digo, lendo-a. — Ela descobriu que Jin Lei está com Maxim a caminho do aeroporto e fazendo-o gravar o vídeo agora.

Coloco o celular no bolso da calça jeans. Glenn encara a alça do sutiã laranja pendurada no meu braço, e eu a puxo rapidamente para cima.

— Certo. Bem, melhor eu…

— Parece que a gente tem um pouco de tempo livre nesta tarde — interrompe ele.

— Não muito, na verdade. Kimba e eu vamos assumir a reunião com os líderes locais à noite, então…

— Que tal um almoço tardio? — pergunta ele, rápido, e enfia a mão sob a mesa, puxando para fora duas marmitas montadas por nossos voluntários locais.

— Hum, claro. — Sento à mesa na frente dele e abro a caixa. — Carne assada. Gostoso.

— Não deixe o candidato ver você comendo essa carne assada. — Glenn revira os olhos. — Ele vai querer saber se vem de fonte responsável ou algo assim.

Paro o sanduíche a meio caminho da boca. Percebo que não fui lenta apenas em perceber o que Glenn sente por mim, mas como também posso ter ignorado seus sentimentos por Maxim.

— Mudança climática é uma parte grande da plataforma de Maxim — relembro, avaliando meu sanduíche. — Claro que ele se preocupa com essas coisas. A gente não se preocupa? Você não acredita, Glenn?

— Em quê? No Cade? — Ele ri com desdém. — Bem, eu acredito que ele deve ser o próximo presidente? Sim, acredito, e é por isso que estou aqui, mas digamos que ele não é Owen.

Coloco o sanduíche na mesa, pestanejando para ele como uma coruja.

— Ele nunca alegou ser Owen. Mas eles se parecem em tantos aspectos que é fácil para as pessoas apoiarem Maxim do jeito que apoiaram o irmão. — Dou um gole na garrafa de água que veio com o almoço. — Então você só está aqui pelo peso que vai ter no seu currículo se tiver trabalhado para o novo presidente, *se* ele ganhar?

— Hum, não é só por isso que estou aqui, Nix — responde ele, os olhos passeando pelo meu rosto, meu pescoço, traçando a alça acetinada caindo no meu braço de novo.

— Hum, pode não me chamar assim, Glenn?

— Desculpe. Ouvi Maxim te chamar assim e achei fofo, então eu... — Ele balança a cabeça como se estivesse organizando os pensamentos. — Esquece. Como eu estava dizendo: não estou aqui só por causa do meu currículo. Ao longo dos anos que trabalhamos juntos, bem, comecei a gostar muito de você.

É como um acidente de trem. As luzes estão vindo rápido na minha direção.

— Gostaria de te convidar pra sair qualquer dia. Pra jantar ou ir ao cinema? Teatro. Sei que gosta de peças. A gente podia...

— Glenn, me desculpe. Acho que você sabe que a gente tem uma regra bem restrita sobre namorar pessoas com quem trabalhamos nas campanhas.

A não ser que você seja minha alma gêmea, claro.

— Ah, sim. — Ele tira o anel da lata de Coca-Cola Zero, revirando-o nas mãos. — Entendo. Talvez quando a campanha acabar...

— Glenn, acho... — Pigarreio e encaro a casca do meu sanduíche. — Acho que é melhor a gente continuar amigo. — Arrisco um olhar para ele. — Entende?

Ele pestaneja várias vezes e rápido.

Ele vai chorar? Ah, meu Jesus.

— Glenn, me desculpe. Nunca percebi...

— Não, tudo bem. — Ele levanta do nada, descartando seu lixo numa sacola com movimentos impulsivos.

— Mil desculpas, Glenn. Espero que isso não afete...

— Sou um profissional, *Lennix* — responde ele, enfatizando meu nome inteiro. — Você quer que sejamos amigos. Entendi. Tudo bem.

Ele diz *tudo bem* do jeito que a gente sabe que a coisa com certeza não está *bem*.

Viro para ver Glenn sair do ônibus, andando pelo corredor com pressa como se alguém o perseguisse. Dois pensamentos circulam na minha mente como um carrossel.

Um: não sei se lidei bem com essa situação.

Dois: não quero *mesmo* que Maxim saiba.

CAPÍTULO 43
MAXIM

Eu tenho meu próprio avião.

É um pensamento ridículo, só que, andando na direção do jatinho da Cade Energy, não consigo evitar.

Nem tem a ver com *meu avião é maior do que o seu, pai* ou *olha como sou rico*, já que uso meu avião bem menos do que a maioria dos homens na minha posição. É uma questão de independência. A última vez que estive num avião do meu pai, ele praticamente me disse que eu nunca me tornaria nada sem ele. Cada passo que dei para longe dele provou que meu pai estava errado. Eu tinha 20 e poucos anos na época. Agora, perto dos 40, dar passos para longe da família não parece ser a coisa certa a se fazer, ainda mais quando ainda estamos nos recuperando da morte de Owen.

As exigências dos meus negócios e a campanha me distraem, mas nada pode apagar a dor de perder meu irmão. Tento não falar muito disso porque sei que não vou conseguir seguir em frente se falar. Estive ocupado demais para fazer terapia, embora saiba que preciso. A perda por si só já seria muito com o que lidar, mas a culpa a torna pior — saber que Owen ainda estaria aqui se eu não tivesse atirado no irmão de Gregory, mas eu não poderia ter feito nada de diferente. Não poderia deixar que ele matasse Lennix. Tive que ir buscá-la e, quando o irmão de Gregory apontou uma arma para sua cabeça, tive que atirar nele.

Mas se houvesse uma coisa que eu *pudesse* mudar para reorganizar os eventos que levaram ao assassinato de Owen, eu faria.

Eu me acomodo no assento de couro e resmungo, esfregando o rosto, já exausto. Não sei como vou sobreviver a esta noite, encarando Millie e os gêmeos.

— Senhor Cade.

A aeromoça está parada, de uniforme e solícita.

— Estávamos esperando pela srta. Pérez antes de decolarmos. Queria avisá-lo de que seu carro já chegou e ela vai embarcar logo.

— Salina vai voar com a gente?

— Sim, ela vai — responde Salina detrás da porta de cortinas, sorrindo para a aeromoça quando ela se retira. — Espero que não tenha problema. Seu pai achou que não teria.

Claro que não. Meu pai realmente dificulta muito ser legal com ele.

— Hum, com certeza — respondo. — Tem bastante espaço. Eu só não sabia.

— Millie queria que eu fosse. — Ela usa o assento ao meu lado e tira os saltos altos. — Meus pés estão me matando. Fiquei no tribunal a manhã toda.

— Você tem um escritório na Filadélfia?

— Não, eu tinha um cliente aqui. Ameaça de deportação, mas resolvemos. — Ela me lança um olhar irônico e bem-humorado. — Quem sabe, quando você for presidente, possa resolver nosso problema de imigração.

Rio, me apoiando no descanso de braço, e apoio a mão no queixo.

— Vou ver o que posso fazer.

— Você quer mesmo ser presidente? — pergunta ela, sorrindo.

— Isso não é um estratagema elaborado, então a resposta é sim.

— Seu pai está tão orgulhoso de você.

Salina tem uma relação direta com meu pai, diferente de Millie, já que trabalhou por alguns anos como advogada para uma de suas empresas.

— É? — pergunto, retorcendo os lábios numa careta. — Veremos.

— Ele acha que você vai ganhar tudo. Mas ele... hum, acha que você precisa de uma primeira-dama, se estiver levando isso a sério.

Dou de ombros.

— Não está na descrição do cargo que preciso de uma.

— Só que isso *nunca* aconteceu nos Estados Unidos. Você já está quebrando várias regras. Talvez devesse ser… — ela estende o braço e aperta minha mão, acariciando meus nós dos dedos com o polegar —… convencional nesse sentido.

Houve uma época em que eu teria aceitado o convite tão claramente estampado no olhar que Salina está me dando neste momento. Sei com total autoridade que há uma cama *king size* no fundo deste avião. Sei disso porque, quando estava na escola, talvez tenha sequestrado o avião do meu pai para impressionar uma ou outra garota. Talvez eu tenha usado a tal cama dos fundos.

Alguns caras roubam o carro dos pais. Eu roubei o avião do meu.

— Salina, acho você ótima, mas…

— Como você saberia? — pergunta ela, com a voz rouca. — Não me experimentou ainda. Embora eu venha praticamente me jogando em você desde o casamento de Millie e Owen.

Ela vem se jogando? Não notei, mas, àquela altura, eu já tinha conhecido Lennix, e qualquer outra mulher era uma substituta. Não passou pela minha cabeça que não conseguiria Lennix de volta quando o momento fosse certo para nós dois, então fiquei disponível.

Eu transei nos dez anos em que ficamos separados? Claro que sim.

Mais uma vez. Não sou nenhum monge.

Mas ninguém nunca tocou o lugar que ela marcou no meu coração. A garota que persegue estrelas pousou na Lua e fincou sua bandeira, e eu tenho sido dela desde então.

— Sal, estou namorando — conto a ela. — É complicado e não pode ser público no momento, mas é sério. Desculpe.

Ela baixa o olhar e dá um sorriso amargo. A aeromoça retorna.

— Bem-vinda a bordo, srta. Pérez — cumprimenta ela, alegre. — Gostaria de alguma coisa?

— Vodca — diz Salina, suspirando e me dando um sorriso neutro. — E traga outra depois dessa.

Os gêmeos se reúnem ao redor de um bolo enorme, cortando pedaços para todo mundo com uma faca de plástico. Várias crianças da idade deles riem, espalhando glacê por todos os lados, e mal dá para saber que havia algo de errado se não fosse pela alegria restrita e forçada da mãe deles. Millie está se esforçando muito, mas eu a conheço. Eu a vejo segurando os cacos.

Dentro de uma hora, holofotes iluminam uma linha de barracas grandes abrigando todas as crianças da festa. Consegui alguns minutos com cada um dos gêmeos, e eles parecem estar bem, apesar de tudo. Os mais jovens são mais resilientes. Mas não tive nenhum tempo a sós com Millie, e preciso voltar para a Filadélfia e conseguir dormir pelo menos um pouco antes de embarcamos no ônibus para Pittsburgh amanhã. E para mais três outras cidades que não recordo neste momento.

— Lembro quando eles nasceram — comenta minha mãe, com lágrimas nos olhos quando voltamos para dentro da casa. — E agora eles têm 8 anos. Owen não pôde ver...

Coloco o braço nos seus ombros e a puxo para perto. Ela passou o dia à beira das lágrimas, se contendo pelo bem de Darcy e Elijah, mas está no seu limite.

— Acho que ele vê — diz Salina, pegando a mão da minha mãe. — Foi um longo dia. Deixe eu te levar para seu quarto, sra. C.

Minha mãe assente, a boca se mexendo, mas sem emitir nenhum som. Ela me olha, e as lágrimas escorrem por suas bochechas maquiadas. Eu retribuo o olhar, desamparado. Será que ela está desejando que Owen estivesse aqui em vez de mim? Provavelmente. Na maioria dos dias, eu também. Ele tinha a família, os seguidores, alguém por quem viver além de si mesmo. Eu trocaria de lugar com ele num segundo para poupar Millie da tortura à espreita atrás daqueles olhos azuis que costumavam ser tão alegres.

Minha mãe toca meu rosto.

— Estou orgulhosa de você, Maxim. Sempre foi um menino muito bom. Só nunca soube disso. — Seu sorriso é trêmulo, os olhos brilhantes de lágrimas. — Mas Owen sabia. Ele sempre viu o quanto você era bom. Tentou dizer ao seu pai. Ele ficaria tão feliz por vocês terem acertado as coisas.

Acertamos? Se meu pai continuar se intrometendo na minha vida com manobras como a que ele planejou com Salina, as coisas não vão se acertar.

— Te amo, mãe. — Eu me inclino para beijar sua bochecha. — Ligo da estrada.

Ela assente e se afasta com Salina em direção às escadas. Fico ali sozinho no grande átrio por alguns minutos, sem saber o que fazer. Uma porta se abre no fim do corredor, e meu pai aparece, distraído. Provavelmente com negócios.

— Maxim — chama ele, com surpresa na voz. — Não percebi que ainda estava aqui.

— É. Quero ver Millie antes de voltar para a estrada.

— Sua mãe subiu?

Assinto e digo:

— Hoje foi um dia difícil para ela.

— A maioria dos dias é. Acho que a gente não nasce com o que é preciso para lidar com a morte de um filho porque vai contra a ordem natural das coisas, viver mais do que seu filho. Não deveria acontecer. Dói demais.

Meu pai sempre foi seguro, só que, neste momento, está perdido num pesar tão profundo que está se afogando. Está sofrendo tanto quanto minha mãe. Pode não expressar a dor tão abertamente quanto ela, mas está ali, uma força invisível, uma corrente, puxando-o para baixo.

Ele diminui a distância entre nós.

— Como está a campanha?

— Até agora, bem. Só tentando me manter relevante e ser ouvido enquanto os democratas e os republicanos lutam. Meu objetivo é ainda estar de pé quando Iowa chegar em fevereiro.

— Você vai estar mais do que de pé. — Ele segura meu ombro, olhando-me nos olhos. — Você vai ganhar isso. Escute o que estou dizendo.

Hesito. Eu deveria deixar as coisas como estão. Há anos que não nos damos tão bem, porém, se vamos reconstruir nossa relação, tem que ser na base da honestidade.

— Se eu ganhar mesmo, vou escolher minha própria primeira-dama.

Ele se enrijece, mas não tenta negar minha acusação sutil.

— Salina é uma mulher linda.

— Ela é. Com certeza vai fazer alguém muito feliz, mas você já sabe quem eu quero.

— Sim, a garota que me odeia — responde ele, seco.

— Ah, com certeza deve ter muitas garotas que te odeiam, pai.

Nós dois rimos com isso, e a sensação de rir com ele é boa, mesmo que seja apenas por um segundo, mas, quando voltamos a ficar sérios, enfatizo o argumento:

— Eu já te disse: se não consegue aceitar Lennix na minha vida, nunca vamos conseguir consertar as coisas entre nós.

Nenhum de nós desvia o olhar ou quebra o silêncio após as minhas palavras, e é como olhar um espelho que reflete lembranças compartilhadas e momentos de quando éramos próximos. Uma torrente de emoções é liberada do meu peito — o luto sempre presente, a tristeza pelo sofrimento da minha mãe, por ver Millie sofrendo, e um desejo por compartilhar um pouco desse fardo com o homem que eu costumava admirar mais do que qualquer pessoa. Não sei como vamos encontrar o caminho para chegar a alguma coisa perto daquilo se ele não ceder.

— Diz pra ela que não vai ter mais gasodutos Cade em terras demarcadas — fala ele, baixinho, finalmente.

Por alguns segundos, fico chocado demais com as palavras para chegar a processá-las.

— O quê? Dizer pra quem…

— Pra Lennix.

Não para a srta. Hunter. Lennix.

Meu pai e eu estávamos juntos no dia em que conheci Lennix. Ela estava luminosa, poderosa e resplandecia com suas convicções. Ainda me lembro do jeito que sua voz se partiu quando falou o nome da mãe — sua indignação naquele dia quando perguntou se conseguíamos vê-la. Se conseguíamos ouvi-la. Pesadelos com sua mãe são fruto das terras que meu pai roubou do seu povo.

— Diga você mesmo.

— O quê? — pergunta meu pai, parecendo tanto comigo que me pergunto como Lennix aguenta.

— Diga *você* pra Lennix que nunca mais vai colocar outro gasoduto Cade em terras demarcadas. Ela merece isso.

Sua garganta se move com o orgulho que ele está engolindo, e meu pai assente.

— Sim, eu mesmo vou dizer.

É uma concessão enorme. Meu pai é estrategista demais para desistir de algo tão crucial sem um objetivo em mente, algo que ele ganhe.

— Por quê? — pergunto.

— Porque já perdi um filho. — Ele olha para as escadas que minha mãe usou há alguns minutos e suspira. — Não posso perder outro.

Suas palavras me atingem no estômago, e fico sem ar como fiquei naquele avião quando recebi a notícia. Ver meus pais sofrerem assim é mais do que acho que consigo aguentar.

— Vou dar uma olhada na sua mãe — diz ele. — Obrigado por vir. É muito importante para ela e Millie.

Antes que possa responder, ele sobe as escadas. Fico parado, sem nem saber o que fazer ou sentir, mas com a certeza de que preciso sair dali.

Mesmo que o luto seja sufocante, não sou covarde a ponto de sair sem ver Millie, então me forço a procurá-la. Ela está na cozinha, enchendo a lava-louça. Desnecessário, porque seus pais têm funcionários para fazer isso, mas Millie precisa se sentir útil. Ela nunca planejou praticar Direito por muito tempo. Seu propósito era ligado intrinsicamente com o do meu irmão. Agora que ele se foi, ela parece desnorteada. É jovem, bonita, rica e não precisa trabalhar nunca mais. Vai ser minha responsabilidade proteger ela e as crianças de predadores.

É o mínimo que posso fazer por Owen.

— Você está bem, Mill? — pergunto da porta da cozinha.

Ela está de costas para mim. A linha de seus ombros estreitos se tensiona, e suas mãos ficam imóveis na pia.

— Sabe — sussurra ela —, você e Owen não se parecem em nada.

Ela olha por cima do ombro, mostrando uma bochecha vermelha manchada de lágrimas.

— Mas sua voz é muito parecida com a dele.

Fico paralisado, com os pés grudados no chão, e nem consigo ir confortá-la. Ninguém nunca me disse isso.

— Agora mesmo, quando você me perguntou isso e eu estava de costas — responde ela, com a voz cada vez mais embargada —, por um segundo, foi como se eu o tivesse de volta.

Ela se vira para mim, apoiada na pia, o rosto coberto de lágrimas. Forço os pés e cruzo a cozinha, puxando-a para um abraço apertado. Seu corpo inteiro treme com a força de seu luto.

— Desculpe por não termos conversado — murmura na minha camisa, agora encharcada com suas lágrimas. — Quero que saiba que estou orgulhosa de você por concorrer, e sei que Owen estaria também. Você tem todo o meu apoio. É só que… no celular, é demais. Sua voz é igual à dele, e não posso ver seu rosto, e isso engana meu coração, o faz pensar que Owen…

Ela ergue o rosto, olheiras escuras sob os olhos azuis desbotados pela dor.

— Fico esperando que doa menos, mas isso nunca acontece. Toda manhã, acordo com uma faca no coração e sem nenhum jeito de tirá-la. Só fico sangrando.

Ela não diz muito mais, e eu a abraço forte e prometo nunca soltar. Posso ver, pelo conforto que ela recebe por eu estar aqui, que Millie não me culpa pela morte de Owen.

Só que eu ainda me culpo. E provavelmente sempre me culparei.

CAPÍTULO 44
MAXIM

QUANDO VOLTO PARA A FILADÉLFIA, ESTOU EXAUSTO. FISICAMENTE, sim, mas estou acostumado a um ritmo insano. Fiz isso durante toda a minha vida adulta. Projetei minha alimentação e treino para ter um uso perfeito do corpo, mesmo que não durma nem perto do necessário.

Não, estou exausto emocionalmente. Não tenho um suplemento ou uma vitamina revigorante para isso. Eu tomaria se tivesse. Por mais que eu me controle, ainda sinto Millie tremendo, seus soluços vibrando por cada parte do meu corpo.

No hotel onde a equipe está hospedada, um segurança me segue até o último andar. Não lembro que horas partimos para Pittsburgh, mas ainda é cedo. Usar o ônibus em vez do avião leva mais tempo, e Kimba e Lennix agendam todo tipo de bobagens nas redes sociais como transmissões ao vivo no Facebook e no Instagram enquanto estamos na estrada para fazer um bom uso do tempo.

Lennix.

Preciso dela.

Hoje, preciso tanto dela que estou tentado a ir ao seu quarto correndo o risco de ser descoberto e de despertar sua ira.

— Boa noite — digo ao segurança, fechando a porta e o deixando para tomar um assento no corredor do lado de fora da suíte.

O quarto está escuro, apenas um pequeno arco de luz fornecido por um abajur. Paro. Lennix está curvada dormindo no sofá.

— Nix? — Eu soo esperançoso, como se ela pudesse não ser real. Pudesse desaparecer.

— Oi. — Ela se espreguiça e vem até mim, passando os braços no meu pescoço. — Você está bem? Eu sabia que seria muito difícil ver todo mundo hoje.

— Sim. — Deslizo a mão no seu cabelo. — Te conto isso amanhã, mas hoje… — Trilho beijos por seu maxilar, desço para o pescoço, volto para seu ouvido. — Preciso que seja terça, amor. Por favor.

Ela se afasta, avaliando meus olhos, e então assente. Puxo a regata por sua cabeça, deixando-a com o sutiã laranja com a alça irritante que ficava caindo no seu braço, me provocando enquanto tentava me concentrar nas perguntas do evento hoje. Abro o fecho frontal do sutiã, abocanhando seu seio, grunhindo ao sentir seu mamilo endurecendo na minha língua.

— Nossa, como senti falta deles.

Ela dá um riso rouco, desabotoando e tirando a calça jeans. Arranco a calcinha com tanta força que uma das faixas rasga no seu quadril. Ela puxa a camisa da campanha pela minha cabeça, parando quando meu peito nu fica à vista.

— Cadê a porra do seu colete, Maxim? — diz Lennix, o olhar furioso.

Foi ela quem nos colocou nesta campanha, apesar dos meus medos por *ela*, mas é tão dogmática com a minha segurança quanto sou com a dela.

— Se acalme. Só tirei para a viagem pra casa.

Eu a ergo, e ela envolve as pernas na minha cintura. Me apresso pelo corredor até o quarto, já sentindo a manhã muito mais próxima e meu tempo com ela passando muito rápido.

No quarto, tiro calça, cueca, sapatos e meias. Fico nu tão rápido que ela pisca e depois ri.

— O que você quer primeiro? — pergunta ela, a boca grande e macia, e o olhar indulgente.

— O que acha? — respondo com um grunhido e bato na sua bunda. — Na cama. Pernas abertas.

Ela sobe na cama depressa, deitando e abrindo as pernas, e isso me lembra tanto nossa noite chuvosa em Amsterdã, a primeira vez que ficamos juntos.

— Você se guardou pra mim — digo, sorrindo e me arrastando na cama até ela.

Ela ri, passando a mão no meu cabelo.

— Você está falando de quando me deflorou? Sim.

— Fiquei tão chateado por não ter achado uma flor lá embaixo.

— Você não pareceu nada decepcionado.

— Talvez tenha uma lá agora. — Eu a levanto de joelhos e a viro para que fique de frente para a cabeceira, as pernas no meu rosto. — Vamos dar uma olhada.

Ergo o rosto até o calor e o perfume de sua boceta dominarem tudo. Suas coxas são os muros da minha cidade, e seu clitóris inchado e doce é a joia da coroa. Ela me cercou. Eu a puxo para baixo para que sente na minha cara e a devoro, abrindo os lábios e comendo como um animal que foi privado de alimento por muito tempo. Eu estava aprisionado, amarrado, e agora estou solto.

— Maxim… Ah, meu Deus — geme ela, cavalgando no meu rosto e segurando na cabeceira da cama.

Ela é a coisa mais úmida e quente que já provei. Deslizo o dedo para seu ânus, deslizando-o para a frente e para trás na entrada. Levanto os olhos para encontrar os dela, perguntando em silêncio. Ela baixa o olhar para mim e assente, mordendo o lábio. Eu entro.

— Porra, que apertado — Eu arfo em resposta. — A primeira vez que eu comer sua bunda…

Meu pau se estica como um tronco com a ideia de entrar ali. Penetro mais um centímetro, e suas nádegas se apertam ao redor do meu dedo.

— Se toca — digo a ela.

Ela desliza a mão entre as pernas, e observo seus dedos finos brincarem com aquela linda boceta que me pertence e quase gozo com a visão. Lennix geme, rebolando os quadris.

— Fode você mesma — ordeno, rouco.

Obedientes, seus dedos escorregam para dentro, e eu acompanho o ritmo dos seus dedos com os meus saindo e entrando da sua bunda.

— Ah. — Seus olhos se arregalam, e tem algo tão inocente nisso, um tipo de prazer que ela nunca teve. — Ah, Maxim.

— Isso, amor.

Fico enfiando e tirando o dedo enquanto os dela fazem o mesmo. Nix agarra a cabeceira com tanta força com a outra mão que as veias do braço ficam salientes. Ela fica de boca aberta, os olhos reviram e seus gemidos ficam mais altos e altos, até ela soluçar e gritar, meu nome preso no interior da sua garganta. Sexy pra cacete.

Sento e a puxo para debaixo de mim, abrindo suas pernas.

— Não consigo mais esperar, Nix. — Ergo seus joelhos, os afasto e me afundo ali. — Droga. — Gemo, plantando uma das mãos na cama ao lado da sua cabeça e tocando seu mamilo com a outra. — É tão gostoso assim.

— Isso, gostoso. — Ela rebola os quadris para responder a cada estocada. — Senti falta do seu corpo.

Seus seios pulam com o movimento frenético da nossa transa.

— Também senti do seu.

Abaixo suas pernas e me curvo, precisando ficar mais próximo dela, precisando sentir seu coração. Acaricio seu braço até chegar no seu pulso, o bracelete de bússola que simboliza como sempre achamos um ao outro, até interligar nossos dedos. Nossos olhos se encontram, e o amor ali, a aceitação e a devoção — é demais. Fecho os olhos, deslizando para dentro e para fora, mas ainda vendo aquele amor no seu olhar.

Tudo do lado de fora da porta desaparece, e meu mundo inteiro é este quarto. Esta cama é nosso mapa, e fazemos amor até parecer que caímos da beira do mundo. É só nós, a longitude de nossos corpos alinhados e conectados e se amando. A latitude dos nossos corações, cruzados, pressionados juntos.

Depois, ficamos sob as cobertas. O edredom do hotel não chega perto da maciez e da qualidade da cama em Wyoming, mas não me importo nem um pouco, porque ela está comigo.

— Eu precisava tanto disso. — Beijo seu ombro, puxo-a para meu peito e seguro seu seio. — Eu precisava tanto de *você.*

Ela assente, pegando minha mão.

— Eu sabia que ver Millie e as crianças seria difícil.

— Foi bem difícil, mas acho que ela vai ficar bem. Todos nós vamos, com o tempo. Ela sente saudade dele.

Fósforos estão sendo acesos na minha garganta, uma queimação traiçoeira. Engulo em seco, tentando manter sob controle a emoção abrasadora, mas ela não quer ser negada.

— Porra — murmuro no seu cabelo, as lágrimas escorrendo dos olhos. — Droga.

Ela se vira, nua e linda, os olhos úmidos e preocupados, avaliando os meus sob a luz fraca do abajur.

— Ah, doutor — sussurra. — Tá tudo bem. Ah, amor, coloca pra fora. Por favor, se deixe sentir.

Cerro os dentes, esperando prender isso, aprisionar, mas o sentimento ruge, selvagem e incontrolável.

— É minha culpa — murmuro no seu pescoço, apertando Lennix, precisando de algo em que eu possa me segurar quando parece que o mundo todo está girando. —Meu Deus, Millie… ela… os gêmeos… é minha culpa. Owen ainda estaria aqui se…

— Shh, amor. — Ela esfrega minhas costas e beija meu maxilar, minhas bochechas, minhas lágrimas. — Não é sua culpa. É culpa dele, não podemos trazer Owen de volta, mas vamos fazer Gregory pagar, e vamos apoiar Millie e as crianças. Nós vamos. Prometo, Maxim. Prometo.

Não sei por quanto tempo as lágrimas caem, e não fico com vergonha ou acanhado. Não com ela. Lennix é uma extensão de mim, e eu sou uma extensão dela. Ela é uma camada da minha pele, uma câmara do meu coração. Ela é a tatuagem no meu peito.

Resistência.

Sei que o significou quando a fiz, mas Lennix traz um novo significado para tudo, até para a palavra marcada na minha pele. *Ela* resiste. Essa conexão que começou há tantos anos resiste. Pela primeira vez, hoje, acho que posso conseguir, contanto que eu tenha isso. Contanto que eu *a* tenha comigo.

CAPÍTULO 45
LENNIX

— Ah, merda.

Levanto num sobressalto na cama do hotel de Maxim, nua como no dia em que nasci. Há luz entrando pelas sombras.

Luz é ruim. Muito ruim.

Jogo as cobertas e pulo da cama. Precisamos partir para Pittsburgh às oito horas. Pego o celular na mesinha de cabeceira.

— Seis e meia. Não é bom, mas não é o fim do mundo.

— Aonde você vai? — pergunta Maxim, sonolento, e segura meu pulso, os dedos envolvendo o bracelete. — Volta pra cama. Vou fazer café da manhã pra gente depois.

— Doutor, não estamos em Wyoming. — Eu me afasto e procuro minhas roupas no chão. — Tenho que ir antes que alguém me veja. Te encontro no ônibus.

Corro para a sala e encontro a calcinha rasgada e a calça jeans. Vestindo a calça sem nada por baixo, enfio a calcinha rasgada no bolso. Visto a regata da campanha, não perco tempo com o sutiã — em vez disso, eu o enrolo numa mão e pego os sapatos com a outra. Tenho que fazer a caminhada do dia seguinte mais discreta da história do sexo.

Abro a porta com cautela, dando de cara com o segurança sentado no canto da pequena área de recepção. Ele logo desvia o olhar.

Não estou usando sutiã. Ótimo.

Meus mamilos aparecendo pela regata. A calcinha pendurada no bolso. Descalça. Cabelo de quem foi bem comida de todos os jeitos. Uma cena caótica, e não é um momento do qual me orgulho.

Lanço um sorriso constrangedor para o segurança enquanto espero o elevador. A equipe de segurança sabe de mim e Maxim. A maioria deles estava conosco em Wyoming. Devem achar estranho nós *não* contarmos para todo mundo. Por sorte, é um andar privado e você precisa saber o código para subir aqui. Eu devo estar segura.

A porta do elevador abre e, antes que eu possa entrar, Glenn sai. Ficamos parados, suspensos na descrença mútua. Agarro o sutiã laranja vivo com tanta força que com certeza devo quebrar o arame dele. Seu olhar cai para meu punho segurando o cetim laranja, e seu queixo cai.

— Glenn, posso explicar.

Ele segura meu pulso, virando minha mão e forçando meus dedos a se abrirem. O sutiã, chamativo sob a luz matinal, cai no chão. Em vez de soltar meu pulso, ele o aperta ainda mais.

— Sua piranhazinha — diz entre dentes. — Ele? *Ele*, Lennix? Senhora Eu Nunca Transo Com Os Candidatos. Sua hipócrita. Que clichê você virou.

— Glenn, você está me machucando — sussurro, porque não quero alarmar o segurança, que vai correr se eu demonstrar algum sinal de aflição.

A porta se abre atrás de nós, e fecho os olhos, já sabendo o quanto isso vai ficar feio e me culpando.

— O que está acontecendo? — pergunta Maxim.

Olho por cima do ombro, e ele absorve a cena toda num olhar, dos meus pés descalços e sutiã no chão até os dedos de Glenn fechados no meu pulso.

— Tira a porra das mãos dela, Hill — manda ele, cada palavra uma faca mirada e lançada na cabeça de Glenn.

Ele se aproxima a passos rápidos e me arranca do aperto de Glenn, olhando para meu pulso, onde os dedos de Glenn deixaram marcas vermelhas lívidas. Vejo o estalo acontecer na sua cabeça e me posiciono na frente de Glenn.

— Doutor — chamo, pressionando a mão no seu peito nu.

Ele olha para Glenn atrás de mim e depois para o segurança no canto, que está de pé, mas aparentemente incerto de como intervir e à espera de instruções de Maxim.

— Você só ficou parado aí? Enquanto ele fazia isso com ela? — O segurança abre a boca, mas Maxim ergue um dedo silenciador. — Não. Cuido de você depois. — Ele vira um olhar fumegante para Glenn. — Você está demitido, e tem sorte de eu não enfiar meu punho na sua cara. Se tocar nela de novo, se *marcá-la*, vou sujar tanto seu nome que não vai arranjar emprego nem limpando privadas. Ficou claro?

— Vai me demitir porque ousei tocar na sua putinha? — rosna Glenn em resposta.

Maxim avança, mas empurro seu peito.

— Não. — Toco seu maxilar e o forço a me olhar. — Por favor, me deixa cuidar disso.

— Deixar *você* cuidar disso?

— Sou a chefe dele, Maxim. Eu deveria cuidar disso.

— Minha chefe? — Glenn bufa, se virando para apertar o botão do elevador. — Que bom que você me rejeitou. Vai saber onde essa boceta já passou.

Maxim dá a volta por mim, agarra o colarinho de Glenn e o levanta até ficar na ponta dos pés. O segurança puxa Maxim pelo cotovelo, forçando-o a soltar o aperto em Glenn.

— Senhor, não é uma boa ideia — diz ele. — Senhor Hill, você deveria ir. Agora.

Glenn entra no elevador assim que ele chega e golpeia o botão até a porta fechar.

— O que ele quis dizer quando falou que você o rejeitou? — pergunta Maxim, a voz um aço coberto de veludo.

— Sério? É nisso que você quer focar?

— Quando foi isso?

— Ontem, depois que você foi embora.

— Você deveria ter me contado.

— E quando exatamente eu teria tempo pra te contar, Maxim? — pergunto, abaixando a voz para o segurança não ouvir. — Você começou a grunhir e me foder assim que entrou no quarto ontem.

Ele fecha os olhos e leva a mão à nuca.

— Eu *falei* que ele estava a fim de você.

— Eu não percebi. Desculpe. — Enfio a calcinha rasgada mais para dentro do bolso. — Preciso ir atrás dele.

— Atrás dele? — Ele segura meu cotovelo. — Você não vai chegar nem perto dele, Lennix.

— Esse é o meu trabalho, doutor. Posso cuidar de mim mesma.

— E foi assim que cuidou de você? — Ele ergue meu pulso, exibindo as marcas que Glenn deixou. Ele encara os hematomas se formando, levando meu pulso até os lábios. — Merda, Nix.

— Estou bem. — Preciso manter essa situação sob controle. — Vou levar Kimba comigo, mas preciso ir atrás dele antes que vá embora. Tenho que lembrá-lo de que assinou um acordo de confidencialidade e que é legalmente obrigado a manter a porra da boca fechada.

— Leve ele. — Maxim acena com a cabeça para o segurança. — Chame outra pessoa pra subir aqui. Você vai com ela.

Reviro os olhos, chamo o elevador e me preparo para o caos que vem pela frente.

CAPÍTULO 46
LENNIX

— Talvez seja melhor deixar que eu fale — diz Kimba quando estamos na porta do quarto de Glenn. — Isso precisa ser resolvido com diplomacia e firmeza.

— E você não acha que eu sou diplomática e firme?

— *Confiei* em você para evitar que isso acontecesse. — Não houve muitas vezes que Kimba ficou realmente irritada comigo ao longo dos anos, mas seu descontentamento está estampado em seu semblante agora. — Se não conseguiam ficar no celibato, falei pra serem discretos. Sair do quarto do candidato com o sutiã na mão e a calcinha no bolso não é muito discreto.

Abro a boca para rebater, mas ela ergue a mão, me cortando.

— Não tem defesa, Lenn. Não fazemos isso, e você sabe. Essa coisa meio Monica Lewinsky não cai bem.

— Monica Le…

— Sei que não é o mesmo caso. Sei a verdade sobre você e Maxim. Eu estava em Amsterdã. Testemunhei desde o início.

— Não, não desde o início — respondo a ela, baixo. — Você não estava lá quando eu tinha 17 anos e o homem mais incrível do planeta apareceu no deserto e se colocou em perigo por mim. Esse homem precisava de mim ontem. Ele está sofrendo, Kimba. Entrar nessa tão pouco tempo depois do Owen… é demais.

— Sim, bem, entrar em *você* não está ajudando — diz ela com um primeiro indício de um sorriso.

— Eu sei. — Solto um suspiro rápido. — Eu deveria ter agido diferente, e vou tomar mais cuidado.

— Sim, vai mesmo, ou está fora desta campanha.

Isso me deixa alerta. Somos parceiras igualitárias, mas não tenho argumento aqui. Desde o começo, concordamos que nunca nos envolveríamos sexualmente com os candidatos. O fato de ela ter feito concessões já é um milagre. E tem razão. Pega mal. Mal para os negócios, mas não parece justo. Olhando para trás, controlar a pequena tempestade que um namoro entre o irmão de Owen e a coordenadora da sua campanha causaria não é nada comparado ao escândalo da coordenadora e o candidato sendo "pegos" no pulo.

— Vamos acabar com isso. — Kimba suspira e bate na porta.

Glenn aparece, o sorriso presunçoso e a postura, relaxada.

— Senhoras, entrem. Estava esperando.

Entramos, e ele gesticula para o sofá da sala de estar.

— Por favor, sentem. Vamos ouvir.

— Ouvir o quê? — Kimba ergue a sobrancelha perfeita. — A gente te relembrando do acordo de confidencialidade que assinou junto ao contrato? Acabou de ouvir.

— Ah, com certeza tem mais para adoçar este acordo. — Ele zomba e varre os olhos desprezíveis por mim. — A senhorita Toda Poderosa não foi pega transando com qualquer candidato, e sim com Maxim Cade, o queridinho da imprensa. É uma história suculenta, e vocês sabem disso.

— Uma que você não vai contar — afirmo, a voz neutra, mas com pontas afiadas como uma faca. — Por causa do acordo de confidencialidade de que estamos falando.

— Ah, tem jeitos de contornar um acordo desses — responde Glenn, encarando meus seios de forma deliberada e passando o olhar pelo meu corpo. — Me ofereça algo, *Nix*.

— Que tal essa oferta? — Sustentando seu olhar, ergo o dedo do meio. — Porque é o mais próximo que você vai chegar de me comer um dia.

— Lenn, sabe que temos que dar mais do que isso. — Kimba se inclina para a frente e ergue as mãos, com os dois dedos do meio erguidos. — Eu dobro a oferta.

O semblante de Glenn fica coberto de raiva.

— Vou contar tudo — cospe ele.

— Pode contar. — Kimba se recosta de novo e cruza as pernas cobertas por uma calça jeans apertada, chamando atenção para os tênis Tory Birch. — E não só vou te processar, como também vou garantir que todo mundo na cidade saiba que você é tão incapaz, e sua escrita tão sem vida, que não conseguimos fazer o candidato usar seus discursos.

— Isso não é culpa minha — rebate Glenn. — O cara mal usa discursos. Metade das coisas dele é no improviso, e vocês sabem disso.

— E Lennix é uma baita de coordenadora de campanha que conquistou a reputação que tem trabalhando duro, não transando por aí — responde Kimba, calma. — E você sabe disso, mas é tudo uma questão de ponto de vista, não é?

— Olha, podemos te dar uma carta de recomendação — ofereço, suavizando minha expressão. — E uma desculpa.

Ele mira os olhos em mim e franze o cenho.

— Uma desculpa?

— Glenn, eu não fazia ideia de que você tinha… sentimentos — digo, baixinho. — Trabalhamos juntos por anos e éramos amigos. Odeio ver que tenhamos chegado a esse ponto. Quero que saiba que não é um caso qualquer. Maxim e eu estamos num relacionamento sério.

— Lennix — diz Kimba, com vários alertas em uma palavra.

— Eu o amo, Glenn — continuo, apostando que o cara com quem trabalhei por tanto tempo ainda está ali em algum lugar. — Não é um casinho de campanha qualquer.

— Não é? — pergunta Glenn, um pequeno franzido enrugando suas sobrancelhas. — Não percebi que era sério entre vocês dois.

— É… — Baixo o olhar para minhas mãos. — É, sim, e vamos contar quando for o momento certo. Agora não é o momento, e faremos isso quando estivermos prontos. Enquanto isso, há um acordo que diz que você não vai falar do que vê aqui na campanha, mas isso não deveria nem ser uma questão. Nós somos amigos há muito tempo. Deveríamos estar lutando para preservar isso, e não um com o outro.

Depois de um momento de silêncio tenso, Glenn assente.

— Você tem razão, eu entendo.

— Então… — Kimba olha para nós dois, com esperança cautelosa no olhar. — Estamos bem?

— Sim, eu posso ficar na campanha, se não tiver problema — diz ele. — Maxim vai até o final. Sei disso. Escrever discursos para o futuro presidente vai ser bom para o currículo. Posso deixar isso de lado se vocês também puderem.

Droga.

Kimba e eu trocamos um olhar rápido, porque ela sabe tão bem quanto eu que não tem como Maxim aceitar isso.

— Acho que — explica Kimba —, devido às circunstâncias, é melhor tomarmos caminhos separados. Temos amigos trabalhando para os democratas que precisam de alguém como você.

— Sim, ficaríamos mais do que felizes em te dar uma ótima carta de recomendação — complemento. — Sei que conseguimos te colocar em outra campanha em um ou dois dias.

Glenn tensiona a boca e esfrega a palma das mãos nos joelhos.

— Não vai ser necessário — responde, rígido. — Tenho um amigo em outra campanha que queria que eu fosse pra lá desde o início, mas vi aqui como uma ótima oportunidade. Com certeza deve ter lugar pra mim ainda.

Kimba franze o rosto.

— Se importa se perguntarmos quem é o candidato?

— Prefiro não dizer até ter certeza — responde ele, com o olhar nos desafiando a insistir.

Eu não quero. Esse é o mais amigável que conseguimos ser.

— Bem, se isso for tudo — digo, me levantando —, o ônibus para Pittsburgh parte em alguns minutos. É melhor a gente ir.

— Sim — concorda Kimba, também se levantando. — Podemos arranjar um transporte para onde quiser ir.

— Eu arranjo meu próprio transporte. — Glenn se levanta, estendendo a mão. — Bom fazer negócios com vocês.

Kimba aceita o aperto de mão, e eu também. Seu aperto nos meus dedos se intensifica. Ergo o olhar e vejo em seu rosto uma máscara serena. Mesmo que não haja nenhuma malícia detectável nos seus olhos, sinto que acabei de fazer algum acordo com o diabo que ainda não compreendo.

CAPÍTULO 47
MAXIM

— Por que não contou que estava fazendo entrevistas para primeira-dama, Maxim? — pergunta Polly, brincando.

Todo mundo congela, e todos os olhos estão em mim.

Oito de nós estamos espalhados por duas mesas no ônibus, notebooks, iPads, celulares e pilhas de papéis esparramados pelas superfícies.

— O quê? — Ergo uma sobrancelha, curioso. — Não estou, até onde eu sei.

Dou um olhar furtivo para Lennix, cujo rosto reflete minha confusão.

— De acordo com a página de fofoca — diz Polly, mostrando a matéria aberta no celular —, você talvez esteja a dias do altar, e os Estados Unidos podem ter sua próxima primeira-dama.

Reviro os olhos.

— *Fake news*.

Polly rola a tela, e algumas fotos surgem. Todas as cabeças daquele lado da mesa viram juntas para espiar a tela, incluindo a de Lennix. Ela e Kimba trocam um olhar rápido e incompreensível.

— Desculpa, gente — pede Lennix. — Preciso ir ler esse artigo político.

Ela levanta e vai até os fundos do ônibus. Polly olha para ela e dá de ombros, retornando à matéria *fascinante* sobre meu possível futuro casamento.

— Posso pelo menos conhecer minha noiva? — pergunto, estendendo a mão para o celular.

Polly ri e o entrega.

Droga.

Era tudo inocente, mas essas fotos de mim e Salina fazem as coisas parecerem íntimas e *planejadas*. Nós dois saindo do avião da Cade Energy. Fotos do aniversário que algum pai ou mãe gentil da festa postou inocentemente no Instagram. Salina e eu sorrindo, um ao lado do outro, os rostos iluminados pelo brilho das velas do bolo. Sentados juntos durante o jantar no pátio. Não achei nada de mais no momento, mas parecemos o exemplo perfeito de um casal se cortejando.

O próximo Camelot dos Estados Unidos?, proclama o título, e a especulação sensacionalista que segue só piora.

> *Maxim Cade não é o único candidato. Salina Pérez pode estar montando uma campanha própria. Maxim para presidente. Salina para... primeira-dama? Ela tem seu voto? Um casal jovem e bonito na Casa Branca! Primeiros-bebês! Estamos prontos!*

Se meu pai vazou isso...

Bem na hora, meu celular vibra com uma notificação.

Pai: Não fiz isso. Só algum jornalista juntando as peças e especulando. Tentando tirar vantagem de um ciclo de notícias mais parado.

Eu: Por que eu deveria acreditar em você?

Pai: Se tivesse feito isso, eu falaria. Não tenho medo de você, garoto.

Típico.

Quando ergo o olhar do celular, Kimba está abrindo um buraco na minha cabeça com o olhar. Arqueio as sobrancelhas como se perguntasse: *que foi*?

Ela inclina a cabeça para o fundo do ônibus.

Lennix tem sido muito cuidadosa desde o incidente com Glenn, mal olhando para mim nos últimos dias.

— Preciso perguntar uma coisa a Lennix sobre esse discurso de Detroit — digo à mesa com um sorriso rápido. — Já volto.

Ando pelo longo corredor. O lado bom é que consigo ficar sozinho com minha garota pela primeira vez em dias, mesmo que seja no fundo de um ônibus cheio de gente. Ela está na última fileira, com os joelhos erguidos e apoiados no banco da frente.

— Tem alguém nesse lugar? — pergunto, acenando com a cabeça para o espaço vazio ao seu lado.

— Sim. — Ela corre para o lugar. — Tem.

Movo seu peso leve para poder sentar.

— Pode não me *tocar* em público? — sussurra. — A gente escapou por um triz. Demos sorte por Glenn não ter tagarelado para a imprensa.

— Adultos realmente usam a palavra *tagarelar*?

Sua boca se contorce, mas ela a força a continuar numa linha reta. Eu me inclino para a frente para capturar o seu olhar, feliz que as costas altas do banco nos escondem, fornecendo um pouco de privacidade.

— Olha, sei que viu minhas fotos com Salina na festa dos gêmeos. A gente só estava sentado um do lado do outro. Éramos os únicos solteiros lá. Todo mundo estava com uma criança ou cônjuge.

— Que seja. — Ela dá de ombros, mas ergue o olhar para avaliar meu rosto. — Você não falou da viagem de avião.

— Não valia a pena mencionar, e só soube quando ela entrou no avião. Meu pai…

— Esquece. Já disse o bastante. Sei que ele acha que não sou boa o suficiente pra você, então acho que resolveu assumir as rédeas do seu jeito agressivo e achar uma alternativa viável.

— Falei para ele parar e que é inútil fazer isso. Não tem mais ninguém além de você. Ele sabe disso. *Você* deveria saber disso. Está com ciúmes?

— Estou. — Ela me olha feio. — E você gosta.

Rio, porque meio que gosto mesmo.

— Posso rir, porque é ridículo pensar que eu desejaria outra pessoa.

Inclino a cabeça para o corredor para me certificar de que ninguém pode nos ver e entrelaço nossos dedos. Segurar sua mão é um privilégio que nunca mais vou considerar uma certeza.

Ela dá o primeiro sorriso desde a pequena bomba de Polly.

— Deve ser uma boa distração. Desvia a atenção de nós dois.

— Sabe que a imprensa vai continuar especulando e cavando, porque os Estados Unidos não elegem só um presidente — digo. — O povo tem que gostar da esposa também. Querem saber quem vai ser. A gente poderia acabar com isso — sussurro, me curvando até nossas cabeças se tocarem, pego sua mão, beijando seu pulso. — Se a gente simplesmente contar pra eles que já tenho minha primeira-dama. Um caso pega mal, mas um noivado soa romântico. Casar resolveria todos os nossos problemas.

Um caroço perturba a linha elegante de seu pescoço quando ela engole em seco. Seus ombros ficam tensos.

— Uau — diz ela com um sorriso rígido. — Eu perdi o pedido?

Ergo seu queixo, prendendo nossos olhares e a respiração.

— Quer se casar comigo, Lennix?

Ela arregala os olhos e arranca a mão fora como se eu a tivesse queimado. Minha palma fica fria assim que faz isso. Ela prende o lábio inferior entre os dentes e desvia o olhar, torcendo os dedos no colo. O silêncio depois da pergunta — *a primeira vez que fiz essa pergunta* — é ensurdecedor. Devagar, as conversas e risadas da equipe lá na frente se infiltram nos meus sentidos. O curioso é que apenas quando as luzes da interestadual passam pela janela do ônibus, o trânsito e a paisagem desbotados, que tudo fica dolorosamente claro.

— Você está… me rejeitando? — Eu me forço a perguntar. — É um não?

Ela fecha os olhos e pressiona os lábios com força, aparentemente querendo estar em qualquer outro lugar menos aqui comigo neste momento. É um furador de gelo cortando minhas costelas. *Como não percebi que Lennix não quer se casar comigo?*

— Eu te amo — diz ela por fim, a voz se quebrando. — Só que…

— Só que não quer se casar comigo? — pergunto, me esquecendo de sussurrar.

— Shh. — Ela arregala os olhos e inclina a cabeça para a frente do ônibus. — Não falei isso. Você sabe que quero me casar com você.

— Então que merda é essa? Por que esse clima estranho? Por que não disse "sim"? Eu te fiz a pergunta mais importante da minha vida, e recebo *isso*.

— Deixa eu terminar. Quero me casar com você, mas não sei se... — Ela desvia os olhos, os fechando de novo. — Não sei se quero ser primeira-dama.

— O quê? — As palavras explodem da minha boca, e não estou nem aí para quem ouvir.

— Maxim — sibila. — Você tem que baixar a voz.

— Que tipo de armadilha é essa? — sussurro, fervendo por dentro. — Você praticamente me forçou a concorrer à presidência...

— Eu não fiz isso. Você sabe que quer isso.

— Sim, quero, mas não teria arriscado sua segurança por isso se não tivesse sido tão teimosa, e com certeza não teria feito se tivesse me contado que não se casaria comigo se eu ganhasse, *caralho*.

— Eu não... — Ela solta um suspiro rápido. — Eu não sabia. Não pensei nesses detalhes.

— No detalhe de que não vou me casar com o homem que supostamente amo se ele for eleito, então acho que vou fazê-lo ser eleito?

Ela estende o braço e segura meu rosto, e a sensação do contato é tão certa, *tão nossa*, que me inclino na sua palma, saboreando o toque, mesmo no meio da briga.

— Eu sei, sem sombra de dúvida, que você é a escolha certa para este país — declara ela, as lágrimas umedecendo seus olhos. — Mas não sei se ser a primeira-dama seja a escolha certa para mim, Maxim.

Suas mãos caem do meu rosto, e ela seca uma lágrima.

— Trabalhei a vida toda pelo que tenho, por quem *sou*. Eu amo fazer campanhas. Amo a satisfação de colocar líderes no poder que vão cuidar dos mais vulneráveis.

— Você ainda pode causar impacto como primeira-dama. Claro que pode.

— Não trabalhei duro e por tanto tempo — diz ela, com um pouco de sua ferocidade de sempre crescendo — para ser a acompanhante nacional.

— Acompanhante nacional? Você pode parar de pensar nas expectativas e opiniões das pessoas e só pensar na gente? Como isso vai acontecer? Se eu ganhar, você vai ser a *primeira-namorada* por quatro anos?

— Oito. Você não vai ser um presidente de um mandato só. Não se depender de mim.

— E filhos? De acordo com seu plano, eu terei 48 anos quando sair do cargo. Você terá 41. Quer esperar esse tempo todo para começar nossa família? Ou quem sabe a gente não vai esperar pelo casamento e eu vou ser o primeiro pai solo da Casa Branca. Sou excêntrico, mas não *tão* excêntrico. — Pego seu queixo com delicadeza até ela me olhar. — Quero formar uma família com você. Quero uma vida com você. Está dizendo que, se eu me tornar presidente, não vou ter isso?

— Estou dizendo que não sei o que é melhor pra mim, mas sei que você é o melhor para os Estados Unidos.

Largo seu queixo.

— Isso não é uma resposta.

— Eu tenho que abrir mão de tudo que *eu* devo fazer para que *você* possa fazer o que deve fazer? Sei que soa mal, mas estou tentando lidar com as implicações de um casamento de verdade se você ganhar. Desistir da minha carreira, das minhas causas, para ser primeira-dama... não foi isso que escolhi...

— Você *me* escolheu — declaro, querendo gritar, mas mantendo a voz baixa. — E eu escolhi você, seja lá o que isso signifique, seja lá para onde nos leve.

— É fácil dizer "seja lá" quando você se tornar o líder do mundo livre e eu sorrir e ficar bonita para uma campanha de "diga não às drogas" ou para promover a alfabetização. Não é o que eu quero *fazer*. Não é quem eu quero ser. Não me peça pra decidir tudo *hoje*. Tivemos que agir rápido. Só preciso de um pouco de tempo para processar isso, Maxim.

Nunca achei que eu surtaria num ônibus cheio de funcionários de campanha, e é o que está para acontecer. Levanto, mas ela agarra meu pulso.

— Me solte, Nix. Tenho coisas que preciso *processar* antes de dar esse discurso e convencer Detroit a votar em mim.

Me afasto e vou até a frente do ônibus, com a pequena chama se inflamando sob o colarinho da camisa polo que estou usando. Odeio camisa polo. Um dos pesquisadores sugeriu que eu experimentasse porque algum estudo mostrou que elas supostamente tranquilizam as pessoas. Como uma bendita camisa polo tranquiliza alguém que ele vai conseguir pagar o aluguel? Ou que seu plano de aposentadoria vai realmente valer a pena se este planeta continuar vivo tempo o bastante para usá-lo? O mundo está pegando fogo, e Lennix acabou de recusar meu pedido de casamento, e estamos falando de camisas polo?

Arranco a camisa pela cabeça, e Kimba ergue o rosto do celular, os olhos zunindo do meu peito nu para minha careta.

— Odeio camisa polo — digo. — Nunca mais me peçam pra usar a *porra* de uma de novo. Não ligo se os millenials amam. Não ligo se fazem as mães solo se sentirem atraídas por mim ou se a cor azul faz os homens entre 30 e 45 anos confiarem em mim. — Mostro a camisa para todo mundo ver, então a manuseio como uma arma e depois a jogo na mesa. — Chega de camisa polo. *Nunca mais*. Está entendido?

— Sério? — pergunta Lennix atrás de mim, andando no corredor. — Não seja um babaca.

Eu me viro para encará-la.

— Está tentando ser demitida, srta. Hunter? Da última vez que chequei, você trabalha pra mim.

— Da última vez que chequei, *sr. Cade*, você pode ir se foder. — Um silêncio absoluto preenche o ônibus, e todos parecemos estar congelados numa espécie de farsa. Lennix arfa, cobre a boca, de olhos arregalados saltando entre mim e os funcionários chocados. — Ah, meu Deus. Me desculpa. Estamos todos sob muita pressão, e eu…

Ela gagueja, pestanejando as lágrimas, passando a mão trêmula pelo cabelo. Minha garota controlada está se desfazendo. Não se trata de nós dois agindo atipicamente sem disciplina. Nem acho que é por causa da briga que acabamos de ter. É *aquilo que precisa resolver* — o conflito de estar apaixonada por alguém num caminho que você não sabe se quer seguir. Por mais que eu queira resistir a ela, continuar furioso, não tenho defesa alguma contra essa vulnerabilidade rara. Se essa gente toda não estivesse nos encarando, eu a levaria para o fundo do ônibus e a abraçaria, beijaria, lhe asseguraria que vamos fazer o que ela quiser fazer. Eu *farei* o que ela precisa fazer, contanto que fiquemos juntos.

E depois eu a comeria até ela lembrar que somos só nós dois. Independentemente de tudo, sempre só nós.

Olho para os rostos chocados da equipe.

— Peço desculpas também — digo a eles. — Estamos todos sob muita pressão, sim, mas não quero descontar em vocês, pessoal. Vocês são incríveis e merecem algo melhor do que isso.

Sou poupado de mais explicações ou desculpas constrangedoras quando o ônibus para com um pequeno tranco e um suspiro dos freios. Tenho que sair dessa coisa e ir me recompor antes que eu destrua tudo pelo que batalhei, incluindo meu relacionamento com Lennix. Ando até a frente do ônibus. Passos apressados me seguem quando a porta do ônibus se abre.

— Doutor — chama Lennix. — Você esqueceu a camisa.

Só que eu já saí, e, assim que meu pé toca o chão, um enxame de jornalistas se amontoa ao meu redor como abelhas, zumbindo na frente do hotel, todos estendendo celulares e microfones para mim. Lennix sai do ônibus, segurando a camisa, os olhos disparando pelos rostos ácidos e curiosos.

— Que porra é essa? — murmura ela.

— É verdade? — grita um deles. — Lacy está dizendo a verdade?

— Lacy? — pergunta Lennix, de boca aberta. — Ah, meu Deus.

— Quem é Lacy? — pergunto a Lennix, mas um jornalista responde.

— Lacy Reardon alega que você e sua coordenadora de campanha estão tendo um caso, sr. Cade. É verdade?

CAPÍTULO 48
LENNIX

— Isso é ruim, não é? — pergunto.

De volta à sede da campanha em Nova York, Kimba e eu encaramos o iPad na mesa de reunião. É uma foto charmosa minha ao lado de um Maxim sem camisa, parecendo que acabamos de sair da cama e não de um ônibus híbrido de campanha.

"Não transe com o candidato" é o título da matéria. O artigo continua e diz que Lacy Reardon, ex-funcionária de campanha demitida por Lennix Hunter por mau comportamento sexual, acusa a srta. Hunter de hipocrisia, já que ela está tendo um caso de longa data com seu cliente, o candidato presidencial Maxim Cade.

— Essa está nos assuntos mais comentados do Twitter — comenta Kimba, com a voz bem calma considerando a raiva que suspeito estar fervendo dentro dela. — Não transe com o candidato.

— Kimba.

— Tem um GIF também. Você revirando os olhos com uma mão na cintura. Estou envergonhada por você.

— Me desculpe.

— E um meme. Quase esqueci do meme, e o vídeo de câmeras de segurança foi um belo toque final.

Lembrete: nunca torne uma gênia da tecnologia sua inimiga, porque ela pode vasculhar a internet por vídeos do seu amante entrando e saindo da sua casa.

Entrando. Saindo. Entrando. Saindo.

As *várias* fotos de vigilância granuladas de Maxim entrando na SUV dele com o segurança o seguindo com certeza me fez parecer uma vadiazinha que ele tinha numa casa e visitava com frequência. Glenn confirmou minha suspeita de que tinha algo na manga ao mandar mensagem para mim e Kimba logo depois que a história saiu.

Glenn: Oi, senhoritas. Só queria avisar. Aquele velho amigo que tinha um lugar pra mim em outra campanha? Era Lacy. Estou escrevendo discursos para o governador Dentley agora. Que bom que ainda somos AMIGOS.

Ao que parece, Lacy e Glenn se tornaram amiguinhos naquele projeto em que trabalharam juntos antes, e ele foi direto para ela ostentando fofocas a meu respeito. Sua mensagem era o bastante para nos provocar, mas não para provar que era a fonte de Lacy. Com certeza não era o suficiente para processá-lo por quebrar o acordo de confidencialidade. Para todos os efeitos, Lacy vazou a informação, não Glenn.

— Ah, esse deve ser o melhor título até agora. — Kimba vira o iPad para eu poder ver. — *Procriando com a Criadora de Reis.* Acho que é a minha favorita.

— Eu sei. Fiz besteira.

— Fez besteira? — Kimba me olha, decepção e raiva se acumulando nos olhos escuros. — Dois candidatos que tínhamos agendados para as eleições municipais ligaram de manhã para dizer que acharam consultores com "menos drama" e não precisarão mais de nossos serviços.

Fecho os olhos e jogo a cabeça nas mãos.

— Drama, Lennix. Sabe há quanto tempo esse povo está esperando que a gente faça besteira? Duas garotas não brancas que acham que peidam cheiroso sendo colocadas "onde merecem"? Então é *assim* que elas chegaram tão longe, tão rápido. É isso que estão dizendo. Você *deu* isso a eles.

— Kimba, para — diz Maxim da porta da sala de reunião. — Acho que nós dois já nos sentimos mal o suficiente.

— Ah, *vocês* se sentem mal? — Kimba ri, seca. — Não é assim que funciona, Maxim. Essas matérias não falam sobre você fazer algo errado, ser suspeito ou sobre não ser ótimo no que faz. Na verdade, tem bastante homem te parabenizando por conseguir essa bunda.

— Você acha que vou deixar você falar assim dela? — pergunta ele, semicerrando os olhos.

— Não tenho que falar dela. — Kimba se levanta e aponta para o iPad. — Todo mundo já está fazendo isso. Eu a *amo*. Trabalhei com ela por dez anos construindo algo em que acreditamos. Agora esse algo e ela estão sendo ridicularizados e rebaixados por causa de *você*. Então não chega aqui achando que vai *me* mostrar algo. Eu vou *te* mostrar algo. — Ela vai até a porta e para na frente dele. — Além disso, a srta. Hunter não está mais disponível para a sua campanha. Ela vai ser realocada, mas, se você ainda quiser manter os serviços da Hunter, Allen e Associados, me encontre aqui às oito horas em ponto amanhã de manhã para podermos descobrir como salvar o que sobrou da campanha. Com licença.

Ela passa por ele e sai da sala de reunião. Seus saltos ecoam pelo corredor até a recepção, seguido por uma batida forte da porta da frente.

No silêncio depois da sua partida, vejo as várias matérias e títulos insultantes.

— Meu pai ligou hoje — digo. — Ele queria se certificar de que eu estava bem.

Maxim se senta na minha frente.

— Ele entrou numa discussão com um colega no trabalho — continuo, sem emoção na voz. — Parece que o professor tinha coisas não tão legais a dizer sobre mim, sem perceber que eu era filha do dr. Hunter. Ele e meu pai quase saíram no soco. Ele não me contou essa parte. Bethany que disse.

Maxim solta um suspiro forte e pega minha mão.

— Nix, eu sinto muito.

— Não é sua culpa. — Balanço a cabeça e afasto o cabelo. — Eu sabia que isso ia acontecer.

— Não estou me desculpando pelas consequências — diz ele. — Estou me desculpando pelo que aconteceu antes, no ônibus.

Paro, lançando-lhe um olhar inseguro. Foi quase fácil esquecer a conversa virulenta que tivemos antes de a imprensa cair em cima. Forço uma risada.

— Me deixa lidar com uma crise de cada vez, tá bem?

— Eu te pedir em casamento é uma crise? — pergunta ele com leveza, mas o conheço bem demais para não ouvir, não *sentir* a mágoa por trás da sua fala.

Eu a vi nos seus olhos no ônibus também.

— Quando você pediu — explico, medindo cada palavra com cuidado, sem querer causar mais dano do que já causei —, só por um segundo, foi assustador o quanto eu queria ser sua esposa. O "sim" estava na ponta da língua. Meu coração queria isso na hora, mas minha cabeça começou a se perguntar: como isso vai funcionar? Como vou defender tanto e tão abertamente as questões indígenas se você tem que ser o presidente de *todo mundo*? E o que vamos dizer quando me chamarem de parcial? Ou quando eu tomar uma posição com a qual você não concorda ou que não se alinha com as suas políticas? Uma primeira-dama em geral não tem *opiniões*. Não pode expressá-las. Ela tem um *marido*, e sua voz é engolida pela dele.

Ele está quieto porque sabe que tenho razão. Seu olhar está fixo no seu polegar acariciando as costas da minha mão.

— Eu me esforcei muito pra me tornar quem sou, Maxim — digo, baixinho. — Pra entender no que acredito, viver de acordo com minhas convicções e dizer o que penso. Só quero ter certeza de que não vou perder tudo isso, *me* perder em você e em tudo que ser presidente exige.

Uma única lágrima quente escorre pela minha bochecha, e eu a seco com a mão que ele não está segurando.

— Vi o jeito como Salina te olhava naquelas fotos.

Ele olha para mim, mesmo que eu não retribua o olhar.

— Ela é advogada, como Millie. Estudou na Cornell e é fodona por mérito próprio — digo —, mas aposto que não pensaria duas vezes em abrir de mão de tudo pra ser sua primeira-dama. Vi isso na Millie pelo Owen também. Ora, vejo em Mena pelo Jim. Ela ama ser esposa de um senador. É o bastante para ela. Uma parte de mim queria que eu pudesse ser assim, disposta a ver meus sonhos serem absorvidos pelos seus.

Ele ergue meu queixo com o dedo, me forçando a olhá-lo.

— Você lembra o que falou no seu discurso no dia em que nos conhecemos?

Franzo o cenho, fungo e me concentro.

— Hum… que parte?

— Você disse: "Estão me ouvindo? Estão me vendo? Porque acho que não", mas eu te *vi* na hora. Eu sabia quem você era, Lennix, antes de a gente sequer se conhecer. Quando vi aquele cachorro ir pra cima de você, não pensei no fato de a gente não se conhecer. Não liguei para o que meu pai acharia. Não houve *tempo* pra pensar. Eu não conseguiria colocar aquele momento em palavras, só que, de alguma forma, sabia quem você era, e sabia que era minha.

Assinto, porque eu não era velha o bastante para entender a conexão entre nós naquele primeiro dia; talvez nem em Amsterdã eu tenha entendido completamente o que significava encontrar a outra metade da sua alma, mas agora eu sei.

— Desculpe por não te escutar no ônibus — pede ele. — Eu não estava te ouvindo. Acho que estava com medo de ouvir o que você precisava me dizer.

Ele gesticula para o iPad na mesa entre nós.

— Essas manchetes não são reais. As matérias não são reais. *Nós* sabemos o que é real. Eu ainda quero muito me casar com você, e se esse nosso plano maluco der certo, eu vou ser presidente, mas podemos adiar o casamento até você estar pronta.

Olho para ele, avaliando seu rosto. É tudo que quero: tempo para me certificar de que estou de acordo com a pessoa que esse papel exigirá que eu seja, mas sei o custo de Maxim em me dar tempo para pensar. Ele é um homem generoso, só que, quando quer algo, ele toma. Ele me quer mais do que tudo, então é difícil para ele.

— Tem certeza? — pergunto.

— Aquele dia no escritório com Chuck Garrett foi um dos melhores momentos da minha vida, ouvir como você me via. Quero que saiba que eu vejo *você*, Lennix. Você disse para eu concorrer como um rebelde. Se um independente finalmente conseguir derrubar o sistema bipartidário e ganhar a presidência, não espere que eu siga as regras, incluindo sobre como minha esposa age.

— Doutor…

— Acredito que a gente pode trilhar nosso próprio caminho. — Vejo em seu rosto, em seus olhos, paixão, intensidade, confiança e amor. — Sei que você se casaria *comigo*. Estou te dando tempo para decidir se quer se casar com o presidente.

CAPÍTULO 49
MAXIM

— Tem certeza disso? — pergunta Kimba pelo que parece a centésima vez.

— Sim. — Checo a gravata no espelho do camarim e a enfio no colete do terno de três peças. — Positivo.

— Quero deixar registrado que você está fazendo isso contra meu conselho de especialista.

— Estou sabendo. — Dou um beijo na sua bochecha. — Vou fazer isso.

— Pode ser um desastre pra sua campanha.

— Talvez. — Dou de ombros. — Mas pode ajudar Nix. O que você acha que significa mais pra mim?

Lennix já saiu em campanha com o novo candidato a governador com quem está trabalhando. Nós nos falamos bem pouco desde ontem, mas ela sabe o que pretendo fazer. Assim como Kimba, ela não acha que seja o melhor passo, mas é o *meu* passo. Meus instintos me dizem que é assim que vamos superar isso, voltar para a mensagem principal e também ficar abertamente com a mulher que amo.

E, quem sabe, ainda me tornar presidente. Tem bastante coisa em risco, mas já apostei todas as minhas fichas mais de uma vez.

— Desculpe se peguei pesado ontem — diz Kimba.

— Ei, é um momento tenso. Todos nós falamos coisas que queríamos poder retirar.

— Ah, não quero retirar nada — responde ela, balançando a cabeça e rindo. — Falei o que queria e falei com sinceridade. Só sinto muito por ter sido meio rude.

— Ah. Bem, se isso foi uma desculpa, eu aceito.

A porta é aberta, e Alice, a produtora, enfia a cabeça na sala.

— Estamos prontos, sr. Cade.

Assinto, dando uma última olhada no meu reflexo, e a sigo.

— O homem de quem todo mundo está falando vai se juntar a nós hoje no *Mundo Político* — diz Bryce Collins. — Por favor, recebam Maxim Cade.

Quando os aplausos educados morrem, quase consigo sentir a curiosidade da plateia me cutucando e analisando.

— Primeiro, gostaria de oferecer meus pêsames pela perda de seu irmão, o senador Owen Cade — declara Bryce, sóbrio e, pelo que consigo perceber, sincero. — Realmente um homem bom. Foi uma honra tê-lo conhecido.

— Obrigado — respondo, me preparando para a sequência de perguntas que sei que virá depois do gesto de empatia.

— Há algumas semanas, você anunciou sua candidatura à presidência. Como está isso?

— Ah, até alguns dias atrás, estava às mil maravilhas.

A plateia ri, e eu ofereço um sorriso autodepreciativo.

— Certo — responde Bryce, sorrindo também. — Relatos recentes indicam que talvez possa ter havido comportamento sexual inadequado entre você e sua coordenadora de campanha, Lennix Hunter. Tem alguma verdade nessa alegação?

— Nenhuma.

— Tá bom, você não está sob juramento aqui — comenta Bryce, irônico. — Então não pode cometer perjúrio nem nada, mas tem muitos vídeos de câmeras de segurança com você entrando e saindo da casa da srta. Hunter. Se importa de comentar isso?

— Você perguntou se havia verdade na acusação de comportamento sexual inadequado. Eu nego categoricamente que houve algum comportamento inadequado.

— Então Lennix Hunter não é sua amante?

— Minha amante? — Solto uma risada descrente. — Estamos na Inglaterra vitoriana? A srta. Hunter está sendo mantida numa casa da cidade em Mayfair? É um jeito bem retrógrado de falar sobre um relacionamento consensual entre dois adultos. Talvez eu seja o amante dela.

Há alguns risos da plateia, e algumas mulheres aplaudem. Talvez eu tenha até ouvido um "amém".

— Então você admite que existe um relacionamento romântico entre você e Lennix Hunter.

— Sim, existe.

Um suspiro viaja pela multidão, e o silêncio que se segue indica que estão esperando que eu continue.

— Pode nos contar como começou? — pede Bryce com os olhos brilhando de empolgação pelos detalhes ocultos. — Foi durante a campanha?

— Não, muito antes disso.

— Você já conhecia a srta. Hunter?

— Conheci Lennix quando ela tinha 17 anos. Eu tinha 24, mas nada aconteceu, então, por favor, não me acusem de ser um velho tarado.

Um pouco da tensão nervosa se esvai, e a maioria da plateia ri de novo.

— Nós nos conhecemos numa manifestação. — Rio ao me lembrar. — É irônico, porque ela estava protestando contra um dos projetos do meu pai. Um gasoduto da Cade Energy que passaria pela terra que seu povo considerava sagrada e que tinha sido protegida.

— Com 17 anos?

— Sim. Ela estava discursando, na verdade.

— E qual foi sua primeira impressão dela?

— Eu a ouvi antes de vê-la. Nunca tinha ouvido alguém tão jovem e convicta. Nem da minha idade. Eu era sete anos mais velho que ela e, como falei, nada romântico aconteceu entre a gente. — Paro e esfrego a nuca. — Bem, não é completamente verdade. Acho que foi o dia em que comecei a me apaixonar por ela.

— O que aconteceu no protesto?

— A gente foi preso.

— Você foi preso protestando contra o gasoduto do seu próprio pai? — pergunta Bryce, encantado.

— Ele não ficou feliz com isso — respondo, irônico. — Mas foi quando eu e Lennix nos conhecemos.

— Há um histórico bem documentado de antagonismo entre seu pai e Lennix Hunter. É difícil gerenciar a tensão?

— Às vezes é, mas olha... Esta nação tem um histórico doloroso e problemático com os povos originários. Alguém como Lennix nem pode segurar uma nota de vinte dólares sem ver Andrew Jackson. Eles compram comida com dinheiro que celebra o homem que lhes causou possivelmente a maior de suas dores.

— Nunca pensei nisso.

— Não precisamos pensar. Quando as pessoas falam de um passado tão doloroso como o deles, desde que não estejam violando a lei, você não pode lhes dizer como fazer isso. Então não é estranho pra mim o fato de Lennix se opor a algumas práticas de negócios do meu pai. Eu também me oponho. Não quer dizer que eu não o ame ou não queira uma relação com ele. Significa que não concordamos. Não vou falar pra Lennix não expressar sua indignação com esses assuntos. Meu papel deveria ser escutar.

— Você não está nem um pouco preocupado com as possíveis complicações de concorrer à presidência e namorar alguém como a srta. Hunter?

— Como assim? — Um músculo no meu maxilar se contrai. Cerro os dentes. — Você deveria definir o que quer dizer com "alguém como a srta. Hunter".

— Sim, bem. — Ele pigarreia. — Alguém que tem sido tão contundente ao protestar por um determinado grupo de pessoas.

— O povo dela, você quer dizer. Os povos indígenas.

— Sim, mas, se você for presidente, será dos Estados Unidos, de todos eles, de toda a nação. Complica as coisas que, no interesse do povo *dela*, a srta. Hunter tenha defendido opiniões sobre nossos pais fundadores que alguns consideram antipatriotas e antiamericanas?

— Acho que suas opiniões deveriam ser consideradas como pré--americanas, e não antiamericanas. Eles estavam aqui primeiro. Isso era tudo deles. Nós roubamos. As consequências dessas injustiças ainda estão sendo sentidas. E acho que a gente distorce bastante o significado de patriotismo.

— Você acha que deveríamos redefinir o patriotismo?

— Acho que deveríamos nos *lembrar* o que realmente é o patriotismo, que ele está enraizado no amor pelo país e em imaginar uma vida plena, liberdade e justiça *para todos*. Nosso fundadores escreveram a verdade, só que, em muitos casos, não a viveram. Patriotismo é amar este país o bastante para examinar sua história problemática para *conseguirmos* realizar as palavras dos nossos pais fundadores.

— Alguns diriam que os pais fundadores fizeram o mesmo que todos os criadores de nações fizeram — responde Bryce. — O mais forte assume e cria algo bom, algo que vá durar.

— Sua versão da colonização parece com o darwinismo, onde o mais forte sobrevive.

— Não fica muito longe — diz Bryce, rindo.

— Já morei pelo mundo todo, e os Estados Unidos são de longe meu lugar favorito. Eu acredito neste país, ou não estaria concorrendo para liderá-lo. Só porque algo acaba se tornando maravilhoso não significa que não podemos expor a injustiça de como ele começou. Este país é incrível, mas nossas origens são complicadas e, em muitos casos, moralmente repreensíveis. No processo de construir algo incrível, roubamos, destruímos, nos aproveitamos e machucamos muita gente. A gente se desvia da nossa grandeza quando não só nos recusamos a reconhecer ou examinar nossas ações históricas, como também não buscamos formas de remediar e reparar os danos onde podemos. Acredito que essa seja a essência do que "pessoas como a srta. Hunter" estão pedindo.

Bryce assente, estreitando os olhos. Ele vira o cartão na mão e pega outro.

— Obrigado por elaborar isso — diz Bryce. — Podemos voltar à natureza romântica de seu relacionamento com a srta. Hunter?

— Claro.

— Então você a conheceu protestando contra o gasoduto do seu pai, e depois?

— A gente se reencontrou brevemente alguns anos depois em Amsterdã quando ela estava de férias e eu estava terminando o doutorado. Não nos vimos de novo por outra década, até a empresa da srta. Hunter começar a coordenar a campanha do meu irmão.

— E vocês retomaram o relacionamento?

— Nossa, não. Ela não me deu bola. Eu me mudei para DC pra ficar mais perto dela, mas ela me dispensou por meses.

Bryce gargalha.

— Então quando voltaram a se relacionar de novo? Digo se relacionar de forma mútua, já que a srta. Hunter se manteve afastada.

— Mais ou menos cinco meses atrás.

— E por que esconderam o namoro?

— Por causa do que está acontecendo agora mesmo. As pessoas estão fazendo pressuposições erradas sobre ela, sobre sua ética profissional, sobre como ela se tornou bem-sucedida. Ela conquistou tudo que tem, incluindo meu amor.

Um suspiro passa pela plateia com a minha confissão.

— Então você a ama? — Bryce cava atrás de clareza, que fico mais do que contente em dar.

— Sim, estamos numa relação séria.

— E casamento? — sonda Bryce.

— É algo que vamos decidir quando chegar o momento certo.

— O povo gosta de saber o que vamos ter — responde Bryce. — É um pacote. Vão querer saber o que a primeira-dama deles vai fazer, quem ela é.

— Se me elegerem, os Estados Unidos podem esperar um homem inteligente o bastante para pedir ajuda quando não souber de algo e ousado o suficiente para ficar sozinho quando necessário. Alguém que vai lutar por eles de um jeito novo e inovador, que vai sempre ter em mente o que é mais importante e assumir riscos que projetarão todos nós para a frente.

Um homem que vai honrar o passado e se desculpar pelos erros desse passado, e que está determinado a fazer com que o futuro seja melhor do que podemos imaginar.

Viro minha atenção para a plateia e dou de ombros, sorrindo.

— Só considerem o tipo de mulher que esse homem escolheria, e vocês têm Lennix Hunter.

CAPÍTULO 50
MAXIM

— Juro que vou tentar ir — digo a Lennix, bebericando meu café.

— Sei como a sua agenda está cheia hoje — responde ela do outro lado da linha. — Você não pode recusar o *Bom dia, América* por nada. É uma ótima chance pra você se conectar com os eleitores.

— Sim, Kimba me mandou algumas anotações ontem à noite para revisar. Praticamente um *Guerra e paz*, mas um pouquinho maior.

Lennix ri.

— Ela é meticulosa, admito.

— A gente provavelmente vai se matar antes da eleição. Estar na estrada com ela sem você como escudo é um saco. Não tem ninguém pra me proteger dela.

— Bem, eu estou na estrada sozinha. A corrida para governador está esquentando, e acho que temos uma chance de verdade de fazer a Virgínia votar nos democratas. Bem, é um estado decisivo, então deve votar nos republicanos de novo daqui a quatro anos, mas tenho que tentar, não é?

— Certo. — Descanso no silêncio tranquilizador por alguns segundos, só aproveitando o som de sua voz, a ideia dela. — Saudade.

— Também, doutor. Também.

Sorrio mesmo que doa não estar com ela.

— Tem uns caras de Hong Kong aqui. Depois do *Bom dia, América*, tenho que me encontrar com eles e tentar salvar o acordo, mas pretendo pegar o avião logo depois para chegar aí a tempo.

— Se você não chegar a tempo…

— É bem importante. Vou estar aí.

— Tá bom. — Ouço o sorriso na sua voz. — Bem, tenho que ir agora. Ainda está bem cedo aqui, mas Mena vai acordar logo. Vou dar uma corrida e depois fazer o café da manhã pra *ela*, pra variar um pouco.

— Diga que mandei um oi. Te amo. Temos que ter uma terça muito em breve.

— Não precisamos dizer mais isso — responde, rindo.

— Eu sei, mas eu gosto.

— Tchau pra você.

— Tchau pra você.

Preciso focar. Kimba realmente me enviou uma pilha enorme de anotações. Ela me quer preparado para esta entrevista. Já sei que vão perguntar sobre Nix. Não tem um bilhete sobre isso. Todo mundo pergunta. Não como se fosse um "segredinho sujo", como costumavam fazer. Agora querem saber se já estamos noivos. Ela vai ser minha primeira-dama se eu ganhar essa coisa?

Quem é que sabe?

É um ato de fé adiar a conversa do casamento mas seguir com a campanha. Talvez ela se anime com a ideia de reformular o papel da primeira-dama. Não vou apressá-la. *É* um grande sacrifício. Caramba, se eu ganhar, não posso comandar meus negócios enquanto estiver no cargo. Eu os construí do zero. A ideia de outra pessoa os gerenciar, moldá-los enquanto estou fora, é irritante. Mas fui sincero no que disse. Estou concorrendo porque acredito que posso mudar as coisas.

A porta se abre enquanto estou revisando algumas leis imigratórias que precisam mesmo ser levadas a sério.

— Grim — cumprimento. — Sua mãe não te ensinou a bater?

— Acho que vai se interessar mais no que tenho pra você do que nos meus modos — responde, seco, mas com empolgação suficiente na voz para chamar minha atenção.

— O que você tem?

— Ele — diz Grim.

Levanto a cabeça rápido e o prendo com meu olhar.

— Gregory? Você tem uma pista?

— Não só uma pista. Sei exatamente onde ele está. Estou com os *olhos* nele, King.

— Como?

— Achamos o informante.

— Como?

— Vou deixar Wallace te contar — fala, pegando o celular e dando a volta na mesa para eu poder ver.

Wallace surge na tela. Ele não tem estado muito presente desde o confronto no apartamento de Lennix. Nós estivemos na estrada na maior parte do tempo, primeiro por Owen, depois para Wyoming, e então a minha campanha.

— Oi, Maxim.

— Wallace, como isso aconteceu?

— Ah, sim. — Ele esfrega os olhos. — Tem um técnico na minha equipe, Chauncey. Quando voltei pro trabalho depois da Costa Rica, ele ficou estranho. Bem estranho. Faltava ao trabalho, saía cedo. Nada como era antes da viagem. Então ele pediu uma transferência pouco depois que retornei. A CamTech nunca contou a ninguém do sequestro, mas ele ficava me vigiando e me passou uma energia suspeita. Então dei as informações de Chauncey a Grim.

— Nós cruzamos as referências dele com o que sabíamos sobre Keene para ver se havia alguma intersecção e achamos — explica Grim. — Eles estudaram juntos em Stanford. Uma pesquisa no computador pessoal de Chauncey revelou alguns pagamentos interessantes que batiam com vários incidentes de sequestro e resgate em que suspeitávamos que os irmãos Keene estivessem envolvidos. Parece que ele hackeava os sistemas deles por informações, mas a CamTech foi a única empresa em que ele se infiltrou como funcionário.

— Você conseguiu um mandado para fazer busca na casa dele? — pergunto, franzindo o rosto.

— Não, ele foi vítima de uma "infeliz invasão domiciliar" — comenta Grim, com um tom sarcástico. — Enquanto os arrombadores estavam lá, grampearam seu celular.

— Mandou bem. — Bato o punho no seu.

— Aí, no dia em que a CamTech entregou os documentos da vacina para o Controle de Doenças…

— Finalmente fizeram isso? — interrompo.

— Fizeram, sim — assente Wallace. — E nossa equipe toda sabia, porque isso basicamente encerra nossa pesquisa por ora. Fomos realocados para um projeto diferente.

— Então assim que a CamTech notificou a equipe — diz Grim —, interceptamos uma mensagem de texto entre o informante e um número não rastreável. A mensagem não deu nenhum detalhe do paradeiro de Keene, mas tive o suficiente para questioná-lo. — O sorriso de Grim é cruel. — De forma não oficial, claro. Sabe que não leva muito tempo pra quebrar esses escrotos. Não precisou de muito, algumas ameaças, e ele entregou a localização de Keene. Cantou feito um passarinho.

— Cadê ele? — pergunto, de punhos cerrados e o coração martelando com uma expectativa sombria.

— Em Oklahoma City — responde Wallace, com uma expressão preocupada e me observando com cuidado.

O mundo desacelera, cada segundo coberto em escuridão. Mal consigo fazer minha língua se mover.

— Lennix está em Oklahoma.

— Eu sei. — Uma expressão torturada cobre os traços serenos de Wallace. — Se alguma coisa acontecer com ela…

— Ela está segura — interrompe Grim. — Está protegida por sua equipe de segurança.

— É melhor você ter muita certeza disso, irmão — declaro, com a voz baixa e prometendo um inferno como punição se ela não estiver.

— Como te falei, estou com os olhos nele, e meus homens estão se posicionando enquanto estamos aqui.

— Ele está na mesma cidade que a Nix, merda — digo. — Não é coincidência. Façam alguma coisa, porra.

— Tem algumas formas de isso se desenrolar. — Grim lança um olhar cuidadoso para a tela onde Wallace aguarda, observa e escuta.

Se conheço Grim, ele está para dizer alguma merda ilegal confidencial.

— Podemos confiar em você, Murrow? — pergunto.

— Claro — confirma Wallace, com a voz tensa. — Faça o que tiverem que fazer. Só protejam Lenny. Não ligo de violar cada lei do código penal. Ela é minha melhor amiga. Só a quero segura.

Em geral, eu me irritaria ao ouvi-lo chamar Lennix de melhor amiga, mas não posso evocar minha possessividade de sempre. Fico feliz por ela ter pessoas tão leais quanto Wallace: que se importam com ela. Talvez ele não seja tão ruim.

— Conte — peço, mudando a atenção de Wallace na tela para Grim ao meu lado.

— Não alertamos as autoridades ainda — diz Grim.

— Não. — Minha voz está cortada. Curta. — Keene não vai ter um julgamento, algemas ou um júri de seres humanos iguais a ele. Eles vão fazer merda. Ele matou meu irmão e tentou matar minha garota. Ninguém que eu amo está seguro até acabarmos com isso de vez. Quero ver o cadáver dele.

Wallace respira fundo.

— Maxim, eu...

— Se acha que aquele escroto vai ver o sol raiar de novo depois do que fez com minha família e do que tentou fazer com Lennix — declaro com completa calma —, então desliga o maldito telefone agora, Murrow. Esquece o que ouviu e nunca me pergunte sobre isso.

Um silêncio tenso fica no ar.

— Hum, eu ia dizer — fala Wallace da tela — que concordo. Precisamos de confirmação da morte.

Assinto, sentindo um novo respeito pelo homem que Lennix considera um de seus amigos mais próximos.

— Que bom que estamos de acordo.

— Só que você também precisa de negação plausível — declara Grim. — Se um dia alguma informação vazar, o presidente dos Estados Unidos não pode estar envolvido.

— Por que você tem tanta certeza de que vou ser presidente?

Grim me dá o olhar perspicaz no qual vem trabalhando há uma década.

— Você ganha tudo uma hora ou outra. Por que seria diferente com a presidência?

— Ganhar uma eleição é um pouco mais complicado do que fazer a aquisição de uma empresa. — Paro, sabendo que os dois homens vão discordar do que tenho a dizer. — Preciso ver isso acontecendo.

— Não acho que seja uma boa ideia — afirma Wallace.

— Eu preciso definir negação plausível pra você? — Grim fecha a cara. — É arriscado demais.

— Acha que não sei disso? Mas tenho que ver tudo. Tem certeza de que está com os olhos nele, Grim?

— Claro. Tenho uma transmissão do lugar exato onde ele está se escondendo. Ele se mexe, a gente vê.

— Se ele se mexer — digo —, mate-o, mas vou mesmo assim. Não vou fazer isso, mas preciso *ver*, se puder. — Pigarreio, senão a emoção quente ali não vai me deixar falar. — Devo isso ao meu irmão.

Os dois homens ficam em silêncio, e, por um instante, acho que vão discordar, mas Grim assente, os olhos semicerrados me prometendo a vingança pela qual anseio, mas que não posso executar com minhas próprias mãos.

— Wallace, temos que ir — avisa Grim, suspirando e passando a mão pela nuca. — Acho que temos um avião pra pegar.

À primeira vista, o homem no fundo do prédio abandonado não parece um psicopata. Ele está com um fogareiro de acampamento aceso, o cheiro de bacon subindo e preenchendo o espaço pequeno. Não se mexe quando um rato passa às pressas sobre seu pé descalço. O cabelo roxo cresce num caos de ondas, mas as raízes são de um loiro dourado.

Ele parece apenas um excêntrico até você notar a bomba no canto. Ainda não há luzes vermelhas piscando ou sons de bipe. Não, ele vai prepará-la quando for para o capitólio de Oklahoma mais à frente na rua mais tarde, segundo Chauncey.

— Cadê sua máscara? — pergunto.

Gregory Keene tira a atenção do bacon para me encarar. Na hora, um sorriso receptivo floresce no rosto bonito de maxilar quadrado e olhos azuis.

— Maxim, você me assustou.

— Desculpe por isso. — Gesticulo com a arma que tenho apontada para ele para uma pilha de caixas a alguns metros. — Sente-se.

— Na verdade eu tenho um dia bem cheio hoje. — Gregory acena com a cabeça para a bomba no canto. — Como pode ver.

— Não vai demorar muito, prometo.

— Estava querendo te ligar — diz, ao sentar nas caixas. — Tenho visto você na campanha, e talvez tenha mesmo uma chance de ganhar essa coisa.

— Obrigado pela sua análise de especialista.

— Gosto principalmente da sua posição sobre o sistema de saúde. Inovadora.

— Bem, nós dois sabemos como o sistema é falho. Lamento pelo que aconteceu com sua mãe — declaro. — Ninguém deveria ser abandonado e ignorado assim.

O sorriso contente se torna o de uma raposa astuta, e os olhos azuis receptivos ficam frios.

— Acho que, como presidente, você vai consertar isso.

— Se eu chegar tão longe, vou tentar, mas você não estará por perto pra ver.

— Eu estava mesmo ansioso pra ver nossa garota hoje. — Ele suspira, dando de ombros. — A morte dela vai ter que esperar, já que os policiais devem estar a caminho.

Minha risada mordaz ecoa na pequena alcova subterrânea escura e fria.

— Policiais? Você matou meu irmão e tentou matar a *minha* garota. — Aceno para a bomba. — Três vezes, se contarmos a bomba no carro.

— Ah, vamos contar a bomba no carro. Matar seu irmão foi meu melhor trabalho.

Cada músculo do meu corpo grita em protesto quando não me mexo, ansiando para avançar nele, rasgar sua garganta. O controle é o amigo implorando por cautela.

— Em paz numa cela de cadeia depois de cinquenta anos não é como você vai morrer, Keene.

— Então é isso? — Gregory cruza os braços. — O futuro presidente dos Estados Unidos vai me matar a sangue-frio? Você não pode.

— Me dói profundamente saber que você tem razão. Não posso arriscar. — Viro a cabeça para a forma de Grim nas sombras. — Mas ele pode.

Gregory Keene não vê Grim puxar o gatilho. Sua cabeça não explode. A bala deixa um buraco grande no que ouvi Grim chamar de Caixa T, bem no centro dos olhos. Todo o dano está no interior, um disparo mortal que destrói o tronco cerebral inferior e todos os processos necessários para a vida.

Gregory nunca teve chance.

A fatalidade cai como um chumbo nos meus ombros, e encaro os olhos sem vida do homem cuja trajetória era tão promissora. Um gênio. Stanford. Harvard. Tudo jogado fora porque a amargura o consumiu, corrompendo o caminho da sua moral e decência como um parasita. Ele se perdeu para o luto.

Duas vezes.

Conheço a sensação dessa escuridão, como ela sufoca toda a luz e leva a pessoa a fazer coisas que nunca consideraria antes da perda. Queria que pudesse ter sido diferente. Queria que Gregory pudesse ter se encontrado com Owen na campanha, exposto suas queixas, visto como meu irmão teria mudado as coisas.

A dor sempre cria dois caminhos. Todos temos dores. A diferença é para onde ela nos leva. Gregory a seguiu por um caminho de vingança que matou meu irmão e teria tirado Lennix de mim. Posso não sentir nenhum remorso por sua morte e ainda assim pensar que é uma pena, um desperdício.

— King, vai. — As palavras de Grim estalam no silêncio como uma tumba do porão. — Rick está esperando no beco dos fundos.

— Ele sabe?

— Ninguém sabe além de você e eu. Não quis arriscar. O resto da equipe está afastada à espera de ordens lá em cima.

— Então o corpo...

— Deixa comigo. — Ele acena com a cabeça para as sombras que ocupou minutos antes. — Vai por ali e sobe para o andar principal.

— E se perguntarem...

— Não vão perguntar. Vai.

Sigo pela escada escura e estreita até a porta que dá no beco nos fundos do prédio. Rick espera ali, bem como Grim disse que esperaria. Seu rosto inescrutável não revela nenhum interesse maior do que o comum.

— Está pronto, senhor?

— Hum, sim.

Tiro o celular para olhar o protetor de tela. É uma garota e um cara se beijando num campo de tulipas, um quadro congelado do amor florescendo. Eles parecem jovens, felizes e despreocupados, sem ideia do que o futuro vai trazer, mas isso não parece importar. Ele a segura como se ela fosse o mundo todo nos seus braços, e ela está feliz por estar ali.

— Aonde vamos? — pergunta Rick.

Sorrio, erguendo o olhar e encontrando o cume do Capitólio apontando para o céu.

— Vamos testemunhar a história.

CAPÍTULO 51
LENNIX

— Esse dia é esperado há muito tempo — declara o senador Jim Nighthorse, espalhando o sorriso contente pelo salão amontoado no prédio do Capitólio do estado de Oklahoma. — O número de mulheres indígenas desaparecidas e mortas a cada ano é chocante, uma epidemia que tem sido negligenciada, subnotificada e ignorada.

Mena e eu estamos de pé atrás dele, de mãos dadas, sorrindo mesmo enquanto secamos as lágrimas.

— Estou muito orgulhoso do esforço e do comprometimento bipartidário por trás dessa legislação revolucionária que facilita uma comunicação mais eficiente entre as autoridades em reservas indígenas e a polícia local. Se nos importarmos, vamos continuar buscando e dizendo os nomes de nossas irmãs. — Ele olha por cima do ombro, sorrindo para meus olhos lacrimejantes. — Essa lei é um homônimo de uma ativista nacional do MMIW, o movimento de mulheres indígenas mortas e desaparecidas, que perdeu a vida no campo, na luta. É uma honra assinar a Lei Liana Reynolds hoje e ter sua filha, Lennix Hunter, aqui conosco como testemunha.

Dou um passo à frente para assinar junto com várias outras testemunhas e legisladores, arquitetos da lei. Ao olhar para todos reunidos, vejo meu pai e Bethany na multidão. Ele assente, com aprovação, amor e a mesma sombra inevitável de pesar nos olhos que sei que encontra nos meus. Minhas mãos estão tremendo tanto que mal consigo segurar a caneta cerimonial. Lágrimas enchem meus olhos, e as palavras na folha ficam borradas.

— Lennix — chama Jim. — Gostaria de dizer algumas palavras?

Assinto e abro a boca para começar minhas observações preparadas quando a porta dos fundos do salão se abre. Maxim entra, acompanhado por Rick. Eu sinceramente não esperava que ele conseguisse participar do *Bom dia, América*, de uma reunião e ainda chegar a tempo. Ele sorri para mim daquele jeito que faz o resto do mundo desaparecer por uns segundos, e, por um instante, mesmo com um salão cheio de gente, somos só nós dois. Ele me joga um beijo e se apoia na parede, com orgulho no rosto. Desvio o olhar dele e falo com a plateia:

— Minha mãe foi uma lutadora — digo. — Lutadores de verdade sabem que nunca devem presumir que vão sobreviver. Ela vivia todos os dias como se fosse o último, sendo ousada e amando sem reservas, mas também viveu como se houvesse sete gerações vindo pela frente. Sempre olhando para o futuro e lutando para torná-lo melhor. Ela viveu pelos outros. Lutou por todos que precisavam de um defensor.

Minha voz falha, lágrimas escapam pelos cantos dos olhos enquanto a vejo de novo, brilhando de orgulho depois da minha Dança do Nascer do Sol. Tirando fotos e me encharcando de amor. Estou oscilando por dentro e vasculho o salão até achar Maxim de novo, ficando ereta com a força absoluta e estável do amor em seus olhos.

— Ela foi a pessoa mais vital e vívida que já conheci — digo em meio a soluços. — E, por muito tempo, tive pesadelos imaginando como ela morreu. — Balanço a cabeça, ignorando as lágrimas ou o modo como minha voz racha. — Não sonho mais com a forma como minha mãe morreu. Celebro como ela viveu. Uma de suas citações favoritas era: "Eles nos enterraram, mas não sabem onde semeamos". Minha mãe era uma semente. Ela morreu quando eu tinha 13 anos, só que, hoje, olhem o *fruto* dela nessa lei que vai procurar, encontrar e salvar muitas das mulheres da nossa época. Olhem para ela viva em *mim*. Toda manhã que acordo e vivo com propósito, decido tornar este mundo melhor ou decido não só viver por mim, mas também por aqueles com mais necessidades, minha mãe vive. *Eu* sou seu fruto.

"Eu costumava me desesperar por ninguém se lembrar dela, por ninguém dizer seu nome ou o nome de milhares mulheres indígenas que sumiram e nunca foram encontradas. Mas, hoje, digo seu nome. Essa lei *leva* o seu nome. Liana Reynolds."

Os aplausos da multidão, os rostos sorridentes somem por um instante, e estou de volta naquela planície aberta da minha dança. Quando eu era garota, corri para as quatro direções, reunindo os elementos em mim mesma — tudo de que precisaria para me tornar uma mulher. Segundo a tradição, esse dia liberou minha habilidade de curar a mim mesma, os outros e minha comunidade, mas ser uma mulher é mais do que sumir com a dor. É sobreviver a ela, aprender com ela e lhe dar um bom uso, como fizemos hoje.

Quando a Mulher que Muda vai em direção ao leste toda manhã, torcendo para se encontrar com sua versão mais jovem, me pergunto o que ela diria se um dia isso acontecesse. Porque neste momento eu sei o que eu diria.

Nistan.

Corra.

Continue correndo.

Não se para de correr porque é difícil. Não se para de correr porque dói. Não ouse parar de correr porque alguém disse que você nunca terminará a corrida ou que essa corrida não lhe pertence.

Prove que todos estão errados.

Forje seu próprio caminho.

Garota, mulher, eles *nunca* lhe darão o mundo. Você tem que criar o seu.

E então eu sei. A coisa com a qual venho me debatendo neste momento fica tão clara como a garota correndo numa planície distante, aplaudida pela comunidade, pelas gerações de ancestrais.

Forje seu próprio caminho.

Crie seu próprio mundo.

Não deixarei que ninguém defina quem sou, quem amo, como vivo. Eu farei isso. Terei que fazer sacrifícios? Claro. Concessões? Claro.

Mas terei a oportunidade de fazer algo que ninguém parecido comigo já fez antes? E com um homem que amo mais do que tudo? Um homem que me ama do mesmo modo?

Eu escolhi você, seja lá o que isso significa, seja lá para onde nos leve.

As palavras de Maxim pousam no meu coração, plantam sementes, criam raízes. Durante todos esses anos, vim procurando por um candidato único e o achei. Maxim é o meu único, e eu sou a dele. Único e eterno.

Peço licença ao grupo que me parabeniza e me apresso para os fundos do salão. Maxim está apoiado na parede, o sorriso alargando a cada passo meu, e, quanto mais me aproximo, mais meu coração bate forte. Sem me importar se há câmeras ou com o que as pessoas vão dizer ou pensar, estendo as mãos para segurar seu rosto e o beijo, por muito tempo e com possessividade, reivindicando-o. Ele se mexe, desliza as mãos por minhas costas, apertando minha cintura. Grunhe durante o beijo, se afastando para enterrar o rosto no meu pescoço.

— Nix — diz, ofegante, no meu ouvido, rindo. — Podia me dar um aviso. Quer que todo mundo veja o efeito que você tem em mim toda vez que entra num lugar?

Jogo a cabeça para trás e rio, me sentindo mais livre do que nunca.

— Sim, acho que quero que vejam.

Ele põe a mão na minha bochecha, afastando meu cabelo do rosto, com o amor brilhando nos olhos.

— Vamos mudar o mundo, tá bom?

Meu sorriso se esvai, e o dele também. Ele avalia meus olhos, acaricia minha boca com o polegar.

— Juntos? — pergunta, com a voz sóbria.

Assinto, pressiono a mão no seu coração. O pingente de bússola no bracelete brilha como o amor que nos guiou desde o improvável primeiro momento até este aqui.

— Sim — respondo, praticamente *sentindo* meu rosto brilhar com o amor no meu coração, com as pazes que fiz com ele. — Juntos.

EPÍLOGO
MAXIM

"O amor é uma força muito dinâmica, não é?
É a força mais inexplicável e ainda assim a mais bonita da vida.
Ah, como é alegre senti-lo."

— Carta de amor do reverendo Martin Luther King Jr. para Coretta Scott (julho de 1952)

— Tem certeza disso?

Fecho as abotoaduras, olhando para Lennix pelo espelho.

— Está um tiquinho tarde demais pra me perguntar, não acha? — Ela sorri para meu reflexo. — Com seus pais esperando lá embaixo?

Não passo o Natal em Dallas com meus pais, *com meu pai*, há quinze anos. Vim para o funeral de Owen, mas agora parece diferente. Na época, o luto dominou qualquer outra emoção, só que, hoje, todas elas surgiram. Sob anos de ressentimento e frustração, paira a expectativa.

Estou feliz por estar aqui. Só não tinha certeza de que Lennix ficaria.

— Se mudou de ideia — digo, virando para olhá-la e me apoiando na cômoda —, Owen e eu costumávamos sair escondidos por aquela janela. — Inclino a cabeça para a janela do quarto com vista para o quintal. — Tem um carvalho enorme lá fora. — Cruzo o quarto até ela e coloco as mãos na sua cintura. — A gente se esticava até um galho resistente e descia, e minha mãe não sabia de nada.

Ao mencionar o nome de Owen, uma dor familiar passa pelo meu coração. É a dor do pesar e, por mais que eu tente espantá-la, da culpa.

— Você está bem? — Lennix me olha, as sobrancelhas escuras franzidas. — Sei que é difícil pra todo mundo, o primeiro Natal sem Owen. Eu me lembro do primeiro Natal sem minha mãe. Com certeza ter você aqui vai ajudar sua mãe a passar por isso.

— Obrigada por botar de lado seus sentimentos por meu pai para que pudéssemos estar aqui por ela.

— Tudo bem. — Ela esfrega meu braço, me olha nos olhos para eu saber que está sendo sincera.

— Bem, vamos descer. — Eu me afasto para avaliar seu vestido justo escarlate, com mangas compridas moldando seus braços e os saltos altos que significam que não precisarei me curvar tanto para beijá-la sob o visco. — Feliz Natal. Você está linda.

— Feliz Natal. Você também. Sempre está lindo pra mim.

Seu olhar desce para minha camisa social e calça preta, inspecionando centímetro por centímetro, se demorando nos meus ombros, peito e pernas. Quando ela se volta para o meu rosto, meu corpo está reagindo à sua apreciação descarada.

Duro. Pronto.

Aperto sua cintura e me curvo para cochichar, tocando deliberadamente os lábios no lóbulo da sua orelha.

— Não temos tempo para o que fazemos quando você me olha assim.

— Quando eu te olho assim como? — pergunta ela, com uma risada fumegante, se afastando e estreitando o olhar.

— Acho que você entendeu. — Passo o polegar de leve na sua bochecha. — Mas não esquenta. Também quero.

Sorrimos, e sei que estamos nos lembrando de uma conversa similar no nosso primeiro encontro em Vuurtoreneiland. Uma noite de sussurros roucos e toques furtivos que nunca esquecerei.

— Você alguma vez pensou no quanto somos improváveis? — pergunta ela. — Você sendo filho do seu pai e tudo o que isso representa, e eu do lado oposto. E a gente se reencontrando de novo em Amsterdã.

— Não éramos improváveis, Nix — digo, sem leviandade nas palavras. — Éramos inevitáveis.

Seu sorriso se dissolve até ficarmos encarando um ao outro, e eu sinto o peso de encontrar sua pessoa num mundo cheio de gente. Numa galáxia lotada, encontrar sua estrela.

— Maxim! — A voz profunda de meu pai retumba pelas escadas e chega na porta do quarto. — O jantar.

Lennix dá uma risadinha quando reviro os olhos.

— Ah, meu Deus. É como se você tivesse 13 anos.

— Só que não estou escondendo uma garota aqui em cima. Eles realmente sabem que você está no meu quarto.

Pego sua mão e vou para a porta.

— Você não estava escondendo garotas aqui tão cedo assim, estava?

— Hum? — pergunto, fingindo não ouvir. — Está sentindo esse cheiro? Estou morrendo de fome.

Ela bate no meu braço, e rimos juntos, mas congelamos no corredor quando vemos meu pai no pé da longa escada, os olhos fixos em nós. Meu pai não estava em casa quando chegamos, então essa é a primeira vez que nos vemos.

Há uma suavidade sutil nos seus traços implacáveis quando encontra meus olhos. O fio entre mim e meu pai deu nó ao longo dos anos, se enroscando em ressentimento, raiva e orgulho, mas não há como negar que ele me ama. Não sei se, algum dia, ele soube expressar isso sem a possessividade paternal que o fez puxar as rédeas com força demais — que o fez puxar quando deveria ter deixado que eu encontrasse meu próprio ritmo. Ele cometeu o erro de tentar me quebrar, como um cavalo selvagem que precisava ser domado. Eu era parecido demais com ele para isso e tive que partir, mas estou em casa agora. Um homem independente com minha mulher.

Ele move o olhar para Lennix, e a curva de seu corpo se enrijece ao meu lado, seus dedos apertam os meus. Não sei se ela está buscando ou oferecendo conforto, mas o contato reforça nossa solidariedade. Meu pai fixa o olhar nas nossas mãos entrelaçadas.

— Lennix — cumprimenta ele, a voz educada, mas não calorosa. — Bem-vinda à nossa casa.

— Obrigada por me receberem — responde ela, deslizando o braço na curva do meu cotovelo.

A reivindicação que ela marca em mim não é sutil, mas isso é algo que ela nunca foi. Nunca precisei que fosse nada além de quem era, desde o momento em que a conheci — um grito de batalha ousado e lindo.

Um sorriso irônico de reconhecimento se forma no canto da boca do meu pai.

— Você ainda leva uma eternidade, filho — murmura ele, enfiando as mãos nos bolsos, e vai para a sala de estar. — A comida está esfriando.

Os olhos de Lennix seguem seus ombros largos na jaqueta esportiva cara e bem-feita quando ele se afasta. Por trás, sem ver as linhas de seu rosto ou o cinza de suas têmporas, ele poderia ser eu.

Torço para que ela em breve assuma o sobrenome que via como uma maldição. Eu não repeti o pedido. Posso não ganhar, e as implicações da presidência são uma ponte que talvez ela nunca cruze. Nós podíamos esperar para ver, mas tem algo em mim — *tudo em mim, para ser honesto* — que não deseja esperar. Quero ser o risco que ela assume. Quero que nós pulemos desse penhasco com vista para a água juntos, seguros de que, contanto que tenhamos um ao outro, não vamos nos afogar.

— Pronto? — pergunta ela, com um sorriso relaxado nos lindos lábios vermelhos.

Quero beijá-la, mas não arruiná-los, então pressiono os lábios na sua cabeça, e descemos as escadas.

Minha mãe não faz nada pela metade, muito menos festas de fim de ano. A casa fica sempre toda decorada no dia seguinte ao Dia de Ação de Graças. No caminho até a sala de jantar, passamos por uma das várias enormes árvores pela casa, brilhando com luzes. Paro, vendo não a sala de estar vazia, e sim o piso cheio de papel de presente colorido, dois meninos andando em bicicletas novinhas em folha no corredor, meu pai correndo atrás de nós, minha mãe gritando para os homens do rei irem tomar café da manhã na manhã de Natal.

Seguro a mão de Lennix, lutando para controlar as emoções. Ela se apoia em mim, mas sabe que estou me apoiando nela. Se isso é difícil para mim, o quanto deve ser difícil para meus pais?

— Estou bem aqui — garante Lennix, apertando minha mão de volta. — E eu te amo.

Abaixo o olhar para ela, minha luz do sol no inverno duradouro de luto, e consigo sorrir.

Quando chegamos à sala de jantar, minha mãe a atravessa e me dá um abraço apertado. Quando se afasta, as lágrimas cobrem seus olhos azuis.

— É tão bom ter você em casa para o Natal, Maxim. Obrigada por... — Ela morde o lábio por um instante antes de me oferecer um sorriso caloroso. — Obrigada por vir. — Movendo o olhar para Lennix, ela pega sua mão, o sorriso ficando ainda mais caloroso. — Obrigada por vir também. Por trazê-lo pra casa.

— Ele queria estar aqui — responde Lennix, baixinho. — Obrigada por me receber.

Vamos até a mesa comprida, e Lennix se senta ao meu lado. Meu pai senta numa cabeceira da mesa, e minha mãe, na outra. Quando meu pai pega o garfo, todos nós vemos isso como um sinal para fazermos o mesmo.

Ficamos em silêncio por alguns instantes, e a única conversa é o barulho dos talheres na porcelana. Ergo o olhar e encontro os olhos do meu pai focados no assento vazio de frente para mim, o que Owen sempre ocupava. Meu garfo congela no ar, e o peru vira serradura na minha língua. Meu pai engole em seco convulsivamente, é claro que está lutando contra demônios vestidos de lembranças. Uma única lágrima escorre por uma maçã do rosto dura, e sua boca fica apertada e fina.

Estou perdido. Nunca vi meu pai chorar. Nem no funeral nem nos dias seguintes, nem quando sabia que ele estava sofrendo. Ele nunca demonstrou nenhuma fraqueza, e talvez fosse esse o nosso problema. Força demais, vulnerabilidade de menos. Poder demais sem compaixão. Quando eu era mais novo, ele era uma deidade. Quando cresci, com frequência parecia um vilão. Só que, agora, maduro, eu o vejo como realmente é.

Humano.

Não perfeito. Não do mal. Não um deus ou o diabo. Só meu pai, com quem nem sempre vou concordar, mas que vou amar do jeito que for.

Minha mãe se levanta, com o prato em mãos, e vai se sentar ao lado dele. Eles compartilham um olhar longo, e o que se passa entre eles é familiar porque conheço o amor, mas é estranho, já que eles raramente o exibem abertamente. Ele pega sua mão e a aperta, e conheço essa sensação — passar pela vida de mãos dadas com a mulher que você ama, pelos bons tempos e pelos inimagináveis. A aliança de casamento deles cintila sob o brilho das luzes natalinas, e a vontade de reivindicar Lennix assim, declarar que sou seu desse jeito, me domina. Acho que estamos todos sobrecarregados, mas ninguém tenta consertar — fingir que não dói ou oferecer alguma frase consoladora idiota que ignora a dor que vem do lugar vazio à mesa.

Vivemos naquele silêncio, na realidade por algum tempo, e depois meu pai pigarreia e volta a comer.

— Então, como vai a campanha?

— Ótima — respondemos eu e Lennix juntos. Trocamos um olhar e rimos.

— Está indo bem — digo. — Estamos ansiosos para ver como me saio em Iowa em fevereiro.

— Acho que você vai ganhar em Iowa — declara Lennix, fatiando o frango assado.

Toco seu joelho sob a mesa.

— Você pode ser um pouco parcial.

— Não sou parcial — afirma, com seriedade. — Os números falam isso, e meu instinto também. Os millenials vão votar com força em você, e vai conquistar alguns democratas desencantados e republicanos moderados.

— Então você está na campanha com ele? — pergunta meu pai enquanto leva uma taça de vinho à boca.

— Eu, hum, estou ajudando um candidato a governador agora — explica Lennix, olhando para mim e depois para o prato.

Meu pai semicerra os olhos para o pequeno sinal de desconforto.

— Por que não está coordenando a campanha de Maxim?

— Como o senhor sabe, teve bastante fofoca quando nosso namoro vazou — digo. — Lennix e sua parceira, Kimba, não queriam que isso abafasse os problemas em que quero focar. Preciso ser levado a sério.

— E quem é que não levaria *você* a sério? — Ele quase grunhe a resposta. — Depois de tudo que conquistou? Este país tem sorte de você querer concorrer.

— E por falar em parcial — murmuro, seco, fazendo minha mãe e Lennix sorrirem.

— São fatos, e voltando para *você* — diz ele, lançando um olhar severo para Lennix. — Vai deixar um site qualquer de fofoca te impedir de garantir Iowa? Achei que criava reis, não governadores.

Era possível ouvir uma mosca voando no silêncio que se instaurou na sala. Ele e Lennix se olham pela extensão da mesa, e o ar vibra, tenso.

— Pai, Lennix…

— Achei que você tivesse dito que ela era a melhor. — Meu pai fala em um tom de desafio, ainda encarando Lennix.

— Eu sou — responde ela com uma confiança calma.

— Meu filho merece a melhor. Você deveria estar trabalhando na campanha dele, e não com um governador da Virgínia.

— Como sabe que é da Virgínia? — pergunta ela. — Está prestando mais atenção na minha vida do que eu achei.

— Se vai ficar com Maxim — declara ele —, deveria se acostumar com isso. Vigio o que é meu.

Lennix baixa o olhar para as mãos cruzadas no colo e acaricia o pingente de bússola do bracelete. Ela me olha e sorri. Dou de ombros. Parei de me surpreender há muito tempo por meu pai saber tudo que acontece na minha vida e onde estou o tempo todo. O bracelete dela é um testemunho do fato que sou do mesmo jeito. Acho que ela vê isso agora. Só torço para que não comece a se perguntar o que mais eu e meu pai temos em comum. Talvez saia correndo para as montanhas.

Só que Lennix já me conhece, com todos os meus defeitos, e ainda está aqui.

— Se ele perder Iowa — diz meu pai, juntando as mãos em torre —, ele perde a chance. Estou certo?

Depois de hesitar, Lennix assente.

— Temos que ganhar Iowa. É uma guerra psicológica. Seja qual for o candidato ao qual os millenials conectam suas ideias, vão com ele até o fim, mesmo que achem que a pessoa vai perder. Republicanos moderados, democratas centristas, eleitores mais velhos são mais prováveis a usar Iowa como um teste final para a viabilidade de Maxim. Se o virem perder Iowa nas primárias, não vão jogar o voto fora numa pessoa que não acham ter pelo menos uma chance.

— Quer dizer que eles vão presumir que sou igual a qualquer outro candidato independente que já concorreu — afirmo — e parar de me levar a sério.

— Isso — responde Lennix com um aceno de cabeça rápido.

— Você está querendo me dizer que a garota que vi enfrentar cachorros e balas de borracha quando tinha só 17 anos cresceu e virou uma mulher com medo de fofoquinha?

— Pai, não acho que…

— Ele tem razão. — Lennix me interrompe. — Se você perder Iowa, nunca vou saber se meu envolvimento direto poderia ter feito uma diferença.

— Então sugiro — diz meu pai, perfurando um pedaço de vagem — que você volte para onde deveria antes de perder essa coisa porque está se preocupando com o que as pessoas pensam. Os Cade não se importam com o que as pessoas pensam.

— Não sou uma Cade.

— Ainda — afirmo.

Nós nos olhamos, mas não há dúvida ali. É só questão de tempo. Do tempo *certo*.

— Nossa. — Minha mãe ri. — Estou rodeada de testosterona e… — Ela avalia Lennix inclinando a cabeça, como se não soubesse como classificá-la. — E a coisa que você é, Lennix.

Todos rimos e voltamos para a refeição.

— Vou falar com Kimba sobre voltar pra campanha — comenta Lennix.

Paro de mastigar.

— Sério?

— Isso mesmo — concorda meu pai, erguendo a taça para um brinde. — Eles que se fodam.

Lennix o observa como se ele fosse uma daquelas jiboias de estimação que podem se tornar selvagens sem aviso e apertar o dono à noite até tirar sua vida. Em seguida, ela também ergue a taça.

— Sim. Eles que se fodam.

A sala de estar se torna um conselho de guerra, com meu pai, Lennix e eu montando estratégias para Iowa enquanto minha mãe finge estar um pouco interessada de vez em quando, mas discretamente joga palavras cruzadas no celular.

— Já pensou num possível vice-presidente? — pergunta meu pai, sorrindo para minha mãe quando ela corta uma torta de maçã que os funcionários trouxeram e coloca no prato dele.

— Peggy Newcombe — respondo.

— A deputada que estava com você na Antártica? — pergunta meu pai.

— Ela mesma, mas é senadora agora.

— Ela é democrata — diz meu pai.

— É. Isso deve ajudar a tirar mais uns eleitores dos democratas.

— O que vamos precisar fazer — complementa Lennix. — Já que Dentley está caminhando para ser o representante democrata.

É irritante que o candidato para quem Lacy e Glenn trabalham provavelmente seja escolhido como o representante democrata em novembro.

— Tenho alguns republicanos em mente para ministérios também — comento. — Para talvez conquistar um pouco de apoio republicano e porque acho que vão fazer um ótimo trabalho.

— Vai usar a abordagem de reunir os rivais?

— Como não sou afiliado a um partido, eles não são bem meus rivais. Vou ter a vantagem de escolher as pessoas para o cargo baseado em suas qualificações, não em seus partidos.

— E vamos ter uma fila de apoiadores bem rápido se Iowa der certo — diz Lennix, garfando a casca da torta de maçã e provando o recheio.

— Sei que Millicent vai querer te apoiar — comenta minha mãe.

Nós três a encaramos. Isso nunca passou pela minha cabeça. Eu nunca pediria.

Minha mãe dá de ombros.

— Ela me disse que iria, que quer fazer isso.

Millie e eu não nos falamos desde que lhe contei a verdade sobre a morte de Gregory Keene. Não podia deixar que acreditasse na história que Grim criou e que vazamos para a imprensa. Ele plantou uma trilha de pistas para as autoridades seguirem, levando-as ao corpo de Gregory Keene e o apontando como assassino de Owen. Nem meu nome nem o sequestro de Lennix chegaram perto desse rastro. A imagem que emergiu foi uma meia verdade: um homem de futuro promissor, levado à loucura pela morte da mãe como resultado do sistema de saúde falido. Ao que parece, Grim é tão meticuloso encobrindo assassinatos quanto executando.

Apenas Grim e eu estávamos naquele porão. Só ele e eu sabemos que ele puxou o gatilho. Mesmo que Lennix suspeite, nunca me perguntou nada. Sabe que protejo Grim e que ele me protege, logo, é um segredo que vamos levar para o túmulo.

A narrativa forneceu um encerramento ansiado pelo público, mas Millie merecia a verdade. Fui até Connecticut lhe contar pessoalmente. Soluços não sacudiram seu corpo quando a segurei. Não houve um ritmo no seu luto, e sim a quietude não natural da resignação, como se seu corpo só estivesse ocupando o espaço no mundo até ela poder realmente *estar* aqui de novo. Os gêmeos a mantêm seguindo os movimentos da vida. Precisam que ela esteja presente, só que, se ela for um pouco parecida comigo, alguns dias parece que estou me observando sorrir, dar discursos, interagir com os outros — de um canto. Vendo meu corpo fazer coisas para as quais a minha alma ainda não está preparada. Esses dias são mais curtos e esparsos para mim agora, porém, se eu perdesse Lennix, provavelmente passaria o resto da minha vida em um canto escuro.

— Millie está fazendo terapia de luto. — Minha mãe continua a falar, lançando um olhar para mim e meu pai. — Algo que ajudaria vocês dois.

— Já disse isso a Maxim — fala Lennix, dando de ombros quando a olho como se ela fosse uma traidora. — Que foi? É verdade.

— Bem, vamos para Connecticut ver Millie e os gêmeos amanhã à noite — comenta minha mãe. — Onde David e Grim estão passando o Natal, Maxim?

— David está com a família, embora esteja reclamando disso, e Grim… — Balanço a cabeça. — Não sei. Ele disse que nos veria depois do Natal.

— E vocês dois ainda vão pro Arizona amanhã? — pergunta ela.

Algo muda o ar assim que minha mãe diz *Arizona*. Esse estado, essa *terra*, foi o gênesis da nossa jornada. Não só a minha e de Nix, mas da sua briga com meu pai.

— Vamos — responde Lennix. — Meu pai e minha madrasta estão lá.

— Bem, ainda temos a parte da manhã. — Levanto, torcendo para aliviar a tensão. — Café da manhã às nove, mãe?

— Hum, isso — confirma ela, a voz ficando mais aguda.

Minha mãe também não quer brigar hoje.

Lennix inspira, se levanta e, com minha mão nas suas costas, se vira para o corredor.

— Lennix — chama meu pai com a voz dominadora.

Ela paralisa. Eu também, tenso e pronto para explodir. Ela olha para ele por cima do ombro.

— Sim?

Essa palavra única paira no ar, suspensa na paz frágil que um movimento errado pode estilhaçar.

— Não posso tirar os que já colocamos — diz meu pai, com a voz rouca e o mais próximo de um tom de desculpa. — Mas… não vai ter mais gasodutos Cade em terras protegidas.

Ela então se vira, pestanejando sem parar, o queixo levemente caído. Quando o choque passa, o ceticismo ergue o canto dos seus olhos.

— O que está por trás disso?

— Você. Meu filho te ama. Eu amo meu filho. Sei que tenho muita coisa, só que, quanto mais velho fico… — ele toca a cadeira vazia de

Owen e solta um suspiro profundo — ... parece que mais perco. As prioridades mudam.

— Agradeço por isso. Eu *lamento* por isso — diz Lennix em um tom baixo, feroz, sem desviar. — Mas você não tinha o direito. Sei que pegar as coisas é da sua natureza, mas só porque *pode* pegar uma coisa não quer dizer que deva. Não a torna sua.

Sua ira e indignação são flechas miradas no coração do meu pai, do mesmo jeito que estavam no dia que todos nós nos conhecemos. Por instinto, quis protegê-la dos cachorros naquele dia, das balas de borracha, do *meu pai* — quero ficar entre ela e qualquer retaliação que ele possa oferecer agora.

Só que não oferece.

— Entendo isso. Sinto muito. — Ele pigarreia e fica quase irreconhecível exibindo remorso. — Sei que não é bastante, mas...

— É um começo — interrompe ela e assente. — Um bom começo. Obrigada. — Ela olha para minha mãe. — O jantar estava delicioso, sra. Cade. Vejo a senhora de manhã. Boa noite.

Começo a ir atrás dela, mas Lennix coloca a mão no meu braço, me impedindo.

— Estou cansada, mas você não tem que vir agora. Passe um tempinho com seus pais.

Avalio seu rosto. Teremos que conversar sobre isso, mas algo na sua expressão, um pedido nos olhos, me diz que ela precisa de tempo sozinha mais do que eu preciso de tempo com minha mãe e meu pai.

— Tudo bem. — Beijo sua cabeça e seguro sua bochecha. — Te vejo daqui a pouco.

LENNIX

É uma noite de fantasmas.

No jantar, senti a presença de Owen com tanta força que quase esperei ouvir sua risada jovial se alguém contasse uma piada. E, quando Warren Cade me falou dos gasodutos, quase consegui sentir minha mãe apertar minha mão, pude imaginar ver algo em seus olhos que raramente testemunhei: satisfação. Ela sempre disse que a injustiça nunca descansava, e ela também não.

— Descanse, mãe — digo, observando meu reflexo. — Hoje, você pode descansar.

Desafiando meus esforços destemidos para permanecer serena, lágrimas escorrem pelo meu rosto, não importa o quanto eu as seque. Saí correndo da sala de jantar porque senti algo se partir dentro de mim com as palavras de Warren. O rompimento de uma barragem, e soube que, quando a água viesse, não pararia.

— Isso é bom — lembro à garota no espelho de olhos inchados e vermelhos. — Para de chorar.

Lavo o rosto e visto uma camisola e um roupão de seda pesado. É meu, só que, quando levo o colarinho até o nariz, tem o cheiro de Maxim. Amo que nossos cheiros, como nossa vida, tenham se tornado tão interligados. Há rastros dele no meu apartamento em DC e sinais meus na sua casa em Nova York, não muito longe da sede da campanha.

Uma cama larga, a peça central do quarto, atrai meu corpo cansado e a mente agitada. Sento de pernas cruzadas no meio dela, apoiando os cotovelos no joelho. Assim que fico parada, as lágrimas recomeçam. Passo o tecido da manga bordada na bochecha. Este roupão que Maxim trouxe de uma viagem de negócios recente a Hong Kong custa mais do que muitos aluguéis de algumas pessoas. Essas viagens se tornarão impossíveis assim que a corrida esquentar.

Mexo na seda cara, passo a mão sobre a manta bordada cobrindo a cama, ainda com o gosto do vinho do jantar. Pelos meus cálculos, um vinho de dez mil dólares.

Cresci numa reserva. Sim, meu pai era professor, mas até meus 13 anos morei com minha mãe numa casinha rodeada de, em muitos casos, grandes necessidades. Quando era menina, vendo minha mãe batalhar, sonhei com algo a mais e melhor para as pessoas que amava. Não sonhei com o Príncipe Encantado e seu castelo, mas agora, sentada no meio de uma cama onde cinco pessoas poderiam facilmente dormir, num rancho que engoliria minha comunidade inteira, percebo que consegui os dois. De alguma forma, acabei comendo com o inimigo, dormindo na sua casa e, um dia em breve, vou me casar com seu filho. E, hoje à noite, *consegui*, sim, conquistei algo para as pessoas que amo.

Hoje nós ganhamos.

Acho que esse é o motivo das lágrimas. Quando o pai de Maxim falou que não colocaria mais gasodutos em terras protegidas, foi uma vitória que nunca achei que saborearia. E, *nessa* briga, o número de vítimas é quase sempre maior do que as vitórias. Por séculos, nossos sonhos não tiveram fronteiras, nossas vidas não encontraram limites, porque tudo que podíamos ver, até *onde* conseguíamos ver, pertencia a nós. Agora o que é nosso é uma dignidade desabrigada, uma luta constante pelo nosso *lugar* — cada pedaço de terra, cada lote, é precioso. E esta noite, nem que tenha sido só um pouquinho, algo disso foi recuperado. Em um rastro de promessas quebradas, esta noite uma foi cumprida.

A porta é aberta, e Maxim entra. Por um segundo, fico envergonhada pelas minhas bochechas úmidas e meus olhos vermelhos, mas logo nos conectamos, e a aceitação e a devoção me lembram que não tenho nada a esconder ou do que ter vergonha com este homem. Ele fecha a porta, vai até a cama e se senta na beirada dela.

— Oi. — Ele tira o cabelo do meu rosto, segura minha bochecha e acaricia minha boca com o polegar. — Você está bem?

— Oi. — Traço suas sobrancelhas escuras com o dedo, sigo a inclinação esculpida do osso da sua bochecha e toco os lábios carnudos. — Estou bem.

— Tem certeza? Meu pai te chateou? Sei que ele pode…

— Não, ele não me chateou em nenhum momento dessa noite. Nem quando me desafiou a retomar meu lugar com você na campanha. — Baixo os olhos para a riqueza do roupão de seda. — Com certeza não quando me falou dos gasodutos. Eu… acho que estou sentindo muita coisa ao mesmo tempo. Nunca imaginei isso.

— Acho que ele nunca esperou realmente *fazer* isso — diz Maxim, seco. — Foi preciso bastante esforço. Ele tem trabalhado nisso.

— Você o obrigou?

— Não. Eu falei que, se ele não aceitasse você na minha vida, não teria um lugar pra ele. Ele disse que eu podia te contar que não teria mais gasodutos Cade. — Maxim para, pega minha mão e beija o centro da palma. — Falei para ele mesmo te dizer.

Teria significado muito saber por Maxim, mas ouvir de Warren Cade, vê-lo engolir o orgulho, significou ainda mais.

— Obrigada — respondo, me inclinando para beijar sua bochecha. Ele vira o rosto, toma meus lábios com os seus e passa as mãos nas minhas costas para apalpar minha bunda. Eu me afasto, fingindo uma expressão chocada. — Que é isso, sr. Cade! Não no seu quarto de infância.

— Meu *quarto de infância*? Não estamos dormindo num berço.

Tapo a boca para controlar minha gargalhada.

— Ai, meu Deus. Não quero perturbar seus pais.

— Não vai. O quarto deles fica praticamente em outro bairro, com certeza as paredes são à prova de som. Graças a Deus. Eu não precisava ouvir a intimidade deles quando era criança, e com certeza não quero.

— Bem, talvez eu devesse te dar seu presente de Natal agora — sussurro, deixando o olhar e a voz mais sedutores.

— Sim, por favor — responde Maxim, apertando as bochechas. — Eu fui um menino tão bom este ano.

— Feche os olhos. — Eu me afasto e aponto o dedo bem no seu rosto. Maxim foca o olhar nele, ficando vesgo de forma cômica. — Não me faz rir — digo, sufocando uma risada.

— Você acabou de rir.

Aceno o dedo no seu rosto de novo.

— Fique bem aqui e feche os olhos.

Ele obedece, e eu me arrasto pelo colchão colossal até a mesinha de cabeceira para pegar uma caixa de presente.

— Abra os olhos. — Eu o presenteio com a caixa e mordo o lábio para não rir.

Maxim abre os olhos cor de peridoto, ergue as sobrancelhas e pega a caixinha retangular com um sorriso.

— Achei que íamos abrir presentes com meus pais amanhã de manhã.

— Tenho outro. Esse é só uma lembrancinha.

— Você me mima. — Ele puxa o laço e abre o topo da caixa. Sua risada barulhenta tira um risinho reativo meu. — Lubrificante? Você comprou lubrificante pra mim de presente de Natal?

Ele se aproxima, me empurrando até minhas costas atingirem o colchão. Sua mão explora por baixo do roupão e da camisola. Rio quando ele beija meu pescoço e apalpa meu seio.

— Maxim, não! Não podemos fazer isso *aqui*.

Ele ergue a cabeça, parecendo afrontado e desnorteado.

— Não pode dar lubrificante pra um homem e depois negar sexo anal, Nix. É crueldade pura.

— É um presente de brincadeira.

— Não é uma brincadeira pra mim. É praticamente uma nota promissória. Isso é você me prometendo anal.

— Sim — sibilo, rindo e empurrando seu ombro, que não se move. Ele fica pairando sobre mim. — Mas não aqui. Não na casa dos seus pais. Foi uma piada, doutor. Era para ser engraçado.

— Um presente de brincadeira é… uma almofada que solta peido com um azevinho dentro, não balançar esse cuzinho apertado pra mim e depois me dizer que não posso ter ele hoje.

— Você estraga tudo. — Eu rio, e minha risada desaparece quando ergo o olhar e encontro seus olhos presos e intensos em mim. — Mas eu te amo.

— Também te amo, Nix.

Uma ternura arrebatadora se infiltra no centro escuro de seus olhos e suaviza sua expressão. De modo inexplicável, lágrimas pinicam meus olhos mais uma vez. Antes que eu consiga entender o que é isso, ele dá um tapa de brincadeira na minha coxa, acabando com o clima.

— Vou vestir alguma coisa mais confortável e depois voltar para um pouco do bom e velho papai e mamãe.

— Idiota.

Engulo a emoção inesperada, forçando uma risada, e me sento para vê-lo se despir.

Ele caminha até a cômoda e vasculha pela gaveta por alguns instantes, de costas para mim. Meu coração talvez exploda com o tanto que o amo neste momento.

— Droga — murmura ele, se atrapalhado com a manga. — Amor, essas abotoaduras estúpidas. Pode me ajudar?

Ele volta para a cama onde estou sentada e estende o pulso.

Removendo a abotoadura dourada decorada com um monograma MKC, eu o encaro para provocá-lo.

— O que tem de tão difícil nisso? Talvez você esteja perdendo alguma coordenação motora com a idade avançada.

— Acha que isso vai fazer as pessoas se sentirem melhores por votarem num jovem metido a besta como eu?

Ele ri, mas esse olhar, a intensidade arrebatadora, perdura ali.

— Aposto que consigo resolver isso.

Sorrio e começo com a manga esquerda. Quando viro a abotoadura, meu coração para. Todo o meu ser, até minha alma, começa a suar. Meu próximo fôlego para na garganta e só aguarda, suspenso. Um diamante largo de corte almofada se projeta pela fenda da manga esquerda. Solto a manga como se estivesse pegando fogo, as mãos balançando lânguidas no colo. Maxim me observa quase com cautela e se agacha na minha frente. Sem desviar o olhar do meu rosto, ele tira o anel pelo diamante largo, revelando o aro de platina delicado, o qual pega com dois dedos.

— Quero a garota que persegue as estrelas — declara, a voz rouca, a ternura agora totalmente florescida e avassaladora no jeito com que ele me olha, no jeito com que pega minha mão esquerda e só a segura. — Lennix Moon Hunter, quer se casar comigo?

Meu corpo aos poucos volta à realidade. Meu coração compensa o tempo perdido, indo de uma paralisia gritante para uma corrida no peito. Estou ciente de que lágrimas estão escorrendo por minhas bochechas até os cantos da boca. Eu as pego com a língua, e sei que, com o lado racional da minha mente, devem estar salgadas, só que, de alguma forma, estão doces. Tudo nesse momento é doce. A insegurança incomum no rosto de Maxim. Ele aperta os lábios com força como se pudesse explodir se eu não respondesse logo. Estendo o braço para tocá-lo, deslizando a mão direita no seu cabelo e me inclinando para a frente, deixando meu rosto pairando sobre seus lábios.

— Maxim Kingsman Cade — sussurro, a voz falhando com seu nome, com a perfeição deste momento. Ofereço a mão esquerda, abrindo os dedos. — Sim.

Alívio e alegria esticam o sorriso no seu rosto, e ele desliza o diamante, quase ofuscante sob as luzes, no meu dedo anelar.

— Você sabe que posso ser presidente um dia, não é? — pergunta com uma risada rouca. — Só quero ter certeza de que estamos em sintonia.

— Sim, eu sei disso. — Mais lágrimas escorrem quando vejo como o anel fica perfeito na minha mão e acaricio a outra joia que ele meu deu: o pingente de bússola. — Eu escolhi você.

Ele me beija antes que eu consiga terminar a frase que me ajudou a fazer as pazes com a forma como nossa jornada vai terminar, mas meu coração recita o resto.

Seja lá o que significa.
Seja lá para onde nos leve.

EPÍLOGO BÔNUS
MAXIM

— É a nossa primeira dança.

A afirmação de Lennix me distrai por um instante do apresentador falando com a multidão no salão cintilante.

— Claro que é nossa primeira dança. — Gesticulo para meu smoking e para seu vestido branco formal brilhante. — Essa é a questão.

Lennix revira os olhos e me lança um sorriso exasperado.

— Não, quis dizer que não lembro da gente dançando antes. Acho que é a primeira vez que dançamos *juntos*.

— Tem certeza? — Franzo o cenho, repassando as quase duas décadas desde que nos conhecemos naquele deserto do Arizona. — E a festa de Natal no…

— Não.

— Não dançamos naquele evento de caridade no…

— Não dançamos. — Ela balança a cabeça e suspira. — Talvez a gente estivesse muito ocupado fazendo social em cada cômodo em que entrávamos para dançar, mas tenho quase certeza de que essa é a primeira vez.

Observo os diamantes posicionados estrategicamente no cabelo escuro dela preso num coque, o vestido branco reluzente, apertado na cintura e aberto dos quadris até o chão, e, finalmente, o diamante grande cintilando no seu dedo. Ergo sua mão esquerda até os lábios e beijo o anel. Murmuro, acariciando a curva aveludada do seu pescoço.

— Então nossa primeira vez dançando juntos vai ser na frente de centenas… — Espio além da cortina dos bastidores para ver o mar de câmeras suspensas no teto e preenchendo o perímetro do salão. — Correção, milhões de pessoas.

— Senhoras e senhores — anuncia o apresentador. — O presidente dos Estados Unidos e a primeira-dama, Lennix Moon Hunter Cade.

Os aplausos são ensurdecedores. Quando pisamos no palco, as luzes me cegam temporariamente, e aperto a mão de Lennix. A sensação deste momento é fantástica, e é o aperto forte de seus dedos que me mantém na realidade. Está mesmo acontecendo. Longos meses, inúmeros discursos, paradas da campanha, milhões de votos e numerosos sacrifícios resultaram nesta noite histórica.

MULHERES INDÍGENAS DESAPARECIDAS E MORTAS

Enquanto entrevistava mulheres indígenas nos Estados Unidos para este livro, um problema surgia nas conversas: a epidemia de desaparecimento e assassinato de mulheres indígenas. Segundo as pesquisas, em algumas comunidades nos Estados Unidos, as mulheres indígenas têm dez vezes mais chances de serem mortas do que a média nacional.

Dez vezes.

É devastador e inacreditável. É um problema complicado, e este link (uihi.org/wp-content/uploads/2018/11/Missing-and-Murdered-Indigenous-Women-and-Girls-Report.pdf) pode ajudar a explicar como nossos sistemas tornam complicado buscar justiça para essas mulheres.

Enquanto construía a história de Lennix, sabia que muitos leitores veriam como ponta solta nunca terem encontrado a mãe dela, Liana, ou não saberem o que lhe aconteceu.

É intencional.

Queria que nós, como leitores, tivéssemos só um pequeno vislumbre de como centenas de milhares de famílias se sentem quando perdem suas mães, irmãs e amigas dessa forma. Como Lennix, eles nunca ficaram sabendo o que houve. Só sabem que ela se foi.

Obrigada por embarcarem nessa jornada comigo.

AGRADECIMENTOS

Na nota do início deste livro, agradeci a algumas das mulheres que me guiaram na escrita desta história, mas vale a pena repetir. Sherrie, Makea, Andrea, Nina e Kiona, obrigada por compartilharem sua cultura, suas histórias, sua herança comigo. Por me ensinarem, abrirem meus olhos para tantas coisas que não percebi a vida toda. Vocês são mulheres excepcionais, e espero que os leitores vejam um pouco da força, coragem e sabedoria de vocês em Lennix, a personagem que suas histórias me ajudaram a criar.

Tenho muitas pessoas que sempre me apoiam, mas há um círculo de amigos que realmente me atura quando estou escrevendo, criando capas, elaborando sinopses. Essas pobres almas sofredoras sabem quem são! Rá! Obrigada por serem honestos, pacientes e por darem aos meus projetos a mesma atenção amorosa que dariam aos seus. Significa muito para mim.

Jenn Watson — sempre. Obrigada por acariciar meu cabelo quando fico ansiosa, por continuar sorrindo quando fico exigente e por se conter quando começo a tentar fazer seu trabalho e depois fracasso e tenho que te pedir para consertar! Você e sua nuvem de borboletas são incríveis, e eu nunca deixo de valorizar sua consideração e seu profissionalismo. Tia da Honey Mag, obrigada por ser sempre a voz da verdade e por todo o auxílio. Fico muito feliz por termos nos encontrado.

Para meu grupo "Kennedy Ryan Books", no Facebook, OBRIGADA por serem meu porto seguro virtual. Vocês me mantêm encorajada e me dão um lugar seguro para comemorar todo santo dia. Amo vocês!

A cada livro, lembro que tudo isso é bom demais, mas a sensação é fraca e insuficiente sem ter alguém com quem celebrar. Essa pessoa é meu #LifetimeLovah há vinte e dois anos e mais alguns pela frente. Agradeço ao meu marido por tolerar a correria dos prazos, as semanas pedindo comida toda hora, o estado quase condenado da nossa casa quando estou tentando terminar um livro, uma esposa que cochicha diálogos debaixo dos lençóis e fala sozinha em voz alta o dia todo. Sei que deve parecer que mora com uma mulher doida boa parte do tempo, mas você sempre faz eu me sentir amada e incentivada. Você me segura quando eu choro e me faz rir todos os dias. Te amo e "faria tudo de novo".

Este livro foi impresso pela Vozes, em 2025, para a Harlequin.
O papel do miolo é Avena 70g/m², e o da capa é Cartão 250g/m².